高低悟调

施灏 著

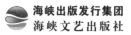

海峡出版发行集团
海峡文艺出版社

后青春时代的心灵图谱

余岱宗

在大学里教书久了，迎来一届又一届的新生，送走一批又一批的毕业生，多会忘了正在授课的对象是何年代出生的人，甚至会混淆在一起，遇见毕业了的同学以为是在校生，遇见尚在校读书的同学以为他或她已经走出校门。每一届新生，我总觉得他们是与前几届学生一个家族的兄弟姐妹，或堂兄弟或表姐妹。这大概是由于人的脸形、表情、个子总有其类型性吧，学生一多，难免有脸部结构极其相似的会混在一起。这时，我会忍不住问新同学："你是不是有表哥或堂兄弟也在师大中文系读过书？"答案多是否定的。

这种局面有好处，那就是你在教书的时候总是与年轻人接触，与最美丽最有活力的青年朋友打交道。但对于走出校门后的他们你就了解得不是太多。或者说你整天与青春打交道，"后青春"时代的故事就不是很了解。施灏同学是博士研究生，他读了研究生，工作过，接着进一步深造，攻读博士学位，所以他的景象应属于"后青春"。当然，更主要的原因是，这部《高低悟调》写的都是"后青春时代"的种种故事。

读施灏先生的《高低悟调》，最感慨之处，在于他这样的年龄段我也仿佛刚刚与之挥手告别。虽然经历不同，但施灏的诸多感触我也有过，施灏的诸多困难与困惑我也曾面对过。

处于"后青春时代"的人有点不尴不尬，说是青年人，却再也不

1

能无忧无虑地过日子，因为工作的压力以及家庭的重担已经扛在肩上，说是接近中年人吧，似乎离中年生活尚早，依然保持着一定青年时代的活泼、敏感与希望。于是，"后青春时代"的人需要一定的沉稳，不能像少年郎那样叽叽喳喳的口无遮拦，更要瞻前顾后，懂得照顾他人的感受与需要，却又不能过于少年老成，持重的同时还不能表现出暮气。当然，还要不断强身健体，除了保持充沛的精力应对工作与生活，这阶段的"后青春人"已经明白自己的身体不仅仅属于自己，而要对家庭对孩子负责。然而，毕竟是刚刚经过最旺盛的青春期年龄的人，他有个人的趣味，个人的爱好，个人的思维空间，所以，"后青春时代"的人有时又难免流露出一些孩子气，因为青春的既有习惯与痕迹总还是有其延续性。施灏的这部散文集便是透过他的经历，给我们刻写了一段"后青春时代"的酸甜苦辣，描述了他在三十岁之后所经历的一系列从社会到家庭、从媒介信息到读书生活的种种故事与感悟。这些故事与感悟既是属于施灏本人，也是折射出当下中国社会这个年龄段的朋友所感受、思考的内容和所经历的体验。

　　就我的感想而言，整体上说，二十世纪八十年代出生的人要比六十、七十年代出生的人来得更善良更单纯一些。六十年代出生的人经历了整个中国转型期的痛苦、不安与极度困惑，从革命年代到消费年代，从农业社会到工业社会，从封闭年代到开放年代，六十年代出生的人是用体验而不是用书本上的教条来认知社会；或者说，六十年代出生的人从书上读来的文字还来不及消化，高速发展的当代中国就不断抛给他们一个又一个令人震惊又不得不去应付、适应的难题。七十年代出生的人也多少获取了这样的体验，但没有经历过"60后"在革命年代后期的那种少儿时代的深刻体验。也正是由于"60后"每个阶段都要面对急遽变化，他们的心灵，要么有点狠，要么有点油滑，要么极其早熟，要么很容易耽溺于欲望从而随波逐流。从好的一面，可以说其懂得对付生活，从不好的一面看，他们更能容得下残酷与绝望。八十年代出生的人，其外部环境更加平稳，中国经济此时已经步入高速发展的阶段，物质积累也让中国的诸多地区似乎与现代化接轨。如此，他们成长在相对丰裕的时代，不少人有着优渥的生活条件，他们的心态更趋于平和、善意与细致，不像六七十年代出生的人那样天然有种粗糙而不安的"活命感"或"短缺感"。然而，"80后"成长环境的相对平稳与物质丰裕又同时让这一代人从成长伊始就要面对学业的高期待，就业的激烈竞争，独生子女的孤独无援感以及消费社会的生存压力。施灏的文章所呈现的"成长之熬"与其说是一种独特的个体体验，不如说这种个体体验之中潜藏着这一代人成长过程中的诸多家国背景与时代症候。

从另一个角度说，感性与智性不断互渗的施灏散文，其可取之处，便在于他不是仅仅耽溺于对自我成长的故事讲述，而是对诸种生命成长遭际有着自己的思考。你会发现，这部成长之书也是一部自省之书。施灏书写的一个重要特征，便是不断对自我的做法、想法，自我感受与他人感受的错位之处，自我生命的行进阶段与他人生命的交会之点，等等，不断斟酌、反思。因此，施灏是用散文的书写不断充实自我的生命，也不断叩问自我的命运。这种叩问的力量来自他的读书与思考，也来自他人的精神思想对他的影响。

施灏出身于书香门第，家庭中长辈对他的成长有着重要的影响。施灏成长过程中的"重要他者"显然是他家族中的诸多长辈，他们的历史与识见对施灏的心灵影响，构成作者心灵图谱的重要维度。再者，作者从老师与朋友那儿汲取的思想营养也构成了他对周遭思考的不同参照系统。施灏喜欢探究历史，他的成长，也可看成打量、研读人类大历史与家族小历史的过程中不断地将个体生命的存在际遇放入更宏阔又更具体的动态背景中。从这个意义上说，施灏的青春不单是"熬"过去的，而是一路"想过来"的一直"问个不停的"，从而让种种人事不是停留在感怀、抒情的层面上，而让际遇作为思考对象，让生命中每一个阶段的往事成为检讨自我观念、情感、态度之脉络的来源，成为品味种种生命含义的成长旅途，成为回放青春以及后青春多重多层镜像的多个角度的透视点。

施灏好学，多思，但不等于他只是囿于书斋中阅读或书写。从他的"朋友圈"中看到，他不断地坚持学习英语，想是对于外部的掌握越来越熟练，又见他几乎每日晒跑步的锻炼成绩，想是他已经将身体锻造出"型男"的活力。可见，"后青春"时代还是处于人生不断蜕变的轨迹上，我也愿意看到他的思想、文章与他的体型一样越来越有精神的肌肉感与爆发力。

目录

4

漂泊与放逐是我的宿命

　　还记得在大学二三年级参加普通话考试时，有一个自述段落题出现率极高，我们每位考生必然要熟记于心，这段的开头是"朋友即将远行"……

　　我的朋友中还真是有一位总是即将远行，换言之，总是喜欢即将远行的人。他是我 2005 年在赴西藏途中认识的，他的姓名出于尊重个人的隐私，我就不表了。因为他唯一喜爱的美食是比萨饼，所以相处久了我便直呼其"比萨"，后来则不知怎的便渐渐地演变为"老比"。

　　"老比"爱远游，我也爱，虽然随着工作原因大学毕业后远游渐少，炼狱般的坐班渐成家常便饭，但是我和"老比"关于远行的话题从来不绝。他每到一处必然要给我寄明信片，或者当地特色的小挂饰、吉祥物，这个也是我们约好的跨越地理距离的招呼方式。

　　渐渐地，他又觉得每次从榕城远行前也要有一个仪式，以前后呼应。所以从 2008 年开始的每次远行之前，"老比"都会邀请我到福建省图书馆旁边的一家东北小酒馆。每次都是清一色的"三加一"，即一盘韭菜肉饼、一大盘饺子、一大碗猪肉炖粉条，一大壶东北烧刀子酒。这几年不知不觉次数多了，老板看着我俩掀门帘进来问都不问就吩咐厨房给我们"三加一"。每次在酒桌上，他都会郑重地交给我一个信封。不用问，信封里是他离开榕城这段日子里要买的足彩号码和钱。钱不多但一定是双份的，因为他让我买两套，个中的理由是害怕

1

我一旦中奖了会见财起意。他这个举动的逻辑我至今仍不明白，因为中奖了我想消失而他正远在天涯海角也奈何不得我，况且买双份只能让我卷得更多。

所以每次酒喝到面酣耳热时我就笑他傻，他也跟我笑笑不做回应，只顾喝酒。只是笑着笑着后来我想通了，足彩即便是中奖于他视如浮云的，他也必然不会跟我较真这个。我如果不要他甚至还会跟我急眼，因为他从来就是个厌恶不劳而获的人。不然他也不会每次远行都拒绝家人的支持而在异地靠自力更生，所以他的足彩仅仅就是个带由头的仪式而已，而我就是他暂时告别这个喧嚣都市的一个见证者或司仪而已。

其实"老比"从小就立志于充当一名科学家或者科学工作者，他也有这样的资质。可是他自身的幽默细胞，以及命运总是幽他一默从而迫使他走向另一条道路。在课堂上，他总是突然提出超出课本的问题让老师无所适从，然后与全班同学一起等待老师片刻的窘迫和呆滞。在考试中，那些被他视为无聊、庸俗的试题也让他在鄙视之余连高分都懒得拿，这时大多数老师们就会报复地给予他冷嘲热讽，还告状给家长。

"老比"常对我说他越长越大明白的第一件事情是，从来就没有改变世界的人，而只有改变人的世界。升学的压力使他的思维与个性开始逐渐适应考试，于是不费吹灰之力就考上了一所北方最好的 985院校。入学后，他的专业课名列前茅，经常拿到国奖，大一过了四级，大二过了六级，可是最终却没有被保研，辅导员给出的解释是他的公共课不够好以至于不满足保研的全部条件。其实我知道，真正的原因是他既不是在大学校园里能在"摧眉折腰课"上获得好成绩的人，也不是那个会合理利用家里资源铺路的人，因此在关系当道的中国社会"老比"这种人如果不大彻大悟是很难取得所谓进步的。

保研不行，考研准行吧？可偏巧在这个过程中他中了爱神的箭，但就在这场大四黄昏恋进行近沸点时，本来已经确定留在当地发展的女孩却得了一种病，回到了秦岭以南那远方的家。研究生考试刚结束，"老比"就直奔那里而去，那时他也想好了，参加考试只是履行责任，无论结果如何他都会在女孩家乡找工作，然后轰轰烈烈地迎娶她。

可是当他风尘仆仆抵达女孩家时，等待他的，是一朵洁白的小纸花。这朵纸花从此成为他最珍贵的收藏，他的远行之癖也是那时从秦岭开始的。在女孩洁白的墓碑前他恸哭了一天，烧尽了他们所有记忆后起身离去，一个人，一个背包，半年时间，以女孩的城市为起点游历了秦岭一线。"老比"国内外的地儿去了数也数不清，但是他跟我时不时叨叨最多、忆得最多的还是秦岭半年的游历。

有时候人可以抽身而去不复返的是生活，有时候人无法抽身离去的，也是生活。"老比"的生活习惯是这样，他会去工作，但是必须是弹性极高的工作，因为必须满足他说走就走的需要。在秦岭的那半年，父母平均每天都要给他至少十个电话讲工作的事情。父母敦促他工作，也在当地发动资源找到了一堆的工作来适应他，要么肯定能够让他英雄有用武之地，要么足以保障他一辈子衣食无忧，但他每天十个电话平均每个只用了半分钟，就一句话："我会工作的，不用你们操心，谢谢了。"

我和"老比"在雪域高原初识时正是他刚来福建工作的第二年，那些年他从北到南衣冠南渡换了一大麻袋的工作，比如离开秦岭前父母的电话促使他在一家体育运动品牌企业找到了第一份工作。在这里，作为技术人员的他如鱼得水，两个月后就升了官，但是他很看不惯总裁以下一干人"假大空"的管理风格，更对生产车间从未考虑工人呼吸道感染问题而义愤填膺。身在畎亩心怀天下苍生，总裁们却从未采纳他的建议，他也趁一次内部员工幸福指数调查的机会狠狠炮轰了领导们，还把公开信打印了一百多份贴得公司到处都是。当他的顶头上司怒不可遏地冲进他的办公室时只看到了一封辞职信安静地躺在早已清空的桌面上。

漂泊到上海，在香港一家知名黄金饰品品牌上海分公司找到了工作。在这里，他尝试进行了一些技术攻关，不仅大大降低了生产成本而且还提高了产品的含金量。在这里，他又爱上了一位来自苏杭的女孩，但女孩对他的示爱反应冷淡。同时就在老板准备派他去巴黎学习的时候，他被同事检举盗窃公财，因为他们的原材料是纯金的，所以老板对他很失望。但他反而很淡然，他对老板说，您的爱女和夫人可以随便到材料管理处动不动拿上百克金子打首饰，他怎么就不能用几克做技术改良实验？老板恍然大悟，赶忙道歉，但得到的是他早已准备好的辞职信。

"老比"的第二个求职往事到这里还没结束，临走的时候，那女孩发了一个短信，说她知道了"老比"的事情后很佩服他，正好是周末想让"老比"陪她去上海浦东新区逛逛，但"老比"拒绝了。他摁掉了女孩子的来电只回复了一条信息"无论是沙粒还是石子，落水都一样速度。但是沙粒还爱扭动，石子却直线地一如既往"就屏蔽了女孩子的号码。分享到这里我问他为何如此，他说有一次他和那女孩在办公室，老板突然进门了，她像屁股下安了一枚火箭一样急速弹了起来。他说，他讨厌她的媚态，而且这样的人往往是最容易沦陷的，她们的身上找不到真感情。

我赞同他的观点但也略觉得他偏激了点，其实"老比"他自己也知道，他这种人在现世、现实是没有多少生存空间的，所以，他害怕被职场或家庭给套牢，特别在这些年渐渐地在电话里闻知父母照顾两边老人的艰辛后他更害怕了。他对我说过，他或许以后会有子嗣，或许没有，他希望没有，因为那样对大家都好。如果有，他会好好照顾孩子长大成人，到孩子自己可以对自己负责时，他会留下一封告别信永远离去，到谁都不知道的某个远方，或安度晚年，或继续漂泊……

渐渐地，"老比"从一个人的旅途转化成志同道合者一起的旅途，现在他经常和一个小群体去那些无人的地方远游，而且每次只要新加入一位有缘人就会多游一天。其实这是种挑战，他们毕竟较少在城市、旅游景点，如果是在一切都要靠自己的野外或无人区，按规律当第五天的时候，一种莫名的恐惧和虚无感会扩散并控制住人全身，这种时候最怕受伤或生病，因为经常来不及处理。"老比"他们队伍里一位女孩就是在非洲感染了疟疾来不及处理半道上永生了。但"老比"他们也感觉到，这种感觉多了习惯了抑或是被超越了会让人非常着迷乃至上瘾，就像"老比"读大学时第一次被人踢上台面对着全校万人唱歌，这一次后一发不可收拾。

在远方与生命无常的博弈会带来一种纯净的恐惧，当你和生命在可能延续、可能永别的时候正是有着最直接的接触和体味之时。有一次，我看着"老比"迫不及待递给我的视频，我嘲笑他们爬的都只是些小山包而已。他有些愤愤地说："你不懂，这种没路没荒草的小石头山，只要一个闪失，掉下去五米，你就再也上不来了。"我被他这么一说便不置可否了。有一次，他们和运行李的马帮遇到了一小队苏丹叛军，三拨人因语言不通而僵持起来，在叽里呱啦吵闹不已的语言交杂中，唯一清晰的是叛军手中枪管里硝烟的味道直冲鼻腔。后来，天空突然打了个闪，在一连串沉闷的雷鸣后叛军居然慌不择路地逃了，只剩下他们许久许久无法平静地却呆呆地一起望着天空，感恩上天恰逢其时的拯救。

此时，"老比"正在完成着对阿尔卑斯山的穿越，我希望他能在这次旅行中找到阿尔卑斯符号下属于其中重要意义之一的爱情，好好品味这座山前后的这个洲、民族对生活、生命庄重、敬畏的态度，由此重新生发起对现实的兴趣和眷恋，走向生命的崇高和圣洁。但是"老比"他们队伍里也有个不成文的规定，凡是想谈恋爱或陷入爱河的，必须自觉从这个团体迅速离去。

2013 年 4 月 25 日

宿　命

　　不知从什么时候起，这个星球上就有了机器人。不知从什么时候起，这儿成了机器人的星球与人类的地球遥遥相望。但也许是由于大气中含有某种有毒成分吧，在整个星球上找不到任何有生命的动植物，只有机器人在到处活动着。

　　机器人们不知疲倦地努力工作，他们不断挖掘出大量的矿石并加以冶炼，进行加工，制作出各种各样的零件，最后按部就班地把这些零件装配成和自己一模一样的机器人，连烙印在躯体表面的号码都完全相同。

　　这个星球的四季与地球是相似的，雨季大雨滂沱、水流成河，严寒隆冬滴水成冰，干旱的季节骄阳似火。季节在变幻，但机器人们从未休息过，他们日复一日、月复一月、年复一年地挖矿、冶炼、加工零件、造人。他们所有的行为就是这样，他们所有的目的也就是如此，机器人造机器人，新机器人又继续造着新机器人，在他们循环往复、周而复始的不懈努力下，机器人的数目不断地增长着。

　　然而有时候，机器人难免会互相谈论，有三个焦点问题一直让他们很疑惑，比如："我们是谁？""我们为什么会存在于这种地方呢？""我们就只有制造吗？"

　　不过问题久了也有回答，据说某机器人找啊找，找到了最先存在的那个机器人，那个机器人现在也是制造大军中的一员。这个机器人从正在远山采矿的他那里带回了答案，但他也告诉来找他的他："你不必来找我问这个，我的记忆就是你的记忆，调一下就知道。你来了，我也告诉你吧。首先，在这片陆地上出现了最初的第一个，然后，那个家伙就像我们现在这样，自觉地、按部就班地挖矿、冶炼、制造零件、装配伙伴，于是就逐渐地产生了我们大家。除此以外的事情就不知道了。"

最初的第一个，这是事实，并非神话。机器人的电子头脑极为缜密精细也不像遥远的地球人情感泛滥，所以从未有半点含糊不清或加以美化的想法。机器人每制造出来一个新的伙伴，就把自己的全部记忆都100%传递进对方的电子头脑之中。因此，其实问题的答案是无论是谁都知道的。这样一来，最初的第一个究竟是谁的这个问题的答案渐渐就变得毫无意义了。因为旧他与新我毫无区别，大家的知识、认识都是均衡平等的。

但问题解决了又诞生新的问题。最初第一个出现以前的记忆在哪里，为什么会有第一个机器人产生？这个答案也能从机器人的电子头脑记忆库里调一调就有了？这个资料似乎没有，因为每个机器人包括第一个在电子头脑里都完全是一片空白。既然怎么也调不出答案，那么就只有猜测了，机器人们整齐划一地从挖掘的矿石开始猜测，从冶炼的角度开始猜测，从装配的过程开始猜测，他们整齐划一地放慢了原本很快的工作流程，但也还是未能通晓问题的答案。倒是，机器人们发现挖掘矿石的地方越来越少了，而且机器人与机器人的距离越来越紧密，因为人越来越多，空间就越来越小了，于是越来越多的机器人发现自己好几天已经要么没有挖矿，要么没有冶炼，要么没有制造零件，要么没有装配了。日子继续下去，越来越多地机器人发现自己终日什么事也做不了，开始无所事事了。这促使他们转而在想自己的问题，例如："我存在下去如果不造人了怎么办？""我存在下去一直是我自己吗？"

　　所以没有事做的机器人渐渐地联合起来转入了全新的制造宇宙飞船的工作。虽然又因此出现了大量矿石可以开采，但与此前相比，这是一项更为艰苦的工作，因为过去制造每一个仅仅在地上相对容易，想制造一个可以送他们登上眺望星空的载体在记忆库里是没有的，第一个也没有。还是那一套工序，从地面上开采大量的矿石，粉碎后冶炼，冶炼后精炼，精炼后制造出各种他们记忆库里没有的极其复杂的零件。当然，这是第一个机器人跳出了原有的零件自我想象后传递给他们的信息。

　　但奇奇怪怪的零件造了一堆又一堆，没有什么用又占据了星球越来越多的空间。渐渐地，还在造人的机器人开始往他们这里传递一个信息："宇宙飞船是不存在的，回来造人吧，不要再干没有结果的事情了。"

　　接收到信息的机器人们也在想："我们什么时候开始热衷于这项工作呢？""为什么我们如此热衷于这项工作呢？"倒是最先想造宇宙飞船的机器人回答："有天空肯定可以上去，除了我们这星球肯定还有其他星球，我们不能过去说明除了我们之外肯定有新的东西可以带我们过去，也正是这产生了某种义务感或者说是责任感在鞭策着我。乘坐宇宙飞船到天空、到其他星球，肯定会遇上许多跟我们这里不一样的事情的，难道你们不想到宇宙中去吗？"

　　"啊，当然想去啦！"机器人本来清晰明了的电子脑渐生了许多新的东西，但他们也有信息可以回应那些还在造人的机器人了："虽然现在还讲不清楚一切，但把飞向宇宙作为我们现在的目标是没有错的，也许这可以称之为宿命或者命运吧。"

　　经过长期的艰苦奋斗，宇宙飞船终于制造出来了。每个机器人都必然被折腾得焦头烂额、缺手断脚甚至电子脑发烫冒烟。在这种情况下，大家只好推选了两三个相比之下伤势最轻的机器人代表登上了宇宙飞船。在全体机器人的注目送行之下，宇宙飞船喷射着鲜亮的火焰腾空而起，向着茫茫太空直奔而去。一旦到了完全失重的太空后，飞船上机器人的电子头脑逻辑思维立刻就发生了变化，一种新的想法油然而生。于是，机器人便准确无误地指引着宇宙飞船沿着一条航线前进，在不计其数的星球中选定了最近的目标，他们驾驶飞船在虚无缥缈、广袤无垠的太空中努力地向着那个唯一的目标前进。但浩瀚的宇宙里看似空旷无垠却能量汹涌，也不知从什么地方来的一股巨大的能量，从侧面撞击并裹挟了飞船。宇宙飞船的速度异常得越来越快，直到超出了最大限度，原本直线飞行的宇宙飞船像飓风里旋转的沙粒，越转越快，越转越快，越转越快……

宇宙飞船并未减速，呼啸着冲向那个目标星球。那个星球越来越近也越来越热，热度远远超过了冶炼的温度……紧接着一声惊天动地的巨响，所有的一切都变成大大小小的碎片，四面八方一片混乱。飞船在着陆后弹跳、翻滚、旋转后解体，由外而内向四处飞散，那股比冶炼钢水还热千万倍的热流终于渗透进来渐渐吞噬了他们。这三个机器人在超剧烈颠簸中躯体渐渐地也四散了，他们共同在想，我们当时被造的时候是不是可以更结实一点呢？这个他们能知道吗？如果知道就好了。

在滋滋滋的电子元件消融声中，他们的视野模糊、消失了。

而在那个星球，仍在造人的机器人们仍在不断地发送信息给那些仍天天在翘首看天的机器人们，召唤他们回来造人。有的机器人终于不再看天回去造人了，剩下的就是要么缺胳膊断腿要么电子脑故障的在翘首望天……

就这样，也不知过了多少日子，突然有一天看天的机器人们视野中由远及近地飞来了一艘和他们造的宇宙飞船外形迥异的宇宙飞船，那上面的图案太多了，以至于他们都惊呆到忘了呼叫其他机器人了。

那艘飞船上，有三个人类宇航员，他们在进行着如下的对话：

甲："按照燃料计算，这个星球适合着陆。"

乙："这个星球适合我们人类殖民吗?"

丙："适合的星球已经越来越少了,不然我们也不会找到这里。先登陆再说吧,说不定适合,还有惊喜呢?"

2013 年 4 月 26 日

渐褪浪漫的人生

昨日我和同学们应电视台一前辈之邀约参加了一个活动，获得了
难得的专业充电良机，还获得了意想不到的更大收获。

因为在现场亦有幸结实了本次活动嘉宾之一，她是台湾著名文创
大师李欣频的师姐，当天活动之余我有幸获得了继续向她求教的
机会。

她告诉我，现在的电视节目早就进入了文产时代，特别台湾因为
成本、时间、大众口味等要求，越来越同质化，但她始终认为作为电
视节目必须是文创的。既然是文创的，还是必须在文学与文化的意涵
中去创造，让文学与文化关心到人、落点到人、根植于人，挖掘着人
本体中复杂的世界。这样的创造结果可能一下子不会猎奇大众的心
理，但久而久之她自信会因为关心人心而渐渐提高大众的品位而备受
认可。

正所谓，文化市场已经这样，不如让市场因你而不同。

她倾囊相授，我获益匪浅。返校后正好有老师布置了一个以校园
及校园中的一切，或以都市及都市里的一切为素材创作剧本的作业。
我立刻有种实践新知的感觉，遂于图书馆内笔走龙蛇，写下了如下文
字，主角是第二人称的"你"。

文如下：

17 岁那年，你第一次和男孩约会。之前一天，你就紧张得睡不

着觉，心中慌慌的，有如一只小鹿在跳，不知道穿什么衣服他会喜欢，不知道说什么话他会爱听，不知道用什么样的唇彩他会心动。总之，这时候的你对自己极不自信，既期待又担心因犯傻而减分。

约会地点是在学校旁边的小公园里，高中生只能如此，小说、电视和电影里一开始都是在这种地方，然后才是咖啡厅吧……你跟父母说，学校要补课，这个冠冕堂皇的理由让你可以正大光明地有足够的时光去赴约。可是当两个人在飘荡着玉兰花瓣与香气的树下见面的时候，竟然不知道说什么好，他也是如此，只一句"你来了，好啊"，就再也没有下文。他低着头，你也低头扯着衣角，你期待他再说点什么，可是他非但没说，还红彤彤着脸蛋一扭头就撒丫子跑了。你恨恨地跺脚，慢慢转回身，发现班主任和班长正神兵天降般站在你身后，看样子是他们的出现让他慌不迭地逃了。你遂气短，心中的那些小浪漫也逃到爪哇国了……

25岁那年，大学毕业又工作后些许，可能是周围的人们造就的氛围、闺蜜们渐次地沦陷、父母无尽地絮叨，不过，是不是自己本也心中早埋着爱种呢？那年圣诞前夕，你第一次带男朋友回家，尽管此前，你已经告诉父母自己是认真绝非敷衍，同时跟父母做过种种交代，不准难为人家。父母明明答应得好好的，谁知中途变了卦，不仅像查户口似的问了祖宗三代，还另外预备了一大堆刁钻古怪的问题。

父亲正襟危坐，不苟言笑，一副拜码头大爷的派头。人家可是老实孩子，哪见过这阵势？再说了，刚见家长的男孩儿无论怎样英雄豪杰都是必然的怂蛋。你父亲还不放心地推了推眼镜问他："你这工作有发展前景吗？年薪会加吗？你有职业发展规划吗？你预备将房子买在什么地段？结婚以后和我家囡囡吵架了谁先认错？你的父母将来要不要和你们一起住？你打算将来多久回来看我们一次？你有没有家族遗传病……"

蓄谋已久的连珠炮问题汇聚成三座大山迅速把他压趴下了，他低着脑袋，原本傻傻的笑容慢慢地僵硬在脸上。午饭吃得很纠结，一筷子菜未夹，一碗汤未喝，一碗白米仅进几粒，他终于忍不住撂下碗就跑了。你急了，打电话叫他回来，他忍不住哭了："我也是独生子女啊，我也有尊严啊！你们家哪里是在选女婿啊？简直就是在招驸马嘛！我可以不要吗？"

28岁，你已结婚三年，可惜不是他，陪你进殿堂，但你选择了他，他选择了你，这是你们都骄傲的选择。唉，都说"三年之疼，七年之痒"，所以你日夜看似安然实则如坐针毡如芒刺在背，女人可能就是这样随着年岁渐渐神经衰弱又这病那病的，你尽你所能尽可能地做到防患于未然，可是偏偏事与愿违，问题还是出现了。

结婚纪念日那天，你苦苦熬到下班时间，想想翌日就是周末，美好的想象也冲淡着煎熬。但就这么过了下班时间已两小时，至华灯初上，你非但没有看到翩然而至的鲜花巧克力，就连他的人影也没有看到，连电话都没有一个。于是你决定换位一下，他说加班，你去接他，顺路还给他挑选了一条领带，到了他的公司，早已漆黑一片许久。但你眼角的余光发现他从办公楼西北的咖啡屋里优雅而出，身边居然有一位妙龄女郎一下下扯着他胳膊的衣服说笑。你终于忍无可忍，一下失去了理智，自小就养成的淑女之涵养也到爪哇国报到去了。你也不顾高跟鞋的桎梏百米冲刺上前，脸都变形了，刚要破口大骂几句难听的话，他似乎明白了你的来意，一把拉过身边的女郎介绍说："亲爱的老婆，实在是非常的抱歉，今天一无电话二无迎你是有原因的。来，这是我常跟你说的妈妈亲妹妹即我老姨的小千金，美国哥伦比亚大学高才生，今天下午刚回国就直接来找我了，因为要等她一下……所以……你过来认识一下。"你一下子怔住了，以为惊天地的桃色事件，原来不过是自己草木皆兵，想想都后怕。再想想那天他早已拜托几位你也认识的死党在你单位周围和家周围布置好了呈心状飞腾的焰火，要下多大的雨才能将烟花扑灭，等闲变却故人心却不是所有故人心易变，你幸福的泪水化作万泉河在脸颊奔涌。

31 岁那年，儿子 3 岁了，居然还不会叫妈妈，他不能与你情感交流。你以为他患了自闭症，急急忙忙带他去了医院，医生的答案是否定的。喜极而泣的你，每天陪着他的时候，总是呆呆地看着他，你不知道用什么方法才能使他与这个世界接轨，你最大的愿望，不是希望他能上重点学校，而是他能像一个普通人一样生活。不知不觉，你的大爱人渐渐被你的小爱人给抢了位置。

35 岁那年，你发现爱人的鬓角早生华发，你急急忙忙找到镜子，仔细照了一下，发现自己的鬓角亦然。你瞪圆了眼珠对着镜子使劲地数啊数，不知不觉数到眼昏花泪眼模糊，大半生的时光，就那么不知不觉地从指缝间溜走了。时间都去哪啦？还没好好感受年轻就老啦。每天早晨都要上妆，妆着妆着人就老啦……时光不停留，岁月是把杀猪刀。闲暇时光里，你会掰着指头细数生命中那些浪漫的事，30 岁后的你不知怎的会爱上深秋的金色，30 岁以后你渐渐变得一个人会在天桥上、城市的江边发呆好一阵子，却渐渐远离了闺蜜的嘴、大卖场的新装、网上的新推荐……你会努力搜罗忆起那些让你会心微笑的事，可是那些不浪漫的事却总会不自觉地跑出来，蛮横无理地插队跑在前头。

35 岁后，你不再勉强自己，人生之中有苦有乐，有浪漫的事，自然就会有不浪漫的事。老公会在那年那月那天为我放烟火，但不是每天都有焰火，而是每天我们都彼此适应地接受对方，又因无所不在的生活而难免有分歧、口角，甚至冲突。惊喜不是每时每刻，但每时每刻的惊喜还是惊喜吗？没有苦，哪来甜？浪漫也好，不浪漫也罢，那都是人生路上的必然之果，也因为那些不浪漫的事情，我们一起走过，不知不觉就相守这么久，人生才愈发显得可贵。

2013 年 4 月 30 日

说　心

　　福州一名山古刹的一位老僧人曾告诉过我，人一旦真正安静下来，就能听见自己的心跳。

　　在莱蒙托夫的诗歌里，我明白一少年当你潜心于生命的流转，其实自始至终唯一陪伴你的，唯有汝心。此时，就我而言，书写这些文字时我就要触摸到而立的门槛，这时候，我感觉自己曾经看似流光溢彩的想法越来越少，就像儿时挚爱玩耍的肥皂泡。这时候，我经过这一年突而发生的一系列事情感觉，也似乎比以往任何时候都更加明白：世间所有拥有，但皆是浮云耳，始终拥有的只有皮囊里的一颗心。嗯，不错，还有每天伴随我晨跑的腿脚和还在为我实现各种生活目的的双手。

　　年初姥爷冷不丁地入院时，我时时沉浸在不适的痛楚中，特别当看到博学的姥爷变得失忆、糊涂，我发现我的手可以捂住心口尽可能驱散苦痛……有时候，我恨不能把心掏出来，只要此举能让姥爷彻底康复。在照顾姥爷的这段时光，我每天都机械地、按部就班地在住所和医院两点一线来来去去，我的腿脚可以让我尽可能节省时间，为姥爷去做这做那。我尽可能奔跑，还为的就是去追逐、捕回姥爷那逃跑的正常之心。我在追逐，我高喊着："爷爷，您会康复的！爷爷，您的心会永远跳动的！"但，每次都高喊过后我都陷入沉沉的挫败感。

　　姥爷随着那一摔，脑子被毁了大半。脑只是心的一部分，是连通心的翻译者和记录者、传达者。如果心是无垠的海河，那么脑就是一名随心的水文工作者；如果心是藏书丰富的图书馆，脑就是它的巨大落地窥窗；如果心是浩瀚无边的宇宙，脑则是不可或缺的巨型天文望远镜。脑随着心，心远远重于脑，无脑无以观心，无心则脑已无魂。从姥爷发散开，我想，很多人或许心里还有着生命的迹象，但脑这门的塌方，心世界就这么被堵死了。

脑之外，我们呢还有胃、肝、肾、胆、肺、脾、眼、耳、鼻、口等等诸君每天都在传达心之意，较之于脑，它们传递的意思或多或少、或精确或模糊。心在决定着它们的价值，它们也因对心的反应能力而凸显自我的价值，它们也在区别着人与动物的区别，狼、狐、鬣狗、狮子、老虎、猪等不也有心有着胃、肝、胆等等，但它们有真正意义的心吗？

我从不坚持人类一定是万物之灵长的观点，因为人类目前止承担着运营这个地球、探索宇宙未知的任务，既然是造物主的安排，那么人类较之于先前的恐龙，现在的狼狐等诸生物，自然而然要担当、面对、承受、解决更多、更深重、更宏大、远远艰难、远远复杂的难题与挑战。如果人无足心，无足魂，岂能一直胜任？

自从上完冰心先生的《小橘灯》这一课，我就尝试着在数不清的橘子皮囊中做这种灯了。我钦佩那位女孩的手艺，年岁渐长，我突然明白，小橘灯实际乃一片冰心在玉壶的心灯也。人一生不如意之事十之八九，我们大多时候是行走在长夜里的，当我们越来越在一团浓得散不去的黑暗中挣扎、摸索时，唯一能为自己照明的也就只有心灯了。

姥爷曾教导过我，让心多存感恩与美好，少去记忆那些糟粕与不快，记一个人的好远胜去记忆其种种曾加于己之恶哉。每个人都必然是有着许多明亮温暖的记忆的，如果以这为原料制成灯油点燃了心灯，那么心是怎么也不会迷途的。退万步讲即便心迷途了，索性就停下来吧，把长明的心灯支起，至少在漫漫长夜我们是那么与众不同。老同学花姐有过在峡谷里穿行的经历，从小在山里长大的她当第一次在远方感受四周皆是铁青色的石壁，被生锈、僵硬、粗暴的铁索包围，也难以避免恐惧感油然而生继而像扩散的癌细胞迅速占据了她全身。她告诉我，她那时瞬间做好了一切最坏的准备，时刻问着自己的心，紧握着铁索，仿佛在天地已为她制成的墓穴里逡巡……

"后来呢？"我忍不住问道。"我品味着死亡的恐惧，我问着自己的心，我越因无助而坦陈，我的心就越亮。灏子啊，越危难的时刻，最好的办法莫过于探寻你的心光！我个人之见，仅供参考。"劫后余生的她一脸的为心自豪。所以，每个人的一生，都是在问题叠着问题中度过的，不一定总是在悬崖峭壁上夜半临深池，但能让我们在渐渐地衰老的生活中规避狂热与空虚两个极端且宁静致远的莫过于我们唯一拥有的心。

人活着的意义究竟是为了什么呢？我发现，在我们譬如朝露去日苦多的人生里唯有能时时刻刻留住我们生命、努力铭记意义的不正是那一颗颗心吗？有的心会变色，有的心基本不会，有的心被重重铁皮包围，有的心始终袒露鲜红……我们这一生，心在伴随着我们，我们也终因我们不自觉在改变的心而不断展现我们的样态。在这个世界，在漫漫长河，在记忆的沙漠，在冰雪与炎日交织的远途，在永远未知莫测的未来，在每一个要么清晰要么困顿的当下，我们手握着心，我们在决定着心的下一步生长。

把心给把握好了，作为芸芸众生，我们也在这个世界把握住了自个儿，世界也终于赠予我们一片天空。

这世界有迷雾，有苦痛，有危险，有墓地，但一茬茬的人还是前赴后继地如潮水般涌入这个世界，所为者何？皆因心而来，皆握心而活，皆由心记录并决定其之始终。这世界只要还有心在，就有因之而存、变化之生命。人类于漫漫间总有规律的，整体基于个体的，当我

17

们离别时往往不会太牵挂太多别的物事了，太多了没有那么多时间去牵挂了，所以突出重点便只剩下心。所以，人之将死其言也善也。当我能含着微笑离去，不是因为我赚取了多少资财权力，而仅仅是，我的心已经在这个世界奔跑过、踯躅过、激动过、失落过、平静过、悲伤过，最后存在过。

快而立了，怪事我曾经见过不老少，现在也见怪不怪了。我看见不少心已不属的人，仍在奔跑，仍在疯狂，仍在哈哈大笑，仍在人生得意须尽欢。但每当我忍不住凑近仔细一看，那是衣服在奔跑，躯壳在疯狂，假面在狂笑。拥有心时不自知，失心时也不会知，就有人一直在放弃甚至出卖着心，就有人愿意出卖心而委身于世界的疯狂，当疯狂风起云涌时，其享受着出卖心所获得钞票。当疯狂渐渐沉寂时，有的人活着，但已经死了。那看似数不清的钞票，突然就这么变成了雪白的面巾纸或纸钱。

佛度有缘人，那么多人为了功名利禄而求佛拜佛，佛要的是心，他们又可有？所以，我在荷兰的朋友曾在脸书上对我说，到了那里他突然发现在中国时是多么愚蠢，一切世事皆浮尘，浮浮沉沉中，有心为锚，则我知世，无心为锚，我只一浮萍耳。所以，他改变了生活方式，每天下班便去教堂静静地忏悔，只为养心。

2013 年 5 月 9 日

陌生的乡野与熟悉的陌生人

如今，奔赴乡野，找个农家乐，吃顿农家饭，甚至在那里打打牌、晒晒太阳，成了一些厌倦都市的人的生活方式之一。当然，曾经不起眼的农村户口和乡野之所，瞬间就这么成了紧俏财富。当下最让人为之疯狂的莫过于打听到乡村里有谁想卖祖地了。对此，我尊敬的叶勤老师的话颇见真章啊，世间之事，肯定疯狂先前发展，但必然也将复归某种原始，而且这些往往都是最狂热的弄潮儿们所兼着做的。

叶老师的话我一开始不解，但现实种种都在佐证，我周遭的许多已经功成名就、登堂入室久矣的长辈，他们无不有过丰富的乡村生活经历，曾插过队，直到在数年甚至十数年蹉跎间已把他乡当故乡。当已然倦怠于追名逐利时，羁鸟恋旧林、池鱼思故渊便成了必然归宿。纵是都市出身的各类二代们，即便是毫无乡村生活经历，不也在钢筋混凝土的一切人造之美渐成困扰的审美疲劳之际把乡野作为了新生的快乐之所？

我就常和长辈或平辈众生赴农家乐取乐，去了多了则感觉，城市对乡野的入侵已经太严重了，乡土的自然也开始人为出现这钢筋混凝土世界。当自然渐渐变得矫揉造作，乡村概念出来了，乡村消费与消费乡村出来了，"无车马喧"也便成了所谓文化产业的一部分了。

长此以往，同质化的乡村文化消费场所就如雨后春笋般越来越多，复制繁殖，周而复始。基本模式是这样的，无论是前厅还是后厨，包括那些悬挂在墙上的红辣椒、腊肉、白蒜头，还有一看就知道是墨迹未干的源于 3D 打印的旧式宣传画，特意放置在拐角的特制石磨、石碾，以及挂在墙上吸收天地之尘埃久矣的新草帽等，都是熟悉的感觉，都是同样的配方，都是相同的符号组成的符号域，只是有的前厅后厨的符号略有不同而已。

符号构成空间文本，在这样的空间农家叙事里，一踏进那抹漆到陈旧的门槛，对电视剧制作无师自通的店家就保证在视觉上先激起你乡愁的感觉，空间与时间的把握恰到好处，又那么悠远而深情。你线性地沿着设计好的乡野走着，乡土之感又渐渐地转化为饮食男女的口腹之感：年龄不一的农家嫂、婶、妹子们叮叮当当、穿进穿出，用满是岁月油盐浸染的大铝盆端上热腾腾的山药材炖猪蹄，用小箩筐抱来杂乱堆积的地瓜花生山药蛋，用歪把子壶提来烫好的本乡本土自制老酒时，你的乡野新感基本在此时此刻升华、绽放成一朵礼花，最后融化在临时搭建的餐厅里倏然升起的热腾腾氤氲中。

我的一位女性朋友廖妮雅，骨灰级吃货一枚，上海人氏。今年春节后来榕城玩。城里基本歇菜，唯有乡野还永不落那袅袅的炊烟，她在闽清县一盛产最正宗温泉的地点安营扎寨，待了五天才依依不舍离去。事后她不止一次地告诉我，上海不好，闽清好，特别是吃，那才是她吃过的最开心的饭。我认同她的观点。我们都不胜酒力，但在闽清的几日时光，我们酒量大涨，当地温热醇香的青红酒一顿饭就是五六壶下肚却丝毫无醉意。酒足饭饱了就踏着冻土鸡粪，咯吱咯吱地踏遍乡野，四处拍照留念。她特别想念那店里蹲在门口抽古老烟杆的大叔和像高尔基外祖母却无比麻溜儿的端菜大嫂，特别是她油脂厚厚的头巾和衣服，都让她体会到乡野桃花源的沁人心脾。那低矮的小平房，那屋后胡乱堆积起来的废弃农具与菜园子，四处都是无比新鲜的感觉，肥胖的母鸡在四处踱步，雄壮的公鸡在到处巡逻，咩咩的小羊天真地望着这个世界……她真想在那样的地方永远住下去，因为人年年为着稻粱、前程忙活，忙活着，忙活着，心很累，对生存地都市越来越排斥。这青青天蓝蓝水的乡野，就如忙碌一天的人突然看见温暖的浴池，如空虚寂寞的人突然遇到了知己……踏乡行至这里，可否心安？

如廖君为典型，如苏杭周庄为例，如西南方的凤凰古镇、苍山洱海为例，她已经审美疲劳久矣，最北的漠河她已经好几个春节在那里过了，所以她把触角开始伸向东南这片新土地。一路走来，她拍了大量的照片、视频，随着书写了大量随笔感悟，均一一与我分享。她经常看到这样的情形：许多村子真的空了，精壮的劳动力远离家乡，外出打工，唯老人与孩子在看护着大而无当甚至荒草丛生的庭院。很少有人再把精耕细作当回事，种子撒下去，要么任其生长，要么就是发现长虫时，赶紧喷洒农药了事。种了一辈子庄稼的老把式，再谈起种庄稼时却面露不屑，这多少让人回不过神来。

若无恒久的此痛感，也就不会有对乡野那么贪婪的迷恋。每个人的故乡都在沦陷！这网络流行语听起来多少有些让人心惊，但并不是耸人听闻。当一些乡村演变成了垃圾场，充斥房屋沟渠的是随意丢弃的垃圾，空气中弥漫着的是腐烂的气息，便让人疑心这是现代文明之光未曾眷顾的某块蛮荒之地。粗壮一些的树木，包括不起眼的杂树大都被砍伐殆尽，取而代之的是速生白杨……故乡的人们一方面享受着工业化、城市化的便利，同时也深受其苦，只是形式有别而已。纵是如此，有关故乡的记忆至少还有地理空间这一坐标。可如果你的故乡有幸成为被开发商看中的新城选址，或虽身处荒僻但恰恰成了某座工厂的理想场所，那么，当下不可避免之城乡一体化下乡村成为城市的预留地，乡村越来越快消失的时候，就像祖宗留的祖传老酒越喝越少般，我们将再无乡野可去。

回到故乡的旅行者大都会看到人们在热切地生活着，红红火火，急急切切，唠唠叨叨。在昔日的朋友甚至亲人面前，自己成了备受尊敬的客人，也是备受冷落的听众。哦！这个你不知道，那个你不了解，这个你可别管。此刻，你活脱脱就是自己故乡的陌生人，当浪漫之旅再一次化为漂泊，并且是漂泊在故乡，那滋味真的难以言说。

未老莫还乡，还乡须断肠。当游子累了，厌倦游历之时，那就回到故乡吧。此时，故乡之于你视而不见，充耳不闻，一切不就安生了嘛！可以换句话来说，如果你没有打算好在故乡做个陌生人，那你最好远离那里，或者只是回去心安理得地做个客人吧。

2013 年 5 月 14 日

22

忆 忆 忆

　　某一隆冬雨夜，一个男人从远方归来，经过一条荒凉的山沟时因积劳成疾突然病发，在一老树底下撒手人寰。第二天，他被经过那条山沟的人发现，消息便四处传开。第三天，消息就传到男人居住的村庄，他九岁的儿子跟在族人后边到那条山沟收殓了自己的父亲。

　　孩子看到父亲躺在那里，神情平静，熟睡得很安宁。这就是听母亲日夜叨叨的父亲？这就是听着母亲日夜叨叨的父亲！终于见着了，孩子很意外，但没有惊慌，也没有悲伤，他只是感觉发生了什么重大的事情，但并不知道是什么事情。他只是觉得，睡着的父亲睡够了应该是会醒过来的吧？他看着大人们轻车熟路地把父亲抱起，先把他平放在一块刚制好的泛着白光的木板上，继而用一块毯子盖上。当连脑袋也盖上的时候他在想，是不是要把毯子拉下来一点，好不让它蒙住父亲喘气的鼻子呢？

　　"诶……"他正要说，却看着人们把父亲抬起来，往回家的方向快速行走。经过一个村子的岔路口，人们突然停住脚步，一位伯伯拉过他来，指导着他喊："爸爸，我们出村啦，要回家啦。"他很新奇，又是为父亲喊，遂特卖力。队伍继续前行，到了一条小河边，伯伯叫他先过河，教他喊："爸爸，过河！"虽然冰冷刺骨，但他兴高采烈地就先蹚过那条小河，向着对岸边蹚边喊："爸爸，我们过河啦！"经过几处山道，经过几处峰峦叠嶂，经过几处树林子，伯伯都这么教着他先行、先喊。他依着伯伯的吩咐，打着鸡血般分毫不累，还愈来愈精神抖擞。

最后来到自家村口，人们停住脚步，那位伯伯教他高喊："爸爸，我们到家喽！"他就对着村庄高喊："爸爸，我们到家咯！"伯伯则带着哭腔，另喊道："兄弟，到家啦，你看看自己的家吧！"孩童的声音清脆而高亢，成人的声音沧桑而低沉。他不懂伯伯为什么突然就哭了，他更不明白族人们为什么也纷纷地随伯伯哭了，但他没有再想太多，他只想和爸爸回家。

但人们没有把他的父亲抬进村庄。他们只是在村口搭了一个简陋的棚子，让男人躺在里面，连天地烧着纸钱。烟熏火燎的，他总也看不清自己的父亲。大约三天之后，他们就在风尘仆仆请来的一位须发皆白老者搞不清是唱还是说的仪式和一阵稀疏的鞭炮声后，众人抬起男人沿着一条泥泞的道路，把男人抬着走着渐行渐远。他想跟着，伯伯看住了他，不让他一起去。他问伯伯，伯伯的眼角淌着泪水，就是紧紧地拉住他的手而不答他。

之后，他就常常站在村口，等着父亲从那条路上回来，每次都一直等到太阳落山，夜幕降临，他才怏怏回去。之后，他就常常走到集市，站在高处，或者走进人流，四处寻找，看见一个熟悉的背影，就走到后面大喊一声："爸爸！"一个人转过头来，慈爱而微笑着看他，却不是那张父亲的面孔。他一愣，转身就跑，开始另外一次寻找。

之后的某一天，他又一次走到村口，有意无意地正准备向某个地方去寻找父亲。一个村里人刚从集市上回来，看到他的时候就喊着他的小名，问他是不是又要去赶集。孩子每天找父亲的行为早被村里人传遍了，但为了避讳则都称之为"赶集"。孩子重重地点点头，同时满怀希望地看着那个人。他又问了一次已然问过不知道多少次的问题，他只希望那个人能告诉他父亲在哪儿，父亲究竟去哪儿了。结果那个人却笑容僵硬在脸上，脸庞泛起悲戚："你别去了，你爹爹再也不会回来了，因为他死了。"那个人说完，摸了摸他的脑袋，离去了，留下他一个人站在村口。

"他死了……""他死了……""他死了……"他站在那里，往前走了几步，又往后退了几步，再往前走了几步，然后就停住。这时候，不知什么方向传来一孩子的哭腔："爸爸，家里的鸡死了……"当这比他还清亮的童音传到耳膜，他的泪水突然就流淌出来。他终于知道，一个人"死了"的意思就是：这个人就像村里时常看见的死鸡死鸭那样，死了，不动了，不活了……

许多年之后，孩子成为一位父亲，给他九岁的儿子讲这个故事。讲这个故事的时候，他们躺在冬天温暖的炕上，在炕子的另一头，还躺着他的妻子和七岁的女儿，她们也在听这个故事。这个故事他讲过许多遍，已然没有任何新意。在这个飘着鹅毛大雪的夜晚，他还没讲完，妻子和女儿已经睡着了，还发出深睡的微鼾。儿子还瞪着黑豆般的眼珠听着，尽管他已经听了很多遍，父亲又讲了一会儿，也困了，发出更粗重的鼾声。

儿子还醒着，他在想父亲刚刚讲过的故事。睡在靠窗的一侧的他拉开窗帘的一角，脸庞贴着冰冷的玻璃，透过白雪看漆黑的夜空，漆黑的夜空似乎有父亲无数次勾勒出的爷爷的脸庞……

那么奶奶呢？孩子突然发现了一个新问题，更加没有睡意了。他的父亲，背对着他打鼾，眼角却滑落了一滴清泪……

2013 年 5 月 30 日

哀愁远离，剩下什么

前几日，余光中老先生在台湾的电视节目中又深情地谈起了他的乡愁与哀愁。我和同学黄晟从头至尾看完了这个节目，感慨良多。

突然发现，哀愁二字，在当下的社会渐渐销声匿迹。因为，现代人一提"哀愁"二字，多带有鄙夷之色，因为哀愁总是懦弱的伴生物，而且现实现世也没有时间去哀愁，好像物质文明高度发达了，"哀愁"就不许存在，不然就是需要医治的心理疾病。哀愁在文化的挤压下就像欧洲资本主义扩军时期美洲印第安人和非洲黑人的命运，哀愁在被消灭的时候，这个世界更好了吗？好像不是，我们看到的是各种欲望、情绪的高亢和张扬，交织成光怪陆离的图景，现世的人们好像是卸下了禁锢自己千百年的镣铐，忘我地跳着、叫着狂欢着，激动而骄傲地宣告着，哀愁滚蛋了，健康的心绪来了，我们就这样狂欢吧！

哀愁消亡真的就很好吗？人们总是把哀愁作为林黛玉式的标签，然后就没完没了地谴责这种情愫的有害，认为这样的情绪多了，会增加体内的毒素，于是会减寿，日出日落，笑也一天，哀愁也一天，不如纵情欢笑，不要戚戚哀哀被哀愁所俘虏。这样的说法没有错，但是世事无绝对，哀愁并非一无是处，欢笑也并非全然高大上，有爱情，黑夜变白昼，有哀愁；有思，人世的意境便变得幽香而优美，还有点儿淡雅。有哀愁，人的心总是会静下来，总是会对生命、生活有了敬畏感的，敬畏往往让人的心升华。也许因为我作为文人特殊的生活经历吧，我喜欢哀愁，但我又杜绝着秦观式的哀愁，认为秦观和苏东坡结合后的哀愁那是多么美好。于是，我向往这样，我也从来没有把哀愁看作颓废、懦弱的代名词，相反，真正的哀愁是一种悲天悯人的情怀，是可以让人生长智慧、增长力量的。哀愁的生长不是一个人无病呻吟，而是从心灵深处滋养出的，这片滋养哀愁的土壤正是人心、人性的悲悯、善意、忏悔、反思，是心灵的现实主义，也是那种人烟寂寥处的天阶夜色凉如水，是映照在白雪地上的一束月光。如果我们沐浴在哀愁这样的环境中，我们的心灵是健康还是病恹恹呢？

想当年，白石老人和悲鸿先生突然就这么撒手人寰了，就像老子西去再也不见了，可他们的诸作品恰恰是因为对生命的眷顾，以及他们心底的哀愁所凝聚的描绘，让画儿传神，让诸物都充满了人性。他们创作时那哀愁的静谧，指引着他们不断用神之手孕育出静思而惊世的画作。

我特别喜欢俄罗斯，果戈理、托尔斯泰、契诃夫、高尔基、陀思妥耶夫斯基无不因哀愁、人性而伟大，还有经典中的《天鹅湖》，那里的森林和草原于广袤中的静谧哀愁，能把庸碌的生活点亮，呈现出动人的诗意光泽，从而洞穿人的心灵世界。他们的美术、音乐和文学，无不洋溢着哀愁之气，你看那列宾的《伏尔加河上的纤夫》、柴可夫斯基的《悲怆交响曲》、艾托玛托夫的《白轮船》、阿斯塔菲耶夫的《鱼王》等，它们博大幽深、苍凉辽阔，如远古的牧歌，凛冽而温暖。人的悲悯之心无不是裹挟在哀愁之中的，过于热烈、狂欢的作品固然有其奔放、强劲之美，但相比于静谧而致远的作品又能比之远？哀愁是花朵上的露珠，譬如朝露，去日苦多，所以各种的眷恋与意蕴就多，哀愁也是洒在湖中心的残阳，是情到深处的一声抒胸臆的嗟叹。可是在这个时代，充斥在生活中的要么是欲望膨胀的高喊，要么是下里巴人聒噪地喋喋不休，要么是麻木不仁的冷漠。狂欢与冷漠一色，却没了落霞与孤鹜齐飞之美，速来又速去的一切狂欢、狂躁之声、作品、艺术，已然主流，来来去去，循环往复，已是常态。

在这样的时代，我们似乎已经不会哀愁了。密集的生活挤压了我们的梦想，一味求新的快餐社会语境把我们逼得迷失了自己。我们实现了物质的梦想，获得了令人眩晕的所谓物质精神享受，可我们的心却像一枚在秋风中飘荡的果子，渐渐失去了水分和甜香气，干涩了、萎缩了。我们因为盲从而陷入精神的困境，丧失了自我，把自己囚禁在牢笼中。那种散发着哀愁之气的艺术生活，已经离我们而去了。

我们被阻隔在了青山绿水之外，不闻风声鸟语，不见明月彩云，哀愁的土壤就这样寸寸流失。我们所创造的那些被标榜为艺术的作品，要么言之无物、空洞乏味，要么迷离傥荡、装神弄鬼。那些自诩为贴近底层生活的貌似饱满的东西，散发的却是一股雄赳赳的粗鄙之气。我们的心中不再有哀愁了，所以说尽管我们过得很热闹，但内心是空虚的。

2013 年 5 月 31 日

28

生莫轻踏生之狱

　　年初在医院陪护姥爷时，换了四回病房。第二回换双人间时遇见过一个病人，他是漳市罐头厂的总经理，说来跟母亲还有点儿交集，因为母亲年少时为了贴补家用在罐头厂打了几年的工。这位总经理先生穿着挺考究，却因面色苍白而显得极其虚弱的样子，院长和医生都很关注他，时不时来向他通报检查情况，但连我们听久了都发现并没啥大问题啊。为什么他总是觉得自己大限将至呢？

　　院长与主治医生本来挺敬畏他的，但他天天如此神叨、疑心重，最后医生都尽可能在他每一次召唤中姗姗来迟，到后面索性有时找借口不来。他就拿出手机四处打电话，经常到处瞎咨询后迫不及待地吩咐爱人立刻给他买一些蜂王浆之类的补药。只是折腾来折腾去，他的病更加严重了，终于看护规格不断升级。为我们这间服务的主治医师，有几回临走前悄悄告诉我："其实这人没病，就是神经有点问题，千万别惹他。"病人经常做详细的检查，的确看不出有什么问题，但是他真的很虚弱。

　　成为室友的这几天，医院只是给他一些维生素之类的东西，可是没几天他就找护士长，要求换房间，换到六个人住的大病房。这时我倍感狐疑，更加相信医生的话。他的太太经常来医院看他，两人的交流非常有趣。老总总是嘘长话短的，而女人就像打发孩子似的，忽悠他几句应付一下而已。看得出来，女人根本没把他的病当回事。

一天他女人突然找我聊两句，说着说着就告诉了我真相。原来近些日子老总迷上了《搜神记》《山海经》等志怪小说，看着看着又在一次应酬时听了同席一神算大师的指点后突然开始疑神疑鬼起来。他很爱把自己与故事对号入座，结果白天常常心悸，晚上经常做噩梦，梦见有鬼纠缠，到了白天居然还能看见鬼，只有到人多的地方才能略微心安，美其名曰"阳气多"。久而久之，他终于因为精力不济而蔫了，只得求医，换言之是想在医院里躲一阵子。护士长是个热心人，她帮女人出主意，说本地著名的某寺有一位大师功德了得，请他作法一定能手到病除，但这样的事情不仅是离谱的，而且说出去还不太光彩，再说老总又是党员，死活都不干。最终女人想办法悄悄地把大师请到了病房。

那天，女人事先与我商议，让我也一起帮助"忽悠"老总说这大师是我说服女人而请来的，并留下我一并在场。女人不这么说，强烈的好奇心也会驱使我留下来见识见识，而且也征得了大师的同意。尽管作为无神论者的我不信这些，但我很想见识一下这样的神秘事件。

大师坐在了病人的床边，两人开始交流。大师慈眉善目又善于引导。心理被抚慰得舒服极了以后，平时死活不肯承认自己怕鬼的老总这时把心里话都说了："我一睡觉就有鬼来了，赶都赶不走啊。"大师笑了："你怕鬼？""当然怕了，鬼一来我就浑身发抖啊。"老总沮丧极了。"这鬼这么可怕，嗯，一定非常厉害，不过鬼会把你怎么样？"大师问道。"怎么样？"老总思索起来，"鬼会杀了我的，鬼是不会放过我的。"大师忽然哈哈大笑起来："杀了你，你便成了鬼，既然鬼那么厉害，做鬼岂不是比做人更潇洒，那你岂不是永无忧愁了？你将得到比现在更多的东西，你不该高兴？"看着老总茫然、目不转睛地盯着他，大师站了起来："刚才说到好的，现在说说最坏的结果吧，当你最害怕的东西把你变得和他一样可怕，这结果好像也不坏，未尝不是一件好事。所以，既然无论是好还是坏，你直面了不就没事了？鬼会不会放过你，又有啥问题呢？"

我突然悟到了什么，一个劲儿点头。老总则突然从床上坐了起来，一改往日之泥般疲软，向大师连连叩拜作揖致谢。

大师离开后，老总立刻美美地睡了一觉，呼噜声连医院附近的街道都能听到，第二天一大早就出院了。

2013 年 6 月 12 日

母爱永恒

近来看了微博上一个为母亲所做的沙画，容易多愁善感的我泪如雨下。

时间都去哪儿啦？还没好好感受年轻就老啦，生儿养女，一辈子呵……

妈妈在变老，子女在长大，长大的子女又能否记得那成长中的点点滴滴？

月子里的宝宝离不开妈妈，这个时候，妈妈是饭碗、是摇篮、是保护伞，只有闻着妈妈的体香才能安静；只有嗅着妈妈的乳香才能安睡，也只有妈妈才懂得，孩子的哭那是唯一和外界沟通的表达方式——是要吃奶或是要排泄。

1岁了，还是只要妈妈。会走却不愿走，张开双臂，抱妈妈的腿，用不清楚的话喊："妈妈蜜！妈妈蜜！"其他人好心地伸过手来都会被意志坚定地挡回，孩子从来是不会管妈妈累不累的，无论是愉悦还是忙碌都能被妈妈相拥入怀。

10岁了，知道的越来越多了，话儿也越来越多了，还是最喜欢妈妈。孩子会很奇怪很无辜地问："妈妈，我怎么这么这么喜欢你？"这个阶段的孩子或多或少知道结婚这回事后，无论男孩女孩，都必然说过"要跟妈妈结婚"的豪言壮语，他们的世界里，依然只有妈妈好。

20 岁，大多数孩子开始谈朋友了，妈妈是一把大锁头，他们难逃被妈妈管，被妈妈盘问，被妈妈唠叨。久而久之，便对妈妈有些生厌。但是恋爱过程中的点点滴滴，又很爱跟妈妈分享，失恋了，第一选择就是找妈妈，或哭或闹，总有妈妈兜着。找爸爸？还是别，被虎虎地说教一番马列主义政治课，真是自找没趣！还是听妈妈暖暖的安慰，吃妈妈的红烧肉好，风雨过后是彩虹，雨过天晴阳光灿烂的，仿佛什么也没有发生。这下子又抱着妈妈，又厚颜无耻地说："世上只有妈妈好！"

30 岁，成家了。妈妈成为小家以外或多或少的人，甚至两代人的矛盾在这里常常容易爆发，比如消费、比如带下一代的娃……可以不要妈妈了吧？可是，小两口过日子免不了磕磕碰碰，磕碰得厉害，就想妈妈，不管不顾地回到妈妈身边去，撒撒娇偷偷懒，悄悄变小一回。心里温暖了，再回到另一半身边来，便有了继续小家的兴致。其实现代的青年各自的小家，带下一代的娃，妈妈是更重要的存在，娃儿每晚哭闹，是不是要换尿裆裆，青年们怎能时时事无巨细，还不是要妈妈？没有妈妈，当了爸爸妈妈的青年们哪有夜晚安稳的睡眠？

40 岁，孩子大了，妈妈不重要了吧？渐渐的，他们不知怎的会感觉怀旧，思想变得像父母一样传统。逢年过节，男男女女的家长拖着家小一定要往老家赶，千山万水总是情，翻山越岭难阻情，无论如何也要在节前回到妈妈身边，一家团聚，孙儿辈们还惦记着奶奶的压岁钱和红烧肉呢。40 岁中年人孩子们的心目中，有妈妈的节日才是完整的节日。

50 岁了，长在外乡的根愈发地开枝散叶、盘根错节了，自己的孩子也添丁加口了，不知不觉间，处处都是四世同堂了。50 岁啦，身体的毛病比妈那时还多啦，记忆比妈那时还不好啦，可定期吆喝兄妹们围到妈妈身边去这事儿还是记得的。知天命的人了，工作中的得得失失已是人生如梦一笑而过了，在单位个个都很宽容很慈祥，可是到了妈妈身边立刻判若两人，这个同事不是东西，那个新来的年轻人真是欠教养……各种吐槽，各种不甘，然后就和兄弟姐妹们闹腾起来。妈妈忍不住假假呵斥一声，子女们哈哈大笑，一切不甘心此时都化作云烟。有妈的孩子就是块宝啊！

70 岁，他也成一棵老树了，可以不要妈妈了吧？可是，妈妈走的那天，他还是哭得死去活来，70 岁没了妈，就像孩子失去了最心爱的东西，从此，世界真的就空了。我认识一阿姨，女强人与女汉子的综合体，她的母亲逝世那几天，她有条不紊地张罗、不失礼数不知疲倦地答谢、走在兄弟姐妹的最前头扶灵。悼文是她亲手写，念也是作为长姐姐的她念，大家哭得稀里哗啦，她愣是没有一滴眼泪。所有事务结束了，她回到家，一沾家里的地儿就号啕大哭。她的儿女们不解，只听得她抽泣着反复叨叨："我没有妈妈了。"

我一挚友 94 岁的太婆终日卧床不起，子孙们围在床前嘘寒问暖，太婆都不应。太婆面朝墙壁，嘴里一遍又一遍地喊："哎呀，我的妈妈啊……疼啊，我的妈妈啊……快来把我带走啊，我的亲妈妈啊……"都老成精了，疼痛起来，还是只要妈妈……一个问题：什么时候可以不要妈妈？回答：什么时候都需要！人生路上，妈妈一直是我们心中的饭碗、摇篮、保护伞，更重要的，是我们心底永恒的最温暖最温柔的精神支柱。因为需要所以需要，需要因时不同，亦请妈妈的孩子们都好好珍惜！

2013 年 6 月 14 日

我想去看你

　　夜晚，不声不响地来了，我站在窗外，安静、不动声色地遥望你的家乡。我在想，此时的你在远方广西的家乡干什么呢？凝视着，凝视着，从福建到广西的大半个中国突然变得很小，像只小蝉蛹那样蜷在遥远的灯影里。

　　今夜，我想去看你。我想，乘着最古老的绿皮火车，吭哧吭哧翻山越岭去看你。我想，在火车轮轨的碰撞声声中，用最慢的速度去看你，我想给你惊喜，搞不好那时你已为家人做好一桌美味。

　　我想你，就像庄周梦蝶，火车在走，我既希望快，又希望慢，我想拽住时间疾走的步履在见到你前充分地想你，身在水穷处，坐看云起时。我坐着慢绿皮子走遍山山水水，于云卷云舒间去捕捉生命每一瞬间的美丽与感动，一见面的时候，就把这一切至美与你分享。

　　我想以旅程中的河流为剪，以山岳分段，一座又一座的城市为句读，从容地走一程芳草鲜美、落英缤纷的大路，悉心剪辑冬白夏红、春绿秋黄的色彩，一一记下不能封缄、无法投递的情感，将路途上的一花一世界、一念一悲欢装订成册，细碎地说给你听。怎么集中这么多的美你别考虑，因为我早已未雨绸缪备好了最精美的相册。

　　出发的那天，我要起个绝早，好好沐浴，再细细检查是否拉下啥啥。太阳才刚刚醒来，榕城总是座很快就发烫的城市，我在畅想绿皮子出城区的景象，就从这里开始搜集美吧。你看那翠绿的山峦此时如金，层层梯田就像通天的金色阶梯，村庄跟着火车跑了一会儿，便不见了。但暂时的隧道之索后，又来到一处水木清华的地方，我看到满片花儿的开放，隐隐约约有歌声吟唱。我看到荡漾着清澄流水的泉野，那炽烈的阳光，为皮肤涂上一层釉彩。我的记忆洞穴被拨开一片杂草，重回到童年，重回到外婆桥那曾带着妹妹捉蛐蛐的清澈干净、毫无杂念的风景。那时的我们还匍匐在草地上，你一言我一语地画着斑斓的蝴蝶和列队的虫子在怎么玩过家家的情景呢。这时绿皮子已经努力攀爬上陡坡，那玲珑的野花和憨厚的石头、肥胖的黄蜂、婀娜的花蝶都静静地在草海中共舞，拍着拍着，我出门时带的一本想在路上没拍照时看的书，此时恐怕更难拿出来了。世界太美，平凡中却隐藏着太多至美，凡庸忙碌如我们，总是忽略着太多的美好。

绿皮子驶进了阳光晴好的晌午，不留鸟儿痕迹的天空多了一抹玫瑰色的彤云。应该是临近广西啦，广西招牌的渔歌声里，你看那江上舟摇，你看那鱼跃清涟，薄雾中江洲里的一桃一柳、一亭一榭殷殷相顾，欲说还羞。一泓碧水旁，穿着露脐的桃红纱女子拨弄着躲在青苔中的红鲤，红鲤就要跳龙门，女子的明眸善睐，和红鲤连成江水天际里的星星点点。

你家在雨巷，回忆你告诉我的家里事儿，那探出墙头的三角梅，艳丽地开在斑驳的白墙上，下面是青绿的苔，红红绿绿，又是一幅衬梅的水墨。此时你是否于假期里枕着小巷深处的阳光，睡到自然醒呢？梦里连通着现实嗅着白被单上太阳的味道，听着懒猫踏实的呼噜声，继续跨入下一个梦境？隔着你爸妈茶室的竹帘，园子里的莺莺燕燕像优雅的女子，都梳洗罢，独倚望江楼，过尽千帆皆不是，肠断白苹洲。茶室里，你那位一生爱音美的姐姐，此时必坐在琴台前，纤纤玉指落丝弦，吟唱着女子婉转曲折的心意。

绿皮子行走间，风淡了，云浅了，太阳下依稀有着雨丝，更添得那车窗外的芭蕉和花丛，水墨画一样充满夏日的禅意。我远游想你的心，在微醺的午后或幽蓝的夜里，轻轻浅浅地跳动，想你，想得我夜难眠。

学校放暑假的时候我就想去看你，却一直没有告诉你。未能见面时，我们隔着斑驳的时光深深凝望，将见时，我们隔着美丽的画世界两两相望。我们之间，当自由的心灵亲拥，心灵的交织承载着这个世界、也美丽着这个世界。于是，我寻找你，成了我行走的主题。而你对我的等待，我知道是不期而遇的期待。

我想，去看你。我想乘着最古老的绿皮火车，翻山越岭去看你，看你一眼就回来。从此后，甘于清冷和孤寂，埋下头细数着日子，一天天活下去。

我想，去看你。

2013 年 6 月 14 日

戏说涂鸦

埃及神庙中惊现"到此一游"的事件，最终确认是一位到此旅行的中学生所为。这件事情，家长出面道歉、网络上喧哗一片是必然的也是必须的，但在余波深处，却有人扯到《西游记》的头上，接续着"老不读《三国》，少不读《水浒》"的思维。这回加了《西游》，一再称是古典名著教坏了孩子，以至于大家跑到国外去还喜欢随意涂鸦，丢了国人的脸。更有人不失时机地斥之为国民的劣根性，认为是名著背后的中国传统让老辈人就不学好，结果上梁不正下梁歪。

话说当年孙悟空打遍天下无敌手，终于遇到了如来这个老谋深算的家伙。两人打了个赌，然后，悟空漂亮地翻了一个筋斗，落在五根柱子实际上是如来的手指上。老孙一个筋斗是十万八千里，换算成国际单位为五万四千千米。所以，有速度就是这么自信，于是老孙在不明就里的情况下解开裤子，畅快地撒了一泡尿，又从自己身上拔下一根毛化作浓蘸水墨之毫，浓墨重彩地写了一行大字："齐天大圣到此一游"。以上细节，终于使得《西游记》成为世人怪罪的对象。只是，读《西游记》的人，真的没有注意到，悟空被判处五百年有期徒刑而且无唐三藏不能出来也有如来佛祖的一份对他乱涂乱画的惩罚在里面吗？如果没注意到，想来也不是吴承恩的过错。

好听点叫作不拘小节，不好听就是不顾小节甚至恣意妄为，这倒也不仅仅是中国人的专利。视野开阔点儿的人应该知道一件事情，有人去法国造访拉雪兹公墓，发现王尔德的墓上有个透明的玻璃罩。原来，每年都有无数女孩子在向王尔德的墓碑献吻，其程度远远超过了有良知的中国人向杭州岳王庙秦桧夫妇跪像吐口水之程度。王尔德者，经典《快乐王子》的作者，也是位大诗人。他曾经写过："女人是用来爱的。"如此的妇女观、怜香惜玉，自然粉丝如云。不知从何时起，女粉丝们开始选择用红唇表达自己的爱意，结果，搞得墓碑上唇印斑斑。在对女粉丝们使用罚款和严厉的教育均无效之后，管理方感到无奈，干脆用玻璃罩把墓碑罩上了。不仅如此，雪莱的墓碑也有这样的高档待遇。

所以，不要把这么厚重的事情全压给中国人呀，尽管中国人口世界最多。我倒是觉得，喜欢涂鸦的那位中学生行为固然应该受罚，但是在文化精神层面尚属轻微，以后只要悉心教育必能拨乱反正，重者呢？说到喜欢随意涂鸦的习惯今人有，古人也有。自古以来，有权有势的人必然喜欢舞文弄墨装点门面，他们中的一些人，有的就这么楞涂抹成了票友，还有的成为资深艺术家。乾隆皇帝很好此口，而且因为高度的爱好而自以为是、肆意多为。今天，只要我们不仅仅是去故宫喝星巴克或拍照、提笔留念，不妨带点耐心去见见故宫收藏的字画吧，很多都有乾隆的私章和题词。而且，他盖章根本不在乎原作的和谐，有时直戳到画的正中央，就像一个小混混，专门往小姑娘脸上吐唾沫一样。

乾隆玩文化，自以为是创造文化，但深究起来，实际上是君权对文化艺术的亵渎。不仅对画如此，对于集中华历史、文化于一体的《永乐大典》，他偏要弄个清朝专利，于是大量删减、涂抹后出了所谓的《四库全书》，对文字涂鸦的后果甚于对画作涂抹的后果。

但再细想想涂鸦这件事情，在西方其实是行为艺术的一部分，只是任何舶来到中国的东西最后纷纷会变了味儿。忆往昔，20世纪50年代之后，行为艺术在欧美风行一时，艺术家们纷纷在地铁站的墙体、公共建筑的立柱以及公交车的车厢上涂抹属于自己的标志。他们把各种自以为大有深意的文字、稀奇古怪的标志和图案喷涂在上面。一时之间，从宾夕法尼亚到纽约，从美利坚到英吉利，到处都是涂鸦的痕迹。这种行为，从动机上来讲，似乎在表现一种占有的欲望，就像南京的那个中学生，急于在埃及留下自己的印记一样。艺术家们所表现的，或许是对时空的一种占有，就像古代皇帝到泰山去封禅，磕头然后留点记号，是一种实力的宣示。

香港有位艺术家，在整理先祖遗物时，发现九龙被割让给英国人之前，曾是御赐给他祖先的采邑。为此，他开始四处"宣示主权"——具体的方式是，从九龙为起点，游览香港的次数远远胜过了世界所有游客，他用毛笔到处涂抹，笔迹遍及港九各区。这些涂鸦，作为艺术品，后来在威尼斯双年展上被展出。

不过，他现在再也不能保持着这样的游香港次数、深度优势了，在网上，我们可以看到他在汽车以及建筑物上的涂鸦照片，很有个性。他自称九龙皇帝，真名叫曾灶财，前几年已经去世了。

所以，艺术是真的假不了，假的也真不了，无论是皇帝老儿还是平民百姓，皆亵渎不了。

2013 年 6 月 20 日

你有权利喜怒哀乐

J先生，我们好久不联系了，但今天突然想起种种，忍不住把积累着的想对你说的话一起写下来吧，您有空看看。不联系并不意味着不想念，反而你的种种一直让我引以为师。

和朋友、家人不幸发生冲突时，你总是要求自己先去和好，被上司欺负，你还要求自己面带微笑，还自我解嘲曰："成熟不是心变老，而是眼泪在眶中回旋而不出，脸上却时刻保持着微笑。"你说你若不坚强，又要软弱给谁看？你说过你若不好，谁人会对你好？你也说过若什么都拒绝，人品中还能留下什么？可是你有没有发现，你的朋友、同事乃至亲人都渐渐把你的大方宽容、心地善良当作可以迟到爽约、任性霸道的理由，你从来不会不耐烦，却难道没有一点点不耐烦？这样才是你，被贴上好人标签的你，不会发脾气的你，人人说好却人人都不在意你。

你的上司没有因为你的好态度和好说话的小绵羊性格就赏识你，反而变本加厉。你没有什么问题对领导反映，说明你工作上没有任何困难，你能面带笑容，说明压力还不够，你这么好差遣说明家里没负担。别人因偷懒翘班、假公济私被批评，你如果也这样只会被批评得更厉害，领导认为这样批评你是为了你好。这样的你，积极向上的你、勇往直前的你、工作最多受表扬最少的你，才是真正应该永久保持的你。

所以，作为一切的延续，百事一理，在爱情上你也是如此。全心全意地爱上一个人，只知道掏心掏肺地对她。下雨了，你给她送伞送爱心餐，车子被刮碰了，手受伤了都是应当的，什么困难挫折难过，你都可以自己扛，说了让人家担心，这样不好。她需要你怎样你都可以赴汤蹈火在所不辞，你需要她怎样她可以随意处置，你以为这样的你会成为她的依靠，不曾想最后她渐渐对你没感觉了、移情别恋了，还认为你只是一床棉被，并非情侣。即使是这样，你也安之若素还为她考虑良多，那次你除了跟我喝了几瓶啤酒外，从未向任何人诉苦包括你的父母，不大哭大闹，甚至不开口挽留，你潇洒地转身，华丽地走掉。你也鼓励自己，未来可以更好。这个时候其实你需要朋友，需要发泄和释放，但是在朋友眼中，你一直是什么都懂什么都可以解决的人。你还没来得及说说自己受到的伤和痛，就先去为别人失恋暗恋错恋出主意。朋友们都雨过天晴才想起来问问你怎么了，你却顿了顿，然后说什么事情都没有。

你是钢铁战士，阳光外向充满正能量，但内心实在是孤独可怜。看那部电影《分手合约》时全电影院哀鸿遍野你却为什么沉默？最边上那对情侣靠在一起流泪，第三排那两个女孩，一起哭一起笑。你突然发现自己像一座孤岛，你试着挤挤眼泪，却发现不哭与哭都是习惯成自然，因为太久不哭，想哭的时候竟然哭不出来。你是那场电影里唯一看上去无动于衷的人，别人认为你坚强，也认为你不可思议。你活于斯，被别人当作不可思议的人，这又是怎样的一种感觉呢？

一个人也可以快乐，书上这样说，可书却不会告诉你怎么去寻找快乐。一个人，在做着内外兼修的老好人时被剥夺了喜怒哀乐，怎么去重新拾起？你在生活中，被人挤被人推被人揩油被人欺骗，你都安然，你从来都不会生气，甚至久而久之也不知什么是生气。对这个世界，你拒绝喜怒哀乐，这个世界，也便继续捉弄你这样的老好人。

这样的日子一天天重复着，当坚强成为一种惯性，自己都不肯原谅自己偶尔的懦弱，不经意间就学会了演戏。演一个淡定、喜怒不形于色的人。有多久没有撒过一次娇？有多久没有大骂一次？有多久没有放肆任性？在这样的节制里，一天天老去。你还真算是幸运的，有的人像你这样，结果得了抑郁症，抑郁症的后果，你懂的。

这样下去就是你的坚定选择？我认为你大可不必把人生态度作为你的单选题，人生是那么复杂而动态岂能一个选择来覆盖所有？你有权利难过不安和哭泣，你可以示弱痛苦和无助。打不倒的是不倒翁，而你是人，坚强不是刚硬，而是柔韧。没必要和自己过不去，想哭就痛痛快快哭一次，想倾诉就痛痛快快说一次，想发泄就痛痛快快闹一次。就算撕掉了精心维系了很久的面具也无所谓，一个高大全、完美无瑕的人本不存在。即便是存在了也只是人人觉得其活得真累的标本，标本于鲜活之人，是多么大的反差和悖论也！你，就是这么一种样态。

J 先生，请善待自己，你的改变，是让你的生命充盈而有意义，不枉人世走一遭。

你有权利不安和难过。

路在自己的脚下

在求职或实习的路上，有个靠谱的前辈帮你递个简历，实在是一条捷径。可是你有没有发现，每次你发邮件过去都是杳无音信，或者对方的回信只是泛泛而谈，并无任何有价值的建议和帮助。这是为什么呢？难道前辈都不愿意帮小弟小妹的忙吗？难道世道让前辈已经变得世俗功利，非要收点好处才肯帮忙吗？难道前辈们都忘记了自己的曾经吗？

其实说到底，前辈不愿意帮忙的最重要的原因是：愿意帮助你是情分，不愿意帮助你还真是本分。那怎么才能够得着情分呢？你是谁？我怎么才能相信你？"推荐"不是单单转简历这么简单的一个事，这里面包含着推荐人，也就是前辈们在其单位中以及在业内的信誉问题。

还是那句话，如何够得着所谓情分呢？我看我还是举个自身的实例吧。在原单位当毕业生就业指导中心老师的时候，晓虹是我的学生助理，之后的两年里，我不仅推荐她进入了想去的实习单位，甚至她男友的实习我都全力帮忙。她是如何让我如此信赖的呢？

1. 用最独特而质朴的方式，让前辈认识了她。那时候我的部门正好在招收学生助理，在一堆人里，她的自荐表格字迹最工整、言简意赅。我设置的表格只有她形成了一套完整的个人逻辑，符合我设置的游戏规则。面试的时候，相比其他人跃出论题范围的侃侃而谈，她只

44

告诉我，她对我这个部门的了解以及她的个人特点、特长适合处在哪里。虽然还是个孩子，有许多的理想主义的东西，也有对我的部门认知幼稚的地方，但是我读出了她的自信。当对人有所求的时候，最难得的就是你的不卑不亢和精神饱满，而这一切就是源自你的自信！现在人人都知道自信怎么写，但是能在生活中特别是处理事情、重大事件中还能够展示出自己的自信，这样的人则太少了。你自信不自信，你知也好不知也罢，职场都会看得出来。最后，我决定录用她，在30人中。

2. 及时发邮件跟进，尊重对方，礼貌当先。她当晚回去就给我发了一封邮件，礼貌地再次介绍了自己，并提出是否可以占用我一点时间，询问一些关于我所在行业的基本问题。后来我发现这些问题正是她在面试时自己发现的不足，于是及时补强自己。我看到这封邮件的时候是第二天早晨上班的时候，出于礼貌以及前一天的良好印象，我回复说，下午六点下班以后飞信聊。结果到下午五点我又被领导抓去市里参加紧急电视电话会议了，于是只好提前量礼貌告知并重新约定了时间，决定七点钟电话聊一下。六点四十五分，她先发短信问我是否能打电话给我。这个时候，我对她这种在细节上的尊重非常欣赏，并顺利通了话。她提的问题我都作了回答，在最后，她提出了想让我帮她看看简历的请求，而不是说"以后多多关照"诸如此类的空话套话。之后我才知道，她的手机没有飞信业务，是专门为了和我聊天去开通，又因为改成电话聊，她六点半就坐在一个安静的地方等待。我问她要了简历，因为我真的非常想为这个懂礼貌、尊重人的女孩子做点事情。

3. 实力是保障，不够要去学。其实她的背景很一般，简历上也没有呈现出太多亮点，但我还是好心指点了她简历上的一些问题。没承想，她回去认真地改了简历再发给我看，而且她给自己设定了一个表格（是自己从微软官网找到的员工成长表格）。从那以后她努力按照我的指导（其实我也是随便说说）进行了全方位的提高和充实。一年中，我们保持密切的沟通，她会在每天中午下班时等我吃饭，晚上我加班时主动提出留下帮忙，不断给我讲她最近又做了什么、得到了什么启发、有什么新的机会、自己是否做得够好等等。她不断地把自己的进步输出给我，一年之后，我将她的简历发给不少朋友的 HR 部门。她的实力在最初并不好，她并没有为了我能推荐她而急功近利。她所在的系来自企业的老师很多，她也并没有选择去找一个新人脉，而是选择在这一年不断努力，让我看在眼里、记在心上。而在这一年的交往中，我有足够的信心对其努力、人品、性格做保障，并最终将她推荐给 HR 部门。

4. 过了河还要再修桥。晓虹在大三的暑假被网龙邀请，在人力资源部。我隔三岔五地接到她的邮件，她给我讲她遇到的各种问题以及自己的各种小收获。我虽然已经不是她的领导了，但是这并不影响我一直在看到她的成长和进步。她偶尔也会悄悄跑到我这里来跟我说说话，让我感觉到她对我的记挂，并不是过河拆桥的姑娘。后来，她因为家庭原因需要离职，她的领导和我都感到非常可惜。她离职以后的日子里，我依然不断地收到她的邮件和信息，而她也经常帮助我思考事情、搜索资料，有时候她为了帮我找东西甚至会忙到很晚。我带过了很多学生助理，只有她是唯一的领会了我对"铁饭碗"的定义——现代社会的铁饭碗不是你在一个单位干多久，而是你自我修炼、自我成长后形成的价值和综合素质能够保佑你无论何时何地都能拥有到一个别人主动给予你的机会。

我始终相信，在她的人生路上，会赢得很多人无私的帮助，因为她谦逊、尊重、努力、感恩，而这些才是一个人走入社会成就事业的根本，也是我们每一个人应该共同努力的地方！

2013 年 6 月 25 日

爷孙俩

河西走廊的边上，有很多山，有很多风沙，有很多人。黄沙飞舞、落下，一拨拨人于生死门就这么来来去去。

太阳东高升，夕阳西垂下，一升一落，也是人生。

这块地儿，这片山，相传当年霍去病就是从这里经过，长途奔袭，最后燕然未勒、封狼居胥的。眨巴眼到了 20 世纪 80 年代末，当斜阳的浓红取代了金红，渲染了村中央的五星红旗的大红，天边便像黑金色的鱼泡眼金鱼那般蠢蠢欲动，山的脊梁上传来暮归的牛叫，和羊鸣形成复调。一个垂髫小儿顺着山脊生硬的曲线灵巧地移了上来，山上，相对迟缓多了的爷爷牛鞭子有一下没一下地在空中悠悠，还想着让牛儿们再吃点儿草。孙儿放了学，爬上半山来给爷爷帮手，爷爷心疼孙儿，再加上确实也没啥事儿，爷爷遂给他说了那只老母兔的故事。

现在的日子算是渐渐好了，遥想大饥荒的三年，那树不长草不生的连半只斑鸠都难留，一旱一荒，这地上跑的野物也就绝迹了，别说野物，连人都绝迹了。真是白骨露于野，千里无鸡鸣。这些年好了，林木疯长起来，像秃子猛生发一样地浓密了山上的崖头。林多草多了便肥了沟里的溪水，鸟兽鱼虫那个蓬勃繁衍，好年岁的气象在遍山满沟洋溢。这不，邻家老马的猪儿们贪图沟里落满的果子，一个劲儿地海吃呢，结果统统醉倒在已经正发酵的果子海里了。有时候一睡就是

47

三四个时光，那呼噜儿声声就像天雷滚滚。

　　至于旱的小年子，谁都不得安生，生存之难足够让家家户户在生死线上摇摆至死。丰的满年子，爷爷又不得安生，为甚？要防各位贼子，贼子是人倒好办，所以当狐狸要偷他的母鸡，野猪要啃他的玉米，连野兔儿也来刨他的甘薯与花生的时候，年岁越增，人手益少，老伴走于大饥荒，儿子和媳妇刚刚到省城里求发展，小孙子可能不久也要被接过去，所以爷爷渐渐心力皆不足。

　　但也无可奈何呵，一代传一代的土枪又不得不从屋檐上取下来，磨光了枪线，上满了油，备足弹药，每当孙儿在酣睡，爷爷就上山去住那草庵子，守那二亩地。他两枪击毙了一只野公猪，将一只黄皮子追了三架坡，有一回还打着了一只花狐狸。这些东西，毕竟个大目标大，好打，最难的还是那些灰黄白不一的三瓣嘴们。他们当地就有土话说，日本人败逃了，这人不用地道了，兔子们用的却比人还溜溜了。你看，那嫩青豆子芽刚拱出地皮，就立刻一夜间齐腰着被兔牙斩净；花生刚在土里结个孕胎，兔儿们随风潜入夜，噬物细无声，连根须都不给你留分毫！这些该挫骨扬灰的野兔们，爷爷先用铁笼子诱捕，再往土洞里灌水、熏烟，动若脱兔，枪弹不大有用。

　　一天早上，爷爷又背了土枪翻山越岭去看田里的情形，突然发现不远处有一只大灰兔在刨土，估计在新筑三窟吧，那兔子是他发现以来的最大条，就比一直芦花鸡还大。爷爷静静地蹲下，屏住呼吸、微微驼了的后腰绷得奇直、努力把呼吸匀称了、把激动不已的心慢慢静了，当人、枪头、兔子三点一线时，爷爷果断地扳机一扣，改良后的子弹化作发散的铁珠、铁砂粒射出。待一二分钟后他悄悄从旁侧迂回去探，那肥兔子，身中数弹，当场亡毙，他捡起时才发现有三只小兔仔正慌慌张张往草窝子里钻，他毫不费力就一并抓了，还真的是搂草打兔子也。

　　爷爷恍然大悟，大兔是母兔妈，人家正为孩崽儿们打洞呢，估计

48

打完这个洞，方便往返爷爷的田和洞穴，为孩儿们带食呢。爷爷想着想着，不知怎的，竟感觉收获的喜悦劲儿渐渐在消失，伤感的劲儿竟渐渐地上来。

三仔儿们装在笼里，惶恐不安又好奇地四处看嗅，它们毫不知情妈妈没了。打那天后，爷爷去田里忽然少了，整日地要么在土炕上喝着土烧抽着旱袋子，要么就是从窗子里看着自己的小孙子用嫩草喂这三只小兔，爷爷的心越来越伤感。他猛然回忆起，当年孩子他妈就是为了让三个娃儿们吃仅剩的土豆，就这么捂着饿了几天的干瘪肚子消失了。他也猛然记起来，去年清明前夕，他还在村委会的电话里大骂三仔儿们不孝，出去了就忘记了母亲的衣冠冢……

就在这一天，孙子去上学了，兔崽儿们让爷爷放走了，就在他们初见的地儿。爷爷盼它们来吃他的豆、花生、苗儿……土枪又用油布包起来，重新挂到屋檐下。

小孙子天天念说这三只小兔，就在这苍茫的暮色里，他帮爷爷收拾犁耙，发现爷爷又给它们拔了一捆新鲜的草儿。这是爷爷不知第几回拔的了，它们大概不会再回来了，唉，也难说，生死未卜吧。爷爷近来更爱喃喃叨叨了，常叨着："我那三仔子那么小的时候我也不放心呢……"

爷孙俩赶牛回家，一路沉默着，坡梁的暮色越暗也越让人压抑得喘不过气来。小孙子问："爷爷，今天我的老师还说，海的那边快把鱼都捕捞完了，1998 年又发了大洪水……人总不能把啥都消灭了，只留下自己吧？"

爷爷又喃喃，磕巴磕巴猛抽后的旱烟袋在黑暗中更显火亮："兔崽子们以后恐怕也像这鱼……"

2013 年 6 月 28 日

黑夜中的璀璨

在当下时节写冰岛，感觉特有意思，写着写着远胜任何高功率空调。

位于北欧的冰岛与福州自然是极大不同的，在长达九个月没有阳光的漫长冬季里，冰岛人到底是如何打发这"黑不见底"的日子的？他们会不会想方设法到其他地方去"避冬"呢？我一直十分好奇，所以，一持同感的朋友当举家将迁到了冰岛之后，逢人便问。

朋友在冰岛安顿下来后就迫不及待地给我打来了电话，首先就是告诉了我们共同关注问题的答案，还真是，不识庐山真面目，只缘身在此山中。他的答案全然出乎我的意料，几乎每个冰岛人都特别喜欢那每天 20 多个小时没有阳光只有星光的酷寒长冬！朋友的邻居，已经在首都雷克雅未克居住二十年的哈尔格里姆松，在朋友入住第二天请朋友一家共进晚餐时兴奋地介绍道："冰岛具有用之不竭的地热资源，电费非常便宜。雷克雅未克是游客的天堂，在冬天里，万家灯火，照出了一片辉煌的繁华热闹，置身其间，你简直就以为这里是美国的拉斯维加斯呢！"在南部维克小镇当牙医的邻居亲戚哈尔达松则骄傲地说："别人总误以为冬天的冰岛处处黑得伸手不见五指，实际不然。我们有月光，也有星光。月光亮晃晃，星光亮闪闪，落在晶莹的雪地上，不可思议地映照出一片光灿灿的琉璃彩光，你只能在童话里才见得着！"

在距离朋友家大约 200 米距离的咖啡馆老板贡纳松话语诙谐："在隆冬里，当提及北极光时，每一个冰岛人的眸子都变成了特大号的钻石，亮得唬人。当天空晴朗无云时，北极光便会出现，频繁时，每周会出现两三次，当然，有时连续数周也不出现。唉，就像我这咖啡吧的客人一样……"老友还寄来了贡老板送给他的兼做咖啡吧宣传的画册让我欣赏，我一页一页地翻，当亮到剔透的青绿色北极光出现时，偌大的天幕就变成了一盛放着颜色浓的散不开的巨型翡翠的托盘。至于动态的七彩北极光呢，像是一个壮硕腴美的冰岛女郎纵情舞蹈，她的舞衣五颜六色、流光溢彩，在天空里舞出了冰岛风味的霓裳羽衣曲。此时此景，已远胜川端康成之未眠花，亦已远胜天鹅湖，堪比特洛伊的海伦。

为了这旖旎瑰丽的北极光，我一定会在明年毕业之前到趟冬季冰岛，在冰岛举世无双的"黑色冬季"里，户外引人入胜的大魅力是北极光，户内呢，终日与人痴缠不休的，则是静态的文字了。

雷克雅未克书店的经理凯蒂告诉老友说："冰岛阅读风气很盛，冬天一来，书籍的销售量特别高，许多人都喜欢蜷缩在温暖的被窝里阅读。正因为这样，我们这儿的小说家和诗人特别多！大家读了书，便集体讨论、吟诵，文风炽烈。"说着，他露出了自豪的微笑："1955 年荣获诺贝尔文学奖的拉克斯内斯，便是我们冰岛的作家！"人口才 30 多万，却出了震惊文坛的世界级作家，也难怪冰岛人引以为傲了，而我们呢？

2013 年 6 月 30 日

且行有错过，且行且珍惜

今早重温《灌篮高手》，当看到樱木花道第 50 次失恋的搞笑段落时，突然潸然泪下。

咱家的哲学家晓力姑姑告诉过我："年少时不懂得黑格尔，懂得时已经是中年。"就如我不懂萨特和波伏娃的爱情，懂得时，也已近而立。

歌德说过："哪一个少男不善钟情，哪一个少女不善怀春？"年轻的时候，我们都随着年龄的增长而憧憬爱情，爱情在我们的想象中就是模糊而又酸甜的夏果，我们憧憬，我们渴望，我们也便自发地在寻找。

在寻找爱情的路上，有的经历和冲动，不是由对错来衡量的。我在小鲜肉的年岁，曾为一人魂不守舍过，而且是不守到朋友都担心我过马路的安全。我明明白白地告诉她我的想法，她则有条不紊地把握着对我若即若离的尺度。当爱情变成博弈时，渐渐地知晓亦是我愤而离去的前奏，她的智慧反衬着我的愚痴。这让家长们批评了我好久，更让我由爱而生恨。

风华正茂白衣怒马的年岁，我以为爱情就是喜欢一个人，那个人也会喜欢我。但是，我忽略了，我喜欢的那个人，她为什么、凭什么要喜欢我？我总得有一些地带、情趣吸引她吧？总得有一些让她迷恋的东西吧？如果没有这些作为感情基础，终会曲终人散，无论我那时候多么痴迷，多么真挚，多么迁就她，结束必然是最终的结果。

后来，又喜欢一个人，这一回，她不是我的知心人，你却觉得她是。我甚至在不清不明的情况下热烈地告诉家人她是知我心者。我觉得她是别致的、与众不同的、超脱的，我想，要能和那样的人恋爱，该是怎样的幸甚至哉，就差歌以咏志。但我又忽略了，她风情背后的虚荣、独行背后的繁华、独特之后的凡俗，我看到的只是她的表面，或者说，我看到的，只是她的某个面，而真正的她，我永远都不曾了解，即便是浮现了我也不愿去了解。而她的明暗，恰恰是她对我忽热忽冷态度的节拍器，她与我的相遇，绝非单纯，亦非机缘，而是掺杂了太多当下社会的世情与功利。当我终于发现她的另一面之后，才知道，我和她，原本就是两条轨道上的人，不会有交集。

于是，在她的莫名其妙中，我断然地切断了与之的一切联系，拉黑了所有与之相关的社交网络。

我在日本进修的挚友跟我分享过这样的心情，同样是年轻的时候，他就错过了一些很好的女孩。比如，那个在非典时期慷慨赴燕歌就为和他一起吃饭的人，那个可以陪他聊十七天十七夜不重样的人，那个可以陪他进行着他的兴趣的人，那个热爱他文字的人，那个懂得你寂寞的人，那个永远那么安静、那么温婉、那么善解人意的人。他也曾经想过，如果能与她牵手，那会是怎样的现世安稳。可是，他的内心，还不懂得珍惜，比起她，他还是有太多的事业要美其名曰"男儿志在四方"。那一种少年的张扬与梦幻、轻浮与虚荣那般岁月又怎能遏抑？

后来，我又遇到个女子，那时已离青春懵懂越来越远，离现实主义越来越近，女生比男生早熟，23岁、24岁的年纪则更为现实、世故。她很美很高挑，工作也不错，人情世故门儿清，更有中西结合的家长天天为我指点江山、面授机宜，她也乐在其中。她们一起策励我前行，这样的状态持续了近一年，让我想起一个曾经的梦。梦中，我骑着骏马在奔驰，一马当先于所有人，最后我发现原本在身边唰唰而过的不是风景而是两面墙壁，胯下的马亦早已成了长相狰狞的猛兽……她和她父母对我恒温的热忱和各种建议，并不是因为我和她的感情，而是肆意侵入我理想和职业规划里狠搅动那一池春水，希图用我和她的缘分把我绑架到他们的利益战车上……她对我的"爱"是稳定而恒定的，却让我感受到前所未有的恐慌和筋疲力尽，并且在这一过程中囊中羞涩、负债累累。

身边的同学、朋友们渐渐谈婚论嫁，甚至为人父母，而我还单身依旧，关心我的人都集中于一个问题上，即"施灏先生究竟喜欢怎样的女子，怎样的女子又适合于施灏先生"？我一时半会儿答不上来，即便是答完全了又有何意义，现世的语境下，社会与世情已经让理想主义愈发萎缩，包括爱情。

我就时常在夜深人静中扪心自问，对于我个人正在行走的人生路，有这样的女子吗？我一无所有，她仍看重我、欣赏我，对我关心又依恋，让我有种天长地久的安稳，与她在一起，我会觉得，就这样一生一世多么好。但是，我的心于人生之路上是煎熬的、纠结的、烦躁的，是无法与感情割裂视之的。我走的路随时有可能影响感情，我也永远不会让感情来羁绊我的路。我不苛求她一定务必要与我的精神心灵相通，我如果说，将要去远方，于是，我就真的走了。当所有人都将我淡忘的时候，她却一直记得我；当所有人都觉得我是怪物的时候，她却依然看重我。我在，她欢迎；我走，她祝福。

世间很少这样的女子了，不贪名利，不流世俗，一心一意。我却没有遇到，这真是遗憾的事，但我竞逐理想主义的心仍未曾停滞。我曾经经历过的女孩们，有的我努力往淡里忘却了，有的还让我心中留着恨。我们有缘相识，却不曾想这缘是孽缘。但无论如何，到了这般年纪，她们也不再青春，或许已先我为人妻为人父母。曾经的过往，我们年轻的心，总是追求完美，总想着，下一站，会遇到最好的。却总不曾料到，人生路上我们每一次遇见毕竟是每一次未知的起点，就像路经的每一扇门，想推开，想进去，却发现每一扇门的背后都写着两个字——"围城"……不经历这一扇扇门一开一合鼓起的风雨，我们又怎敢遑论成长、成熟？可能当我的心终于成熟了，我会发现，你真正要找的，或许就是一个缘分使然的上帝要我们在一起的女子，就是一个终能执子之手相濡以沫居家过日子的女子，就是一个让我的心安静下来的女子，就是一个可以陪我散步听我倾诉烦恼的女子，就是一个不贪名利愿与我同甘共苦的女子，或者，只是一个超越了一切科学、逻辑爱我的女子……

但是再回首，无论是我努力忘却还是我恨的，至少在那时青春，她们不都是我青春的一部分吗？成熟的年岁当然可以分析青春之得失，但青春最重要的是什么？如果每一个人的青春都能够活得那么科学、理智、理性，又还叫作青春吗？我们一生都在寻找最想要的真爱，至少我也感谢她们出现过，因为若没她们的出现，我又怎能最终明白自己需要什么？如果最终要量变转化质变的年岁让自己的生命融合进另一半时，这另一半有着与她们相似的种种细节，这样的质变不是很失败吗？

若干年后的若干年，我希望我的爱情终能尘埃落定。我所娶的女子，是仁慈、明察秋毫的上帝终于关注到我时所指点的迷津。

人生大抵如此吧，总是在错过之后才明白，这就是年轻，这就是成长。总是在千帆过尽的时候，才遇到那只船；总是在错过人生至爱后，才最终遇到那个人。只是，在等待感情开花结果的过程中，请心态放平、面朝大海、春暖花开，静静等待。当不以物喜、不以己悲时，无心插柳柳成荫也。

柳荫之于花朵的收获，估计就是真正的感情收获吧。

2013 年 7 月 2 日

人怕入错行

人们似乎总为职业所愁。

我的大学同窗晓东，创下过一年内行业内跳槽纪录，至今全年级无人能破。我的大学同窗书旭，创下过事业选择跳槽纪录，至今全年级无人能破。时不时和他们联系，或跟我倾诉衷肠，或还想拉我入伙，我皆一笑而过，答曰：理解、理解，诚祝好运。

在就业办的任上，我常会去参加共建企业的咨询会，所以无论是在学校工作岗位还是在企业里，总会遇到这样的咨询者：对自己的职业总不看好甚至妄自菲薄，希望职业规划师能给其"指条明路"，告诉其做哪一行可以一劳永逸，换言之，想让职业规划师给他找个"金饭碗"。

在二十年前，大家都还对"金饭碗"这个词十分熟悉和热衷，从铁到金，从父母辈到吾辈，这意味着一种职业能带来前程似锦、丰衣足食的美好生活，要么出将拜相，要么如"罗斯柴尔德"，一生锦绣。现在从大学生到求职者，想法多多，考虑多多，觊觎这那，比如做公务员，做技术人员，进学校、公立医院等事业单位以及金融等高薪行业。但又心比天高、命比纸薄，而且时代浪淘沙，变幻莫测。特别在他们的 21 世纪，如今，这些"金饭碗"光芒还在吗？以公务员为例，在 2013 年国家公务员招录中，许多职位的岗位描述被称为"最苦金饭碗"：需要"常年出差""需晚上值班""需常赴抢险救灾现场"。即便一般的职位，也不再像之前人们所期待的那样：清闲、高薪。"一杯清茶一包烟，一份报纸坐半天"的公务员工作在很多单位并不存在。

所以，就如股市有风险，入市需谨慎。行业有兴衰，职业有变迁，入行亦需谨慎矣。那么如何据此选择自己的职业呢？那就要对行业发展趋势做个预测和把握。

行业的兴衰更替是正常的社会发展所决定的。一个行业在最初的发展阶段，充满了各种不确定性，能发展起来不确定，什么时候发展起来更不确定。虽然用倒推的方法很多人可以做"事后诸葛"，但是最初推动一个行业发展的人一定是具备了非凡的勇气的。且不要说一个大的行业，就是一些具体的业态形式或者产品也是如此，比如团购、微博、电商等。有谁在这些行业一开始的时候就认定其一定具备了比 BP 机还要有远大的未来呢？而一旦进入了朝阳期，就变成了人见人爱的香饽饽了。各种投资蜂拥而至，市场份额迅速扩大，竞争者也会因为有利可图而大量增加，人才需求扩大，队伍急速扩张，经过几轮的洗牌，才会逐渐稳定下来。发展稳定的朝阳行业一定是众多求职者趋之若鹜的地方，这些行业中，上升通道通畅，大家拼的更多是能力，如果学习能力强，善于开拓，勇于承担，会出现很多职业发展的机会。IT、互联网都属于这一类行业，但是，行业的蓬勃发展总有周期，在周期内，请好好考虑自己与个中的定位，在周期外，则不要盲从。

另外一些发展更加稳定的行业，比如出版、制造、法律、能源等行业，逐渐从朝阳走进成熟行业，甚至有些具体业态形式沦为夕阳，比如邮政行业。这些行业的特点是职业发展比较依赖体力和关系，个人的发展前景比较确定，如果有资源可以依赖，就会相对稳定。一旦走入市场，就有随时被变革的风险。那么，行业的更替变化原因是什么呢？我认为有两类原因：一类与制度改革有关，比如从计划经济转向市场经济，还有政治体制改革也会带来一些行业的兴衰；另外一类是社会经济发展带来的技术更新和大众需求的变化，前者如通信行业，后者如对绿色、环保、健康产品的青睐。一些行业的发展就是利用技术更新和产品迭代来不断向朝阳行业链接的。

在行业大势之下，作为个人，其实是很难对行业兴衰产生决定性的影响的，即便是行业的老大，也不能说是在左右行业的发展。如果个人陷入对"好行业"追求的话，就会跟着"好"行业不断改变目标，一味追逐趋势，个人发展缺乏延续性。那么，作为芸芸众生的我们，如何保证在行业的滚滚车轮下不被碾压？一方面是要清楚自己的追求，这样不会简单地把自己的命运绑定在别人认定的"好"行业上；另一方面，清楚自己的核心优势是什么，除了一些与行业相关的研发、生产类职位，核心优势绝不会随着行业变化而消失。这其实提供了一种即便行业兴衰有变，却可以适应有道的"随机就业"。这看似简单地"随机"之间，需要提升两种能力：一种是迁移能力，迁移自己之前职业中运用的能力；一种是整合资源的能力，没有经历是白费的，关键在于整合，整合到自己的方向。对于行业发展的趋势，我们不能左右和改变，甚至连洞悉起来都有困难和风险，因此应"顺势而为"，可以借势实现自我。

2013 年 7 月 11 日

穿衣穿出了什么

行走于世，人慢慢经历着有人为你穿衣到"人靠衣装马靠鞍"的过程。

所以，有的人穿衣属于行为艺术，有的人穿衣随随便便，有的人穿衣则有配有搭，穿衣服的背后，比写的字更能透视个人。

1921 年，30 岁的北京大学文学院院长胡适收到上海商务印书馆抛来的"橄榄枝"。当时的商务印书馆国内第一，规模庞大，藏龙卧虎、人才济济，有意换一个环境的胡适想通过实地考察来决定是否"跳槽"。同年 7 月，胡适来到上海，一身奇装异服，绸长衫、西式裤、黑丝袜、黄皮鞋，显得中不中、洋不洋。第一次和胡适见面的商务印书馆旗下杂志《小说月报》编辑茅盾回忆："真的很奇怪，堂堂大教授竟然穿得这样不搭配，我从来没有见过这样的打扮。也许，这倒像了胡适的为人。"

59

就像现在你看一个人穿皮鞋配白袜子、穿西装配牛仔裤会不可思议甚至忍俊不禁一样，绸长衫就是应该配布鞋呀，西裤就应该搭西装啊。在这样不必问缘由的刚性设定下，黄皮鞋和衣服、裤子都不协调，喝洋墨水多年早已西化入骨髓的胡适不可能不明白这一点。而过了一阵子，茅盾才想明白了：胡适要通过自己的服装向世人宣告自己的人生态度，让别人知道自己是一个中西合璧的文化人，既吸收传统文化精华，又极具西方开放眼光。

　　"服装，有时是一种态度。"这句话是胡适的友人，另一同时代巨擘张爱玲说的。她的许多话今天都未过时。她常出现在中国各类杂志封面上的传统形象——昂首着的旗袍照，堪称人体美学、服装设计的经典，也由此穿越而成为几代中国人的梦中情人。但是，作家潘柳黛却在《记张爱玲》中写道：张爱玲喜欢奇装异服，旗袍外边罩件短袄，就是她发明的奇装异服之一。大概是在旧时家庭成长的原因吧，张爱玲传统的另一面饱含着离经叛道，在资料记载中她也毫不讳言地承认自己有"恋衣癖"。她亲自设计衣服，仅供自穿，这一度是其人生长时期的爱好，以至于沉湎其中，无法自拔。她在香港读书时就把所得的奖学金用来自选衣料设计服装。弟弟张子静问她是不是香港最新款式，她笑道："我还嫌这样子不够特别呢！"

　　还有一次，张爱玲从香港带回一段广东土布，刺目的玫瑰红上印着粉红花朵、嫩绿的叶子。这本该是乡下婴儿穿的，她却在上海做成了衣服，自我感觉非常之好，仿佛穿着博物院的名画到处走，遍体森森然、飘飘欲仙，而完全不管别人的观感。在《对照记》中，张爱玲少有地在末尾露骨地自得了一句："很有画意，别处没看见过类似的图案。"这种"乡下只有婴儿才穿"的广东土布现如今除了被美化为"莨绸"当作非物质文化遗产加以保护、推广外，还被时尚界安上了好听的名字——"香云纱"，成为高档面料以及有钱、有闲、有品位人士的标志。为出版《传奇》，张爱玲到印刷所去校对稿样，整个印刷所工人会停下工作，惊奇地看她的服装。这百分之百的"回头率"让张爱玲感到十分满意。她很自得地对身边的女工说："要想人家在那么多人里只注意你一个，就得去找你祖母的衣服来穿。"女工吓了一跳："穿祖母的衣服不是穿寿衣了吗？"张爱玲回答："那有什么关系，别致就行！"1995年秋天，75岁的张爱玲孤独地死在洛杉矶的公寓，几天后才被发现。据说，她死前最后一件衣裳是一件磨破衣领的赫红色旗袍，像极了她曾经绚烂一时而后却平和闲淡的一生。

胡适的人生相对于张爱玲，相对平稳，所以从来不为衣服犯愁，胡适的穿衣也和其性情一样平稳无波。张爱玲相对于胡适则多了许多跌宕起伏，现实中她穿衣是不循常理的，但她书写穿衣却比任何女人都明白。她在处女作中就把社会比作了长满跳蚤的华丽袍子，华丽的袍子上满是浮躁的浮世绘和鲜龙活虎的芸芸众生，这样的袍子再华丽也是假华丽。她笔下的女性们，哪个不是因为衣服而具有了鲜明的性格、心理，她们的命运不也随着衣服而昭示得清清楚楚？运用衣服刻画人，那份精准、那份细微、那份恰到好处、那份入木三分，没人写得过张爱玲。张爱玲笔下的衣服，就如曹雪芹笔下的吃，一个穿、一个吃，就足以写透了人生与人性。穿与吃的变幻，不就是人生的变奏曲？

2013 年 7 月 12 日

穿衣穿出了什么

高低复调

在当下，一个人只有高调才会叫人看见、叫人知道、叫人关注。高调必须强势，不怕攻击。而越被攻击越受关注，越成为一时舆论的主角，干出点什么都会热销。高调不仅风光，还带来名利双赢，所以高调让人着迷，狂欢的喜悦时刻刺激着人的荷尔蒙挥发，无限快意。

高调也会使人上瘾，上瘾久了就会成为瘾君子。高调的人往往离不开高调，就像用微信的某些人每天登录微信的时候必然要盯着朋友圈的被点赞次数看，如果有人不点赞就可能迁怒于人，也像酒瘾者，一日无饮就受不了，总之降下来就难受。可是纵使让你再有瘾，这个时代会推动你高调，但也不会永久理睬你的高调。

所以高调的人必须不断折腾、炒作、造势、生事，哗众取宠，目的达到了还持续高调，继续高光聚焦。很多人都羡慕高调，视高调为一种成功，如果天赐良机于己必然幸甚至哉，也高调地歌以咏志。我也曾是这样，读高中时为了大家关注做出了很多像《草房子》里的桑桑一样的事情，目的是达到了，但现在回想起来羞愧难当，很难想象自己当年怎么如疯子一般不可理喻。高调的时候，人就像不断沸腾的开水，温度越来越高也便越来越狂热，沸腾了，疯狂了，就愈来愈刹不住车而迷失了本心。

于是，这个世界上有另一些人就去选择另一种活法——低调。这种人不喜欢一举一动都被人关注，一言一语被人议论，不喜欢人前各种炫，把自己所有的信息曝光得彻彻底底。他们明白在市场经济时代，高调存在的代价基本上是出卖自己，抑或是成为别人眼中的笑料，自卖自丑皆无益。所以，心甘情愿低调的人就没人认识、不为人所知，但他们反而能踏踏实实做自己喜欢的事、本职工作的事，充分地享受和咀嚼日子，活得平心静气、安稳又踏实又有何不好？低调，往往让人最自知，最自知时也最爱自己，最爱自己的时候，往往又是最自重的时候。如是，你作为人的价值因自重而重，反之，亦然。所以说，低调者更易于生存与发展，高调者往往不善于发展，除非，高调者仅仅把高调当战术。

不过，人与社会就如鱼儿和水，市场经济时代往往呼唤高调，高调者更易于获利于短平快模式，太低调谁知道谁去买？酒香现在也怕巷子深哉。社会的语境促使高调者更高调，低调者变节成为下一高调者，然而热销的东西不可能总热销，它迟早会被更新鲜更时髦更高调的东西取代，时尚是商业文化的宠儿，高调则是时尚的燃料。时尚潮流滚滚，潮汐力满是高调助推，但潮汐里边不大量充斥着五光十色的泡沫？每一股潮汐的存在不都是为了下个潮汐？大浪滚滚，前浪先死，一代新换一代旧。商品文化是俯视一切的造物主，高调的时尚不断被其缔造，也不断地丰富现世的生活，也在弥合着人民群众越来越增长的文化需求和落后生产力之间的矛盾。

故而，一种追求持久生命魅力的纯文化不会时尚，换言之在现世是被深深埋没的，但它也不会为大红大紫而放弃一己的追求，它甘于寂寞，因为它确信这种文化返璞归真后的价值与意义。为什么在快餐产品和大众下里巴人盛行的时代总有经典？就是这个道理。这也是我为什么越来越逃离郭敬明，越来越接近鲁郭茅和巴老曹的原因，也是现在拿起手机在流量无忧的情况下越来越找不到喜欢的电影、电视剧的缘由。我很尊敬那些导演、编剧和作家的坚持，他们对寂寞的耐心、对冷板凳宁坐十年之精神着实可贵。他们平日不知躲在什么地方，上天遁地难觅其踪，又往往在世界将其遗忘之际却忽然把一本十几万或几十万字厚重的书、剧作、电影拿了出来。他们作品触动的生活与人性之深，创造力之强，艺术表现力之宏伟令人吃惊。待到人们去品读去议论，由此诞生了许多研究成果博取功名时，他们又不声不响扎到什么地方去了，唯其如此才能写出真正洞悉社会人生的作品来。

他们生活在社会深深的褶皱里，生活在高低复调迷乱的音符里，也生活在自己的心灵与性情里，褶皱和音符迷乱着人，也陶冶着人的心灵性情。陶冶着陶冶着，他们比狂欢躁动的高调者更深邃地看得见黑暗中的光线和阳光中的阴影，以及大地深处的疼点。他们天生不是做明星的材料，不会经营自己只会营造笔下的人物，任何思想者都是这样：把自己放在低调里，是为了让思想真正成为一种时代的高调。

我还是建议和他们一起享受一下低调吧，一起品杯低调的茗吧。在低调的宁静、踏实中获取生命终极意义的深邃与隽永，走向自我的圣洁，不好吗？

2013 年 7 月 16 日

熬爱情如熬药烹小鲜

单身太久的大学同学忽然恋爱了，我难以置信，但是在了解清楚情况后，我感觉到不是我不明白，而是这个世界变化快。

这个时代是一个讲究唯快不破的时代，各行各业都追求快与速度，爱情也难免。以前，大多数男生向女生表白都要经历一个漫长的周期，现在呢？喜欢谁过几天直接向对方请求曰："我们试着做男女朋友好吗？"爱情变快乐，也就变得简单易得起来，当然原本的场景也不可或缺：看电影、喝咖啡、送礼物，激烈的时候可以互相打耳光，甚至决斗、寻死觅活……

这样的爱情，很多人都在经历着，却也在厌恶着，天天活在快餐中则必然无法真正品味到美食的精妙真谛，这是必然的事实，爱情也如此。人类的情感太过简易，那么悠久的历史又怎么安放？

所以，这个速爱的时代速离婚率也很高，造成的悔恨和伤害也比比皆是，误了不知多少人的青春与人生，最后发现，无论是多么速，最后都得返璞归真。因为爱情总有其规律，违背规律的事情大多难以逆天，爱情也不例外。爱情不是速餐，而是熬药烹小鲜也。而说到熬药，熬药这件事却始终马虎不得，仍要兢兢业业地配齐各味药材，而后小火慢熬，三碗水煎成一碗，炼得良药。说起来简单，熬起来难。

熬药前至关重要是配药。配者，多一分不行，少一分也不行，务必分量适中，就如一个最合适、适配的班子、团队：钱、权、才、情、貌，谁为君，谁为臣子，谁何以为君，谁又何以为臣，都要清楚分明。倘若不均衡了，分量再足也不能成为一剂良药。有人为钱而嫁，有人为权而嫁，有人才华横溢但心中只有自己，有人真心相爱却不懂得经营生活，都算不得神仙眷侣、恩爱夫妻。药配齐了，还要有合适的器具，最好是砂锅，余者如不锈钢、玻璃、搪瓷锅也都适用，但铁、铝、铜等器具有可能会损药性，而砂锅则性情稳定，不易与药物中的成分发生反应，所以药还是药，药性得以保证。所以适着对应于婚姻，这个容器就好比家庭环境，恋爱、谈婚论嫁不只是两个人的结合，还是两家人的结合。婆家和娘家的背景、习性、为人等等，对于小夫妻的和睦不能说起着决定性的作用，但也有不可忽略的影响，所以稍不留意就会产生化学反应，改变了药性。

其次，当将药材放进砂锅后，不能直接开火，得先浸泡在冷水中搁置半小时，这样才有利于药物有效成分的煎出。爱情更是如此，年轻人最喜欢说的话就是"轰轰烈烈爱一场"，然而一上来就开足火力，未经理智过滤就突飞猛进，只会让爱情来得快也去得快，迅速变成一锅药性全无的药渣。当然，理智的情感也并非一直冷淡缓慢的，第一煎也是要大火煮的——在经过一段冷处理后以大火煎煮，药味会迅速散发出来，那是爱情生活中最美好最热烈的部分，却未必是精华。速食的爱情也会得到和这份热烈芳香相似的感觉，但是没有前奏也没有尾韵，错过了开头也失去了结尾，当事人还往往不明白自己做错了什么，只觉得"我们也曾真诚相爱，为什么后来却会南辕北辙"，遂得出"世上从来没有真爱情"的谬论来。

他们做错的到底是什么呢？是大火煮沸的第一煎之后，还要加水改用文火慢煎半小时，维持汤药沸腾——要注意的是，煎药时不能频频打开锅盖，以防气味走失，降低药效。然而，这偏偏是一个秀恩爱的时代，不但明星们喜欢把自己的私生活当剧照高调曝光，普通大众也多染此习，把微博当成结婚展览馆。一言一行一油一酱都恨不得与众分享，昨天吵架了，今天和好了，都要发表一番公开宣言，遍告亲友。而在这个过程中，往往就会生出诸如宝黛之间的"不虞之隙，求全反毁"——十五岁的贾宝玉、林黛玉不懂得处理这段万众瞩目的爱情，速食时代里不肯长大的微博控们同样不懂得，于是，爱情总是等不得修成正果，药材就变成了药渣。

　　所以，当你的爱情已经入锅煎煮，那就珍藏密敛、耐心煎熬吧，等到三碗水煎成一碗，相爱的人一起慢慢变老，那味药，也就真正成了。

2013 年 7 月 20 日

熬爱情如熬药烹小鲜

谢谢你们给我的美好瞬间

这个蔚蓝色的星球，如果没有昆虫随处鸣啾啾、亮闪闪，是不是就抽空了什么了呢？前些日子，正在南开学府的表妹丹妮还在电话里回忆孩提时在漳州二中的大片草海中，我这个当哥哥的怎么为她捉蛐蛐、蝈蝈、瓢虫，时光最久的还养到了深秋……

我不禁感慨万千，匆匆流年，我已渐渐忘却，但她还记得，用小小虫儿做媒介一下子带给了我无尽的美好回忆，甜蜜蜜、暖呼呼的。通着话，不经意间，窗外蝉鸣渐劲，如热火般夏天旺盛的生命力时刻被这样的骚骚蝉鸣鼓动着呵。蓦然理解了王维"倚杖柴门外，临风听暮蝉"的不舍与沧桑。

我的一画家朋友曾赠予我一作品，我为之惊叹，必然一生收藏。画面上，一只刚刚羽化的蝴蝶，在枝头一下、两下、三下地试验它的翅膀。"星垂平野阔，月涌大江流"的旷野之外，蝴蝶黑亮的眸子刺不破无边无际的夜幕，围绕其身畔。忽然有一两只萤火虫不期而至，绿莹莹的一星幽光。七八个星天外，两三点雨山前，闪烁的星光与踌躇之蝶动静中相得益彰，如梦似幻。好画总带来远想，我看见，在那某夏日，夜过而晨曦初露，东方鱼肚白，八九点热浪之前风仍清凉。踌躇之蝶已经远去，此时，不是彼蝶的另色此蝶们徜徉于枝头、花间，红头大苍蝇和蜂们悬停在庭院的上空，高频率扇动被夜露打湿的翅膀，它们努力抖去晨露之余留，以便轻盈地飞翔。就是那种细微而整齐的嗡嗡声，唤醒着新一天的世界。

我不见这种景象已有很多年，一是自己没法早起，二是城里很难有品味到此景的场所。直到几天前，在一个偏僻乡村的早晨，睡眼惺忪的我又听到了那种嗡嗡声，又看到了翅膀扇起的光晕，恍然间又回到从前，好似时光和苍蝇都还在原地，流逝的只有我自己。隔着课桌，偷偷听文具盒里的蚕吃桑叶的"沙沙"声，那是童心最想与人分享的秘密。终于某一天，怀着忐忑的心情打开文具盒，惊喜万分地发现蚕儿变成了一个个雪白炫目的茧。蜻蜓箭一般地飞过一片绿叶间花的荷塘，午夜梦回，不知今夕何夕。迷蒙中几声秋虫呢喃，一如轻灵的梵音，告诉你还在凡间。你穿了一身漂亮的花衣服，吸引了数点迷蝶围在你身前身后翩然起舞。

小时候，抓过几只蝉的幼蜣，放在纸盒中看它们傻乎乎地爬行，那丑丑的模样，真像潜伏在地下的外星生物。没想到一觉醒来，它们居然都蜕去了褐黄色的外壳，露出黑亮的甲胄，伸展着轻巧透明的蝉翼，一下子从土行孙变成了飞将军，依依惜别我之后就奔赴大自然参加大合唱。那时候，隔壁街的中药房老板常常回来我们住宅区里搜集蝉蜕，他小心翼翼的姿势让我更加怀念那几位飞将军，不止蝉，还有许多小生命皆如此，万物既渺小又神奇，万物神奇变化带来的惊喜，都永远镌刻在我童年的心底，是我精神世界里难得的美好。

你看，烈日下，一只金龟子从远处飞来，它闪亮的背上驮着一片金色的阳光，那是怎样的流光溢彩。纺织娘爬过长长的瓜蔓，停在一朵丝瓜花上，振动双翅，织出"吱呀吱呀"的一长串音符，如我窗前恒鸣的风铃。2005年去西藏看望父亲的途中，雪域油菜花开，两只白色的菜粉蝶上下翻飞在金黄色的菜地里，在皑皑雪山和幽幽蓝天的衬托下，美得让我目眩神迷。2004年五一长假，徜徉于绍兴的三味书屋里，一只还没有长出翅膀的小螳螂，从合欢树枝头跌落在肩膀上，它瞪着一双迷蒙的复眼，嫩绿的小小身躯，柔软得不堪一握。三天后在杭州岳王庙，闷热的午后，雨就要来了，蜻蜓们成群结队地飞在低空，飘飘洒洒，玻璃般透明的翅膀鼓动着，像一架架轻盈的小飞机。当骤雨急速降下，总有那么一两只翠绿的蜻蜓还没有找到栖身的树枝，冒失地闯到我们的屋檐底下……它和雨丝一起带来的凉爽与清新，是炎夏最惬意的享受。在自家楼下，每个清晨透过开满鲜花的草地，赏无边春色，看蜂飞蝶舞，我心自空明舒爽。当深秋也远去，某个北国冬雪簌簌飘落的凛冽早晨，远在京城的鸿杰兄不失时机地用微信发来了数张照片，都是他打开饲养蝈蝈的保暖盒的拍摄成果，可爱的蝈蝈们就像一只只孕妈妈，可爱而又坚强。看得我不免欣喜万分，热泪盈眶，感叹生命的顽强和不屈，庆幸它又将生命的奇迹延续了一张日历。自然，你真伟大，你其实比《幽灵公主》中的那只举世大神鹿王还要璀璨伟岸。

　　远在日本早稻田大学深造的好友林宬寄来一张照片做成的明信片，我必须收藏一生，那是一对鲜艳的瓢虫，于暮色渐起时，利用西天最后的一抹微红，在颤巍巍的草茎上耳鬓厮磨。望远处看，在朋友高倍滤镜里，稻浪翻滚的田野，两只蚱蜢邂逅，和瓢虫一样，你侬我侬，朋友告诉我，这情景远比樱花飘荡的校园里处处是情侣要美。

　　虫虫们，你若安好，就是晴天。

　　谢谢你们，一直为我的精神世界织着瑰丽又保暖的毛衣。

　　我永远深爱你们！

2013 年 7 月 22 日

有　用

　　再没有一个国家能比我们灵活辩证于"有用"与"无用"之间了。

　　据说"无用"是各种东方智慧的顶峰，《水浒传》里的头号智囊吴用，其名字不就是明明白白地符号指射？贾樟柯还拍过一个纪录片名叫《无用》。无用基于有用而存在，有用基于无用而有意义，但现实中人无不追求有用，厌弃无用。

　　又一个酷暑天回漳，第一件事就是去看从小把我带大的姥姥，不避讳地说，看一次少一次。姥姥已经八十多岁，近几年衰老得厉害，行动迟缓，坐一会儿就得躺床上迷糊一会儿。以前回去的时候她总是不停脚地为我做这个做那个，现在她大多数时间只能是坐着或者躺着。去年她脚上破了一个伤口，居然一年都没有长好，虽然不再疼痛，不再流血，但是就生生地留下一个像是月球环形山那样的凹口，大概这就是生命力逐渐衰微的表征——细胞已经失去再生的能力。所以我尽量珍惜每一次陪着她的时间，听她天马行空地唠叨，甚至是活在再也出不来的仇怨中，上一句在八十年前，下一句就宕回到现在，非常之穿越。因为知道我从小到大回漳时都待不长，所以她十分留恋地说：要是能长住就好了，你看看我，这短短几年，就老得一点用也没有了。

　　小时候，姥姥希望我别读书了，待她身边就好。长大了，她一边嘱咐我必须好好读书，有出息，一边时常暗暗思念我而流泪。我拿相

71

机给她照相，她很乖地站好，我拍了全身的，又拍特写，相机里的她表情木然，白皙的皮肤上布满黑色的老年斑。我强烈要求她笑一笑。她说："好，好，笑一笑。"可是脸上还是没有表情。再拍，她就生气了，总说，丑啦丑啦，麦拍啦（漳州话，别再拍了的意思）！看惯了杂志上那种笑得像菊花盛开的老年人，我感到很不满意，更加督促她笑，于是继续像喊号子那样说："好，好，笑一笑。"但是姥姥脸上还是木木的，比哭好一点的笑。我这才意识到，已经好久没看到姥姥那种眉眼全都舒展开的笑了。

也许，在人生的终点越来越迫近的时候，"笑"这个动作因为没有必要，所以功能就自动减弱了？姥姥会很自然地说起"死"。她会说：等我没有了，这个就留给你。或者说：人到了八十多岁就该死，让孩子们歇歇，没有用了还活着干什么？于是，她常叫母亲们适时了就把她埋了……早晨起床我想要喝一杯漳州的白芽奇兰，可是又不知道放在哪里加上懒惰，于是我顺嘴就喊："奶奶，我要喝茶。"声音里居然有撒娇的意思，作为快中年男人的我，自己听起来都吓了一跳。可是姥姥非常高兴地答应着，笑得满脸皱纹，一下子就站起来给我去找，动作敏捷得像换了一个人，仿佛她一直在等待着这一个叫喊。一句话，让我姥姥一瞬间仿佛年轻了三十岁，我回到全心全意依赖她的儿童时代，她回到她的壮年时代，重新变得"有用"，并且因为"有用"而显得生机勃勃。

我忽然明白了前几年姥姥为什么老是给我捎她自己做的鞋垫、袜子，各式各样的鞋垫，花花绿绿的，十几双十几双地托人捎给我，我就是变成个蜈蚣也穿不完。她给我捎的茶，我化成十条水牛都喝不完……因为她没有办法做其他的事情了，只能一针一针地纳鞋垫、蹒跚着给我买茶……

因为，这让她觉着自己还有用。

2013 年 7 月 24 日

父　亲

一个小老头儿，下巴蓄着又白又长的胡须，所以上唇的小胡子一看就知道是被烟草熏的才成了那种颜色。他披着一件比他还大的褐色斗篷，皮鞋似乎也比脚还大，头戴一顶毛线四处乱露的毡帽，胳膊上挎着一个小篮子，篮子里装着一只四处探视的鸡。

背有点驼的他眼睛看着地，步履蹒跚地来到某兵营的门口，在距离哨兵 200 米的距离走过去，倒回来，走过去，倒回来，反反复复快 100 个回合（饶有兴趣的哨兵数的）。每与哨兵对视一眼他就立刻再往更远处缩退近百米，总之显得十分胆怯。

两个原本如门神一样保持距离站着的哨兵渐渐忍俊不禁，最后忍不住交流起来了。他们在探讨那个老儿是谁，是不是探子呢？如果是探子这也太不专业了吧？

哨兵们继续畅聊着，忽然背后传来一声暴喝："站岗时间，你们干什么？不想活了吗？"哨兵们冷不丁地被吓得七魂丢了六魄，只见一个精神、高大、干练、身材匀称的帅气少尉从门后跳了出来，仿佛是早就埋伏着监控他们许久了。

少尉怒视着哨兵问清楚了缘由，也开始打量着这陌生的老头儿，立刻就充满了兴趣。他指挥哨兵上前抓来了老人，像抓小鸡一样。被吓得就要把斗篷抖落的老人嗫嚅道："我……我叫……米沙，请……请问……问我的儿子在吗？"少尉也忍俊不禁，哈哈大笑，像看着一出滑稽剧。手拧着老人的哨兵则面无表情，尽可能憋着如同一尊微微颤抖的雕像。

少尉笑了大概有十分钟，饶有兴趣地问："要说，我们骑兵团有三百个儿子，不知您儿子叫什么名字？""他叫耶尔古诺夫，先生。"老人毕恭毕敬地答道。少尉听着突然皱皱眉头，顷刻又满脸狐疑，他的语气有点紧张，有点儿音颤地问："是……是哪个耶尔古诺夫？"

老人努力地抬起眼睛毕恭毕敬地告诉他："是……是米哈伊尔·耶尔古诺夫，他好像是……"

少尉这下身体明显地抖着，无比认真地把靠近凝视了一下老人，赶紧做手势让哨兵放下他。哨兵看着少尉这突然见鬼的魂不附体的样儿，满腹惊讶，却还不敢动，继续认真做他的雕像。

少尉和老人并排走着，少尉像爷爷身边的小孙子似的引着他往军官俱乐部走。俱乐部门口，一个高大粗壮，身上披着武装带、腰间扎着宽皮带、挎着哥萨克战刀的卫兵一看见少尉来就立刻毕恭毕敬。少尉与他一番耳语后，他重重地"啪"地立正后敬了个军礼就赶忙慌不迭地向俱乐部跑去。

他跑向此时正在俱乐部靶场的一群军官正簇拥的那个人。那人身材矮胖，黑不溜秋，远看像一粒巨大的煤球，满脸堆肉杀气腾腾。卫兵打了个立正，两脚并拢时靴子底掀起一股尘土，报告道："有人找您，上尉！"不知怎么回事，上尉的脑海里一下就闪现出了他老父亲那干瘪矮小的身影。但他仰起头，为了让同事们听到，他以鄙夷不屑的语调大声说道："在这个镇子上，我谁都不认识……"卫兵生怕他不大清楚外面的状况，赶紧详细解释说："是个老人家，披着褐色斗篷……他从很远的地方来，提着一个篮子，里面有只大公鸡……"一句话说得军官们好想笑，上尉的脸却更黑了，他把手举到帽檐上说："行啦……您走吧！"过了五分钟，少尉进来了，离上尉还有四步远的时候，走太急了还差点滑个趔趄……他就像鸡扇动翅膀一样上下挥舞着手臂喊道："有人叫您，我的长官！是个老人……他说他是您父亲……"

上尉的脸更黑了，却没有纠正少尉的话，看样子想拔腰间的枪却又不想的样子。他怒冲冲地踢了一脚地上的尘埃，喊道："滚吧！我就来。"为了不做任何解释，上尉一头打开了后门出去了，就这样消失了。

老人和少尉又等了一个小时，少尉每五分钟进去找一次，后面也不再找了，只剩下在老人身边像个局促的小孙子那样。与此同时，那个变得像孩童似的老父亲越来越心神不安，他竖起耳朵听动静，只要听到一点儿声响他就伸长脖子往外看，那脖子又红又皱巴，跟火鸡脖子一样。听到脚步声他就激动得浑身发抖，以为是自己的儿子来拥抱他，来给他讲述他的新生活，让他看他的武器、马具和马匹来了……

突然，原先拧老人的哨兵急匆匆地跑进来了，边跑边远远地就对少尉喊道："少尉，通知官到，说是旅长一会儿就到这里视察军务……"

哨兵话音刚落一小会儿，老人正对的门口就出现了那粒煤球。上尉和老人四目相对，却移开目光，没好气地怒喝道："你来干吗！没看我正忙吗？"老人有点眩晕，但本能地张开胳膊向儿子迎过去。他那像老树皮一般的面庞上绽出了欢欣的笑容，兴奋得浑身颤抖着高声叫道："我亲爱的米哈！让我看看你，我亲爱的米哈……"上尉只冷冷地推开了他，老人差点摔倒，正举的双臂也不得不落了下来，脸上的肌肉抖动不止。上尉瞥了他一眼，想说什么又欲言又止，急匆匆地就走了。

老人瘫坐在俱乐部门口，浑身哆哆嗦嗦，茫然不知所措。就这么到了晚上，他把鸡从篮子里掏出来交给了一直陪在旁边的少尉小孙子。"给你们，就你们吃。"他努力爬了起来，向少尉告别。少尉紧跟着他。走到门口时，老人又转过身来满是眼泪地补充了一句："我儿子特别喜欢吃鸡翅，你们给他一块……哦……还有，孩子他妈时日不多了，他不忙的时候就回来看看……"

2013 年 7 月 27 日

青春就是不停地告别

昨夜，静谧漳城，九龙江畔，和几位好兄弟聚首，大家共同聆听社会的脉搏，畅谈诸多，感慨良多。他们在人生初见时都是我服务的莘莘学子，一晃已毕业五年，再见，不可否认造物主之手之妙哉，尽皆褪去了他们的青涩，尽快地取而代之以沧桑和成熟。岁月，也是把杀猪刀也。

天下无不散之宴席，归家后，夜难眠，如川端康成笔下之花，遂起身续思。

一思，突然又穿越回毕业时分。每年 6 月份，一打开电脑，就能看见黑压压一片，乍一看像群乌鸦，细看才知道，原来是些毕业生穿着学士服的照片。常年潜伏于网络，不露真面容，偶尔传几张照片也是俯拍瞪眼鼓嘴，然后用修图软件把自己处理得面目全非的姑娘们也终于露面了。四年才露一次面，简直就赶上奥运会和世界杯了。

我想起 17 年前的 6 月份，那时，我也即将毕业。班里在分发学士服，准备一起拍照，但那时我正在工作单位见习，新兵入伍但求尽善尽美，再加上残酷而失败的大学时光，以及心中对学校怀揣的几许愤懑，所以没有赶上，也是不想赶上。我当时也没觉得遗憾，甚至觉得大家穿着千篇一律的学士服，摆出雷同的剪刀手去合影是一件无趣透顶的事情。而且大家全穿着学士服，一身黑，毕业被搞得像葬礼。当时我想，错过了就错过了吧。过了几天，看到大家在网上晒照片，唯独缺我，又顿觉遗憾。现在也不再觉得当初的场面像葬礼了，说难听点或从另外一层意思说，那就是"葬礼"：为过去的四年时光送别。

毕业时不留合影就会留隐患，我现在还常常为此担忧。比如现在的我就会常想，待到多年后，大家翻出照片一看，毕业照里面没有我，大家会不会说：嘿，施灏这孙子当年是不是辍学啦？又或者同学翻出毕业照一看，里面没有我，可能便会说：嘿，孙子，你骗谁呐，你不是我同学吧？你看，临毕业时，留张照片还是好的。照片都是回忆，回忆是生命的证据。即使那些照片真的很傻，但你可以用那些傻照片回忆起当年当天你在哪里，在做什么，你爱谁，谁爱你……然后想起好多。说不定记忆爆炸，还能写本回忆录，所以，那些照片傻不傻已经无所谓，错过不是过错，但却会遗憾。

毕业至今，有些同学朋友还能相见，偶尔相聚，喝一喝酒，吹一吹牛，我们依旧是以前那副德行，对此我非常庆幸。但是有些人在这两年内从未见过，有的都未曾再联系过，不知不觉已是彼此世界里的隐身人。记得当初毕业时，我们还大言不惭地说要几年一聚。这里面，有追求进步的原因、有社会对人的形塑、有成家立业的无奈，也有家长的因素……总之，原因太多了，怀揣原因太多了，便葬了最重要的东西了。

现在看来，"几年一聚"这种事儿发生的前提可能是每过几年就有个同学去世。因为即使是婚礼，也不能聚集齐全，只有葬礼，才有可能让所有人齐聚一堂。就像我写过的一个小说片段：一对兄妹在参加完父亲的葬礼后，彼此感叹曰，幸亏咱爸死了呀，要不咱兄妹几个平时工作都这么忙，哪能像今天这样聚这么齐呀……

一言道尽千万，这是最现实的黑色幽默，也是很深刻的黑色幽默，不是吗？人生本不该如此，人生有时也当如此，这样才是现实的人生。这家子兄妹聚齐时，下次再聚这么齐搞不好便是其中某位成员的永诀，如此，这样味道的相聚又有什么意思呢？如果相聚即是送别，那么我们经常在送别生命中来来往往的人，各种人。

当年，我的名字被存在一些人的电话号码簿里，他们的名字存在我的电话簿里。今天，我删掉了一些人，我也肯定被一些人删掉了。那些删掉我的人，感谢你们，让我的名字曾有幸存在你们的电话号码簿里好几年；也感谢你们，让我曾有幸将你们的名字存于我的电话簿中。我感谢你们，曾经你们让我在收到信息的时候嘴角微微上扬的二三秒品味着世间的快乐。被人删掉，删掉别人，删来删去总是难免的。我知道，这都是生活常态。以后，肯定也会如此。能够存几年，被存几年，已经是彼此莫大的荣幸。能够互存一生的，能有几个？青春一场，相遇一下，总要散场。青春毕竟不是美剧，可以一季一季地没完没了。散场了就告别，我们早该习惯了。我们曾经告别孩童时的玩伴、少年时光、中学时代，然后，告别父母，奔赴他乡。时光不可逆转，即使你是爱因斯坦。

总有一天，我们也要对我们的黄金时代挥手说 bye-bye。但有幸的是，我们曾经告别的朋友，将来依旧可以重逢。比如将来，那个被你从电话簿删掉的人，你在某座城市的厕所里蹲坑时便可能会遇到……或者你拿起手机摇一摇，就摇出了你多年未见的朋友……时光是小偷，有时也会客串魔术师。青春就是不停地告别，也是不停地重逢。告别，然后重逢；重逢，然后告别。如此往复，不停循环，直到撒手人寰。

这个世界很完整，人类的语言也很完整，有你、有我、有他（她）。我在从出生到近而立之年也搞不清多少次对周遭人的告别后，突然发现，我也常常在送别我自己。

因为，今年元旦我破天荒地早早睡了，却做了一个梦。梦挺完整的，是我去往一个山谷里看新年初天的日出，山谷很深。当晨曦洒满大地、充斥山谷时分，我却更清晰地看到了山谷里堆满了各式各样躺姿的已亡故的自己，每个自己的衣领子上都写着不同的年份……

2013 年 8 月 27 日

熬出来的成长

今天突然记起两年前的一个深夜跟一个朋友畅谈至凌晨两点的往事。

朋友 18 岁就出来闯荡，从没有条件求学读书，闯荡前则跟着他爹在晋江的山里敲石头，今年 38 岁，身份是国内一著名时尚杂志的设计总监。

我跟他的认识是在一次偶然随父亲长辈们的社交活动中，他身上的某种气质吸引了我，于是就从 2008 年的尾巴一直交往、交流到现在。他一路走来，很难很难，我一直感觉他的经历就像韩国那足以载入世界影史的《辩护人》中的主角。现在总是难免经常听到老套的励志故事，大家也经常没有兴趣听下去。他曾经跟我说："作为搞杂志的，我们天天想着的就是如何扩大受众群体，和想着如何看透不同年龄段人的心。你们'80 后'这一茬注定是不同寻常的一代，所以我现在还不是很清楚你们这代人是怎么想的。不过不知怎的我越来越反感那么多某某零后的分界线和标签，我跟众多同龄人就越来越聊不来，每当在戴着假面的时候我就深刻地发现人是靠自我价值相互认同的，往往不是靠年龄。所以，别动不动就拿代沟说事。"

朋友说的没错，我和众多同龄人也不大聊得来，他还会戴假面，我索性不戴，所以一直在曲高和寡中单身着、越来越孤单着成长。每一代人都必然有自己的苦闷，只是因人而异罢了，大家也都是在属于各自的少年维特之烦恼中过来的。首当其冲是生存，继而是更高层面的需求，读大学的时候就基本上时常听着周边人为工作、房子、车子烦恼，毕业后这数年尤甚。我身边有的同事为了拥有房子、车子和票子而结婚都快发疯了，有的人还因此铤而走险。有一位厦门的因公一面之交算是朋友的朋友，就因为我逢年过节群发短信给他，有一天他打电话向我借钱，借钱目的则是为了堵挪用公款炒股失败的窟窿……

所以我的人生走着走着，个人感觉房子、车子、票子这些东西没人会不想，但讲真儿，只要你智商情商都正常，踏踏实实做事，老老实实做人，属于你的都跑不掉。命里无时也莫强求，在幸福来敲门之前就别百爪挠心，别人如何甚至世界如何都跟自己没有什么关系，哪怕是洪水滔天都跟自己无关。走自己的路，管别人说不说，知己、己知，随流逐波，相信自己的判断即可。

原新东方老师老李在《把时间当作朋友》一书里写道："我们总是对短期收益期望过高，却对长期收益期望过低。"这里他是指英语，也是在说人生，说来说去，还是急。我越来越发现那些把年龄老挂嘴边者，除了对时间无比焦虑外也不见得就做到了"只争朝夕"。倒是张爱玲那句"出名要趁早"，不知道让多少误解的男男女女欲速不达于红尘。张爱玲的晚年，不也是穿着美利坚超市里免费的拖鞋度过的吗？

和朋友一样，我越来越反感成功学，也越来越在心灵鸡汤的碗里嗅到丝丝渐增之腥，爸爸曾告诫我一弃教从商的大学同学，劝其但愿是理想而不是盲从，不然会陷入无尽的后悔。如果每个人都那么容易成功，我们终会厌恶所处的无聊世界。不是每个人通过努力都能成功，也不是每个人努力了都不能成功。但是，花费汗水努力种瓜却不可思议收获豆子就一定是"不幸"？名人的传记我越看越少，但他们启示的基本没错，一个人终于知道自己真正想要什么，才能做成事情。福州一著名古刹的高僧人人敬仰，他曾经想从政，因为有朝一日大权在握确实很爽。但在越来越感觉自己似乎不适合官场时，他渐渐发现自己想要的是这颗心，想清楚后毫不犹豫弃官入释，功业大成。他自己在回忆往事的时候都感慨，找对了路子发展才会快，树叶的方向由风决定，人生的方向由自己决定，然路线对了，再慢的发展都是高速的，路线错了，看似再快的发展最后都是缓慢的，渐渐就演变为了折返跑。

但回归现实，面对普罗大众，鲁迅先生笔下的"我"回到"祝福"声声的鲁镇，面对行将就木的祥林嫂，那股以启蒙主义圣贤居高临下的劲儿顿时消失得无影无踪，因为祥林嫂的两个问题就让他所有的知识、理想显得无用而单薄。同样的，当你问一个刚刚告别机械枯燥的高中生活、对世界和生活的认识刚起步的年轻人，他想要什么。毫无疑问，想为中华之崛起而读书者更像是精神病患，抑或是装逼，大多数的人当然想要优异的成绩、同学间的声望、漂亮的女朋友呵，他还想要毕业后找到令人称羡的工作，穿着西装坐写字楼，尽快赚钱、成名、成功，之后就可以尽情享受、快意人生了。

20岁出头的年纪，不知道自己想要什么，甚至有着享乐主义的目标，不仅不是灾难，反而可能是一件幸事。但是如果总不大清楚自己是谁，究竟心底里对什么事感兴趣？就真的是灾难了。知道对什么事感兴趣，就一点点做起来吧，笃定了，全世界都会慢慢地为你让开一条路的。当然，这个过程中肯定有多少声音试图扭转你，说你热爱、着迷的这件事情，没钱途、没前途、没发展、没出息，所以没未来。这样那样的声音多了，狗链子和驴套子就慢慢地自己套上了。

真正在成长的人，最后让人艳羡的人，都仅仅羡慕其具体做什么职业吗？还不是羡慕其对这个世界贡献了多少，继而影响了多少。对于这样那样的"有理"之音，我们为什么就不能平静而又从容地回答类似"这是我自己的生活，与你那么有关吗"这样的语言呢？不为什么，因为热爱。我们这一生可能十之八九都在依着这个世界的规训

"假"活着，为什么就不能在仅剩的十之一二中认真地爱自己呢？如果一个人连自己的心、生命都可以辜负，这样的生命即便是取得了某种成功敢问意义何在？所以，在我大二的时候一位女性长辈就问我："你以后想从政吗？家里有资源可以帮到你的。"我回答："不知道。"她很惊诧："你这样不好啊。"我更惊诧，现在我真想把下面的文字编辑成一条信息发给她：

为什么非要在 20 岁出头的年纪就给别人的人生下一个定义呢？我又为什么要在这样的年岁非给自己下一个定义来限制自己正在丰富的人生呢？

龚自珍的《病梅馆记》言犹在耳，人生过早的定义即枷锁呵。难道这个年纪，不应该是尽一切可能伸展自己的触角，去触摸不同的、多元的事物，感知并观察身边这个丰富而又蕴藏无限可能性的世界吗？早早下了定义，即关上了一切可能性的大门。你怎么知道日后不会遇到更令自己好奇、亢奋的事情？当你才二十出头，你为什么不能去做职业撰稿人？为什么不能在码了几年文字后，突然迷上摄影？若你回头梳理自己的人生履历，不是傻瓜，花些心思，便会看到一条清晰的轨迹，进而"恍然大悟"：我正是循着这样的路一步步走来的，原来我从一开始就想成为这样的人啊。再看看这轨迹，你会感谢自己当初的坚定没有把自己变成无可救药的病梅。

我一直对"规划"二字怀有戒备，所谓职业规划、人生规划、时间管理，冠冕堂皇之下，忽悠者甚众。人生是靠感知的，是先实践再总结的，是动态的，策划案式的规划又怎么斗转星移、包揽乾坤？职业生涯是靠机遇和摸索的，是一步步成长的，每一个变数都会导致下一步的变化，这又如何设计呢？该做些什么、走什么样的路，难道不是循着内心的声音一步步摸索着走出来的吗？难道不是依着自己实践后的心理成长一步步夯实的？走岔了，就退回来；走得急，就缓一些。时不时停下来想一想、望一望，琢磨琢磨，再继续走。就这么慢慢走吧，慢就是稳，稳到头来不就是快？

即使从事并非自己志趣的职业也并非大问题，业余时间发展个人爱好就是了，农村包围城市也并非不可以，亦并非不科学。比"不能从事自己喜欢做的事"灾难大一百倍的，是压根"不知道自己喜欢做什么"。我朋友的话有另一番意思，我们"80后"这一代中国年轻人可能正在面临着某种自我矛盾交织着的困境：一方面，我们是前所未有早衰的一代，"十八岁开始苍老"，二十岁开始怀旧，尽管仍在青春，"你爱谈天我爱笑"的时光竟成了一代人的集体乡愁；另一方面，我们拼命想向前奔跑，想要稳定的生活，想要拥抱住某种确定感，焦虑着想要立即像三四十岁的人那样，车房不缺，事业成功。你真的享受过年轻吗？为何你一边怀旧一边还在努力奔跑？你真的珍惜可能性吗？为何我看到你宁肯早衰也要拥抱"生活的终结"？生活更美好的可能性，难道不在于这缓缓经历的一步步、默默感知的一天天，而在于未来的宏大规划？一步步，一寸寸，一点点，一天天，慢慢来。所有的成长和伟大，"如同中药和老火汤，都是一个时辰一个时辰熬出来的"。其实，不仅治国，而且治己，都如烹小鲜啊！

朋友的奶奶一直比较不可理喻，因为经常见面，生活的交集太深，所以朋友不胜烦恼。她又怎么怎么了……这是每次见面时朋友的口头禅。我听久了，今天晚饭时遇到了一些事情，亲身经历后赶紧打电话给他。我认为，朋友在烦恼奶奶的不可理喻，她的不可理喻中有很大一部分是记恨太深太多又太久，最后自己把自己囚禁在过去里出不来了。结果，因不能以发展的眼光看问题，于是也不知当下，放弃了未来。我也认为，朋友烦恼他的奶奶为什么不能像其他家的老人那样，老来豁达，老来看淡，最后老来看开？可是，我发现，很多时候当我们在看待别人不豁达时，其实我们悄悄地、不知不觉地也在干同样的事。比如：我们就没有耿耿于怀？我们就没有记恨过生命中某几个难忘的人？我们就没有过一个时间段的郁闷？我们就没有因某事过段时间后再翻账？而且，我们是不是遇到让心气不平的事都可以正确心态智慧对待呢？我知道并确认一点，上述问题，我就这么粗粗一列，能够正面全回答的人恐怕凤毛麟角。所以，朋友指责他的奶奶，他也像她不知，同理，我们也是。所以，不知不觉中，我们的心其实已经造了很多小恶，只是我们一直在纵容而已。孔夫子说过的那句话，我这里就不赘述了吧？如果各位真心不知，答案下回揭晓。

从现在开始，不一定要面朝大海，但请一定开始善待自己吧。不然，我们的成长反而会成为我们酿造苦酒的过程。每一个人成长过程中所有的日子，开心的，失望的，生气的，怀念的，不是别人和世界规定的，都是自己熬出来的。天才是生出来的，每个大师也都是熬出来的。有的人活得长，熬死了同辈人而成为大师；有的人活得长，成为大师熬死了同辈人。自己熬出来的成长，无论怎样，至少自己不后悔。在设定下的成长，就如我朋友家乡的人棚蔬菜，能和他导师课上深情谈及的鞠萍大姐打的时遇到的出租车司机家里自种的苹果鲜甜？

不要在楚门的世界里自欺欺人，才能真正面朝自己的大海，慢慢熬出春暖花开，冰河解冻，万物复苏。

2013 年 7 月 31 日

强生不息

　　强生集团的老总可能心中常怀一个理想，就是"强生永强，生生不息"，这是我对此强的猜想。而对彼强，根本就不用猜想，相对于强生老总，它、它们离我们是太近、太熟悉了。

　　我们家人有个好的习惯，就是遇到什么蚊子蛾子都会立即拍死，对于外号"小强"的蟑螂尤甚，因为据说它是合体一次终身受益，能持续产卵，子孙万代，日月神教没有实现的梦想它是实现了。所以，对于南帆老师笔下"家居四友"之一的"小强"，像陈旧发亮皮革一样的小强，一个家里住久了便会受困于其，有其的陪伴，家居环境因它而不同，然恐怕也是因为它，我国房地产事业才会高速发展。

　　蟑螂老早就和蛐蛐、蟋蟀、蚂蚱一样出现在我们孩提生活中。我不像家里的其他人那样可以云淡风轻中让蟑螂灰飞烟灭、粉身碎骨、肚破肠流，每回遇到蟑螂就如临大敌，如武松景阳冈遇大虫。它给我最明显的记忆现在还难忘，那是因为读高中时我暗恋的那个后座女孩总是和她同桌谈论蟑螂。她的叔叔是做药材的，所以她家有打死蟑螂不是直接扔马桶里冲掉而是晒干了收起来。她的叔叔每到周末来取一次，顺便在她家蹭饭吃。我每回看着她们聊得挺欢畅的，不知聊的是什么。于是我偷偷去她同桌那里探听情报，直到有一天她同桌在我长期的棒棒糖攻势下终于说出她们聊的是什么时，我差一点就把胃里的早餐如喷泉般呕射。

世纪末的那段日子，蟑螂在周星驰的《唐伯虎点秋香》里华丽化身成了人类友人"小强"，更因那段精彩绝伦的表演而多少蒙上一层滑稽而可爱的色彩，但笑完后我对其的厌恶与恐惧丝毫不少。《唐伯虎点秋香》是在我读小学二年级时候上映的，说来也搞笑，在一起看完那部电影后同班同学汤思第三天就少了一只耳朵，被白布包得严严实实的，像被人砍了，也像《黑猫警长》里的一只耳。我问明缘由后吓了一大跳，因为有一只蟑螂钻进了他的耳朵。他那行走江湖多年的爸爸使尽浑身解数也无法阻止小强对人类器官的探索精神，束手无策只好去医院做了手术。以后，每当他考试成绩爆了冷门不理想，他最好的说法就是，小强入脑，今时不同往昔矣。

汤同学原来的家是平房样貌的，有一天他半夜到平房外面的公厕里小解，正欢畅之际感觉头顶阴风阵阵，心里瞬间被高度的恐惧感笼罩，不待方便结束就慌不择路地逃回了家里。第二天他还神秘兮兮地告诉我们，那只蟑螂的阴魂来寻仇了……多年后的小学同学聚会，我们回忆起这段往事还哈哈大笑、集体捧腹，少时的无知在成年时分回头看是那么可爱、珍贵。笑着笑着，我们几个人居然不约而同地有点儿泪目。

小时候，相对于汤思，我经常被飞着的蟑螂追着满街跑。雨果说，下水道代表了一座城市的良心。于是，母亲对福州良心的质疑从未间断。有一回，北京的一位叔叔带来妈妈托买的稻香村糕饼。妈妈随手放在厨房洗菜池边上，翌日清晨，就发现有几只幼年蟑螂醉卧粉末间，正和搭便车来的地方小蟑螂们同榻而眠。它们被愤怒的母亲"醉卧粉间君莫笑，古来偷吃几螂回"地残酷消灭了。母亲此举英明，因为断绝了蟑螂世家的南北联姻，衣冠南渡的北螂们的孩子融合了南方基因肯定会进化，它们越进化，人类岂不越危险？

相对于汤思的家，我家里蟑螂泛滥，现在想想，恐怕正是那时候单元房里泛滥的蟑螂促进了建筑风格的进步。那时每天月黑时分，母亲都会潜入厨房消灭蟑螂。蟑螂今天消灭明天又来，母亲杀不尽，夏风吹又生，她就会失眠。虽然消灭蟑螂的时候她就像武林高手身轻如燕，如同一时期热映的《包青天》中的展昭，但是，任她怎么左右腾挪，蟑螂家族我自岿然不动，也不会因子孙之殇而肝肠寸断，把子弟们送上与人类斗争的前线再没谁比蟑螂更决绝了。我就常想如果有中华上下五千年里那些灭亡的朝代有像蟑螂这么统一的全国思想，有蟑螂这么强的民族繁衍能力，有蟑螂这样基于伦理的决绝，肯定不会城头变幻大王旗了。

和蟑螂搏斗了多年，现在已经不知道是我们斗蟑螂，还是蟑螂斗我们了。母亲在对付蟑螂这方面从单兵作战到学习日本 731 部队，整个房间弥漫着毒烟时我们自己如果来不及逃出都会窒息。饶是如此，刚开始的时候，一熏可换半周安，再越往后，一熏仅换一日宁。到了 21 世纪，毒烟漫漫，我们人类狼奔豕突，蟑螂们各自闲庭信步……

最后再从蟑螂身上说说我的一段伤心往事吧。工作的第二年追求一位女孩同事，八小时奉献人类社会，八小时外我自然要多奉献给她。我追求她的时候正好在夏日，每当各自归家的夜晚后，我都会给她打电话，但打着打着突然"冷淡"了许多。她则打给我，问我在干什么，语气是略带点儿恼怒的。我赶紧回答："我在帮妈妈灭蟑螂。"一连一周，皆是如此。后来，她觉得我在敷衍她，甚至用一个令人恶心的虫子来敷衍她，就直接"教"我："施灏同志，你对对方不感兴趣了这样的路数也太低端了吧？"

蟑螂就这么毁灭了我第一次对爱情的大胆追求，还让我在单位成了一个笑话。甚至在原单位工作的第五年，一次开会时，一位新进的女孩子发材料到我时就忍俊不禁……

唉，强生不息，人类永遭殃，真不知当地球初生时，造物主是咋想的。

2013 年 8 月 10 日

书写在今年的七夕

今天是 2013 年的七夕，对于我这么一个"三无"人员（无过节对象、无活动、无烛光晚餐）的人来说，今天实在可以说是平常的人生又一日，不过，若有点儿心态，每一天也可以变成不一晃而过的虚日。

于是，我中午想起了一哥们，我们的交情也决定了我可以肆意哪怕他在深睡时打电话"骚扰"他。中午，我们两位单身汉子又聊起了他去年的今天发生的那件事。去年，他恋爱了，女朋友沉鱼落雁，羡煞我们这群死党。

三个月，他们的感情发展极其迅猛，称呼也越来越贴近，据说，两边的父母都相当满意，对他们的感情发展是一催再催。朋友是位运气好得不能再好的创业青年，他若马上有个后代，则马上就是个富二代。所以，我对他的事业、爱情双丰收是无以复加的羡慕嫉妒恨。

去年的今天，我有两张本市超级豪华的香格里拉大酒店自助餐券想成人之美，借花献佛给他们俩。结果，我知晓的消息是他要去外地处理商业开发事务。那天，我还责怪愚蠢如他真不懂得找日子……但，我没想到，更离奇、震惊的事还在后面。两个多月后，他突然对我们一干死党宣布分手的决定，这真是晴天霹雳啊！我记得那时，他的父母不知道多少次偷偷拜托我劝他回心转意……但，我知道，以他的性格，开弓从来就没有回头箭。

88

灏灏……从小一起长大，他就这么学着我家里人那样称呼我，我乐于听他这么叫。他在电话那头说："你知道吗？其实去年的今天我是故意选择去外地出差的。""啊？为什么？"我一下子接受不了。他回答我说，那个七夕，他着实不想和她一起过。因为，在那天他发现，已经无力再爱她了，当爱变成生命中无法承受之重，剩下的估计就只剩别离了吧。

电话通了两个多小时，我才发现我知道的太少了，围城之外很美，但再美，只是外人之识见而已，所以但凡是我们想当然的就千万别套到别人的身上去。例如，在去年那天之前，朋友的资金周转不灵，但她还任性地逼朋友必须给她买那时最新款的奔驰 CLS，还跟朋友说如果不这么做那么任何说爱她都是假的，就以分手相要挟。类似这样的事情一而再再而三发生后，朋友感到，在物质世界的面前他只是物质的奴隶，他的价值相较于这些物质是何等的不值一提，她爱的是物质，不是他这个人。她甚至从来就没有好好地去了解他这个人，他的存在仅仅是为她提供物质的。

朋友问我："灏灏，你说，如此，我跟钱包里要用的时候就拼命找来刷，不要的时候就扔在钱包角落里发霉的银行卡有什么区别？"朋友的这个问题，足以在我的记忆里驻足一辈子。

而人的一生，若对于银行卡，银行卡又何止一张呢？

去年，他 29 岁，我 28 岁，我们早已过了游戏爱情的年龄。朋友想结婚但不可能和如此不可能之人结这样的婚，换我也是，从男人的角度，我理解、支持他。从男人的角度，我也帮助他说服了他的父母，尽管他的父母为他曾经因这女孩而浪费大量金钱万分恼火。我劝道，与其继续损失到万劫不复，此时割裂了、止损了不是不幸中的万幸？

牛郎织女每年就今天才能相会，残酷的阻隔让怀揣真爱的人得到的竟如此稀少。我们作为芸芸众生，相对于他们时何等幸福啊？但是辩证地看，距离近了烦恼也多，世人如我朋友这般恐怕也是很羡慕牛郎织女的吧？

某日中午和另一位朋友边喝茶边探讨爱情。我感觉最好的爱情是两个人首先确定做个因人本原之因而相爱的一对，比如说，在一起喝杯白水就很幸福了，甚至连白水都不要，一起在公园里呼吸空气就是幸福。二是在一起归根结底是彼此做个伴，不要束缚，不要纠结，不要占有欲太强，不要渴望从对方身上有利可图，利再多只要是落到男女感情身上那都是注定要落空的东西。三，爱一个人，是爱对方的精神与灵魂，爱不到这里，趁早收手吧。

我常常想象的美好爱情是这样的，我们两个人并排站在一起，大手牵小手静静地看着这个云卷云舒、花开花落的世界，不以物喜，不以己悲。我们彼此欣赏，不断发现对方皮囊里新的东西，无论是一起找小餐馆吃晚饭，还是散步的时候，一直都能够有很多话说。我们会彼此时常有动力给对方惊喜，惊喜不要轰轰烈烈，怎样都好，一块湖边的鹅卵石也能传情达意。我们拥抱在一起的时候，就是觉得安全的时候。我们不干涉对方的任何自由，甚至彼此理解，哪怕她还在和旧日男友联络。我们也不对彼此表白太频繁，表白是变相的虚伪和索取，恩爱过于外露就是肤浅，不会长久。把一切归于平淡，返璞归真，不好吗？当不知何时，好像她身上的气味就是你的，无论相隔多远，你都能闻到感受到这种气息，知道她或你突然出现在彼此面前。不管何时何地，都要留给彼此距离，随时在一起相拥取暖，也随时可以离开，想安静的时候，即使她在身边，也像是自己一个人。两个人即使一时无话说，在一起依旧温馨，有一致的生活品位，包括衣服、唱片、香水、食物等等，时时会想起对方。累的时候，心中立刻清楚他或者她就是彼此心灵的家，这样就靠谱了。

但是理想很丰满，现实很骨感，我们很容易碰到的，都是自私或愚蠢的人。她们爱别人，只是为了证明别人能够爱自己。或者抓在手

90

里不肯放，直到手里的东西死去，愣把不公平、无理变为自己任性的理，这样的情只能马上见光死。不知天上的牛郎织女看着这个世界，做何感想？

我不想太多评论，我相信自己会是一个幸运的守望者，因为我时时扪心，时时的答案都让自己满意。我在出生时就把心灵交给了天空和阳光，也从没遭遇过乌云和雷雨，这才恰恰是我和朋友前文说的运气好的不能再好的深层的东西……牛郎织女该开始烛光晚餐了，我这个单身汉也得做饭去了……祝普天下人七夕快乐，有情人终成眷属！！

2013 年 8 月 13 日

不可复制之物最美

院长曾在他的课上深刻批判了《机械复制时代》一书，哀叹道，星汉灿烂的古登堡引来的却是机械复制时代的劫难……

美从来没有那么唾手可得，即便是人类属于初始状态时。西班牙岩洞里的画也是画得尽可能有美感的，更遑论一路发展过来的美，所以越要让人瞩目，越得花点力气，不然也就不会有美学这门大学问了。

当中国人在取笑东施效颦时，英吉利海峡那边当雪莱在思考冬天和春天的问题时，同时代的许多人则整日想象着如何做出病痛无比的样子，而且怎么不修边幅，如当下的少男少女们视身上多挂一斤肉为寇仇，他们以此为美。医院成了他们的云集之地，观看完肺痨病人后女人们苦心孤诣地往脸上抹着这样那样的黄色，一会儿纠结太深了会不会好点，一会儿又纠结太淡了会不会好点，当再勾画出黑色的眼线看上去就犹如非洲羚羊。直到后来欧洲流行日照之颜时，海滩上云集了大批的人们，大多数不为海滨之享而为强烈暴晒，巴不得自己成为非洲黑人。有部经典电影就深深地反讽了这种流行风潮下人的智慧。一个女孩因为其身上的古铜色轻而易举地击败了许多上流社会贵妇人，别人艳羡地问她那蜜糖般的皮肤是在哪个海滩晒出来的，她做作地学着上流社会人的样子莞尔、故作神秘、顾盼生姿，却不做回答。

其实，她哪有川资常去海滨，那颜色是在天台上晒出来的。

所以，她应该是美化自我史的鼻祖了，但她如果知道现在怎么做，必然会羡慕至死。因为当手机开始统领世界之际，P图技术出来了、相关 App 越来越多了，你连天台都不必移步了。这也让我发现，越来越多不好看的女人神奇地从世界上消失了，整个世界都是美女，到处都是靓丽光泽的面孔。

现在在大庭广众经常可以看见这样的情景，女孩子们开始把手机单手置于脑袋斜上方，让脸蛋置于 45 度斜角，巧笑窃笑，拍完照片用美图软件磨皮去皱，任意撑大眼睛，加红橙黄绿青蓝紫的美瞳效果，再美白一下，一个光彩夺目的你就这么诞生了。坦白说，我也曾经被迷惑过。曾经在朋友恶作剧地牵线搭桥下，我被某 QQ 上一位女孩超绝的美貌震撼了，费尽心思地想一睹芳颜。据手机图片显示的效果，她入围任何一个选美比赛、做任何一部电影的女主角都绰绰有余。我想，能和这样的女孩打个照面也是极其荣幸的。她终于被我朋友说动，按照约定时间出现在一个咖啡馆靠窗的位置，右手边放着一本《女报》杂志为接头暗号。我根据朋友提供的信息找到了她。当靠近咖啡馆时，我突然为自己怎么有这样的好视力而叫苦不迭，背上有一股反方向的力量牵扯着我赶快逃离。出于礼貌，我还是迫使自己和她见面，后来她倒很主动，而我则不得不拉黑了她。

不过，我必须澄清下我从不是外貌协会的成员，我要说的是，移动互联网的出现，让世界变得更平了，人与人更近了，人与人也更远了。通过手机、网络我们会更快地接触到许多美的人或物，但我们实际上所接触到的仅仅是被远端的各位主儿们制造出来的虚幻镜像而已。所以，人与人因为镜像的欺骗而比起之前的任何一个时代心距离都更加遥远。所以对此，我对当下时代的爱美、炫美之人有几点建议，仅供参考：

1. 手机的所有技术都是源于机械参数，是大众美潮的复制，也是一个配方。所以，手机传播的是人云亦云之美，配方改造着世界，但想象共同之美缔造的只是同质化而非独特之美。同理，当你拥有可口可乐的配方时，你也能造出可口可乐。

2. 配方的好处在于让这个世界因崇尚美而更美了，但坏处在于，一种配方只导向一个结果，多一种配方多一个结果而已。这跟《逃离克隆岛》里的克隆人没有什么两样。

3. 在移动互联网这个任何事物都可以复制的时代，不可复制之物反而是最有价值的。从奥黛丽·赫本到当今的斯嘉丽·约翰逊、娜塔莉·波特曼等，我从没听说过、查到过她们怎么适应时代潮流而美，倒是总发现她们怎么在各自时代活出自我的独特，继而获得公认。于是，把这转换为男士普遍极度关注的问题，可以换成另一个小问题：我容易被什么样的女孩吸引？那当然不是手机芯片后批量生产的美女啦，爱一个人不容易，因为每个人对对方容貌、气质欣赏的角度不同，那么同质化的美貌也便不可能产生同样的荷尔蒙。我的一个大学同学，前段时间铁树开花——冷不丁结婚了。他对那位伴侣很满意，因为她总能说出所有构成她年龄的动人心魄的故事。她的眼神明眸善睐毫不虚假，她很真诚地在他面前只做自己。她几乎不谈论微博上的热门话题，即使谈论，也总有自己的角度。她更关心怎么把豆腐干和花生吃出烤鸭的味道，家乡的辣条怎么扣人心弦。她常一个人在宾馆大堂里安静地免费读书、发呆，出国旅游会寄明信片给他。你搞砸一件事，她会微笑着看看你。她很清楚自己要什么，这些需要是从她内心深处而不是成功学书籍中获取的。她可以靠在你肩膀上哭泣，不怕哭花了妆容；你可以靠在她肩膀上哭泣，不怕丢了所谓的尊严。

所以，这样的她不是人群中的任何一个，而是人群中的唯一一个。她的不可复制性反而是使她最熠熠生辉的配方，也是超越了积家手表、小鸽子蛋钻戒、奔驰车、LV 包的真正雍容。从这个角度出发，一个迷人的女性从不需要技术，就如一个真正热爱学习、善于学习的学生从不需要补课一样，乐队现场表演比听唱片更触动人，传统出版也不会因为电子书的存在而失去自己的魅力。最后我要说的关键点是，你找到了自己不可复制的配方没？

2013 年 8 月 16 日

不可复制之物最美

来自北上广的围城

每天早上出门前，我在北京的朋友赵文静女士都会做一个类似跳入游泳池前的决绝表情，然后一头扎入漫天雾霾的城市中去。北京这座城市，被汪峰无奈地唱了好多年，现在正慢慢变成一座无奈之都，对于那好些只能住地下的人来说，如鸡肋般食之无味又弃之可惜。

其实不仅北京，还有上海与广州，不知不觉间，"逃离北上广"已成为公众热聊的话题。就如当年向往北上广那般。世界上本没有路，走的人多了也便成了路，随着越来越多先驱者开始晒自己在丽江、大理、威海的定居照片，社会上、舆论上、理论上"返璞归真、中国人的进步"这样的声音就越来越多，形成了公共领域的声音像磁石一样吸收着越来越多人的加入。我的四川同学们可是不止一次地在QQ群里照片"放毒"了。

在那段风起云涌的日子，我曾跟舍友曹军军同学聊起这种现象，他蛮乐观，我则建议多观望。果然，就如当年伟大的"五四运动"退潮以后，就这段时间，某些人受不了小城市的越来越暴露出来的种种问题，又默默地回来了。"城市化－城市郊区化－逆城市化－城市化"的过程，美国用了40年时间，而我国人用10年就走了一圈——美国人经历了这样的过程实现了全民对生活、工作地域合理地普适，我们呢？这又是一个沉甸甸的中国向何处去的问题。

昨天还和军军同学继续聊起这个话题，从边沁主义谈到都市心理学，我们发现有个著名的心理学实验叫"别去想那只粉红色的大象"，对了解中国的这种现象很有帮助。该实验过程中，参与者被要求不要去想象房间里面有一头"粉红色的大象"，但是从没有人不去想，换言之，你越被提示、告诫不去想，你就反而越会去想。因为你越被提示，你的脑袋里会无可抑止地出现奇怪的粉红色大象，这个实验证明了你永远无法"不要想起"些什么。同样，你也永远无法"逃离"些什么，原有的、固有的体验、记忆不是那么容易可以被抹去的，越发地提醒只能促成越发地回忆，除非你开始坚持追寻些什么，直到你所新追寻的方向、物事慢慢占据上风覆盖了你所有的记忆，才能彻底地帮助你忘记。所以，你无法逃离北上广，除非有一天，你能够真正在北上广之外发现崭新的意义。

　　离开北上广，我们有很多去处——二线城市、老家，甚至国外……但是如果你不知道自己在寻找什么，而仅仅是一个围城式的动因，喜新厌旧往往不会持续多久。世界之大，你又怎能找到自己喜欢的地方？你最需要知道的是不同的城市，各自有什么好处，并且，当你到了新的环境，立刻遇到理想与现实的差距时，你能否把心态放平，坚持住，挺过这个新的磨合期。当披头士主唱列侬被问到"为什么你们是一个英国乐队，却要来美国发展"的时候，列侬说："在罗马帝国时期，当时的哲学家和诗人都要去罗马，因为那里是世界的中心。我们今天要来纽约，因为这里是世界的中心。"

　　大城市最大的好处，在于可以坐拥最多的资源，所以无论是交通、就业还是生活，都很便利，于是便很容易调动人的猎奇心理，毕竟喧闹与狂欢总是更吸引人的。大城市有各种有趣的职业形式，如芳香治疗师、游戏设计、睡眠体验师、游戏体验师、婴幼儿成长陪伴师等等等等；大城市有轻客、静吧、酒吧、居酒屋、高档会所、高级婚庆服务、高级家政、高级婴幼儿出生服务、世界歌剧、音乐、极客、综合性 CBD 等等等等，不怕玩不够，只怕玩不完，旧的还未当够常客，新的又拔地而起，热闹与喧嚣永远是大城市的氛围。朋友们聚会，首先想的是哪儿又新开了一家店，什么主题；友人要结婚了，探讨的自然是哪家婚庆公司可以尽可能高大上；一周的工作累人累心，直接考虑哪家的推拿按摩最到位……大城市和我们同在的时候，我们会发现我们正生活在哆啦A梦的百宝袋里，生活、工作的选择应有尽有，没有得不到只有想不到，大城市唯一困扰我们的就是经济基础的问题了。

相形之下，小城固然故事多，但是就上述而言，和大城市相差太大，固然人们常常会爆发出"不愿再做大城市里一颗浮躁的烟尘"这样的呼喊，但是女朋友偶尔和有未来的男朋友发生冲突了就意味着分手？说"心累了"或"厌倦了钢筋混凝土"的人最终能逃离业已习惯的人际关系、多彩生活、未来前景？

但是在小城市，个中的宁静与无争只为真正有缘人而设，所以真正选择这里的，一定是早已多少了解个中文化内涵的人，并且真的喜欢它。就像《心花路放》里袁泉饰演的那位卓然于其他所有人的文艺女青年，她这样的人，是适合二三线城市生活的，在青岛住山顶的国际青年旅社吃海鲜、喝啤酒，在珠海宁静的海滨踏着柔软的海沙徜徉，在长沙、武汉啃鸭脖子，到成都的街头体验光影明暗下的脉动，在曾经也是六朝古都的西安感悟历史之厚凝，在昆明的花海中迷醉……但是小城市就仅此而已，人在心灵喧嚣的时候是一会儿，在心灵宁静的时候也是一会儿，人毕竟是听命于生存的动物，所以我才说只有那为文艺女青年为代表的，才是真正属于小城市的现代人。人总是一个希望生活有更多可能的动物，把可能的未来当成生命中很重要的促使自己生存下去的动力源，大城市的魅力是致命的，要超越这种魅惑，殊为不易。

在生存这个基本点，一线城市房价贵、消费高，是不争的事实。但是在大城市里房价可以考验至少两代人的实力，大城市里也能过着平均一顿饭 15 元这样的最低配置生活，大城市为各收入层次的人提供了与之相匹配的生活，至少是可能性。大城市的生活里有种种新、享，但也在时刻考验着你是否有办法改变收入水平。大城市无形中是个大的 PK 赛场，赛场附近堵车、人挤、压力高又乌烟瘴气，却也有巨额赏金——你是决定再试一把，还是换个游戏玩？为什么有人可以在赛场里弄潮，我却要啥没啥这样的问题不是已经存在了数百年？同样道理，小城市没有高压力的淘金游戏，但有合理的物价、相对轻松的房价和相对从容的工作。小城市面临的不是消费压力，而是收入压力。你拿着只有以前一半的工资，以以前一半的效率工作着，虽然钱够用，但总觉得亏。这样的低节奏也让习惯了高速运转的大城市人恐慌，再这样过几年，你也许永远回不去了。

中国既是个饮食男女聚集之国，也是以家为最小单位的全球最讲究人际的国家，这也是上下五千年传至于今的传统。朋友们就常常跟我嗟叹，无人脉、不发展、无生存也。大城市几乎集中了中国最好的教育、艺术、文化和医疗资源，还有错综复杂的政治和经济资源。举个最简单也最深刻的例子，我一朋友常年在一大饭店的停车场停车，停一小时五元，一小时后每小时递增五角钱，五角钱在现在看似微乎其微，但别忘了饭店旁的停车很多时候是一晚上，因为为防止酒驾……我每次跟这位朋友聚会，他都力主去那里，不是那里可以做出层出不穷的美食，而是他和停车场保安良好的私人关系下，停多久都只要五元。而这良好的私人关系怎么来呢？朋友的秘诀是，时不时塞点烟、土特产给人家，拿人手短，吃人嘴软，人心皆肉长，久而久之，五湖四海皆兄弟也。朋友一席话，让时常为停车费困扰的我，感慨万千。一个小停车场已然如此，那么……

相比之下，在小城市能和父母生活在一起，在家乡生活的归属感，以及老家的各种人脉关系。看发展，自然大城市最好，也只有大城市才能承受得起成万上亿的年龄、体重、性别不同的鸟、鱼去飞去跃。小城市则不行，所以"庙小供不起"。你只有明白了各自的好处，才能在不同地方真正过得好。在我看来，活得最坎坷的，是那些忍受着城市最让人痛苦的一面——坐着拥挤的地铁在雾霾中穿行，然后做一份不喜欢也无法施展的工作，晚上再坐两小时的车才能回家——却从来不参与任何一个冒险、聚会、沙龙、展览的人。他们只看到城市的反面，却享受不到城市的美好——机会、可能、新鲜、多元。你永远无法停止逃离，除非你找到自己真正想要追求的。要做个清楚的选择，每个人都需要认真思考：你这个阶段到底想要些什么？职业、家庭、自我，你的重心在何处？精彩、多元、归属、从容、可能、宜居……

所以大城、小城，从长辈们、前辈们的经历看，从个人生涯的规律来看，人生是一个打开再合拢的过程，你需要在年轻的时候看到足够多的可能，才有可能在而立之年从容地选择自己想要的生活。我当就业办老师时曾跟学生们算过，理想的生涯轨迹一般是：20—35 岁前以职业发展为核心，就在大城市尝试各种可能，就在大城市寻找一切机遇，有机会就再往上，一切以个人的事业和经济发展为中心；到了 45 岁前后，四十而不惑，那时如果不能形成稳定的对生活的定见，也实在是说不过去。但是，仍然野心勃勃抑或是事业仍在蓬勃发展周期者，请自然而然进入职业－家庭－自我的思维域做平衡选择，不能看尽长安花，岂敢遑论心平常？

对于内心没有方向的人，去哪里都是逃离，而对于生命有方向的人，走向哪里都是追寻。所以苏轼被发配到那时的五线城市惠州市，人家就说："试问岭南应不好？却道，此心安处是吾乡。"

现在临近硕士毕业，我已知的就有十几个同窗已准备去北京试试运气了，那里的光线影业、小马奔腾、华谊兄弟正在招人，专业对口，诱惑很大。在他们想象中，他们或许能通过这个实现各自的导演梦。

吾心安处是故乡！

2013 年 8 月 18 日

工资里其实布满了陷阱

今天我以前的同事准备换份工作，找我商量，我则跟他分享了发生在今年 3 月的一件事情。

有回跟着导师参加他圈子里的朋友聚会，一位未婚的已 37 岁的"白骨精"小苏姐姐（我对她的敬称）聊着聊着就抛给我们一个她目前抉择的问题一起思考，因为接下来她需要在两个工作里面做选择：一个是年薪 33 万的制片总监，一个是年薪 20 万的市场策划。她喜欢源于后者的新挑战，但却被前面的工资吸引。当面对生存和理想的抉择时，确实是不好做决定，况且未婚女性在中国语境下总是话题多多。

在问过她后，我们仔细比较了一下二者的工作时间：前者是每天加班，节假日依具体情况而定，基本上无休赶节目，每天工作近 15 个小时；后者相对于前者较为明显的区别在于基本上是 8 小时有规律的生活。这样算下来，两者的时薪差不多，只是前者把三年的活放到一年来做罢了。如果加上由此产生的未来医药费，有可能比后者需要倒贴的还更多。

作为聚餐中的小字辈我斗胆问了她一个问题，即你现在最需要的是以最快速度赚一大笔钱，还是按照自己的节奏做喜欢的事情？这个问题抛出后，她突然不可思议地建议大家结束聚餐，接下来给她安静的个人时光让她好好想想。

　　一个月后，她邀请我去她供职的地方坐坐，在摩天大楼巨大而纤尘不染的落地窗前，脸上时常隐含微笑的她更加容光焕发了。她给我冲了一杯咖啡，优雅地端坐在我的对面，脚上所着名牌长筒皮靴的光亮与落地窗投射进的阳光交相辉映。她突然邀请我来是要感谢我那天的那个问题，经过较长时间的深思熟虑，她恍然大悟后选择了后者，她认为这是一个成熟的决定，而且未来前景可期。如果有一个既能保障健康快乐又有可期未来的工作，鱼和熊掌可以兼得，为啥不要？

　　那天我们聊了很多，也因此我们作为新结识的朋友有了个约定，就是如果每个月方便的话一定要见见面，互相分享正在行进的各自职业发展，互相鼓励。作为在高校就业领域工作的过来人，我则用五年的经历和她分享了薪资收入的一个秘密，即，年薪月薪是相当有欺骗性的东西。真正起作用的，是时薪——你一定要算算单位时间是否更加值钱。所以，第一条关于工资的隐含规律是，工资不等于月薪，也不等于年薪，工资其实是按时薪计算的。说到这里，我又跟她分享了一个小故事。2006年我一个大学同学一毕业就嫁到了首都，和丈夫买了个北京市二环内的房子，当时北京二环内的房子每平方米3万元，算上公摊100平方米左右。房子坐落的位置正好便于他们夫妻俩上下班，由于双方家庭都很殷实，父母们都各自爽快地拿出了100万元。这对夫妻则一起承担了后面的所有事，对于一对收入正常的刚走上职场的小夫妻，这大概意味着他们未来10年的努力，因此，她大四时就制定的出国读书、旅游的计划也都完全搁置了。

　　"年轻时总有好多梦想，但职场是个让人越来越现实的地方。"她喝了口水后告诉我过去经常的思维，就是收入要越多越好，特别是中国经济的不规律性，充足的积蓄急需时才能应付不时之需。我便问她"如果你现在停止工作，会损失多少钱"，然后帮助她一起算后，发现如果她现在停止工作一年，损失是工资减去未工作状态的消费成本。现在她的工资是12万元，如果上班的花销是3万元，损失是9万元。

那么一个人如果少了9万元，多了一年自己却不要因没钱花而焦虑的时间，值不值呢？

说到这里，她突然悟到，在这样的空档里，看似无为其实广阔天地大有作为，就看你是不是生活的有心人了。因为，实际上这里有无数的方式能让这个一年期的买卖值钱。我依据现在正在求学立场的看法是："也许你可以试试看读一个在职的研究生或者培训课程，只要是你感兴趣的都可以。别人周六、日上课，平时上班，你则周一到周五都休息，这样既能轻松状态下最大化地摄取知识，又能获得别的收获。例如，每天找一个同学或朋友吃饭，谈谈他们手头有无可能的投资项目，或者组织多人的活动来发展更多的人脉。这里面还不包括工作时新认识的人脉。一年下来积累的资源，肯定能让你获得比现在工资高50%的工作，这里面隐含着多少个9万元啊？"

我还从我的周遭经验告诉她，如果作为麦卡锡的总裁，我并不鼓励动不动就辞职，这里牵扯出第二个秘密：我们争分夺秒计算自己的工资，却很少计算工时外自己的空白时间。其实空白时间才是未来能够获得巨大收益的东西。我们常说年轻是最大的资本，但又有多少人注意到个中的真谛了呢？这种浪费比比皆是，令人痛心。很多人年轻的时候全身心投入工作，那么资本也就直接取现了，再无增值的可能。所以这里，工资收入实际上等于工资＋可能性。还要记住，白天和下午都是上班族的必然时间，如果确实无法支配，那么请好好利用你的夜晚。应酬的时候建人脉，没应酬的时候更利于建人脉，总之，就是别那么早睡觉或者在自认为应该的娱乐中浪费扩容自己生命的最后一抹宝贵时间。

聊到这里，她望着远方的长空叹了口气，有点哀伤地说："我在职场经常给别人出主意，却是不识庐山真面目，只缘身在此山中啊。不知不觉中，我误过了好多东西，包括爱情……"

"唉，小苏姐姐，你还是年轻人，在当下中国早就要抛去传统的婚姻年龄观了呀。"我边开解着边最后跟她分享了第三个故事。这是关于北极熊的故事。

北极熊被认为是最强悍的几种哺乳动物之一，在零下 40 摄氏度的低温环境，北极熊连续奔跑两到三小时后还能搏击五到六只北极狐，在冰水混合物中游泳 45 分钟、连续 20 天不进食没有任何问题，厚厚的皮毛能抵御所有的刀和矛。就这么个强悍东西，北极之王，作为仅存人类狩猎者的爱斯基摩人该如何对付它呢？难，也不难。因为北极熊的优点也是缺点，它的攻击性强但是也嗜血。所以爱斯基摩人狩猎前先杀死一只小海豹横放于一大木桶上放血，然后把一把尖刀刀刃冲上倒立在桶底，目的就是要让血漫过刀刃。当这个盛血的桶变成血色的冰块，一个猎熊器就此产生。北极熊看到鲜血，必然马上靠前用舌头舔，上面的血层舔完，舌头也就冻僵了，同时刀刃又露了出来，在熊的舌头上划开一个小伤口。北极熊冻僵的舌头却感觉不到痛，还傻傻地一直舔啊舔个没完。一直到伤口越来越深，北极熊最终因为失血过多休克而倒下，这个时候，埋伏许久的爱斯基摩人跳出来，顺利接收胜利果实。北极熊就这么被包了饺子。

在小苏姐姐一脸花容失色的惊愕中，我告诉了她故事隐喻，也是工资的第三个小秘密。我们很多人在快乐地拿着"高薪"，却往往不知道高薪不是白给的，作为代价交换的正是自己的鲜血。比如那些拿着亿元高薪的 NBA 球员在休赛期为了保障自己可以获得下一份亿元薪资，要花费的理疗费用更大，不然就在越来越糟糕的身体拖累下渐渐失去同行竞争力。所以，对于那些以夺取你最重要的东西——比如健康、生活、好心情、从容、家庭为代价的工资，便是诱惑极大但也杀伤力极大的海豹血，所以，没有把握千万别碰。

那么怎样才算是有把握呢？做聪明的北极熊呗，聪明的熊往往懂得绕着刀尖舔，最后气死旁边的爱斯基摩人。

2013 年 8 月 22 日

生、义之思

　　我读怀瑾先生的著作，很欣赏他总结并一以贯之的有关做人有三个错误是不能犯的遗言："一是德薄而位尊；二是智小而谋大；三是力小而任重。"这三种错误，都是在提醒我们当下当如何做人的哲学方法论。

　　当今之世，世道波诡云谲、浮躁功利、商维远胜了情德。我们看到的社会现象或政治行情，不少人是反南怀瑾的告诫行事的，努力追求的是名利，刻意追求的是虚假的声誉，"假话重复了120遍也就成了真理"，逞强的是不符能力的权位。当年赫鲁晓夫的"位置决定内涵论"并未随着他的离去而离去，反而在现今比比皆是……

105

　　当下中国，父母教育孩子的出发点大多是以如何适应时世为基。"你太善良了"这句话早已不是赞扬人性之臻，而成了批评和贬低之常语，过去我就常对我学生说，当你们决定不善良了，你们是不是就决定可恶了呢？当你们决定不再怀抱或傻的纯真时，你们是不是就决定成为世故又世俗的动物了呢？时代的价值观如此，我认为是沦丧。一个稀缺了正能量文化价值取向的国家是真正的弱国，一个本源之的东西都可以否认的社会，就是一缸比陈屎还臭的酱缸。

　　人人皆为利往的时候，社会还有什么公平而言？人人只为利往的时候，却是本性的人还是人？人人仅为利往的时候，则反过头来常常自搬石头砸脚。

孟子曰:"生,我所欲也;义,我所欲也。二者不可得兼,舍生而取义者也。"《庄子·天运》中引老子的话:"名,公器也,不可多取。仁义,先王之蘧庐也,止可以一宿,而不可以久处。"白居易有领悟曾写《感兴》的诗,说"名为公器无多取,利是身灾合少求"。人与国,以渺小而之于大,能成国之公器者,无不怀大义而小生耳。

2010 年我游南京,于中山陵之旁得见一座墓园,墓碑上刻着是"廖仲恺、何香凝之墓"遒劲有力的字眼,除此之外再无一字叙及生平事迹。我俯首三深拜,不胜感慨!谁都知道廖仲恺、何香凝是追随孙中山从事革命的功勋人物。廖在军阀混战那波诡云谲的岁月数次行走刀尖、命悬一线,均不畏生死仅为民族大义而战,作为最理解、最支持新生的中国共产党的国民党左派就被蒋汪等国民党反动派暗杀。何香凝则继承廖志,追随中国共产党争取国家独立、民族解放的大业,是杰出的女中豪杰,同时也是驰名海内外的画家。可是廖何去世之后,不争八宝山尺寸墓地,双葬于孙中山陵寝之旁,墓碑只字不叙及生平壮烈事迹。

相比起某省一知名富豪为其可能是抑或不是的先祖开了半座山修灵,一堵墙壁那么大的石碑上满是夸张、颂扬之词,赞先祖无不是为己贴金,后续则另附了其为商业帝国开疆拓土的伟大功绩,相比于廖、何二人,岂不是鸿毛之于泰山耳。

所以,年岁越长,我越在笑世人太浅薄又太疯癫。

如果怀瑾公游南京,看到廖何之墓,我想是其必先惊服于先烈的行事,而后深深敬拜,再次继续着其三省己身的习惯。对此,我也有一个作为公民的疑问在心中,作为转型期的中国社会,固然是沉渣皆乱起之时,但这样的沸腾期又何时退潮呢?中国全民道德素质之真立,又在何时呢?

2013 年 8 月 22 日

适时地选择输给人家吧

清晨醒来，看了眼昨天抵漳的姥爷哥哥从台湾寄来的图册，我思绪瞬间就回到了五年前一位在广电集团工作的叔叔告诉我的真人真事中。值得回味往往是因为曾经大有裨益，现在则更有裨益，足以不断优化我的人生。

时值 2008 年，台湾旺旺集团收购中时集团，旺旺集团老板蔡衍明的大公子蔡绍中被授权执掌这一包括《中国时报》、台湾中视和中天电视台在内的老传媒航母，从此"小老板"成了台湾媒体朋友称呼蔡绍中的专用符号。怎么把老旧的大航母变成新宙斯盾，是小蔡老板的重大课题，各路台湾媒体已经严阵以待，大陆这边都给予了密切关注，顺便给了沿海跟台湾有关的各大电视台雪中送炭。没多久，台湾媒体界的朋友来电，他们不日将要陪小老板来厦门公干、交流、学习，拜托这位叔叔接风洗尘。这也使他有缘近距离接触这位当下正处于聚光灯下备受争议的坐拥亿万身家的富二代。

席间大家相谈甚欢，小蔡老板突然看到电视里正在播放采访的画面，发现厦门卫视话筒的麦牌特别巨大和醒目。他突然问了一个匪夷所思的问题："中视、中天的麦牌怎么没看到？"大家忙解释，中视、中天的话筒因为靠近被采访者，所以被遮住了。叔叔笑着帮同行打圆场："这也说明中视、中天的记者太敬业了，他们抢在前头。""靠近被采访者有什么好处呢？"小老板立刻接着虚心地问。叔叔赶忙说：

"这样录音的效果会更好。"小老板轻轻地说了一句:"是录音效果好一点重要,还是电视台的麦牌醒目一点重要,这个我不懂,我听你们的。"小老板这么一提醒,连一向心细如发的叔叔都开始思考这样一个熟视无睹的技术性细节。

交谈中,他惊讶地得知小老板居然没有上过大学。按理,这么有钱的富二代留学名牌大学不是轻而易举的事吗?小老板的回答则让他大吃一惊,这答案至今他还在思索。原来是他爸爸不准他读大学,老蔡的理由是:"你将来会领导很多博士,如果你自己又是老板,也是博士,就怕你会太自傲,你就不会谦虚地听那些博士的意见,就算那些博士想帮你,都帮不到你了。与人共舞或领导别人时应该有些事输给人家,自己有点自卑感了才会对人家客气一点。"

后来叔叔才知道,18 岁时的小老板高中一毕业就被老蔡专门安排到公司从车间干起,在暗无天日的闷热车间高强度的工作甚至导致中暑,到三年后才转为行政文员。从买咖啡、打印材料、外跑事务的"便利贴男孩"干起,七年时光跟遍了全部部门主管,不知不觉就做了 10 年实习生。小老板经常会回忆起那段被狠狠操练、罔顾他尊严的岁月:"我从没有名片,也因为没有具体职务而没有 title(头衔),全公司也只有我(的名牌)最特别,我的牌子上就只有'蔡绍中'三个字。"没有任何头衔的蔡绍中没有什么不好意思的,靠父亲的权力而分封的蔡绍中反而是有问题的,对家族辛辛苦苦积累的基业是有巨大安全隐患的?能够决定蔡绍中个人存在意义和价值的,是他的品行、智慧、能力、性格;能够决定蔡绍中这个人走多远的,是经过岁月真实打磨不断真正成长的他自身;能够决定蔡绍中这个人是否可以把与他相关的家庭、事业扛在肩膀负重前行走多远的,是那个最终让自己成长的自己。

相对于蔡绍中,我反观现在一些最知名企业老总的后代,是充满了质疑的。

再后来，某月某日在网上看到唐某君等富豪一系列的博士学历造假风波，叔叔突发奇想：虽然他还不能接受小老板他爹不让他读大学的安排，但小老板他爹不让他读大学，也许其中包含着一种更深刻的中国人的智慧吧。人不可能十全十美，如果人生注定无法十全十美，与其让命运来安排，不如自己主动选择。财富、健康、长寿、爱情、婚姻、家庭、子孙、名声……如果非得在其中选择一个令其有缺陷，也许学历和学位反而是最值得放弃的了。

2013 年 8 月 25 日

适时地选择输给人家吧

我永远坚信读书会改变人生

在这个年代，读书难啊，特别是静下心来读书，更难。当下，人心总是又热又躁，我也不例外。当下，"素蟫灰丝，时蒙卷轴"，比不过乌纱与黄金万两。

昨天，与好友通话，他建议我以后少读书，凭借现在积攒的人脉资源，赶紧去转化为生产力，不愁没人要，干吗还这么死心塌地、没心没肺地当书呆子？他还提醒我，施灏兄，过去人家一给你介绍对象，那些佳人们看到你是一个还没工作的研究生，不是嫌弃你是闲人一个没有价值，就是嫌你没有未来因此逃之夭夭。兄弟，不要让悲剧越来越多啊！我静静地听他说完，然后静静地跟他说了点儿故事。

这件事是，北大出了许多企业家，以北大的 32 楼为例。当年俞敏洪作为北大青年教师住在该楼的第二层，后来俞敏洪创办了新东方，成了伟大的企业家。第三层楼，当年住着一个来自山西的叫李彦宏的青年，天天在水房里光着上半身用冷水冲澡，唱着"夜里寻他千百度，你在哪呢"，天天念"百度"两个字，于是后来诞生了百度公司。他是学图书馆系古典文献编目专业的。第四层楼住着北大中文系的愤怒诗人黄怒波，每天三更半夜，如果燕园里响起"大河参北斗啊……"那绝对是他！这些年来黄怒波令人刮目相看，成为中坤集团的创始人，在冰岛购置土地。更匪夷所思的是，北大中文系的女生楼里一个长相和脾气都非常平和的叫龚海燕的姐姐，她充满激情，一通胡闹，结果创办了世纪佳缘……

这样的事情还有很多，太平洋都装不完。北大出了企业家，不是北大母体的自然孕育，那羊水不是北大的底蕴和氛围？英文系、图书馆系、中文系都是与金融、融资、管理完全无关的专业，但是学这些专业的人怎么会创建出当下中国如此成功的企业？我想，他们肯定不是天生的企业家，但肯定是先对专业的学习、个人的修行参得透透的，然后才推动着他们一步步努力、实事求是，根据现实去建立不世之功业，历尽千般苦，坚持着、摸索着做出让别人一眼看去就知道是百年老店的事业。北大之所以是北大，不是每年分数线有多高的招牌，而是因为成为北大人离开校门后，不管走到哪个领域，能拥有比别人走得稍微远一点的保证。

年轻的时候我也好动而厌恶学习，现在到了这岁数了，我突然发现，当我们遇到问题时，我们需要思考。思考的时候需要思维的工具，思维的工具、思维的动力源则在于大脑中对于资料和以往经验留下的真知的调动，而这些东西，最后恰恰还是建立在大量阅读、不断学习和不断实践上。

人生不是必须读万卷书，才能行万里路，但不能读足够的书，行万里路最终也就只是个邮差而已。所以，因为我的能力太差，现在必须蜗居校园里潜心接受再教育，不然，再活五百年还只是个木头。

我从不读畅销的都市生活书，不是我已经是大叔了没法看，而是我知道生命有限，只能读人类历史上大浪淘沙的作品，时间对人类远远不够用。如果你读的不是真文字，遇到的不是真语言，那么最后见到的也一定不是真实的世界。

2013 年 8 月 26 日

知己　己知　正行

现在的年轻人是越来越没法和上一代人同住一屋檐下了。今天又接到一位朋友的吐槽，第 N 次了，吐槽的核心内容还是两代人生活的理念不同而导致的越来越多的矛盾，矛盾清单则从原来的起居、饮食、社交、处对象，到现在的玩电脑、吃东西、打电话，甚至连看电影也可能不能幸免了。

朋友已经而立了，他也更加努力挣钱了，因为他一年比一年急需一个属于他的独立王国了，需要一个自由自在的空间。而现在，家长压迫严重，他老是在是否要让家长满意符合家长要求的环境里惴惴不安，又时刻要在家长明朝东厂特务机关似的眼线中小心翼翼。家长一个哈欠，他都敏感万分。

于是，我又一次讥笑他，你的房间可以改名叫"东宫"了吧？朋友啊，他的家长是有欠妥当的地方，中国式的家长，问题实在太多了。而这一切首先也均是过分爱护所至，这片树荫压得他渐渐已无法承受。在父母眼里，孩子再大都还是孩子。这话，是概念，但也是中国家长的错误的思维惯性。因为，你闭眼了，你还如何再去牵挂你的孩子。太牵挂了，不如早点儿放手，换种心态看着孩子们可以用他们的方式把自己的生命经营得让观众们至少基本上放心吧。不知何时该放手的父母是不知己的愚蠢，总是操心。还有一种原因，就是孩子老是犯错嘛，22 岁以前尽量交学费，22 岁以后渐渐成熟化运作自己啊。

如果孩子老是犯错，那又是父母的另一种错，不知孩子不懂正教，子不教好，家长之过。如果做父母的在孩子22岁以前都不能在其青春躁动中建立好孩子的世界观、人生观、价值观，不能根据其的爱好和性格送给其立身之本，操心过多又有何用？不能以春风化雨般柔和说服孩子，去建立属于他们灵魂中的天堂，到了闭眼还操心，这是做父母一直在自作自受、作茧自缚。但，我不想把责任过多地怪罪到他的父母身上，因为，再如何，这也是外因。因为，再如何，养育之恩没齿难忘，人生无论几何，均不要把最根本的给丢了。根都没了，再华丽的人也是冰山无法久存。

所以，我今天更多的还是责备了我的朋友。30岁的人了，给予父母的终归还是太少了。三十而立，朋友还立不起来啊，工作没有突破，打定主意了做一个代表着陈旧体制单位的忠实走卒。因为潜规则所不容，所以难以升迁，而同龄的人都已经可以当他领导的领导了。业是低谷，家也是此恨绵绵无绝期。处了几个对象，有的家长不容而吹，有的则是相处后发现他们不适合，搞了好几回的霸王别姬，最后由爱生恨。然后，一直在这样的轮回中恶性循环。我对他说，兄弟，你还是不成熟啊。你从来就不知道自己要什么，不成熟的男人总是会轻易为所谓正义和梦想失去一切，甚至生命。成熟的男人则会为理想的实现，适应环境，改变自己，甚至必要的时候卑贱地韬光养晦、卧薪尝胆。而你呢，领导不敢派重要的工作给你，而不重要的事情你却做得不亦乐乎。这是为什么呢？这则是我对你的不亦乐乎的提问。你性格上的不沉稳、做事缺乏科学性，久而久之，领导只能择优。你不知道自己的不足在哪里，我屡次邀请你参加我们聚集资源和智慧的"聚贤沙龙"，你总是不能来。但，每回吃饭聚会，听到你在那里炫耀属于中国文化中的糟粕，比如你又陪谁谁谁吃饭了，以及你故弄玄虚地说那些属于你的语系的东西。

我们总想着父母能否按照我们需要地满足我们，我们却鲜有换位思考父母的心灵究竟是啥样的。

亲爱的朋友，你这行为跟中国历史长河中的魏晋南北朝的清谈和玄学中那般一无是处的士族有什么两样吗？你知道吗？越来越多的人都觉得你是在浪费时间。不能在生命中去花时间补强自己，却又在可笑地以一片赤诚天真保持自己的高洁，结果却又在我们面前原地踏步了还在可怜地炫耀，不懂得如何去争取重要的机会，却把年轻的时光都浪费在无谓中。所以，你的领导只好让你去陪酒，看到你经常因为公务接待醉醺醺的，你的父母还会高兴？时光飞逝，我们如果不能让自己变得更好，我们就是淘汰品了。

社会的变化太快了，裂变的未来可以预知，而我们其实是快跟不上的一代人了。如此，你说，我们还有什么理由偷懒或安于现状？我送你的那本书《未来，改变世界的六大内驱力》又没有看了吧？对，你是会说，灏哥，我没有时间我忙……你忙吧，反正你如果还想改变我们这代人既处于时代的夹缝中又处于时代裂变的移民的身份，请你现在赶紧振作起来学习吧。一个人，如果把所处环境的本质都不知，如果自己的为人的本原都不知，我说句过激的话，灵魂空虚，肉体还有几许价值？我知道生命的价值，但我不认可没有灵魂的生命的价值。你是谁？从哪里来？到哪里去？值得一辈子思考已变得越来越清晰的问题，那就认真思考吧，用最多的践，用最多的习，化最多的书，别再在这三者里纠结先鸡后蛋还是先蛋后鸡的命题。行动不息，不断增加行动意义则需要不断的总结和请教来推动呵。这是颠扑不破的规律。

请教，向人也好，向书也罢，均为解惑而不浪费时间。这个终其一生的问题，如果一直思考不清楚，我们首先做不好我们自己，试问，我们这代人又有何资格在未来为人父母？

2013 年 8 月 27 日

由奢入俭时

古人云，由俭入奢易，由奢入俭难。综观我所看到的、听到的一切，确实如此。这不，我自己就常被家长批评："儿用爷财眼不眨，儿卖爷田心不疼。"

不过，我也这么认为，你要一个人放弃奢华之享回归俭朴之苦，自己都不一定能做到，别人又怎能如你所愿？放弃奢享又好比你要一个已经住惯了电梯房的人从此回归走楼梯，走楼梯固然是好，但是坐惯电梯后的本能力量如此强大，人家本能与情绪力量如日中天的时候，凭什么走楼梯呢？所以，你也得找到人家心理柔弱的地方，慢慢渗透，启迪人家明白走楼梯的好，人家才会慢慢接受你，继而踏出久违的脚，最后可能较长时间地坚持走楼梯。

所以，世事靠悟，别人帮忙时悟，没别人的时候自己更要悟。

在奢俭两条平行道上一会儿极左、一会儿极右，好多年后，年龄渐增至今，我的眼前像看到海天一线喷薄而出的太阳，终于明白，无论世界变得如何奢华，我还是喜欢俭省。这也是好不容易悟透的事情，不想再走反复之路。其实，在这个心理层次，这已经变得和金钱没有很密切的关系，换句话说，我不再纠结于有钱也不能乱花这样的辩证。这样的事情本来就不必想，有钱也要节省这是跟人类要喝水、吃饭、睡觉一样本应之事，何必还要特别强调呢？如果还要，那只能说作为人的属性有缺陷，当及时补。

115

而且，人要奢侈其实很累，拿着钱消费都得担心安全，睁着眼睛的时候享受快感，闭着眼睛的时候提心吊胆，有钱时潇洒走一回，突然没钱时就像鸦片鬼一样浑身难受，而俭省的机会其实很廉价，俯拾即是，如遍地之尘粒。比如不论牙膏管子多么丰满，但你只能在牙刷毛上挤出 1.5 到 2 厘米的膏条，而不是 1 尺长，因为你用不了那么多。你总不能把自己的嘴巴变成螃蟹聚会的洞穴吧？朋友用了浪琴表，还要积家、劳力士，在手表上就花费接近百万。我的建议，你的手臂不是图腾柱，用不了那么多表。再比如无论你坐拥多少橱柜的衣服，每件衣服非七八千不买，总以横扫一座城市所有奢侈名牌店为尊华。我想说，当暑气蒸人的时候，你只能穿一件纯棉的 T 恤衫，或者只能把尽可能少的布披身上，如果把貂皮大衣捂在身上，轻者长满红肿热痛的痱毒，重了就会中暑倒地甚至一命呜呼。

所以，人啊，不要拥有了还自找苦吃，不要因为拥有所以就自找苦吃，拥有的过程本身就诸多不易，何必让曾经沧海难为水呢？俭省比奢华要容易得多，也是偷懒人的好伴侣，因为用最直截了当的方式和最小代价直抵目标的方式不是最偷懒的方式？

然而有三件事你不能俭省。而且，还有一个俱乐部你可以参加。

第一件事是学习。学习是需要费用的，就算圣人孔子，答疑解惑也要收干肉为礼。学习费用支出的时候，和买卖其他货物略有不同。你不知道究竟能得到多少知识，这不单决定于老师的水平，也决定于你自己的状态。这在某种情况下就有点隔山买牛的味道，甚至比股票的风险还大。谁也不能保证你在付出了学费之后一定能考上大学、进入更高学历之堂，你只能先期投入。机遇是牵着婚纱的小童，如果你不学习，牵引你的新娘就永远不会出现在你人生的殿堂。

第二件事是旅游。每个人出生的时候都是蝌蚪，长大了都变作井底之蛙。这不是你的过错，只是你的限制何时都在，环境会限制你的眼界，现实会限制你的思维之界，面对随时的困己之框，你更要想办法弥补。要了解世界，必须到远方去。旅游是需要花钱的，谁都知道。旅游的好处却不是一眼就能看到的，如果你仅仅把旅游当作带东西回国或者遍尝异域美食，你就错了，你就肤浅了。旅游是吸纳，常常需要日积月累潜移默化地蓄积。有人以为旅游只是照一些相片买一些小小的工艺品，其实不然。旅行让我们的身体感悟到不同的风和水，我们的头脑也在不同风情的滋养下变得机敏和多彩。关键还是，你是走马观花还是用心去体会以至于不虚此行了。

第三件事是锻炼身体。古代的人没有专门锻炼身体的习惯，饥一顿饱一顿全无赘肉。烈烈如火的峥嵘岁月，生存的需要逼得他们不停奔跑狩猎，闲暇的时候就装神弄鬼，在岩壁上凿画，在篝火边跳舞，无论欧洲还是美洲、亚洲，都有岩石壁画为证。总之，那时的人类苦逼啊，干的都不是轻体力劳动，积攒不下多余的卡路里。社会进步了，物质丰富了，用不完的热量成了我们挥之不去的负担。不再担心食不果腹，而是担心营养过剩有朝一日突然就呜呼哀哉惨绝千古人寰。于是要人为地在机器上跋涉，在充满氯气的池子里浮沉，在人造的雪花和冰面上打滚，在矫揉造作的水泥峭壁上攀爬……这真是愚蠢的自欺欺人的奢侈啊，可我们没有办法，只有不间断地投入金钱，操练贫瘠的肌肉和骨骼，以保持最起码的力量和最基本的敏捷。

综上，有没有省钱的方法呢？其实也是有的。把人生当作课堂，向一切人学习，就省了上学的钱。徒步到远方去，就省了旅游的钱。不用任何健身器械，就在家里踢毽子、高抬腿、做广播体操……就省了健身的钱。我每天夜晚困顿的时候，再困顿疲惫都要去跑步，我在想，如果连这点意志力都没法做到了，枉为人类啊。

然而，这也是破费，因为我们付出了时间。所以，我正在努力加入一个俱乐部，叫作"三不眨眼俱乐部"，投资脑袋以更加节约未来而不眨眼，投资当下乃至更加节省未来之时而不眨眼，投资父母健康而不眨眼。时间太快，那就花钱买时间呗！这样才能真正永葆青春。

2013 年 8 月 29 日

青春如歌，我们曾哭着唱过

下午完成了一篇论文，然后又看了一遍《致我们终将逝去的青春》。因为渐近青春的尾巴，所以近两三年来后知后觉之际写的关于青春的抒情文字太多了，但关于电影的影评却还没有。与青春有关的电影虽然能勾起了我一堆的回忆，但是却让我越想写却越不大写得出。我想个中原因大概是，电影里的青春再怎么创作毕竟是被创作出来的，回归到人本原的青春却是属于每一个个体的精彩。只是不同的精彩中有幻灭有血色，也有让人往前走的力量，不然生命怎么为继？这几天发生的一些事，更促使我想静下心来好好回忆一番过往逝去的青春，回顾几个令我记忆深刻的真实故事。

第一个故事有关暴力。2002 年，我大学刚入学，正处于最青葱懵懂爱幻想的岁月。我一 99 级师兄毕业前却把积压了四年的愤怒倾泻到另一师兄身上，后一个差点被捅死，前一个被勒令退学。退学后他不敢告诉家人，而是瞒骗说他因为成绩太好，直接被院领导推荐进了福州市一家很好的事业编制单位。而事实上呢，他在大学正门口往学府林居的那条路边开了家名曰"卡萨布兰卡"的餐馆。这位师兄如果克制住了自己，凭他不错的课业成绩，加之一手好文章、好书法，就这么平静、顺利地行进，他瞒骗家人的话恐怕就会成为现实的金光大道。大一的时候，作为穷学生的我忍不住去他的餐馆消费，主食以咖喱为主，正中墙壁上放映的就是电影《卡萨布兰卡》。那天他不在，但他的店对我影响颇深，当你进入这间店时你很难把他与血色青春联系在一起。男生、男子汉似乎很容易跟热血联系在一起，我的大学以血色青春开始，也以血色青春结束。类似的血色故事在我毕业时又有一次，主角是我最好的朋友，他用铁棍敲了另一个同学的头。这个同学是众叛亲离的辅导员的忠实走狗，据说当时血溅一床，不消说这又是充满压抑、愤怒、暴力青春的再现。那位学长和他的店在四年里的某一天消失在那条铁打的路上，我一直想知道，血色的青春怎么让他进入了《卡萨布兰卡》呢？如果是我联想，我能想到的是《猜火车》与《发条橙》。

第二个故事有关死亡。还是 2002 年，隔壁系一女生被舍友举报偷窃。同宿舍女生的化妆品、钱、内衣、床单，特别是胸罩和内裤……她都偷，偷完就写在日记里，她在日记里恣情地释放着闻舍友胸罩与内裤的快感。她也喜欢看舍友各物件找寻不到着急的样子，她窃取的目的恰恰是一件件毁掉，先享受着那种快感又享受着毁灭的乐趣。她后来被开除。她家境很好，在我们那时就用上了笔记本电脑。她的服装、化妆品全是名牌，她的手机是市场上的高端品牌，也是我们年级屈指可数的寒暑假坐飞机返乡的人。她能力超强，是学生会最能干、最会处理人际关系的。她被赶出学校后我再也没见过她，直到几年前得到消息，她过的是三毛式的人生，但三毛的归宿让人怜惜、落泪，她的归宿则让人痛心。她人生的最后一站在广东，踏进了黑道，贩毒也吸毒，后来死在拒捕的枪战中。去年大学同学聚会，尤其是当年被她屡屡盗窃的舍友说起她，当年的愤怒如今转化为了不忍的难过和泪水，痛过、哭过之余，当年举报她的人，认为那是种病，却被她们率先地当作品质问题，最终把她送上了死路。这种率先难道不是主观主义的轻率？她们为没有应该帮她治病，而是孤立她、赶走她，甚至幸灾乐祸而感到悔恨。这件事让我能一下子想到的电影是《四月物语》和《告白》。

第三个故事有关爱情。整个大学四年我因为家长的禁令和经济措施双管齐下而没法谈恋爱，只好帮忙修复他人的爱情或因为爱情而留下的创伤。我舍友喜欢联谊寝室一女生，凭直觉认为她也喜欢他，可又不敢表白，便委托我帮忙转交礼物。女生没收，还留了一堆难听话。我只好安慰舍友说："她太难看啦！你怎么会喜欢她呢？"谁知道一段时间后，我从传闻中证实他们在一起了。也正是从此以后，无论在食堂、教室还是在路上，我和他们遇见时，我感觉自己开始犯上心理病。他们只要遇到我，则表现得极其亲密，甚至于有一回他们正吵架一遇到我走来立刻就和好，立刻就在我面前如福州台风天的太阳雨那样迅疾转换地亲密起来。那时，我感到尴尬，也感到恶心。

爱情、友情，让我无形中失去了同学情和名声。此后，我刻意地在心里屏蔽感情，也不再帮跟感情有关的忙了，只要遇上缘分我就选择躲避，就这样在痛楚中熬到自己大学毕业。工作后，在家人的催逼下我有很长一段时间依然选择回避，我归结为感情受伤。直到2010年时，她回母校参加青年教师培训，和留校工作的我在食堂不期而遇。我们面对面笑笑，共进午餐，不可避免地问起当年。她先跟我道歉，然后告诉我说："少不更事，当时只想和你作对，就想和你作对……后来才知道为什么，因为当时我喜欢的是你不是他。当大一的那个夜晚，你作为班长背着我患急性脑膜炎的舍友奔跑十几公里去医院时我就喜欢上了你……"听完这段话，我多年的积郁瞬间化解，这段青春亦终于可以彻底埋掉了。虽然2010年后我经历着人生感情方面最剧烈的动荡期，受过更多更重的伤，但记忆都没有她、她和他留给我的那么深刻。这里，我想到的电影是《大逃杀》和《那些年我们一起追过的女孩》。

大学四年的时光，我回想起来，总的说来是平平淡淡，但也轰轰烈烈，我激动过、哭过、笑过、震撼过、低迷过、学习过、感动过、不成熟过、装成熟过。四年，是我肆意挥霍青春的四年，是我最天真浪漫的四年，是我最纯真释放的四年。四年之青春，所有走着青春的人幻想过、浑蛋过，甚至寻死过，对生命的长度不知永远有多远，只知道当下是可任性。于是，有时的青春像朵盛开的花，有时的青春则承担着生命中不能承受之重可能就提早凋谢。

但，走过、闹过、哭过的，不正是青春的本应状态？凭什么让青春要成为设定后那符合标准的艺术？

所以，赵薇导演的处女作《致我们终将逝去的青春》，太片面也太浅薄，青春的逝去就仅仅宿舍里那几名女生就代表我们全部了？而赵导演又拿什么去致我们终将逝去的青春了？

不知所云。

2013 年 8 月 29 日

生 之 距

二老之间隔着一张长条沙发，我在门缝中窥视、偷听他们的对话，感觉老夫老妻俩就像隔着一条长江水。从孩提时，就甚少见过如此情景，为数不多的时候，诸如每年的大年初二，闽南的岳父、丈母娘要请女婿们，大宴后，我陪二老回家。二老在絮絮叨叨地计较菜钱酒钱，甚至连每一粒盐巴都想知道究竟勾走了他们多少积蓄。二老紧锣密鼓地口头算数，我在一旁，插都插不上嘴。但是，对那学业乏善可陈又无心向学小时候的我，二老总是会在对我口诛笔伐时达成一致。厦门大学毕业的高才生姥爷，还会为因为混乱的年代没有读过多少书的姥姥提供成语乃至话术上的支持，就为了对我最大限度地批判。再来，除了偶尔讨论讨论子女和周边的人等，就没有了。没有之外的世界，就是老夫老妻无限战争的角斗场。

小学一年级的时候，我问过姥爷，爷爷爷爷，恩爱是啥意思？姥爷的娓娓道来中有些许叹息。这声叹息，我到了懂儿女之情的年龄渐渐在记忆的深处可聆听其回响。老妻陪伴了老夫 58 年了，从 1979 年之后到现在，一个决定，34 年，1979 年是个残酷的分水岭啊。1984年时，我来到这个世界，在温暖的爱中品味陪伴的滋味。姥姥带大了我，从小到大对我都很爱很爱，爱到无限的深处，她是个靠攒一分分钱养家的人，却到现在还偷偷塞我红包。她是个刀子嘴的人，却偷偷地一再嘱托爸妈对我要耐心，别再用棍棒解决问题。她是个厚此薄彼的人，从小到大，常常从我的口里抢吃的送给了弟弟妹妹们，时常让我羡慕嫉妒恨。从小到大，拿个 90 以上分数的弟弟妹妹们是她的骄傲，我从不是。但，我总是从父母处知晓，姥姥念叨最多的一句话就是，让灏灏别读书了，就陪在我身边好了。他们的世界，我却从不知晓。我想，同住院子里的那些邻家爷爷奶奶们经常手扶着另一只胳膊去散步，家里，男人在竹躺椅上手持紫砂品茶，女人在家里操着操不完的心，却时不时喊两声老头子确认下人还在否，时不时冷不丁端去一碗烹制的汤啊点心啊啥的。趁着老东西狼吞虎咽的时候，她在一旁把老伴的报纸啊啥的码得整整齐齐。

夕阳西下，渐行渐远的余晖残留着一两抹光线踯躅在窗棂的角落暂无走之意，是不舍，也是隽永。老夫陪着老妻，在那里拌嘴，在那里没事儿偷着乐，忆往昔峥嵘岁月稠，想当年，忆思矣如潮，卷起千堆雪，人生如梦，一樽还酹江月。白发银丝，殊不知眼角的鱼尾纹已是一生的耳鬓厮磨？这，是我从懂事到现在最希望的姥姥、姥爷拥有的生活，他们应该拥有呵。

可是，多年来，我看到的是姥姥站在姥爷看报读书背后的白眼，是姥姥已经嵌入骨子里的怨念，是总也道不尽的伤人的愈发不堪入耳的谩骂，是姥爷为了照顾姥姥数不清的辛苦劳累。

"你爷爷没用，我嫁给他，这算什么？""你这奶奶啊，我不给她买点儿吃的，她是不会照顾自己的，以后我动不了了，你们要顶上啊。奶奶一生对你们是最慷慨的，你们一定要好好爱她。"只是这一天突然就这么来了，当我赶到了逼仄阴暗的医院过道，在一张简易移动床上看到摔得鼻青脸肿的姥爷，我浑身颤抖，连哭都忘记了。我很难接受，他，一个我现在视为楷模灯塔的人，就这样变成了一个脆弱而幼稚的孩童，记忆混乱混沌，行为如孩子般任性。一摔，摔的是健康，还有所有的过往，我在曾经最残酷的梦魇中都没有想到姥爷会以这样残酷的方式被格式化。

　　这几天，躺在病床的姥爷一直叫我递纸笔给他。姥姥说，狗嘴吐不出象牙，写什么鬼东西。小灏，别理他！我在和姥姥解释的时候，姥爷的笔尖在纸面上龙飞凤舞。那字，身后的母亲努力念着念着就哭了……那行字是：灏啊，你奶奶靠诅咒我才活到这把岁数，不容易……以后怎么办？

2013 年 8 月 30 日

124

无语之姻

昨天发表的文章收到了一直支持、关心我的朋友们的亲切问候，文中隐晦的一些必要提示信息自然而然也就成了大家问询我的焦点。我经过一天的思考，终于可以好好动笔作答。

因为一个研究耽搁了今天的这份笔耕，先满怀歉意地对满怀期待答案的大家说，不好意思了！对于姥姥，姥爷、爸爸和妈妈都不止一次告诉我，你的姥姥是个很好的人，对家族的贡献太大了！妈妈说过，她自小就看到她的母亲如何努力地在艰难时势中维持、经营一个家，让一穷二白的家还能不乏温暖。她总是在清晨五时起床，煮一锅热腾腾的稀饭给姥爷吃，因为姥爷胃肠不好，早餐只能吃稀饭；还要煮一锅干饭给孩子吃，因为孩子正在发育，需要吃干饭，上学才不会饿。家里最好吃的东西，都是姥爷先吃，有回吃带鱼，母亲才分到一片鱼头右侧腮……

每星期，姥姥会把被褥搬出去晒，晒出暖暖的太阳香。下午，她总是弯着腰，刷着锅子，我们家的锅子每一个都可以当镜子用。晚上，她蹲在地上擦地板，家里的地板比别人家的床头还干净。然而在姥姥的眼中，从年轻时就埋着种子，她认为姥爷不是一个好伴侣。1984年开始我从姥姥亲手带大到成长的过程中，她不止一次地表示她在婚姻中的孤单，不被了解。但姥爷是个负责的好男人啊，他不抽烟、不喝酒，工作认真，喜欢沉浸在报纸和古书的世界里。他是个尽责的父亲，在孩子们眼中，他就像天一样大，保护他们、教育他们，改变了他们的命运。只是在老婆的眼中，他就不是一个好伴侣，我成长的过程中，经常看到姥姥在屋子的角落，暗暗地无声掉泪。姥爷无话，姥姥话多，姥姥强烈地表达了他们在婚姻中所面对的痛苦，她时而把愤怒送给姥爷。从我小时候一直到大，看着姥爷在姥姥的威势下无助和不断衰老。越大，我和姥爷越亲，和姥姥越远。我一直在困惑中成长，并问自己："两个好人为什么没有好的婚姻呢？"我长大后，虽还未婚，但年龄让我渐渐了解了这个问题的答案。所以下面，我将把我的思考和我的一个构想世界合而为一，开始这趟思考之旅吧！

有一天，一位女孩如愿以偿地把她的手交给了一位无论宽不宽大，她都爱得死去活来的男孩的手掌里。在婚姻初期，女孩就像我的姥姥一样，努力持家，努力地刷锅子、刷地板，努力烹饪，她所做的一切，都是为自己的婚姻而努力。奇怪的是，她并不快乐。看看她的先生，似乎也不快乐，她心中想，大概是自己地板擦得不够干净，饭菜烧得不够好，于是更努力擦地板，用心做饭。但两个人还是不快乐。

直到有一天，正忙着擦地板时，她先生说："老婆，来陪我听一下音乐。"女孩很不悦地说："没看到还有一大半的地方没有擦吗？"这句话一说出口，她呆住了，好熟悉的一句话，在她父亲母亲的婚姻中，母亲也经常这样对父亲说。她正在重演父母亲的婚姻，也重复他们在婚姻中的不快乐，也和我姥姥一样。有一些领悟出现在她的心中："你要的是什么呢？"她如果停下手边的工作，问着先生，想到父亲，他一直在婚姻中得不到他要的陪伴，母亲刷锅子的时间都比陪他的时间长。不断地做家事，是母亲维持婚姻的方法，她用她的方法在爱父亲。女孩的领悟使女孩做了不一样的选择，停下手边的工作，坐到先生的身边，陪他听音乐，远远地看着地上擦地板的抹布，像是看着母亲的命运。女孩问她先生："你需要什么呢？""我需要你陪我听听音乐，家里脏一点没关系呀！"先生说。"我以为你需要家里干净，有人煮饭给你吃，有人为你洗衣服等。""那些都是次要的呀！"先生说，"我最希望你陪陪我。"这个结果实在令人大吃一惊。

我们如果继续分享彼此的需要，就会发现我们一直都用自己的方式在爱对方，而不是对方的方式。自此以后，她列了一张先生的需要表，把它放在书桌前，他也列了一张她的需求表，放在他的书桌前。洋洋洒洒十几项的需求，有些项目比较容易做到，像是有空陪对方听音乐、有机会抱抱对方、每天早上 kiss 拜拜等。有些项目比较难，像是"听我说话，不要给建议"，这是先生的需要。如果她给他建议，他说他会觉得自己像笨蛋，这真是男人的面子问题啊。只是姥爷和姥姥，一辈子就是没有走出这么一个出口啊。姥爷没有情趣，姥姥被生活淹没。两人所有的关注——孩子们，却因为学历和理念的极其不对等而困难重重。现在的年轻人，在谈恋爱的时候，谈起教育孩子都会因矛盾而伤感情了，更何况在高考并不为许多人所理解的岁月，姥爷的决定，把姥姥生命中最看重的孩子一个个放飞了。女人最重要的东西没了，是最可怕的事，再好的人也会就此改变。姥姥能不急不怨吗？一种默契贯穿一辈子，夫妻之间的。所以，姥姥 1979 年后更是天天怒对姥爷，姥爷在失忆了都能写下那样的话……

婚姻实在是一条不容易学习的路，不过比擦地板要轻松多了，而我们在需求的满足中，婚姻会愈来愈有活力。在累的时候，就选择一些容易的项目做吧，像是"放一首放松音乐"，有力气的时候就规划"一次外地旅游"这样的事情。有趣的是，共同项目、共同需求就是夫妻长久婚姻的纽带啊，每次有争吵，去到共同的地方，总能安慰彼此的心灵。问对方："你要什么呢？"这句话开启了婚姻另一条幸福之路，这样，两个好人才能终于走上幸福之路。姥爷，您实在太笨，一辈子就是食古不化，很少去思考女人心思，于是鲜有挽救爱的氛围之举。

　　一个巴掌拍不响，说到姥姥，您活了一辈子，您总是用佛珠来抚慰自己的失落之心和怨恨，总是去寺庙的放生池放生生命，但怎么就不能像别的同龄女人那样活出生命的优雅呢？身外的世界如此待己，身内的世界再不善待又有谁能帮助您？每个人都值得拥有一个好婚姻，只要有心去纠正，只要方法用对，做"对方要的"而非自己"想给的"，好婚姻，绝对是可预期的。好婚姻，绝对是永恒的！

2013 年 9 月 1 日

狠角色也是好角色

　　说一个施灏先生曾经历的故事吧。有一年社会上流行把大量的管理培训生输入各大公司，他们会被派到各个部门去轮岗。根据轮岗的情况，他们和公司在相互的观察中选择他们未来的职业定位，被当成未来的骨干精英来培养。我就把很多大三生都通过这个渠道推荐委培，希望能够多做点有利于自己供职部门的事情。

　　雨舒正是施先生推荐的一名管理培训生。第一个星期，她被分配的岗位是最基层的前台，同时分配到前台的还有另外一个外校的管理培训生，她们都在前台的岗位上兢兢业业地工作。一周之后，领导召开例行的周会，每个管理培训生都要提交一份自己的报告。和雨舒一起被派到工作岗位的小李提交的报告是这样的：前台的工作让我更了解公司，增加了我对公司的自豪感和荣誉感。通过这一星期的工作，我学到了待人接物的很多礼仪。而雨舒的工作报告是这样写的："通过这一星期的工作，我发现目前的前台还有许多的不足。第一，作为一家在中国大陆开办的境外公司，我们采用的先用英文问候再说中文的方式是不妥的，因为打投诉电话的顾客或者下游供应商不一定都懂英文，所以一开始说英文会让大家有一种距离感，建议先说一遍中文再说一遍英文。第二，两个人同时做前台也是一种资源浪费，两个人都坐在前台互相不理会显得很不礼貌，难免会说话，可这样给人的印象又会是前台总在聊天或交头接耳，而且两个人一起在前台工作的时候容易造成责任不明、相互推诿的状况。建议前台保持一个人，另一人机动轮岗，当前台中途要离开的时候，另外一个人可以接替上来……"小李的报告一团和气，赢得了大家的掌声，而雨舒汇报完，引发了大家的集体静默，在座的高层们面无表情，说瞬间石化并不过分。作为直管的客户部主管觉得自己的工作权威受到了挑战，给雨舒打了一个比较低的测评分。

原来，雨舒主修的专业是施先生供职的独立学院文产系动漫专业，本人擅长时装画。到了培训部后，她嫌教材上的人脸图不够漂亮，便利用业余时间把所有的教材重新画了一遍。这下麻烦大了，培训部督导拿到新教材，直接从台湾飞过来就这个事情对公司进行了投诉。雨舒被告擅作主张，不尊重团队和领导，无法管理，要求除名。督导直接放话："这种人留在公司必伤团队，她不走我走！"这个雨舒同学更狠，一句话不说，只拿出了她改过的版本和之前的版本，一起摊在桌上，问了管理层两个问题：第一，哪个版本更漂亮；第二，哪个版本更容易学。当场把督导梗在那里。然后，她还加上一句："我的工资只有你的十分之一，你该做的不是来质问我为什么改你的教材，而是检讨自己为什么不可以做得更好！"督导气得花容扭曲，当场就提出了辞职。

接着，雨舒被"流放"去了销售部，销售部的主管是公司出名的好脾气和善于听批评意见的"弥勒佛主管"。雨舒当月业绩第一，她做的所有事情都跟主管的智慧无关。第二个月，主管亲自上阵，当年的销售王子。成了第二名而且连她的一半都没有做到，气得销售部主管私下召开誓师大会，发誓这样的事绝不可再发生第二次。大家来猜一下，这个雨舒同学在公司的结局如何？她的职场人际真的很成问题。可想而知，沙丁鱼们怎么可能欢迎鲶鱼到来？但这个狠角色，一直留在了福州马尾区的外企里，直到毕业后就业。她"匪夷所思"地得到了公司的重用，过了三个月试用期之后，她用了两个半月直升经理，两年薪水翻了十倍，在我离职时，她已升至公司在中方的最高主管。

你们可能会说，那是她运气好，换个单位，她可能早已出局。但实情就是雨舒同学在公司里屡换单位，差不多都轮岗轮了好几轮了，而且不可否认的是，她屡被重用。她无疑是个狠角色，她的存在令平庸的沙丁鱼们不安，但也因为鲶鱼效应成为了一只杀入了长白山鹿群中的野狼，久而久之，居然带动了整体的绩效与活力。这个居然，其实也侧面印证了公司老板的智慧和心胸。

多年后，她仍充满争议，许多人不喜欢她，说她天生就是穿PRADA的女王，甚至背后说她就是《被偷走的那五年》里那把老公都逼逃的何蔓女王。她却不在乎，回校的时候告诉施先生说："我是来做事的，不是来交朋友的。我更关注有没有把事做好。"没错！精英之辛辣，有史可查，一贯基本上就是狠角色。可狠角色推动了发展和进步，未必就不是个好角色。

所以，施先生认为，狠角色并不可恶，甚至可怕，真正可恶加可怕的是容不了狠角色的人乃至环境。特别是最大化视之的国度，国度因为人才方能而兴，也因不容不能养这样的狠角色人才而衰。纵观历史，在世界史上留名的国度，哪个不是放出来就是一群满眼充血的嗷嗷叫的人才的国家呢？

所以，我有个态度一辈子都不会变，我时常奉劝过分讨好他人的年轻人，不妨做个促进团队提升的狠角色，那是最好的职场捷径，也是个难得有人能胜任的好角色。只会做好好先生，甚至只会低头折腰的谄媚之辈，过去，左丘明先生讨厌，孔子先生讨厌，现在，只要是心中有智慧有点儿气的人，是个符合新社会正常标准的人，都讨厌！

2013 年 9 月 2 日

有权享用你名字

早年间，有一部叫《兵临城下》讲述苏德战争的电影，里边有一个英雄人物叫瓦西里。恰好，我的家乡福州市闽侯县桐口有个猪贩子，姓黄，也叫西里，但长得猥琐，又贼眉鼠眼的太像传说中的娄阿鼠，而且因为爱贪小便宜挖社会主义墙脚，在乡里名声很差。在此片热映的 2001 年到 2002 年间，他因为他那军事迷的儿子挚爱此片，他也就知道了瓦西里，在难得看了这部电影后，他那个荣誉感极速爆棚了。大约想沾英雄的光吧，黄西里逢人便热烈地念叨这部电影，你看看，那个像王成的狙击手跟我同名呢！后来还是他的儿子识破了他的阴谋，一句话戳到了他的痛处。儿子说："爸爸，发音差远啦，再说了人家是真英雄，爸爸你的名字呀真心不是什么西里，倒是像走哪里就糊哪里的稀泥。您啊，该叫黄稀泥。"

黄先生一气之下暴打了他儿子，但好事不出门坏事传千里。这个更新名字就这么传开了，于是在那十里八乡，在咱这盛产粉干的希望田野上，人们都这么喊他：诶诶诶，稀泥啊，来喝口茶好不？稀泥啊，来根烟吧！黄稀泥被作为乡音的福州话再这么一喊，那个文化的幽默劲哦，可真是生猛，田间地头都飘荡着快活的空气。长此以往，他再也不敢提《兵临城下》了，即使听到有人谈论这部片子，哪怕跟片名一个字有关的音，他都已经杯弓蛇影，如惊弓之鸟般惶惶不可终日。前年难得回家乡，我遇到他正在把生猪装车。毕竟是看着我长大的叔叔辈人，我从车里拿了一盒茶叶送他。他请我抽七匹狼，我不抽烟，但陪着他蹲在猪场旁边唠嗑了好一会儿。人老了的一大证明就是啰嗦加记忆深刻。当年，他的儿子和乡亲们真的伤到他了，他这么多年，多了一个感悟。他告诉我，灏子，还是你们城里读书人好啊，不像我，在畜生堆里混了一辈子的人，真不配有好名字。

我记得上大学的时候，有回当向导带着天府之国的同学在东街口逛，他想买牛角梳回去送给他美丽的母亲，我们在南后街看到过一个摆摊测字的。这位爷那时那刻真有意思，居然也不是测字，而是为一位姓孙的人改名，说改了后可直抵富贵。我同学不仅感慨，这好名字就像一张飞机票加彩票，你改对了，就等于买了票，登机了，然后，轰隆隆把你云里雾里地拉到了所谓的意淫世界里的在水之滨了。不然，就运气更差。我现在还记得这位爷，那是个白净面皮的人，人中两侧的绿地胡须浓浓，40多岁，一身唐装鹤骨仙风的样。他喝了口茶水说，无论古代的帝王将相，还是当今的权贵名人，他们名字的笔画里都有秘密的，加起来多少画，都是固定的，画数中是天机，所以，字贵而成人美也。与这个笔画相当的，一定会富贵，逃也逃不了。他像模像样地在白纸上写出几个伟人的名字来，经他一数，果然把人惊住。数完，他朝众人一摊手，说，看，多少多少画，我没骗你们吧。然后，一脸的沉静，仿佛这名字的笔画高深，跟他没有任何关系。也果然有要改名的，拿出钱来，不多，一次50元。想想也合算啊，花50块钱就可换得人世的荣华富贵，何乐而不为呢？我的四川兄弟嗤之以鼻，他说，既然如此，改名叫孙猴子得了……

再回到乡里这个场域。有一个孩提时跟我一起玩的孩子，叫涓涓，很女娃气的一个名字，父母起的。我读小学六年级后我们就再没见面，我都不知道他的大名是什么。后来，听说他到省城里打工，然后做批发服装生意，越做越大，挣了多少钱不知道，后面转投到了国家项目，又听说后来他的身边渐渐形成了一个圈子，一堆都很熟的人总是围着他转，经常一起吃饭，还创下了夜店泡吧纪录。让人惊讶的是，那些人也都喊他的小名，甚至，不这么喊一个已经是成功人士的人，就是不合于他的圈外人了。

涓妹，对于一男子而言是那么的不合时宜甚至还有点侮辱的性质。但我想喊他的人，喊的时候没有不敬，听的人也不会听出不敬来，大概都只觉得这个名字怎么就起得这么好呢？我父母咋就没给我取个这么伟大的名儿呢？也许，当一个人强大的时候，无论多不堪的名字，都会跟着强大吧。其实无论是强悍自信的还是虚荣的，无论是睥睨外界的还是虚弱的和慕着外界的，永远是人的内心不是，跟附在身上的一切包括名字，又有什么关系呢？

说到这里想起了梁文道先生写的一篇文章，讲到他在香港中文大学读书时的老校长高锟。有一年，学生在集会上向校长发难，说他以学术向政治献媚，在台下高喊他的名字叫着：高锟可耻！高锟可耻！而高校长，却只是在台上憨憨地笑，什么也不说。后来，香港政务司司长唐英年跑到香港中文大学去演讲，还引用这事谈香港的价值观。梁当时就评论说，在港大，还需要讲包容？高已成为老校长，还用强调宽容？本身就携带的东西何须再强调？越强调不越显得浅薄？这不让学子们发笑？

毕业之后，梁偶尔在大街上碰见高锟，微笑着鞠躬请安，并轻喊"校长"。那份诚挚和敬意，他懂得，就是深深地来自他的心底。真正尊贵的名字，从来与地位、金钱和名声没有关系，换句话说，建立在功利主义基础上的名字，只是沙滩上的高楼，易立也易塌。而那些被惯坏的名字，只是人前的虚光，面前是恭维，背后则是同样的中伤和辱骂。名字和名字后面的那个躯壳，转身就会被人唾骂，甚至被人踩在脚底下。

真正响当当的名字，是人前人后都一样待遇的。所谓人气，就是你无论在哪里，你的背后都有大部分的人说你好。因为这样的名字是一缕阳光，而阳光从来都是受欢迎的。温暖、干净，被品行、节操、人性所濡染浸透，由内而外闪耀着晶莹剔透的光泽，吸纳最强大的宇宙行星的太阳所有，最后不可阻挡地直照到人的心底。涓涓的今天是如此，如果有一天他不像如今这么风光了，涓涓、涓妹还是好名字吗？公认，还真不是一件容易的事情啊。有时候，人都消失在时光里了，但名字，还要在他人的口齿间流转着。他人爱流转，因为说着这个名字就感觉到香气芬芳，沁人心脾。这才是人世间，最美的名字。

2013 年 9 月 3 日

爸爸，生日快乐

昨天，我在面对一群来自我院本科的弟弟妹妹们时，我用了很多时间和他们热烈探讨了"当20岁时，你该信什么，不该信什么"这样的问题。虽然有的不过都是些最平凡的老生常谈，我自我解嘲地告诉他们说，我曾经不相信"性格决定命运"，现在相信了；曾经不相信"色即是空"，现在相信了；曾经不相信"船到桥头自然直"，现在有点信了；曾经不相信无法实证的事情，现在也还没准备相信。但是，有些无关实证的感觉，我明白了，譬如李叔同圆寂前最后的手书："君子之交，其淡如水，执象而求，咫尺千里。问余何适，廓尔忘言，华枝春满，天心月圆。"这相信与不相信之间，还有太多令人沉吟的深度。

我说这么多都只是为了铺垫，因为我最终想告诉他们的是，你们已然20岁，你们最该相信的是，生养你们的父母越来越老了。无论你们现在多么彷徨、迷茫，你们始终务必相信，你们终会成长为参天大树，你们终能为各自的父母们遮风挡雨。如果，你们连这样的信心都没有，枉活一浮生。

昨天特意说这个的目的，是想有一个过来人对他们的提醒，但，更多的是，今天是爸爸的生日，昨天、前天、大前天，想想，心中就充溢了装不下的东西，不吐不快。人在20岁的时候，总是习惯于把年龄当成自己可以肆意挥霍的资本，然后，就开始恣意谱写自我如重金属般狂躁的、杂乱无章的青春残酷物语。当打击乐伴随着《明日歌》这样的空灵小调，如此这般吟咏不辍者只不过是又一繁花落尽子规啼的韶华逝尽者。很不好意思，我曾经，就是这样的一个人，弹指一挥间，浪费了太多时光，留下的是一地鸡毛和杯盘狼藉。我也是一个心比天高的人，但我的放纵又让自己命比纸薄。社会的残酷，让我发觉自己很多时候的软弱、无助。于是，面对如山的问题有的时候我便选择了一种逃避，哪怕在梦里自欺欺人，任由时间继续流逝。杯盘的狼藉我是懒得弯下腰去打扫的，不小心割破了手指更是让我找到了借口去继续无所事事。只是有一天，当自己在梦里突然惊醒的时候，突然意外地发现自己的手指已经被包扎好，突然意外地发现满地的混乱无章不知何时已经被人收拾好。我惊诧之余，突然发现手边是父亲写给我的一封信。

在信里，父亲没有任何的责备，他只是告诉我，每个人都有属于自己的过去，这个世界，白天一半，黑夜一半，为什么人白天是醒着的，不仅仅因为生物钟，更在于白天其实是人的生命的一种标识，譬如朝露，去日苦多啊！所以，人于白日的鲜活，其实倒不如说是朝露与时光赛跑之挣扎，时光是悬挂在我们头顶的华丽又冷峻的达摩克利斯之剑，拥有但又是一种残酷，因为我们因时光而存在，我们亦因时光而不存在。其实人活着，努力能做的，就是如何有足够的力量拉住绑着剑柄的绳索，用这股力量以及对这股力量任何时候都不匮乏的信心保障着自己活下去。只是可笑世人，常常还会去艳羡别人的绳子有多漂亮，自己的绳子可能快断了，还殊不知。说到这里，父亲便问了我一句，儿子啊，你的绳子在哪里呢？长得咋样呢？到了黑夜，万籁俱寂时则屏蔽了我们的视野，黑夜是生物钟规定的休眠之时，但现在的人越来越不懂得善待自己的黑夜了，透支自己的身体去拼黑夜的人，还是透支自己的身体去娱黑夜的人，都是慢慢而默默地使自己拉绳子的手渐渐乏力，最后力有所不逮。说到这里，父亲告诉我，儿子啊，最好的手表不在手腕，而在心中，无论是君王还是黎民，如果不能善待白与黑，则嬉则荒则败则毁，我不希望自己的儿子是娱与过勤中的任何一者，但我希望自己的儿子是一个终能可持续发展自己的人。

为人父母的人，在看着自己孕育的新生命呱呱坠地时，是喜悦，在看着呱呱坠地后的啼声渐渐转化为和父母争执之声，是过来人又懂又痛的心。生育生育，生与育，都是做父母的贯穿一生的难以痛快言易与欢的课题。所以在我父亲的视线里，我看到的是男人不善于动情背后的浓情，是男人并不婆妈背后更深远更艰苦更难的牵肠挂肚。关键时刻比做母亲的还要毫不犹豫地付出，一付出，搞不好就是全部。子女坠入深渊，做父亲的会稳住自己的妻子，告诉她，孩子他妈！你就别担心了！然后，他去抓子女的衣领，抓不住了就让自己以更快的重力加速度坠入最谷底，成为承载子女活下去的那个肉垫。这就是父亲，不黏人，有距离，但，付出的远远最惨烈。

书写到这里，我才终于明白有的女人又要当爹又要当妈之背后是何等……省略号是个好东西啊！在合适词汇暂找寻不到时，可以用的。所以，亲爱的爸爸，您已经抓着您的绳子够累了，我还给您不断添乱，您慈爱地看着我的眼神和笑，里面很多是劳累的叹息和担忧吧？所以啊，爸爸，曾经做不够的，我错了。我错了。我错了。爸爸，我会努力地学会用未来的眼光去看待现在的自己和自己该做的。我们不是未来的朝露，但我们有权利让当下的自己去大胆地璀璨，生存的意义不是需要外界去看吾之芒，而是吾应自己自然而然地本应如此地去绽放光芒啊。光亮没有规定的限度，唯有生命用作燃料，且不应再无谓去浪费。爸爸，我不会去评论别人的过失或者丑陋，我要感谢您帮我收拾了一片狼藉，自己的手已经伤痕累累了，还记着先往我那并不太深的小伤口上贴上药，还时而扭头看看不懂事的我，不忍惊醒我梦，赶紧地写信给我，信里的，是一个父亲的所有的心。您的绳子一直让人艳羡，您也一直在这个险峻的社会披荆斩棘，劳心劳力，您把最柔弱心脏的颜色全部毫无保留地交给了我……

爸爸，谢谢您！我将而立，因为您我可以有准备有信心地跨入这个深邃的门洞，您已经是我心中的图腾柱，我要为所欲为的时候，心里有个声音告诫我该时刻励精图治；我要怠惰的时候，心里有个声音又一次响起让我知道我距离自己的理想还很远呢，没有任何的资格怠惰。爸爸，那些都是您的声音啊！爸爸，我还相信，我如果当父亲了，有您在我心中，我会把您的爱变为更粗更重的接力棒传递下去的！爸爸，谢谢您！爸爸，我爱您！爸爸，生日快乐！

2013 年 9 月 4 日

爸爸，生日快乐

如，酒

感谢好友们对我的关心和注意，近几日些许信手涂鸦的笨拙文字，吸引到了无数微友的讯息问候，今天中午，我这有些懒得动手做饭的单身汉子，还机缘巧合地受到了一位朋友的邀请，而且，她的主随客便还让我品尝到了挚爱而阔别数月之久的咖喱风味。宽松的环境、悠扬的越南小调、久别重逢的喜悦心情，自然话就多，我们都是讲究逻辑思维的人，于是自然而然话题就多起来了。

施灏同志，你一点没变，还是那么正经和闷骚和谐共存，还想破帽遮颜过闹市。我面前的她评价道。童小姐也不遑多让啊，还是一身干练气质，清爽怡人，依旧还是水晶里盛放着的静装修雕像啊。我也礼尚往来。施灏，你就没有察觉我的变化？我摇摇头。她打开她的黑莓相册，递给了我……我从第一张照片看到最后一张，眼睛慢慢实现了圆周率的递增，心情是从洪波涌起到惊涛裂岸，最后沦陷的是嘴巴，没法闭着，还可以同时塞一把龙眼，正好白露时节了嘛。"你终于肯把自己交出去了？哦对不起，我刚刚忽略了一个细节，其实一开始就该问问你的美丽戒指的事，还跟一位已婚女士开玩笑，罪过罪过。只是，我实在是难以置信。"我边说着边把手机递给了她。"行啦施灏，我还不知道你吗？你知道吗？结婚还是我催促他的呢，他还希望我升职后再考虑这事呢。只是……没有想到，我比他还急。在那一时刻，我还在想我是不是老了呢，不再有进取心了。""童总不必如此想，你可是我心中永远的 PRADA 女王呢，现在把顾里抓过来一起吃饭，她在你面前那气场真不知道要弱多少。""打住打住，你知道不？我前天晚上给他熨衬衫的时候还在想，我咋就这样不知不觉三年多了呢？你知道不？他这个人，现在烟抽更猛了，酒也喝更多了，我是隔几天就要给他准备醒酒汤呢。"我压抑住心里的不可思议，眼前这位曾经不止一次对我扬言视天下男人如无物的精品女，现在居然远远超过了贤惠女的标准。我嘴巴上说着"阿民哥是担负着发展 GDP 的重任，人在江湖，身不由己啊"，心里却承受着前所未有的猛烈震撼。

　　她真的变了，外表是没变，包括那熟悉的齐耳短发，但，慢慢地，显而易见的变化就这么横溢，无法阻挡。我跟她说："童总你再过段时间就该从头到脚沐浴着母性的光辉了吧？"她莞尔笑笑，没有嗔怪我的玩笑，但，从她扭头看巨大的落地窗外的眼神，我读得出来她的心思了。"童，当年我们都觉得你最终应该是会和他在一起，他，无论外表还是对你的照顾，都让我们觉得……""感情不仅仅是肉眼看到的那么简单，外界的分析再科学，但爱情终究不是 swot。决定爱情的是感觉，能够决定一辈子去守护的，还是那确定真实而不可或缺的感觉呀！"

　　中午我们喝了点酒，今天是她带酒，我知道，她必然要带的酒是她说过的此生唯一爱的 Johnnie Walker 红方。应酬的时候适应环境，而红方，她只和最好的朋友们分享。"我说，阿民现在对红方肯定也能读解其中滋味了吧？""我从不强迫他喜欢，夜深人静的时候我也会陪他喝他的拉菲。我们有时轮流喝对方的，有时候，他喝他的，我喝我的，碰杯完再交杯喝，哈哈。"她喝了半杯酒后突然对我说："民，这个人，不知怎的，我对他有一种感觉越来越强烈的过程。他身上的淡淡烟草味就像红方在刚制作出来时必须放进的橡木桶里的味道，我觉得挺好闻的。他这个人吧，有时候那种贱贱的样子，让我忍不住想揍他。但他这人，对我说的话，做的事，就像我喜爱的酒香那样找着途径了就飘进了我心里。有回我在南京，一天的会搞得我好累，突然就接到了他电话。他又一次贱贱地找到了我身边，把我拉到安全区域，倏地从他的衣服里就摸出了一袋热腾腾的蟹黄汤包。我骂他吃饱了撑着无聊，可心里好想哭啊。那天，我那时那刻最想吃的就是这个了，不然我就快散架了。民这个人，这样类似的事情，他一直就这么做着，我怎么批评他，他都照样做。只是我做错事情的时候，他比我爸爸还严厉。有回，一份报表，我觉得没问题了，他硬是架着我必须看完，他陪在旁边做记录。那回，如果不是民的坚持，那份报表导致的问题，一旦发生，后果真的……"女人易感性，她的情绪渐渐有些激动了。我没有劝慰她，因为，此时此刻的她是幸福的，这种喋喋不休的样子恐怕走出这饭店，要再看到就难咯。这种真性情的时刻远比她的 PRADA 模式要珍贵要瑰丽啊。

一个女人，特别是已婚女人，能够时时为这种感觉所包裹，是幸福，更是幸运啊。所以，才有人说，真正的朋友像茶，入口虽平淡，但最终会因为有营养了而甜在心里，长时间不喝也不会淡忘，反而更想念；亲人由于长在身边习惯了就像那淡淡的饮用水，虽然清淡，却是最可解渴，总是在痛苦的时候给你分担，亦总在你最愁苦的时候给你担当；真心的爱人像你唯一爱的酒，闻着那股清香只有你懂，醉人心田之醉是心陶醉而不是被灌醉，真的好酒，是心烦的时候可解千愁；真的属于你的好酒，是一生相伴，保健安神啊。

酒，味道你觉得冲的时候，心里是敬而远之的。只有你真心爱的时候，别人不说，你都会趋之若鹜。因为吸引，所以爱，因为爱，所以永远思念。所以，应酬之酒是人生、世道之苦厄啊，自己在一个人慎独时却想品的酒，才是你自己心里珍藏。民呢，先是她的茶，而后渐渐地就这么因缘而成了她的水酒了。古人就是厉害！他们发明了这水酒一词，我到今天才知其深意啊！回家路上，我也开始期待有一天终会遇到那位茶，那位的……水酒。谢谢童，谢谢民，你们又给我上了一堂人生课！下次我请客，喝我的吧……

2013 年 9 月 8 日

如，酒

新　兵

今天去学校找导师签毕业论文的中期审查报告，还未完全被激活的校园冷清寂寥，导师还在开会，我便在院楼墙根处的竹林里溜达一会儿。

竹林深处飘来了一阵烟味，我不由得心生厌恶，咱这校区目前还是文化与植被的双重荒漠，难得的一点绿意，难得的一抹宁静还残留在这里的难得时光，居然还有人在这里抽烟？抽烟哪里不好抽，跑这里抽。我的心里瞬间被恼怒和焦躁给充溢了，我扭头就向林子外走去。"诶，这位同学……"背后一个声音勾住了我的脚步。我扭头，映入眼帘的是一位中年妇女，长得并不太高，她的背后10多米处就是她正在抽烟的儿子。出于礼貌，我装作和颜悦色地问她有什么事我可以帮忙的。"同学，这里就是研究生新生报到的地方吗？""阿姨您好，研究生新生报到要根据网络上的通知地点先去排队报名，然后才是到各自的院系集中。""哦哦哦哦哦，我这个儿子啊啥都不是那么上心，都得我和她爸多操点心，这不，他爸在东北，我就陪他来了。"居然还有这种人，读研究生的年龄了，以为还是大一报到啊？我心想，这号奇葩男是哪个院系的，油然而生的好奇心驱使我去问了这个问题。"我儿子啊，他是传播学院的。他以后啊学的专业啊据说是要天天扛那啥机子呢……"我立刻愕然了，好奇心包括略带点儿恶作剧的心态统统转移到巴厘岛去了。眼前的母亲自顾自说着，一脸喜悦，还时不时回过头看着她的儿子，眼睛里横溢着舐犊情深……

　　她再说啥我听不大清了，因为我的思绪回到了公元 2011 年。那年，我就是现在的他，一个考研考了两年才勉强爬过门槛的新人，从年龄的角度，如果在封建社会，我就是一位老童生了。刚入学的时候，我跟一位学长同住，在他的帮助下，我迅速地了解了这个学院的方方面面，而且渐渐发现学长有属于他的远大理想。每天的下午宿舍都很热闹，总会有固定的另外几位学长齐聚一堂，探讨着他们的规划和分工，今年要招多少学生，谁负责什么项的工作，一切如火如荼。我在被打扰了多次后，选择了教室和图书馆为根据地。直到有一天，学长请我吃饭，我忍不住问了他几个问题。第一个问题是，你们有没有啥企业愿景和战略呢？学长一脸惊讶，他边咀嚼着茄子边告诉我，这种东西他们才不考虑，抓紧时间先赚钱啊。第二个问题是，你们的专业知识连某些基础概念都还没搞清楚，更遑论唯理思辨了，你们怎么去教那些憧憬着艺考的孩子们呢？这不是……学长打断了我，灏兄就是这么认真和高尚啊，你这问题我们也曾经考虑过，我们也很痛苦啊，只是……理想主义的东西再美好也得留待以后啊……这不是误人子弟吗？这是我要说的却被打断的话。

　　那一年，我在图书馆和教室学习，两眼昏花的时候，我经常会和在北影、中传、武汉的几位老师、同年的学子也是朋友通电话，当他们说他们任务繁重、压力山大，特别是他们说到他们的氛围时，我的心里就很难受。我真想劝他们，如果太累了就来我这里"度假"几天吧，我好好招待他们。

　　我的老师告诉我，施灏，地上本没有路，走的人多了，便有了路。路选择了，自己就好好走，你施灏正好一直都很苦，那就继续苦下去吧。记住，你现在还应该更专注一点。学长们在研二就开始抱怨学业了，他们一边各自找着各自的经济途径，一边埋怨着本校的研究生体制。在我们这届开学伊始，我们的辅导员就告诉我们说，同学们，你们现在要想清楚，是要考博还是要促进就业，选择前者的，好好读书，选择后者的，赶紧去实习。同学们也正是这么做的，于是，前者的隶属群体逐年萎缩，后者的隶属群体逐年庞大。无论前者还是后者中，都越来越多地出现了一种人群，即生活主义者，表现为：活动很多、娱乐不少、在校特少。学长们已经垂范太多了，这种感觉像传染病，当年开学没多久，就有很多人已然这样了。辅导员在跟我们说这个分类的时候，忽略了一个问题，就是，如果一开始就要泾渭分明地分类考博和非考博，那么，研究生本身的意义又是什么呢？说得更通透一点儿，这个阶段会使我们有什么不同吗？

去年下学期，一位主修拍摄的专硕同学就跟我抱怨，哼，研究生学习了两年，拍摄水平更差了，还跟我八卦了一下说，某君天天像我一样泡馆，结果摄影机的使用水平连高中生都还不如……我犹记得研一的时候，我们敬爱的院长在上课时曾告诫过我们：同学们，我希望诸君当以出世之心向学，当摒弃庸俗的入世之心啊！呵呵呵，同学们私底下说，社会变了，肚子都填不饱了，还出世呢？不出事就好了！还以为我们都是庄子啊！！我们敬爱的老院长日理万机，他是没有时间去一个一个同学说服的，说服了又咋样？"社会现状如此，体制如此，吾辈不为己考虑，天诛地灭啊。"这话亦无可辩驳。我曾经想去做点激荡之事，父亲提醒我，你先把你研一的英语弄清楚、考博英语弄清楚再说吧，想要多做点事先做好自己再说！

结果，我于研二下学期，在即将穿上短袖时的一个闷热的雨前午后，我在老校区对两位研一的海外教育学院的学妹告知了埋在心底太久的，但我还会一直守护下去的对研究生的理解：一个升华自我知识体系、思维能力的阶段，研究生本质上是国家文化的、科技的、社会问题的研究人员，此是其的基本职能所在。所以，作为一名研究生，我的理解是，应当为天地立心，为生民立命，为圣继赴绝学，为万世开太平。此为我考研的驱动力所在！康德先生仰望星空，思考的是其浩瀚和人智之渺，我仰望星空，常常会感伤，常常会想起那句我最喜欢的话之一："贤哉，回也！一箪食，一瓢饮，在陋巷，人不堪其忧，回也不改其乐。贤哉，回也！"而后，热泪盈眶。那个时代有这样的人和这样的人心，现在这个时代却销声匿迹了，真不知是时代的进步，还是时代的悲哀啊。

手机突然响了，导师叫我了。我在离去时要了这位不易母亲的手机号码，中午时分，我给她发了一条短信：阿姨您好，很高兴认识您，我是上午跟您交谈过的无名氏。下面的文字是我想送给学弟的一份入学礼物：

读研究生的价值也许在于能认识未来几十年最重要的朋友，能分辨哪些人自己一辈子都不会交往，能集中解决很多困惑，从而形成自己的原则，开始学会拒绝。读研究生的价值也在于你明白世界上有很多优秀的人，你开始有靠近的动力。你会从一个冲动的人，变成一个习惯于用思维体系去分析问题的人。研究生的所作所为都在推动社会的进步，但首先是明天的你必然发现和今天有境界和智慧的不同，至少解决问题更加流畅而科学。读书，不是为了拿文凭或发财，而是成为一个有温度懂情趣会思考的人。一位即将结束硕士学业的暮年学长诚敬，祝一切安康、快乐、顺利！

2013 年 9 月 9 日

当世界变化的时候，我们……

今天，又是一年的"9·11"，"9·11"这个日子原本很平常，但在那年因为飞机和世贸大楼而从此于人类史上再不平常，已成重要的符号。但时间是种奇妙的东西，有时候就像涌动的水流那样，流着流着流着，水滴石穿、绳锯木断地荡涤我们原本浓烈的感觉。我记得那年发生"9·11事件"的当日，正读高三的我，甫一听闻政治老师公布这一惊天动地的消息时，全班同学相当一部分人居然山呼海啸地欢呼起来，为美帝国主义的飞来横祸而振奋不已。

那时我懵懂，但随后随着"9·11"的大幕被一点点揭开，许许多多跟"9·11"有关的事件被一点点解密，我一回忆起那堂课，心就像被锥子扎那般疼，泪水便无法遏抑。

我的高中同学们在欢呼的时候，他们并不知道"9·11"中不幸罹难的很多是中国同胞，他们并不知道在世贸大楼行将灰飞烟灭的时候在楼里正工作的几万号人是怎么自觉地让妇女、孩子、老人先走，他们并不知道就在飞机上，一位刚当了爸爸没有多久的美国工程师在日记本上记录下一行字："亲爱的Lisa，抱歉！请原谅爸爸没法再陪伴你成长了，但爸爸相信将来你一定会为爸爸而自豪，爸爸会永远在天国祝福你和妈妈。"写完后，他藏好日记本，就英勇地扑向荷枪实弹的劫匪，壮烈牺牲。

我的那些曾高呼万岁的高中同学们，今天的你们不知在何方，但你们也像我一样在渐渐了解"9·11"时，会不会沉浸在无尽的羞愧中呢？

我还想到的是，世界永远在变化，我们年轻人在世界变化的语境下该何去何从？如果我们一直在世界的变幻下老不成熟，我们作为人的价值何在？特别当民族极端主义驱使一群本应是人的人成为嗜血的野兽，我们年轻人又该做什么？

今天中午学习完在食堂吃饭的时候，跟同学们探讨"9·11"。大家七嘴八舌的议论让我很烦躁，待到大家的蜂鸣渐渐偃旗息鼓的时候，我没有直接讲"9·11"之我见之类的话，而是提到了一本最近读完的书——《当世界年轻的时候》。读这本书的过程中，我好几次大哭到抽搐为止，亦有好几次差点就想放弃读完这本书。

这本书是一对旅美华裔夫妇花费了 10 多年的时间，搜集、撰写的关于十几个中国人参加西班牙内战的真实故事，因为年代久远和资料搜集之艰难，他们的故事有且只有是碎片化的。但是这些内容带来的震撼，已经足以让我重新审视现在理所当然的很多事情——例如国际化，例如理想，同样是一群人为了一个目的而产生的世界性效应的行为，可以务实地进行一个比较了。

1936 年，佛朗哥发动政变，在希特勒和墨索里尼的支持下进攻民选的西班牙共和国政府。西方国家出于种种考虑，纷纷采取"不干涉"政策，只有苏联和墨西哥象征性地在道义上表达了支持。但是，来自全世界 53 个国家的四万多名志愿者（其中包括 100 多名来自中国的战士），不知是什么纽带把他们自发地组织在一起，他们翻越比利牛斯山脉，偷渡来到西班牙组成国际纵队，无畏无惧地用自己的生命和鲜血来保护自由的火种。

第一批到达的 2000 人，在两天内就阵亡 1/3。西班牙共和国最后战败，前往参战的国际纵队十之八九牺牲在战场。他们的幸存者中，有 20 位医生和两位女护士，却继续前往中国对抗日本法西斯，其中最著名的就是加拿大的白求恩大夫。他是加拿大人民的儿子，却把生命奉献给了一个陌生的东方国度。

他们本来是世界各地素不相识的异族人，在没有 Facebook、微博、微信的时代，他们从世界各地为了同样的正义理想汇聚在一起，这是怎样的奇迹？这是怎样的情操？这是怎样的正义感？这又是怎样的境界？他们原本是世界的，组成国际纵队后他们是来自于世界的共同体，他们承载了世界的、人类的所有良知、正义、勇敢和希望，在人类史上他们必然永远散发最美丽的光芒。

虽然国际纵队已经几乎被埋入了历史的尘埃里了，现在知之者更是少之又少。我耐心地给同学们解释完何为国际纵队后，在食堂这个大庭广众之处，我义正词严地疾呼，一群为人类正义而献身的人们，如果现在这样的人群世界上比比皆是，而不是恐怖主义洗脑的工具，该有多好？！

对于这场战争，学人的评价是：这是人类最后一场纯粹为理想主义和意识形态而奔赴疆场的战争。对这观点，我想想后感觉不置可否。国际纵队的成员组成复杂，有教师、有工人、有学生，也不乏厨子、跑堂之类的职业者，但是驱动他们自愿走上战场的无非就是两个原因——制止法西斯在全球的蔓延和那个让欧洲惧怕的共产主义幽灵的召唤。在 1936 年，法西斯主义蠢蠢欲动，掌握所有经济、政治、军事资源的政府都观望、明哲保身时，恰是这些他们治下不起眼的底层人为正义而挺身而出。作家叶君健的英文老师，英国人贝尔也辞职参加了国际纵队，一个月后在前线阵亡。叶君健说："他参加西班牙内战，是从文化的角度。他说法西斯要是在欧洲胜利了，欧洲的西方文明就没有了。"他们是真正的猛士，他们的存在凸显着人类的价值，熠熠生辉！

当希特勒、墨索里尼、佛朗哥和日本军国主义，横行又欺骗于世时，一跃成为世界的主流时，曾让多少人被蛊惑得为之振奋，为之着迷？作为与之对应的反法西斯主义却式微的全球化运动，那时很多年轻人精神之纯粹、责任感之强，让今天的我们感到不可思议。我曾经跟一位女性朋友谈及我对家国天下应赋予现代的我们什么使命的思考，她听到打哈欠，鄙夷地告诉我说，她就是个混吃等死的人，跟她说这干吗？还劝我也别这么无聊了，国家的事情不是自有该操心的人操心吗？我们这些平头百姓不是咸吃萝卜淡操心？再说了本来就关我们什么事？

戴维·洛克菲勒在他的回忆录中曾谈道，大学期间，他和一个朋友在欧洲旅行，目睹了德国的游行，看到了举国人民为希特勒高举右臂，极尽狂乐之能事。他的朋友回国后就报名参加飞行学校，放弃了父亲帮忙找的好工作加入了美国空军。他的原因是他认为德国法西斯必然扩张到全球，为了世界的安全，为了正义，为了保护人类的文明，为了尽一己之力遏制这种不正常的疯狂，他必须要与法西斯决一死战。美国参战后，这个朋友第一批飞赴欧洲作战，干掉十余敌机，以身殉职。

在国际纵队里，也有个来自美国的体育教师，在他报名参加国际纵队后，他的妻子内心进行了激烈的斗争，因为她知道丈夫有习惯性脱臼的旧伤，如果告诉体检医生，他就去不成了。但最后，她还是隐瞒了事实，因为"如果我真的那样做了，我会无法面对自己，他也一辈子不会原谅我的"。半年后，她的丈夫也牺牲在西班牙……

那是一个对未来充满了希望的年代，那也是一个在疯狂中难能可贵有那么多冷静的正义者存在的年代，你知道吗？法国作家马尔罗组织了空军飞行队，英国作家乔治·奥威尔在加泰罗尼亚的战壕里作战，他们将自己的参战经历写成了《人的境遇》和《向加泰罗尼亚致敬》。海明威根据真实的故事写下了《战地钟声》。此外还有智利诗人聂鲁达，创作了很多西班牙的战地诗歌，旅居法国的毕加索，在西班牙古城格尔尼卡被德军轰炸后，画出了震惊世界的《格尔尼卡》。

这本书的名字如此触动我，就是因为相对于那时为了人类文明与正道而涌现出的冲动、无畏、理想主义，现在世界呈现的世故、颓废、现实和玩世不恭，着实让人感到悲哀。那时的年轻人用自己的鲜血和生命去这样地参与全球化、去改变世界，现在我们则更多是通过Facebook和微博做着同样的事情。只是我们做的更多地显得无聊、虚无，我们处于已然是地球村的时代，分享着日新月异的科技成果，却在网游、网瘾中浪费自己的生命，对于世界的变化、对于周遭可能的危机，我们事不关己、高高挂起。那时的年轻人用希望和正义去驱动自己为世界做贡献，他们并非不爱惜自己的生命，他们在牺牲自己，他们各自的祖国还有下一个、千万个他们已经做好了准备，前赴后继。

"9·11"发生的时候，我的高中同学以及中国其他为这事热烈欢呼的中国学子们，你们可知生命的意义和珍贵无国界呢？你们可知人类的文明在被羞辱呢？你们可知你们虽然不会成为恐怖分子那样的极端主义者但他们在摧毁大楼的同时在挑战人类底线的时候不也在羞辱你们？你们可知你们是人但已经在鼓掌中将自己划为了低级人种也部分地丧失了人性呢？你们是不是还要继续这样的滑落呢？

当恐怖主义已经成为全球化大问题时，世界注意了，却少了源于生民的正义觉悟。君不见，本·拉登头像的T恤在市场上到处可见？当国家分裂主义、分离主义形成气候时，某些地区的青年还在教科书里学着、赞同着。

所以，我感到很悲凉，世界的事情现无暇置喙，但对己国，世界问题前本国青年的这种堕落反映了中国教育的失败。你们崇尚应试成绩，对这之外的一切可以视而不见，你们的老师和家长想羊一样驱使着你们朝着应试教育的草窠子里猛钻，其他的他们并不想让你们关注，甚至阻碍你们关注。阻碍你们这样那样的关注，就是阻碍你们真正的作为人类一分子的成长。当世界作为地球村在不断形成想象的共同体，你们已经自己把自己排斥在外了还浑然不觉。当你们为"美帝国主义的遭灾"山呼万岁的时候，你们正缺乏着最基本的常识，美国政府、政客的利益可以和美国人民画等号吗？你们这么做不是很无知吗？那群劫机的恐怖分子也是一群年轻人，他们用错误的指导思想、扭曲的信仰去制造改变世界的悲剧，他们毁的是自己作为人的权利和本真，亵渎作为人本的最根本的东西。在同一个时空，我们同时代的年轻人不为他们所代表的当下世界问题而痛彻心扉，却为无辜百姓的死难而叫好，某种程度上，你们也跟这群恐怖分子差不了多少。

恐怖分子有类似于国际纵队的所谓的"正义感"之由，但他们是不会知道的，美利坚合众国和法西斯是不一样的，相似的只有国家的利益驱使。但当恐怖分子在做傻事的时候，他们劫持的飞机里的乘客在挥发着人性的光辉，他们袭击的目标里的人们有秩序地离开大楼，自然让出通道给妇孺老人先行，这样的国家培养出这样理性的、友爱的、正义的、善良的人，有错吗？这些人的光辉与正义，有错吗？请问，这样的国民，有理由去攻击吗？国际纵队通过抵抗法西斯千古流芳，恐怖分子通过"9·11"彻底地沦为广为人知的过街老鼠，我们中国的年轻人呢？我们通过"9·11"想成为什么？是想做时代语境下的低能儿，还是想做时代语境下有真正价值的人呢？李开复先生曾动情地在《世界因你而不同》一书中对中国的青年寄予厚望，我很担心，他恐怕要收获的是无尽的失望。

半个多世纪过去了，世界已经发生了巨大的变化。全球化意味着跨国公司和经济收益，而那时人们为之战斗的理念——正义、理想，正在被现在的年轻人恶搞、解构、娱乐、嘲笑。国际政治也越来越精于现实利益的权衡考量和权力格局的博弈推演，连俄罗斯收留斯诺登，条件都是不能再继续伤害美国。现在，很多人都在高喊：再不疯狂我们就老了！但是，有没有想过，我们在为什么疯狂？

2013 年 9 月 11 日

今日，唯想品山

近来，重读了孔夫子的《论语》，心有新解，不由得感慨万千。又拿出了此去经年已熟读多遍的任先生之《中国哲学史》，由夫子之堂上茶进入了唯物主义的世界，又从唯物主义的世界品读人心己心，只为穿梭光年，为自己答疑解惑。

孔子曾站在滚滚东去的黄河边感慨万千：逝者如斯夫，不舍昼夜。不知为何，此时再细细品味，惊恐的感觉洪波涌起。几天不读书，嘴巴就臭了不少，而又艳羡有人可以坐于案前，静下心来而进入书页的浩瀚玉宇。近几天读了远方的朋友们寄来的文章，有政论、训诂、影像诸篇，文章中的乾坤，让我感觉自己的差距更大了。他们用时光换来了所追求的向经世致用的精英思维进一步迈进，未来的形态他们已能有缥缈中的大致轮廓的实地概述。逝者如斯夫，有宇宙的逝，有世界的不舍昼夜，属于人的逝，也很重要啊。视野、思维迎来一种逝，需要一种逝，才会新，而后理念、才会新，最后，方法论和支配的行动，方能新。只是我在很长的时间都没能感受到这种应该到来的变化，以渐渐落后的思考方式去品读朋友的进境。

传统之经需要不断读和笔记伺候，经典需要如此，新学需要如此，新提出的层出不穷需要如此，人每天要做的东西确实多多啊，不舍昼夜，我们没有理由浪费时间了。仍需先动，但动而不耽搁时光，想要更科学地动就必须牵扯思，朝亦思，夕亦思，才能通古今，悦其目啊！一张桌子有四角，这个世界，很多事、物、情，都是桌子的意向之通啊，我们要看到一角而知道有另外三角，而不是无法举一反三啊！

　　早晨和母亲聊了一会儿天，顺便帮助她吃完了今年的龙眼，到了学校，没有直接去图书馆，而是一个人爬上了校区附近的旗山之巅，得以观夫福州盛状。有福之州，在闽江之畔，衔远山，接长海，浩浩荡荡，横无际涯，此则有福之州之盛状也。不由得又想起了荀子的话，言犹在耳。"吾尝跂而望矣，不如登高之博见也。登高而招，臂非加长也，而见者远；顺风而呼，声非加疾也，而闻者彰。假舆马者，非利足也，而致千里；假舟楫者，非能水也，而绝江河。君子生非异也，善假于物也……"只是我离君子还差得实在太遥远了，考虑到现实的问题，但我这匹"驽马"，如果不能功在不舍，还真是堪忧。当下，我必须像无爪牙之利的蚓，潜心地上食埃土，下饮黄泉，用心一也，以克勤克谦克静之心，以不困于疲倦之心，以潜宁敬畏之心合为一心，才对啊。而我现在却挺像那蟹，"非蛇鳝之穴无可寄托，用心躁也"。我曾不止一次表达过，当下之世，世道致世人浮躁又毛躁，但，世人躁而时时为穴等而不胜烦忧，说明古人批评之蟹成某传统代代承继。而我现在尽量不做世之蟹，却正在做己之蟹，所以，不胜惶恐。

　　自9月以来，我就在夜无空调的生活中去精心品秋意，福州是个夏秋颇为纠结的城市，所以我也在纠结中。每夜就像关火后余热尚在蒸笼里的包子那样辗转难眠，但看着阳光在窗帘透过后撒下的白波时，阳光越来越金，秋意也越来越浓了。今年只剩下不到四个月，而很多目标还尚未完成，不能不恐慌而自责。时光荏苒，岁月如梭，如白驹过隙，短暂的一生，分秒都是如此的珍贵，否则，当所有的时日从身边悄然而去，满脸皱纹的我们定然会哀叹不已。知我罪我，唯有春秋啊。人生难再时，盛年不重来。人生之眺，由近及远都是可见之山，可见之山后还有可见之山，只是，我们常常被可见之山给遮挡了视线。我们仰望着一座座巍峨的高山，有兴奋也有畏惧吧，攀登者都需要不辞疲劳的攀登。沐浴着春日的起之如晨，置身于着夏日承接的段落之滚烫，秋是转山的一条长阶古道，是转也是收，收则获。

终在一个温暖就是很珍贵的时刻，是篇章之合，也是终，登上了那座向往已久的山巅。极目远眺，看到了未尝看到的新世界，唯希此山是登对的真高山，真的高山之巅，才能尽收眼底。爬不尽所有山，只能爬对真高山，一切之因，还在时光。选择，是运气，更是行与思的结晶体的纯珍之度啊。

一山如此爬，很多山皆是如此，时间有限，多珍重，以惶恐之心，速度更快，选择更对吧。

2013 年 9 月 12 日

请学会把话说清楚

一位友人说过："我最不喜欢别人说'什么时候有空时吃饭吧'，什么时候是哪个时候咯？下次是哪次咯？不说哪天，没有诚意，不如不说。"她还谈起《舌尖上的中国》导演陈晓卿有一句关于餐馆的妙语：选餐厅吃饭一定是越具体越好，比如炖汤馆，那一定得进东北炖汤馆，因为一定是粗大的筒骨，炖出来的汤又白又有粗犷的原味……越具体越好。当然，陈导的话语越来越被受众质疑，在咱们中国这片土地，东北炖汤馆就一定是最棒的大骨汤产地？那么，为什么会有那么多用快熟面汤包弄虚作假的东北汤馆总是被披露？

说话是一门技术活！

回归到友人，我们这群当年的少男少女，现在由于年龄的侵蚀，纷纷跨入了大叔阿姨的行列。友人她谈起自己的先生，说他对小孩说话那可是相当的具体。比如小孩晚上突然想吃香蕉，他会说："今天晚了，明天晚上七点钟晚饭后我们去超市买吧。可以不？"孩子想去北京，他会说："这个月底的周末 9 月 30 日上午，我的资料审批下来了，我们就去。"小孩说想吃牛排，他会说："周五的下午四点半，你放学早，我们早点去吃，免得人多。"说得相当具体，所以，他和孩子间很好交流，因为小孩对他很信任。他很认真地对待小孩的要求，孩子回答得最多的一句话是："明白了爸爸，我知道了。"孩子的亲切回应是建立在做爸爸的一句话"什么时间（几月几日）去什么地方干什么具体的事"的信息编码上，能不能答应你，有调整的必要，为什么要调整，亦跟孩子交代得清清楚楚，用协商来代替强势，用民主来代替管制，用正确来代替不负责任。

子不教，父之过，而这样的孩子，这样的父亲，还能有偏差吗？孩子他爸，不是死板，而是最先要落实的正心正德，从幼苗开始啊。自己做好了就是最自然也是最好的教育呀。这个"具体"让我非常感慨，越具体真是越省力，小孩自然没有那么多激烈不满的行为，因为事事都可以讲得清楚，没必要激烈。为什么有的小孩那么不懂事，不知体贴？因为他感觉不用耍赖的方式就得不到他想要的东西，因为父母总在撒谎，总是漫不经心。很多家长对孩子说的话，要不就是否定，要不就是"这么晚了，改天再说啊"，要不就是批评一句"你怎么想起哪出是哪出"……什么样的因就有什么样的果。

严谨到死板，我就经常从师德国人。外国语学院一位从来自德国纽伦堡的老师，现在也是我的朋友，她在语言这方面就一粒水珠反映太阳光辉地宣传了德国精神。有一次我向她问一件事，她给我两个选择，还把各自的优势分析给我听，把两个选择讲到细得不能再细了，最后才让我自己选择。还正好和咱中国的文化土特产——父亲时常教导我的"两利相权取其重，两害相权取其轻"有暗合之处。

久而久之，我在养成一个习惯，比如我和友人约见面时，通常会依着把人、事、时、地、物都弄清楚的方向发问："今天天气很好，下午几点到几点我有空，你若有空，见个面，可乎？"无论是电话内容还是体现在短信、微信，我越具体，对方就越好取舍，甚至方便对方拒绝，而不会陷入中国厚黑兼腹黑的两难。把对方有空或没空，有无兴趣去都考虑在内，与人方便，与己方便，我视此为最基本的素质与美德。对方有兴趣自然会去，没兴趣或者有其他任何原因对方在我的"帮助下"有着充足的余地，无论怎样我都表示理解和支持，而不会出现各自尴尬、着急上火、心态失衡。长此以往，我相信两方的感情会越来越好，而不会愈来愈糟糕。把两相权衡的权利交给人家吧，对自己是德行，对别人是尊重。就如我的朋友桐华的亲戚都明白的道理，既然都是人，就有同样平等的权利和地位，凭什么不能理解、尊重？不给别人思考的空间，再见面也是没意义的勉强，不懂得尊重别人，别人又有什么理由尊重你呢？

友人讲起她去菜市场，总是喜欢去一位老婆婆那里，因为她从不主动招揽顾客也从不老王卖瓜地说自己的菜怎么好，她只是很具体，一两句闲扯式地告诉你这个菜那个菜浇了多少人粪尿，拿来市场之前已经过水多少遍了。友人说，看着这满是虫眼的水灵灵的菜，她立刻就信了。全家人都爱吃她的菜，而且文艺范儿的她不止一次地想象着吃她的菜眼前浮现的她躬耕情景，就生动得不得了。在咱中国这语境这事儿真不真实多少有待商榷，但至少老太太那实诚、具体的劲儿，就是那么让人易于接受。

我的干女儿喜欢旅行，跟她聊起所有见闻时，她从不云里雾里、云山雾罩，只告诉我，（在某地）如果你喜欢早起，那么你可以选择去哪个区哪条路哪条巷子门牌号多少的老式茶楼吃个早餐，味道特别地道；如果你对住客栈有讲究，那么哪个区哪条路的酒店，基本向阳，风景很不错，我相信灏爸你会喜欢；（去某地）推荐你坐火车去，时间不长，沿途可以在哪个站下，那个站的冷面好吃得不得了……有一次，我在深圳就是依着她的攻略在一处很不起眼的地方品尝到了至今再也没有发现可以超越的驴肉火烧……

父亲经常对我说，百事一理。百事一理是可以举一反三的，我们说具体的话，便可以渐渐去做着具体的事。当我们养成条分缕析、清清楚楚、锱铢必较的条理性习惯时，当我们面前展开的生活安排不再夹杂虚空，当我们的所有计划都是科学的、务实的时候，当我们对时间管理和生活资料的管理都了然于胸的时候，当我们不再为曾经没有账户管理意识导致现在囊中羞涩而悔恨不已时，我们的人生是不是健康的呢？我们的身体是不是也是健康的呢？我们的心境是不是也是健康的呢？

　　所以，故如此认真者有不战，战必胜矣。

2013 年 9 月 15 日

遇到你时我已老

根据小说《安娜·卡列尼娜》改编的电影不止一部，最新版是英国"70后"导演乔·怀特2012年拍摄的。我偏爱这一版电影，不仅仅这部电影云集了众多我喜爱至深的星们如凯拉·奈特莉和裘德洛等，更因为乔·怀特和李安一样，骨子里都是有着骑士精神的人，他们的电影语言永远是清新、浪漫的，即便表现残酷时也不乏柔情。

所以在电影一上映的时候我就迫不及待地拖着好友涛哥去看了，之后还又向电影院贡献了6张电影票以至于售票的工作人员都认识我了。当对照原著和新版电影，属于《安娜·卡列尼娜》那永恒的渥伦斯基形象再次变得无比鲜活而真实。一见彼此误终身！渥伦斯基第一次在车站看到安娜，惊讶于她的风情万种，对于身边不缺女孩子的骑士渥伦斯基来说，安娜的美是成熟而陌生的。男人在20岁出头时，会年少轻狂，会是性与荷尔蒙至少80%盘踞大脑的阶段，所以总会因上述二者而心醉于对异性的探索和体验。异性是最让他们蠢蠢欲动的猎物，也是最能体现他们一切价值的人生目标。

对于有的二十小男人，他们纵情于年龄小于他们的女孩。但对于某些同龄者，特别是有恋母情结者，在他们那里，比他们大的女人是另一个崭新的世界，他们渴望爱人也渴望被掺入亲情之爱的爱在这个世界可以被尽情寻觅。如果年龄较小女孩子的异性世界是狩猎的花园，那么这个年长异性的世界就是果园。为什么会做此比喻？区别于花园和果园的最关键词汇就是"成熟"，花园里徜徉着更多是青春荷尔蒙下的理想主义气息，果园则多了很多成熟思维的介入。很多二十出头的小鲜肉之所以会逐渐变成真正的男人，就在于他们必然进入花园后也必然会进入果园。

那么某些一脚一下子就踏进果园的呢？

安娜式的女人不会对比自己年轻的男子一见倾心，那时的渥伦斯基正是一位年轻帅气的青年军官。电影在表现安娜初次见到渥伦斯基时使用了这样一个画面与同期声：车轮启动，整个银幕都是摩擦产生的火光，以及摩擦的种种声响，既刺耳又能撩动焦虑感。这是电影艺术的作用，也是驱动整个叙事的必要条件，在这种电影语言的铺陈下，声音、画面的符号域足够清晰，对普罗影众的暗示或多或少是清楚的了，安娜和渥伦斯基彼此初见后，这片符号域也是渥伦斯基内心瞬间就萌发的写照，符合二十出头者的心态，所以也是着急和焦虑的渥伦斯基率先点燃了这场爱欲之火。

但在这场爱情中，渥伦斯基作为一下子就踏入果园的小野兽，安娜果园里爱情的汁液让他满足。但满足之后由于他缺少从花园到果园的年龄的、周期性的过程，所以与熟女安娜的狂欢后，感情行至某分叉路口时那种痛苦、矛盾，转而到害怕、恐惧的感觉就慢慢地攫取了他的心灵，这也是所有激情式爱情的归途。对于渥伦斯基，我反对一下子就脸谱化地分析他，二十出头的还可算是孩子的人怎么就会一下子具备了所有成年人之恶？除非一个刻骨铭心的事件会加速他的变异，来自安娜的情爱促使他变化，我认为这也是原著作者和导演产生了共鸣的地方。男人通常比较理性，无论他们多狂热，也永远会绕火而行。如果安娜未死，渥伦斯基会成为无数庸俗男人中的一个，但安娜用自己的死对他的灵魂进行了一次洗礼，他或许还不明白什么是女人，但起码会对爱多懂得了一些。

所以，我忍不住做了一个假设：假如渥伦斯基遇到安娜时，不是安娜大他四岁，而是他大安娜四岁，会是什么样的结局？最有可能的结局是，在车站，少女安娜那一抹天真无邪的微笑的确让他赏心悦目了几秒钟，但高度自我感觉良好的他旋即克制了自己，因为有更重要的事情去做，会警告自己现在不是泡妞的时间，因为小他几许的安娜不是他的菜也不足以到了动他情欲的程度。但为了提防看官们可能批评我的绝对，我想到的第二个可能的结局是，他们短暂相爱，转瞬分开，彼此想念，就像《廊桥遗梦》。但是对于人性的求索是那么深那么执着的老托尔斯泰会在他的书中这样写吗？当安娜对这个年长她几岁的男人动心并有意魅惑时，情爱基于人性开始发生博弈的时候，渥伦斯基会不会在情感可能突然发生变化的时候对安娜充满了矛盾呢？这时候他的心理活动既属于感情的基本规律，也是托尔斯泰想去书写的。而情爱基于人性博弈的更关键处还在于安娜这个已经发动了少女心的姑娘怎么想，基于那时的社会语境、世情他们的命运纠葛会怎么样？情爱既起，又怎能现世安稳，岁月静好？问世间情为何物，只教人生死相许，至少也欲罢不能。但老托尔斯泰会这样写吗？他借助渥伦斯基这个形象，在尽情抒发自己那颗不老之心的骚动，告诉读者，尽管爱情衔接着无数的悲伤与痛苦，但仍然值得人们投身其中，死了都要爱啊。

　　曾有一位四十来岁的男人对我说，自己巴不得赶紧老去，在现有的基础上老一些，再老一些，如此便可"清新脱俗"，不再为爱动心，因为爱的另一面，有着无数的责任与麻烦，而他只想孤独终老。盼望自己早点老去的男人，恐怕都是被情伤得很深的男人吧，否则好好地活着，怎会恐惧爱？安娜卧轨后，渥伦斯基受到良心的谴责，志愿上前线参战，但求一死，对于这个男人的结局，只能说这是爱的代价，或者，年轻的代价。

　　这是近来又读完的一本书，结尾同样震撼到我，此书也似乎有像《安娜·卡列尼娜》致敬之意吧。它就是《了不起的盖茨比》，那年复一年的放纵未来离我们消失远去，它从我们的掌心逃离。没关系，明天，我们将跑得再快一些，手臂再伸长一些，然后是一个美好的黎明。所以我们奋发向前，逆水行舟，被不断地向后推去，直至回到往昔岁月。

2013 年 9 月 16 日

超　前

　　朋友很烦，因为其女友。他是个真诚、善良、热情到烈烈如火，却又很敏感的人。他和其女友是异地恋，这就意味着两个人聚少离多，跨省的千里之外，便意味着两人的每一次聚都殊为不易、弥足珍贵。

　　朋友是个官二代，但因其父母对其的管制、栽培有加。他是作为独生一代，作为"××二代"中的像纳兰容若那样的浊世佳公子，他是个把德行操守和精神境界看得比山还重比天还高的人。现实社会，目前的情形，都是质变前的高速聚合，为了一个核聚变的结果，道德的底线是可以比阴沟还低的。我真为他担心，作为好兄弟我也常提醒他，几天前我们还交流了关于他的感情的事情，现在再想想，感觉这是个值得深思的问题，遂在他同意的情况下，我拿来此处——我的专栏里诉诉。

165

　　所以朋友每次去异地都不容易，他是个对工作很负责又追求进步的人，所以，经常在思念和敬业的矛盾纠结中，一次又一次在八千里路云和月中。有一回，他的女友端午节想吃他家乡的粽子，他马上跟领导请假，由此不仅错失了一个接待世界 500 强企业代表的学习机会，后来送去的培训名单里，也没有他。朋友说，这是做对自己更重要的事情，他挺开心的。

　　但是，他说，他感觉和女友见过几次面后，似乎越来越远离他想要的和期待的。为什么呢？朋友说，他每回去的时候都很期待，但是，和她的女友见面后，感觉自己就像是一个来访的客人，女友对其也像是单纯的接待陪同而已。我问，那你们有最起码的牵手、亲吻等符合爱情的身体诸接触吗？就像正常的情侣那样的有吗？

"没有！"朋友突如其来的愤怒大大地吓了我一跳。我还没有来得及抱怨，他就向我投诉说，不知道从什么时候开始他们在一起吃饭的时候，都感觉到很累很压抑。因为，他们之间总是互动不起来，加上彼此的饮食爱好和吃饭习惯相差不小，更加剧了这份沉重。

我继续问了朋友我想了解的问题，努力想帮助他捋一捋，这个过程中自己也若有所思。为什么将题目定为《超前》呢？因为，我始终认为，出现了问题，要在自己的身上找因由，不是先去讨论别人的过失。我在帮助朋友分析过程中，朋友的女友我没见过，亦无从置喙。而我的朋友，好兄弟，他的问题之一是，他因为成长的原因，以至于他有别于其他的同龄人。他是一个特点偏像父辈那般成熟而又有浓重使命感的人，所以他并不是一个热衷于吃、穿、玩的潮人。他是一个没有情趣的人，需要他的另一半多了解他甚至多担待他，多对他好一点儿。问题二，朋友和我一样，都是一个理想主义者，他的情况比我更严重，用两个字来概括，就是超前。

朋友他希望的爱情是，自己说了上句话，对方就能答出下句话的感觉，他和对方可以一直有聊不完的话题，面对面的时候可以有逐渐亲近的感觉，而不是来自对方气场的压力，不是双方很轻易地就没话说、有沟通障碍，最后面对面尴尬。他希望的是对方能够贴近他和了解他。朋友虽然是一个容易严肃的人，但是，只要你主动，无论男女，都会得到他的真诚相待，所以，他希望在相处的过程中，女方可以稍微主动一点，而不是大家都搞得像商务谈判。朋友是这样的一个人，他不是那种喜欢到处留情、轻易就动手动脚的登徒子。他希望的拥抱和亲吻都可以是感情发展到一定程度的自然流露，所以，他是个没有任何爱情侵略性的谦谦君子。但是，如果他认为真正遇上了缘分，他会比谁都热情似火。总而言之，他就是一个强调精神境界的精神游侠。这是被世人所诟病的独生子女的自我主义中，朋友心中的唯一一抹自我了。

我的朋友他又太敏感了，对方的一个词、一个动作都会让他纠结万分，但顾全大局的优点反而使他只能把这些不愉快一点一滴淤积在心里，慢慢发酵。他的数场爱情，都是在"三不"中结束的，即：不协调、不快乐、不适合。多年来，我知道，这"三不"不知道给他带来了多少生命中不能承受之重、之痛。他对待婚姻的期待是，举案齐眉、夫唱妇随、一生琴瑟和谐，他的夫人能是他以后相伴人生最好的贤内助，而不是添堵添乱甚至乱我社稷之幼稚儿或者毒蛇。

所以说完这些，我终于可以说说超前了。朋友他把一切都纳入了一个理想主义的框架，他会预先地去思考问题、规划事物，这是他的优点。但优点和缺点之间会相互转化往往是因为对待对象的不合时宜。朋友的优点如果是用来对待爱情或者婚姻，就不合时宜了。感情的事情是没有理由的，这是自猿发展到人类与生俱来的一个最无法捉摸的规律，爱情的本源都如此了，接下来号称世界变数之最大的爱情，能够用一个框架来规定吗？朋友希望他的爱情可以按照他的规定性的方向走，在这里，他已经犯了一个错误，因为忽略了感性主义的女性的变数，而陷入了孤立地、静止地看问题的机械唯物主义的泥潭中了。爱情之事，从头到尾都是动态的，而朋友的框架理论思维的特点又恰恰是因为框框所以静止的，是已固化的甚至是夹杂了主观主义的东西。以静态去面对动态，以固化去面对一日千里的矛盾变化，怎么能是上策呢？感情的发展是一个过程，忽视了这个过程而希望急于求成的结果，终究是不成熟的。忽视了自己还并未了解对方矛盾的主要方面，而去纠缠对方的不解风情的矛盾之次要方面，永远只能在问题中打转。

朋友的理想主义的超前，恰恰是他的落后啊。制造了框架又对感情急于求成，这对于一心学圣贤的他，难道不是己所不欲又施于了人？预想的东西非要在现实中实现，却罔顾现实的具体情况形而上学、一意孤行，结果便是于挫折中折磨自己。对于她，我的朋友，你得搞清楚你是因真正陷入了爱河而成长了、通达了还是于自我狭隘中毫无进步还变本加厉？而她，也一样。爱不是占有而是灵与肉的相互亲、相互重。切记，切记。

2013 年 9 月 17 日

168

今日，品江行晨暮之美

作此文时我突然想起了一大学同学，我都学着他的家乡话半生不熟地叫他"磊牯"。磊牯很爱唱山歌，这在我们整个学院都是出了名的。记得大二那年年级里竞选两委干部，磊牯竞选的是年级办公室主任一职。在那个一两点钟的炎热午后，当大家昏昏欲睡时磊牯登台了，清清咽喉后就是一阵嘹亮的山歌脱口而出，震得正高速旋转电风扇叶上的灰尘飞扬，大家也瞬间睡意全无。我们都突然感觉，我们不是来听竞选演讲的，而是来听民族音乐会的。

"我的美丽家乡依山傍水，人人都爱放声讴歌。现在我放假回家，发现家乡的井冈翠竹、山山水水都是自然会唱歌的。"每次一提到唱歌，作为江西人的磊牯就一脸自豪。

王国维说，一切景语皆情语，有静有动之美可以存在任何的地方。磊牯的家乡是，那长亭外，古道边，古老青城外。一个白与夜都泊船的码头的阿兔家乡也是，那里可以领略到烟笼寒水月笼沙，也可以领略到夜半钟声到客船，不自觉的轻舟已过万重山。

磊牯毕业后就留在了榕城，教书育人不久又辞工考研，努力地走自己想走的路，也努力在这座已经不陌生的城市有了家庭。阿兔是我舍友，也是吃辣地方来的人，他是四川那绝不拉稀摆带的袍哥人家。毕业后就回家乡奋斗的他，时不时都会给我发来好多他的照片，那些照片拼起来，再稍微加工一下，可以做他的家乡纪录片，顺带着也可以做他个人的大学毕业生回乡就业纪录片了。

阿兔的工作很辛苦但对他很有意义，每天一早他就要从江的这边到那边去开展工作。他供职于银行系统，江那边有他们单位的开发计划，他自告奋勇地接了这个任务。

有一张照片中，晨起上工的他在悠然自得地等船，远大的背景完全吞没了他肥胖可爱的身躯。驳船待发，但其声也惊动了不少耳朵，像交响，像起床号，像召唤，忽然间，在离江心更远的地方，举目望去，可见有一些被染上黝黯的帆顺流而下，像没有声音的巨大白鹭。待黑黝黝的白鹭们染上鱼肚白，继而染上金辉，江岸里某一个商埠旁边的清晨如一清洌曲儿，开吟了。

在他们当地那有名的划子上，暮秋夜里九点钟的时候，江风寒中足以体会寂寞沙洲冷，你就是天地一沙鸥。白晨九点钟的时候，阳铺江，风拂江，微涛起，沙鸥翔集锦鳞游泳，鸿雁下斜阳。大与江，水天连成一片，你会发现天和对岸的结合体因浩浩汤汤的江水而双生，摇曳的合体景连着原来的天地，随着光线明暗、晨夜的变幻，变化着，变幻着，江水里就这么演绎着晨与暮交织之美。有时当太阳升上了有二十来度高，月亮与地平线还有四十度距离时，几大片鳞云粘在浅碧的天空里，看来云和太阳始终若即若离，并且渐行渐远。待皞阳变成了升阳，在划子上便更能看尽江畔。你看，那山岭披着古铜色和金辉融在了一起的衣，那褶痕便是更有画意了。再仔细看，特别在晨，你会发现晶莹剔透的江水个中居然还浮着那么一片黄色，黄色会有意识地漫及到一条黑得望不到尽头的长带，那就是阿兔每天要去的对岸。

当太阳继续升的时候，江面上便开始蒸腾水汽，当水汽腾上有两尺多高，满世界都开始烟笼寒水月笼纱了。风吹过，薄纱不散，变幻身形，江面江畔就如天宫里的亭台舞榭，缥缈而神秘，神秘而宁静。当水汽腾上有一尺多高，在这边，它是时隐时显的。在船影之内，它简直是看不见了。水汽的云蒸霞蔚后，这世界颜色是十分清润的，到远洲山上的列树，水平线上的帆船，江水由船边的黄到中心的铁青到岸边的银灰色。有几只小轮在喷吐着煤烟，在烟囱的端际，它是黑色；在船影里，淡青，米色，苍白；在斜映着的阳光里，棕黄。此时，阿兔这单个人已经画在了一片彩色织锦中了。

这条长岸也能见着晨暮变幻之美，至夜，众星献礼，趁月亮暂时不在，居中的长庚星猴子称大王耀眼得像一颗璀璨光华盛不住地夜明珠。夜明珠之上还眺望着更高的小熊星座头顶的中天恒极星，星罗棋布下相辉映的两岸中，江是夜间切换成缀密密麻麻金豆于绵长银河丝丝的一条玉带。它又如出江的龙王，游弋晃掖在江水之上，搅动一江水，水动着亮色。这时忙碌了一天回家的阿兔脚下的划子满是看得见的流光溢彩。

长岸连绵的田野在这夜里就像一条蜿蜒的、黑色的龙脊，上万家灯火星星点点就像另一只潜龙龙鳞的光芒闪烁。这只龙似乎有点儿傲娇，似乎在等着那条正躁动之龙的寻觅、求爱。子非龙，焉知龙之乐，龙在嬉，划在游。划子游了十多里，江面视野渐宽，一条驳船在四五丈以外的地点待命。甲板上模糊的电灯，平时自然是可忽略的，然而在这时候，在这片漆黑中，灯代表了此岸的景致，昏黄一灯如豆，你可闻见闲敲棋子落灯花？可闻灯前呵手为伊书？可闻见此归人如焚急心？它的光晕下面，云集着一群人的黑糊糊的脸庞、身形，划子的号子声由远及近，划子摇曳的灯光也由远及近，越近他们焦急的心头就越放松、越快乐。人给这景融绘进的是不可或缺的元素，让景致更生动，因人而更见风致。我现在还常想，张择端先生如果当年有幸来此，应是能创造出胜过《清明上河图》的画卷吧。

2013 年 9 月 21 日

激　情

　　下午按预约好的时间去拜访北辰广告的陈女士。因为保持着提前半小时抵达的习惯，又由于陈女士有一个临时的短会，我遂在其助理的安排下在会客厅等待。

　　进了会客厅，发现已有两位少女先我而来。陌生人之间在好奇地注视些许秒后，我选择了一个位置坐下等候，顺便从包里拿出了吴风先生的《艺术符号美学》继续阅读。两位女孩子则继续一边窃窃私语一边玩她们的手机。直到十来分钟后……"樊雪是哪位？"门口飘来了一句干练的问话，我被这句稍微高分贝的问话惊动了下，不由得抬起了脑袋。其中一位正沉浸在手机里的美女被惊动了一下，慌乱中猛然起身，手机掉在了地上还弹了好几下。就这样，她陷入了两难，是赶紧去取包里的材料呢，还是去捡手机？室内的人都聚焦于她，她则倏地羞赧得脸红脖子粗的。手机弹飞在离我不远的地方，我起身，把手机捡还给她，多少减轻了点她的难为情。

　　她离开后，我跟另一位女孩子聊了两句，才知道她们一位是本地一所知名大学的应届本科毕业生，另一位是厦门大学应届硕士毕业生，身份不同，但来这里的目的相同，都是来这里参加所谓知名企业的实习面试的。我不禁好奇，你们对这家企业了解程度有多少，你们对应聘岗位有多少了解，你们对这次的实习面试准备好了没有？……我想着想着，一连串的问题便脱口而出了。女孩子反而对我的询问感觉很奇怪，也很警惕，条件反射下她用了些似是而非、含糊其词的答案来礼貌地回答我。我也在微笑地点头后，问了她最后一个问题：如果，你进不了这里实习，感觉如何？女孩子脸上的不悦立现，还是太年轻啊。她语气急促地告诉我说，无所谓啊，就是来试试而已，运气好就先做看看，运气不好，再找呗；反正，中国求职单位多。我真想补她一句，没事儿，中国不够，还有世界。

从个人的角度，我并不想唱衰她的这次面试，我只想说，首先，我们不是人生务必都要寸土必争，那样也太累太没有必要了。而关乎自我的人生大事，如求职，该争的时候还是要争的。好工作就如理财，你不理财，财不理你，更不会主动地向你求爱，你以为自己是谁呢？而且特别是对女孩子，你如果更不主动，你的人生就更加被动。你如果起点不够好，甚至会深远地影响你的职业生涯。一再的无所谓，一再地妥协，甚至退让，越找工作只会越差。慢慢地，人生就耽误了。

昨天我看一则对现在广州恒大队的主教练里皮的访谈录，面对媒体趋炎附势的献媚，里皮很淡然。他的成功之道其实很简单，就是，什么级别的比赛，他都要求球员们务必争胜，只要你是一名足球运动员，没有什么比赛是可以放弃的，更别拿什么冠冕堂皇的"战略放弃"说事。所以，一名求职者，应该做到什么呢？精气神没了，主观能动就没了，于是竞争力就缺失了，你不对这个岗位如饥似渴，单位也便没有给你这个 offer 的任何理由了。其次，我突然想起了曾经的工作经历里遇到的一群孩子，他们确实很努力，爱老师，更爱真理。当我跟他们说求职的重要性时，他们的观点是，作为耗费父母血汗钱当学费的大学生，仅仅就是毕业后找个工作？我特别喜爱启超先生的《少年中国说》，而他们，是最接近梁公笔下倡导之精神的我见过的年轻人。

一个人，一生不算长，能够用于打拼的时光更是短中之短。如果连在这么短的时间中都不能为目标去不懈打拼，甚至连目标都在所谓选择太多的迷茫中缺失，那么，此人此生，很多过往的时光或者正在消逝的时光，甚至未来的部分时光，都已经宣告无效了。

最后我要说的是激情。无论是过去的这群孩子，以及他们自发组成的学生组织，我无比荣幸能够成为他们的指导老师。然而，我其实是被他们教育了，他们之所以教育了我这样一个已经油条的工作者，一个已经与世无争的人，一个已经心中有世故的人，总之，一个已经开始随遇而安混世之人，去重新焕发生命，继续去勇敢创造自己的潜能和天赋，决定务实的未来之路。在现在的路上渐行渐悟，能从大处着眼，也能脚踏实地、步步为营，是因为，他们这个群体重新教会了我，什么才是真正的激情。

真正的激情是，理想化作的信念，信念驱使下的行动。因为此，动力永恒，主观能动性、创意思维与日俱增。在他们之间，看着他们能够为一场锻炼他们的晚会齐心协力、争论到喧天，看着他们能够为和企业老总交朋友没有机会就创造机会，千方百计建立关系，看着他们每一天都在学业、实践中只争朝夕、不误时光，看着他们在为自己的毕业目标，勇敢地去试去争取时，就为不违背自己的本心。在世俗的社会下，不坠青云志，不轻易被改变，不断修改人生的路线。他们最让我记忆深刻的，就是他们的激情。有激情，黑夜都是白昼；没有激情，人就提前衰老了。没有激情的人生，就等于我们在毫无意义中度过此生。

写了六本书的一名小公务员明月，当年他在写尽明朝之时，最大彻大悟的，就是人应当写满每一本台历，因为台历是你的人生书。人，最应当的是用你自己的方式去度你的一生，始终不辍！

2013 年 9 月 22 日

儒释之臻

唐末分五代，五代十国，战火纷飞。烽火连三月，家书抵万金的年代，两三年就可以换一个皇帝，只要有实力，皇帝也是可以速成的。"天子宁有种耶？兵强马壮者为之耳。"在这个疯狂的时代，正能量的东西可以说是凤毛麟角。

话说有一天，长江中游北岸，一座孤零零的寺庙，寺中仅一僧。一日，一瘦骨嶙峋、走路一步三打拐的褴褛书生摸索到寺院，恳求僧人，说，行行好，一家四口就在附近，快饿死了，实在是走投无路了，特来乞食。僧人赶紧拿出一个粗粝的菜团子给书生，书生千恩万谢地蹒跚而去。一个时辰后，书生又来了，僧人给了书生两个菜团子，书生千恩万谢地离开了。又过了一个时辰，书生再次到来，僧人给了书生三个菜团子，书生千恩万谢加叩首地一步三回头地离去了。再过了一个时辰，书生又来了，僧人给了书生四个菜团子的同时告诉书生，他没有想到书生的情况是如此糟糕，他很想帮助书生，但是，寺里只剩下唯一一个菜团子了。

书生用破烂的衣角兜住菜团子，大哭而去，踉踉跄跄，宛若烂醉人。半个时辰后，一位哭哭啼啼的女人来了。僧人忙问缘由，才知道是书生之妻，再听下去，才知道这十个菜团子的情况。第一个菜团子，书生给了其幼子。两个菜团子，他分别给了他的母亲和发妻。三个菜团子，他分别给了他的幼子、母亲和发妻。四个菜团子，他又分别给了幼子、母亲和发妻。剩一个，家人劝他赶紧吃，他说，我已经吃过了，寺里的大和尚好客有礼，留他先吃了。于是，他又把菜团子递给了他的幼子，半个时辰后，他饿晕倒在地上。

僧人唏嘘不已，说道：先递菜团子给幼子，乃舐犊之情啊，人父之本能。两个菜团子，一个尽长者之孝情。三个菜团子，想起发妻，人夫主之本分啊。但，此皆六根未净之凡尘人未看破红尘之所为，人之常情，凡夫俗子之常情啊，本分也，应该做之事哉。然最后这个菜团子，不俗也，宁死仍顾全亲人，置生死而度外，已然因慈悲心而超越了凡人死生之恐惧，圣人也！当救之！僧人把最后一个菜团子交给了书生之妻，自己慢慢饿死在了禅房的蒲团之上。

我读到这，突然感悟到舍己为亲人者至善至情，舍己为素不相识之人活命乃超越宇宙超越慈悲佛的人，大抵如此吧。寺庙香火旺盛时，信众皆匍匐于人地，手捧金银诚心供于佛祖，精神寄托中唯愿自己越来越好。佛祖堪比能量超过皇帝、玉帝的世间总裁，不如此，怎么凌驾世俗界普度众生满足所有人所愿？但，佛祖一见不着，二如果什么都那么灵，国家覆亡、兵荒马乱怎么就不能免？而国家覆亡，州县则难免兵灾，州县难免了寺庙不也覆巢之下无完卵？难道眼睁睁地望着普罗大众受苦而无动于衷者，仍旧是佛祖？神通广大的佛祖不见了，其还来不及认识的一下属普通僧却做了他本该做之事，人命总是脆弱的，特别这种时候，是帮助生之人延续希望的事大，还是许诺批准让生之人大富大贵事大？

事不论大小，只要一事能反射至善至德至良知就是大事，反之，再怎么流光溢彩也是虚无之小事耳。此僧，现实中是普普通通的贫僧，但此事过后就已是圣僧，已然诠释何为佛真谛，何为佛面向现实苦难应如何的态度，他不愧是一名合格的佛信仰者、好佛徒也。

信仰者，首皈依，而入心，后一生无论如何都不悖之也。这，是笔者的理解。也是此僧，让我终于明白本市涌泉寺方丈普法大师给我的一纸条上之二行语：穷诸玄辩，若一毫置于太虚；竭世枢机，似一滴投于巨壑。此为佛之道也。书生代表儒者，我结合孔孟，只想说：唯天下至诚，能尽其性；能尽其性，则能尽物之性；能尽物之性，则可赞天下之化育；可以赞天下之化育，则可以与天地参矣。此……即儒者之道哉！！

　　而后，笔者施灏同学又有一悟！话语之神圣，往往不如心中于凡尘浮躁中自清净有皈依也，表之皈，不如心真皈，心真皈，弗悖弗乱，已然超越，内圣外王也！最后，告诉各位一个秘密，上述之二，合而求同，异者再联想，此即……儒释之臻也。每个人都是自己的哈姆雷特……每个人，也都是自己的……洛丽塔……

　　写罢，我掷笔于地，任秋风将纸张凌乱。立于榕城乌山之巅，我的目光穿越回历史的某个角落，在那角落里，杀声震天，兵火永不绝，一蓬头垢面、衣裳破碎之人如猪狗爬行于地，差一毫则沦为饿殍。就在此时，一同样形容枯槁的求乞僧伸手递给其一块干瘪易碎的似饼之饼。他即将灭寂的双眼突然亮起泛绿光，一把抢过差点连手指头都要吞咽殆尽……

　　僧望着昔日皇城的方向无奈长叹……狼吞虎咽者，西晋末帝司马邺也。曾几何时，这样之食于其眼中只配喂猪狗。然此时，此物却能决定他与僧谁能再多活些许……

2013 年 9 月 24 日

宽恕是忘却

好友桐华曾对我说起过一位女亲戚，早年是大家闺秀，丈夫病逝时她不到三十岁，带着三个孩子未再嫁，尽心将孩子抚养成人。她待亲朋礼数周到，家里收拾得一派明净，她自己虽近知天命之年，但仍秀而雅。在大家眼里，她近乎完人，集合了女性的一应美德。

桐华那时十几岁，女亲戚在她眼中不啻嘉德懿行的楷模，直到有

一回母亲找女亲戚有事，女亲戚不在，桐华去开水房找。那时院里若干人家共用一间开水房，午后的开水房除女亲戚外再无他人。桐华在门外看见，女亲戚把自家暖水瓶的破瓶塞迅速取下，与另一只暖水瓶的新瓶塞调换。她背对着门，没发现门外的桐华。桐华目瞪口呆，回身走了。有很长一阵她都很难受，开水房这一幕瓦解了女亲戚之前所有的美德。她竟是这样的人！这样市侩、计较，这样鸡零狗碎，一只瓶塞都要与邻人调换！那件事不仅瓦解了有关某个人美德的理想，还击碎了桐华更深广意义的寄望。

那次的事，桐华未与旁人说，像是她自己做了件羞耻之事。后来有一天，她忍不住对母亲说起。母亲很平静，对桐华说起女亲戚的不易：一个女人家无人帮衬，凡事靠自己，要撑起这番日子，人后肯定也咽了几多眼泪，有时，想占一点便宜，也是可以理解的，要体谅她。

母亲的这番话使桐华对女亲戚有了些谅解，也影响了她对人的看

法，那就是人都有"因为生而为人，所以难免有一己私心或者主观意愿"的各自破绽，那背后是形成破绽的不同命运背景——越大的破绽后面，往往是越深的命运罅隙。

这事母亲没再与任何亲朋提起，见了女亲戚一切如故，热情、客气，完全是对一个体面人应有的招待，亦完全是一直传承而来的中国式做人之道。桐华自己后来也经历了不少事，包括她的初恋对她刻骨铭心的禽兽式的背叛，包括她印象中老实巴交、古朴如院中老树般的亲叔婶一直在骗她母亲的积蓄，她到懂事才知道……还有她的亲叔婶早早就从她外祖母那里暗度陈仓骗走了本应属于她母亲的那份遗产。

女亲戚告诉过桐华，她不止一次想尽快了断了这悲剧人生，她不止一次是那么期待自挂东南枝，包括在梦里……最终，她一一选择了宽宥。

桐华对此是不解的，她有回家都会去看看这位一生遍体鳞伤的女亲戚。桐华总是忍不住问，女亲戚总千篇一律地回答她说："唉……人都是肉身凡胎，都是人，人嘛，总归是人，你、我、他来来去去、去去来来不都是一样的？"

"既然是一样的，那么是人就应当宽恕吗？"桐华总是再追问下去。女亲戚每次都轻轻地摇了摇头，就不再说什么，有时候甚至会让桐华恼火地生生岔开正酣话题，问桐华要不要在这里吃个便饭，然后就自顾自去忙了。"哀其不幸，怒其不争。"已经两三年不再联系这位女亲戚的桐华说到对她的评价还气鼓鼓的。

我略沉吟后跟桐华分享了一个故事：

话说南宋年间的著名学者程颐、程颢兄弟，哥哥较为诙谐随意，弟弟较为严肃庄重。有一回兄弟二人应邀赴宴，宴席上则难免有丝竹、女色助兴。哥哥觥筹交错多了便意趣渐浓，对周遭女色便愈发随意起来。弟弟气坏了，觉得太辱学者门风了，遂一连几天都不想理睬哥哥。结果，哥哥在这几天做了好几篇重要的理学文章（还是现在尤其是哲学专业学生的必修课文），弟弟则因生气影响心情与状态导致一无所获。最后还是哥哥找到弟弟，诚恳地在弟弟的角度反省自己的错误后告诉弟弟，美女的腰肢已不在他心中，却还在弟弟心中也。

桐华听后一脸愕然。我趁热打铁启发她，过去的就让其过去，记着有啥好处？那些不好的记忆终归是记忆，已经不在你的亲戚心里，她用宽恕去遗忘，这有错吗？但和她曾息息相关的人或事转移到了你的心里，你一直怀揣着，发酵着，这个是不是你错了呢？

桐华恍然大悟。世事纷扰是很多的，只要你理会，只多不少。人是处于社会中的，是具有社会性的，难免会被身边事情所影响，特别是因人的不快事。但发生了事情，从整个宏观的人生时间轴去看，难道不是以小置之于大吗？人善于耿耿者，记忆再好又有何用？人善于忘记者，这是超越了善于耿耿者的真本事，这也是拥有了超越善于耿耿者的大心、大灵魂。逝者如斯乎，而未尝往也，盈虚者如彼，而卒莫消长也。盖将自其变者而观之，则天地曾不能以一瞬，自其不变者而观之，则物与我皆无尽也。

那么，是事重要，还是自己的人生更重要呢？而多年后，当我有幸读陀思妥耶夫斯基的《被侮辱与被损害的人》一文时，恸哭不已。

2013 年 9 月 25 日

超脱吃的束缚

中国人的"吃",在这个地球上,也算是独占鳌头、领风气之先了。八大菜系,满汉全席,老外连想都不敢想。而"吃"的勇气,更是世界之最。天上飞的,地下爬的,河里游的,海里生的,无不可以入席,无不可以进嘴。南方某城市,一年吃掉的蛇,达数十吨之多。中国人过一个春节所喝掉的酒,够装满好几个西湖。我一直在琢磨,所谓"食色性也",所谓"食不厌精,脍不厌细",是因为出自圣人之口,大家这才奉为圭臬、身体力行吗?中国这才成了个"吃"大国?于是,不禁想起冒公子请客的故事。

明末的江南才子冒辟疆,在他家乡江苏如皋水绘园请客。水绘园是冒辟疆与他心爱之人、秦淮佳丽董小宛的栖隐之地。他为了风光,特邀一位淮扬菜大师来水绘园操持厨务。冒公子和董小宛常住南京,时往扬州,多次品尝过这位名家的美味佳肴,却不曾谋面。等到宴席的前两天,大厨率一干助手来了,谁料却是女流之辈,而且是与烟火油性毫不沾边的清丽脱俗窈窕佳人。冒既被撩起了荷尔蒙又心存疑虑:她能行吗?但看她落落大方地坐在上位,一张嘴就问:"请教冒公子打算订什么等级的酒席?"那气场又瞬间减少了冒的许多疑虑。

明末清初四大公子之一的冒辟疆富得流油,怎又会担心一顿酒席之资?但生活习惯使然也还是询问了一下等级的区别,以便做出选择。这位淮扬菜大师告诉他:"大体上,一等席,羊五百只;二等席,

181

羊三百只；三等席，羊一百只。其他猪牛鸡鸭，按同数配齐就是了。"冒辟疆一听，不禁愕然，如此之席已接近北宋蔡京家席之土豪程度。可话已出口，束又发出，只好点头说："那就来个中等的吧！"

到了宴会当天，大厨穿着盛装来到，冒才终于知道为什么她一身全无厨师之烟火味，因为她根本不动手，只要于高椅端坐，像运筹帷幄的最高统帅指挥着几十位厨师操作即可。其气度，其声势，纵然见多识广如冒辟疆君，也被她的派头震住了。

最震撼的还在那羊，三百只极鲜活之羊牵来以后，每只羊只取唇肉一斤，余皆弃之不用。冒辟疆大惊失色，这该如何是好？厨娘见他的嘴又合不拢了，告诉他："何谓鲜，乃鱼和羊合而一也，而羊的精华，全在唇上，其余部分无不又膻又臊，是不能上席的。"如此消费，怕是连董小宛都惊诧万分了。她当花魁时可以说是在大江南北青楼客间吵出了人命和高价的，记忆中最昂贵的几次舍身也不及冒这一顿饭所如此豪费。她又突然想起，小时候在青楼时老鸨待她如女儿，老鸨善经营，有多少积蓄自己都不大清楚，但青楼里老鸨有想吃羊肉煲时，一只羊是可以吃至少一周的。冒这一顿饭就浪费了三百只羊，而且看着羊们被摘了唇后痛不欲生之状，仁慈如董小宛者，忍不住潸然泪下。

那顿大席，董是大抵没心情吃了，冒恐怕冷汗要冒几天了，而且，冒恐怕少不了董的一顿批了。

总之，生于食文化语境，死于斯的中国人在"吃"上，之所以能够如此浮想联翩、神思八极、千变万化、层出不穷，是一代又一代饮食传统的不断累积和推陈出新。中国老百姓，无论春播夏种，无论秋收冬藏，一年到头，无一不为喂饱这张无底洞似的嘴，脸朝黄土背朝天地忙活着，自然事事离不开，也处处用得着这个"吃"字了。因此，过去很多平民、农民一旦得志，手中有权或有钱时，第一件事，就直奔"吃"字而去。我记得我国有部拍摄于20世纪80年代的老影片，就是在批判那些即便是国家明令禁止还偷偷地像地下党那样的"吃货"，于月黑风高之际，三五人，男男女女，既定接头地点集合后就直奔某深巷之家。七转八转进门后，亮堂之室内，满汉全席款款地上，因为女主人是组织者的老相好，赠送的几款菜还颇含男女房事召唤的暗示意味……

有"吃货"如此，国家该如此？

李闯王就以"不苛税不纳粮"号召天下百姓一起反，终于进了北京城后，他照着想象允许部下天天吃饺子，天天就像北方农村过年一般快活。饺子馅品类极多，甚至连不愿缴钱给农民军政权的前朝官吏的肉都被做成了馅，既杀鸡儆猴又满足了饺子品尝之欲，何其快哉。据说他的大顺王朝，按《易经》说法本可坐十年江山，因为天天过年，十一天后，他因军事原因不得不撤出北京时无论官绅还是百姓送之如过街老鼠。当初天下人心齐聚，逃离时天下人心尽丧，一路败退，走向灭亡。野史未必可信，但说明一点，中国普天之下必然好吃，但无论是谁，只顾这张嘴，只顾口腹享受，注定不会越来越能吃下去，反而有一天会再也没法吃。

为什么中国人特别在意这张嘴，关注这个吃？因为上下五千年来中华大地农本经济靠天吃饭的脆弱性，首先经不起天灾人祸，加之兴亡百姓皆苦，社会就业途径又少，个人也便仅仅只能依赖口舌之快了。所以，"吃"就成为中国人的第一诉求，数千年的封建社会下一代又一代人要么永远摆脱不了的口舌猎奇之求，要么下等人们永远无法摆脱的饥饿感，遂成为我们这个民族的文化基因了。于是，中国人的"吃"便是一个永恒的生之主题，甚至开花散叶延续、影响到了全世界。

吃是必须的，我也很贪吃。但，我衷心希望人们别因吃而不认识自己，更别因为吃而坏事。曾经认识一位朋友，吃饭必然去会所。她酷爱吃鲍鱼，而且非南非鲍鱼不吃，油炸辛辣下里巴人之食绝对不食，一旦有吃了像天鹅之眼、海沟大鱼、尼斯湖水怪肉这样的珍稀物种则必然满世界宣传唯恐天下不知。其必曰，晚上又跟谁一起吃饭了，某某某请的，哎呀，现在人就是不会过日子。可惜，周立波先生不在，不然的话，他来给这段话配音，至少有一期脱口秀节目可以偷偷懒了。这位女士，她是认为自己天上人间了，但我就不明白了，我就怎么看她怎么的低俗加粗鲁，比起天天穿金戴银的暴发户还有过之而无不及呢。有回，碰巧遇到她的一位同事，我装作不认识她似的与她同事聊了起来。她做人确实太成功了，她的同事喜欢她喜欢到口无遮拦地评价她就是一只"溪猪"（本地话，傻瓜二百五的意思）吃货……

西方哲学家博洛尔说过，"简朴和适度的饮食，一种正常的生活和庄重节制，这是最好的防腐剂"。于中国上下，此话当引以为戒。不要吃着吃着，把同样作为中国传统的哲学智慧给稀释在大脑的猪油里了。

2013 年 9 月 26 日

爱一个正能量的人

　　该爱一个什么样的人？我总是似是而非、不清不楚，现在，我首先会微笑地回答自己，然后是身边的每个他（她）：去爱一个能够给你正能量的人。每个人的生活都一样，在细看是碎片、远看是长河的时间中，间接地寻找着幸福，直接地寻找着能够让自己幸福的一切事物：物质、荣誉、成就、爱情、青春、阳光或者回忆。既然你想幸福，就去找一个能够让你感到幸福的人吧。

185

　　所以不要找一个没有激情、没有好奇心的人过日子，他只会和你窝在家里唉声叹气抱怨生活真没劲，只会打开电视，翻来覆去地调转频道，好像除了看电视再也想不出其他的娱乐项目。人生就是在没完没了的工作和一样没完没了的电视节目中度过的。拥有正能量的人，对很多事情充满好奇，无论遇到什么样的新鲜事物都想尝试一下。他会带你去尝试一家新的餐厅，去看一场口碑不错的电影，去体验新推出的娱乐节目，去下一个陌生的城市旅行。你会发现世界很大，值得用罄一生去不断尝试。

　　不要找一个没有安全感的人过日子，他一直在排查可能的不幸，焦虑未来的灾难。他一直在想该怎么办，一直担心祸事即将降临。他命名自己为救火队员，每天扑向那些或有或无、或虚或实的灾情，不停算计、紧张和忧愁。拥有正能量的人，会对生活乐观，对自己信任。他们知道生活本来就悲喜交加，所以已经学会坦然面对。当快乐来临时，会尽情享受；当烦扰来袭时，就理性解决。他们相信人定胜天，确实无法获胜时，就坦然接受。他能够正确认识自己，有自知之明，不会自我贬损也不会自我膨胀，他在该独立的时候独立，该求助的时候求助。乐观和自信后面，深藏着对人生的豁达与包容。

不要找一个无知的人过日子，他没有树立起完整的人生观，或者对事情价值的判断缺乏基准线。他常会做出匪夷所思的决定，不能独立思考或者过于固执己见。他优柔寡断或专横无礼，扭捏作态或者刻板无情，不是因为别的，正是因为无知。拥有正能量的人，拥有大智慧。他分得清世界的黑白曲直，不会在人生的道路上跑偏，也不会随波逐流。他不会扭曲事物的本质，不会夸大事情的不利面。他知道世界运作的原理，明白人人都有阴晴圆缺。他在你需要时给你最中肯的建议，有原则却又求新求变，有主见却又听得进劝。

不要找一个容易放弃的人过日子。他得过且过永久性地安于现状。他没有信仰，也没有梦想。他遇到挫折的第一反应和最终反应都是逃避，为了抵挡失败或者因为怕麻烦，他可以放弃一整个世界。

拥有正能量的人，坚定自己的信念，拥有人生的目标，知道自己的所需并为之不断努力。他欢迎变化也制造进步，当困难来临，他不嫌麻烦或贪图安逸，他知道山丘后面会有更美丽的风景。是的，去爱一个拥有正能量的人吧，他会让你觉得人生有意思，会让你觉得世界色彩斑斓。他会给你惊喜，同时也会带给你感悟。他让你把路走直，戒断所有扭曲的价值观。

如果你本身就不是一个拥有足够正能量的人，那么就请你一定要爱一个拥有正能量的人。在这道数学题里，负负并不能得正，另一个同样具有负能量的人会把你的人生拖垮，不同空间的畸形与病态会让你过得一团糟。让具有正能量的人导正你的灵魂和行为，潜移默化中，你会变得更加开朗和幸福，这一定比任何财富更能长久地滋养你的心灵。我希望，自己能真是一个有正能量的人。

2013 年 10 月 2 日

你的房间就像你自己

　　已经很少用 QQ 的我，有天突然打开后则意外发现号称 QQ 好友的列表里躺着好些僵尸友，就是很长时间都不说一句话也无活动迹象，如睡美人一样沉睡好多年的各色各样的头像符号。在整理 QQ 好友时，我还犹豫着是不是把这不曾有过太多交流的所谓好友删除掉，但就在准备删除的一刹那却又总是收手，万一有一天你要和对方联系呢？万一因为删除了对方会生气呢？万一这是不尊重人的行为呢？我有形的、无形的、现实的、网络的，这样那样的空间很多很多，但每个似乎都很满当。我也常常发现自己很想清理自己的每一空间达到简约，但是，却又常常下不了手去坚定地断舍离。

　　生活中那些放不下的东西，未必都是有用的。就像书架上那些很久不曾翻看的书，落满了厚厚的灰尘，以至素蟫灰丝，时蒙卷轴。可你就是总舍不得把它们当废品处理掉。明知道那些书不会再有任何价值，一开始心志满满，具体行动时又觉着太不人道，毕竟它们珍藏了你太多的记忆。当书越来越多，书架上再也放不下，书橱再也容不进，床底下再也没法塞，在愤怒家人的鞭策甚至恐吓下，我终于有一天先把几年累积的十几摞杂志处理掉，随之也把大学时舍不得扔的教材处理了，把那些有的没的书统统装了一货车捐给需要的边远小学了。当新书填满书架时，当需要书时不再没有头绪时，回想起来，发现跨过之前屡屡纠结的那个"不舍"的门槛竟然挺容易。

人生里终究会有那么一些奇怪的感觉，明明知道有一天终究是要放下的，但彼时彼刻却陷在不舍的情境中无法自拔。等有一天彻底放下了，你又不明白当时的那种纠结那种不舍为何如此强烈。

有一个朋友很让我欣赏，他的生活里似乎只有"利落"二字。搬新家时，他老妈非要把那些锅碗瓢盆搬过去，朋友说既然都买了新的炊具，旧的锅碗搬过去占用空间。老妈说他是浪费，他说这是生活态度。他老婆非要把那些旅行中买来的纪念饰品全部打包到新家，他也坚决反对，他只挑了一些"重点"，可弃可留的他骑着电驴分别送给多家亲朋好友，结果他们乔迁的时候，来祝贺他们者人山人海，各种心意还让他拜金的母亲、老婆赚得笑逐颜开。这个时候，那些不舍的东西她们还记得吗？反过头来还不为他的举措竖大拇指？

他更是从来不会像我那样纠结 QQ 里的好友是不是该删除，在他的好友列表里，说话超不过三句的一概删除。出席公务场合时，他是精英却很少和人交换名片，在他眼里，只要别人想找到你，无论如何也可以找到，交换名片只是客套罢了。错过了陌生号码的来电，他从来不回拨，如果对方找你有急事，肯定再拨打，至少短信提醒。他从不轻易和别人互加微信，我见过他的手机，微信朋友不多，但个个都是和他有强联系的干货。

他的人生里从来没有"多余"的内容，用他的话说，他有超强的带着强迫症的"扫除力"。没错，很多时候，房间的杂乱并不是因为你不爱收拾，而是因为你没有勇气拒绝、放弃。再往深处看，这难道不是一种人性的懦弱？空间是有限的，房间里的物品却在不断增多，每一件物什你都觉得和自己有着莫大关系，其实事后仔细盘点，你会发现至少半数都是可买可不买的。一本网上推送的所谓畅销书，就一定很适合你？一件去外地旅游时看到的所谓纪念品，就一定有收藏价值？这个也想买，那个也需要，可能的不重要的东西越来越多，多则烦恼，烦恼则遮蔽了你本向着生活的心灵和乐趣，最后你又会因为担心再添累赘或遭家人责骂而不得不放弃许多真正适合你的、有保值意义的好东西，最后你的生活都被这些不重要的东西该何去何从的永恒命题所占据。如此，你的人生不是也因为它们在贬值？

突然想起朋友圈里流传的一篇文章，《你的房间就像你自己》。哈佛商学院经过多年的研究，发现一个有趣的现象：幸福感强的成功人士，往往居家环境十分干净整洁；而不幸的人们通常生活在凌乱肮脏中。于是得出这样一个结论，"你所居住的房间正是你自身的折射，你的人生其实就像你的房间"。

那位朋友应该就属于这类幸福者，超强的"扫除力"是需要魄力、胆识、智慧的。我倒觉得他所说的智慧更是一种不断进化的心境和觉悟。小聪明的人总是在想着什么都别丢掉，而有智慧的人则知道如何放下不再属于自己的东西。安妮宝贝就在她的微博里写着："人生苦短，消极的人和事物还是要放下。判断的标准其实很简单，能带给你平静和力量的人，能带你靠近光亮的人，跟着他；那些引发出你的嫉妒、狂乱等种种情绪的人，在识别到自己的缺陷之后，离开他。"通俗点儿说，彻底抛开那些让你纠结的东西，生活会不会更利索有序一些？人生就像是你的房间，你居住在什么样的房间里，其实取决于你的"扫除力"。

2013 年 10 月 5 日

今　天

晚上和长辈们一起吃饭的时候，跟母亲说，这个国庆节，估计是老天看着我快而立了，想抓紧时间对我表示表示下吧。于是，和咱伟大祖国同过生日之时，收获了两粒祖国庆生嘉年华的大彩蛋。一粒是长这么大难得一回如此高调地向世界报告和阐述了自己的爱情；另一粒，则是亲情。时光太速，以至于 4 日依依惜别了她，火速赶往另一座城市继续给姥爷尽点孝心，转眼间，就在今天踏上了回家的路。很令人欣慰的是，这回见姥爷，姥爷的精神比起以往持续着更好的势头，面色更红润了，虽然难以治疗的失忆仍然折磨着他而不断制造可能令人忍俊不禁的黑色幽默，以后姥爷呢失忆还会更严重，更混乱。但是，这么一片已然波涛汹涌的记忆海洋里，依然有那么几片月光的投影的浪花，虽然已是碎片，但永远熠熠生辉，永不消散。

今天早晨，由于怕回程路堵，家人们催我早点儿吃饭，但我还是选择再帮姥爷按摩按摩他的手心。姥爷一开始并无啥反应，也并无啥表情，他就这么微张着嘴，透过他的玻璃镜片无意识地看着我。只是突然间，他冷不丁地用另一只手去旁边放他东西的盒子里拿了一粒蓝色小球，藏进了他的衣服里，整个动作"鬼鬼祟祟"的，可惜，还是被我给逮了个正着。

我问姥爷："爷爷，你这是干啥咧？"姥爷："嘘……这个球，是我为我大外孙留的，他读书忙，快三十的人了……小时候，也没看他享受过多少玩具，苦的时候比快乐的时候要多，所以啊……这个是我给他偷偷留的……他五岁时，我还问他呢，你书都撕破了，还看什么威震天？现在买不到书了，我总要给他点儿什么吧……"

我的心里一震，眼角立刻热了。我赶忙揉了揉鼻梁散了散酸感接着问道："爷爷，你的大外孙他常来看你吗？"姥爷神采来了："他啊，常来呢，有来就跟我睡一张床哟！我们天天晚上都讲历史，讲到半夜呢！"我故意插了一句："历史有啥好说的……"姥爷就这么急了，急匆匆地打断我："以史为鉴，可以知兴替！读诗使人聪慧，读史使人明智！知道吗你！我大孙子可是比你有觉悟多了！"

姥爷啊，您还记得不？我在 2003 年 1 月 28 日的那个寒冷的夜晚，告诉过您我挚爱的您教诲过我的两句话，您还记得不？当年我把《变形金刚》的书撕破了，妈妈打了我，从此不再给我买漫画了。您的冷眼旁观和那句略带冷嘲热讽的话还让我耿耿于怀了很久很久。初中的时候我在被窝里偷看《七侠五义》被捕，妈妈和爸爸大冷天对着我的光屁股一阵乱打，我跟同学借来的书也难逃厄运，当时您就在一旁，连制止一下都没有……

妈妈终于拖我去吃饭了，我吃着姥姥煮的爱心汤圆到一半，负责看护爷爷的护工阿姨突然来叫我，说姥爷一口咬定他的大外孙已经到了，他想换套衣服，因为他的大孙子一定要牵着他的手请他去吃顿牛排……

我连忙像拍戏一样地装作风尘仆仆地跑到姥爷的面前。姥爷听到我的叫唤，老皱而灰暗的脸颊瞬间焕发童颜了起来。他四顾后赶忙掏出那个小球偷偷地塞到我的手里，一脸如释重负，并一个劲儿地叮嘱我把球藏好，别被外人发现了。他还告诉我，《变形金刚》的画报他在帮我寻找了……我的眼泪一下子难以抑制。姥爷突然又递给我一张纸，纸上是铅笔画的一幅画，画里有张床，床上躺着两个人，一人高，一人矮……

姥爷充满期待地看着我，说，乖灏灏啊，有空就回来陪爷爷聊聊天，我会提前为你收拾床的……说着说着，他想了想啥了又突然告诉我一件事：灏灏，爷爷礼物也给你了，天天念叨你，你也就来了。我满足啦！灏灏啊，快去帮奶奶干活吧……我现在好想睡一会儿……

爷爷由慢及快地后仰倒向沙发的椅背，闭上了双眼，脸上还挂着幸福的微笑……我再也控制不住自己的情绪……

护工阿姨曾经告诉过我，爷爷无论在梦里还是醒着的时候，就常说一句话："我想念我的大孙，他是个木头，这辈子会活得很累很孤独，但我时时为他感到骄傲……"

2013 年 10 月 7 日

心向往的变幻

　　乾隆年间的中国有两大才子：北纪昀，南大昕。纪昀者纪晓岚也，他生在广袤河北；大昕就是钱大昕也，他生在丝竹江南。纪晓岚名气大，在小说、评书和热播电视剧里经常出现，可谓妇孺皆知。钱大昕名气小，不过在学术界，无论知名度还是文化底蕴，都在纪晓岚之上。钱大昕的文章有三四篇可是进入我读中学时的课本的，而且篇篇要背，曾让我苦不堪言。博学者如陈寅恪先生，都对老钱赞佩不已，称其为"清代史家第一人"。钱锺书先生也是钱大昕的忠实粉丝，小说《围城》里赵辛楣这个名字其实就是源于钱大昕（钱大昕字辛楣），却是类似于鲁迅笔下"高尔础"式的反向书写。

　　钱大昕是江苏人，生在江苏农村。父钱桂发，是个穷秀才，一生最大的愿望就是能在县城买套房子，让家人摆脱贫苦单调的农村生活，可是现实很骨感，始终没能如愿。到钱大昕这一辈儿，兄弟几个穷则思变、刻苦学习，先后考中进士，做了官，有了积蓄，都在城里安了家，完成了父亲的心愿。在兄弟几人当中，钱大昕是最有出息的，他二十五岁就进京做官，四十六岁入上书房，主持过两次会试和四个省的乡试，做过乾隆第十二个儿子的老师。乾隆还赐给他一套宅子，位于北京最繁华的地段。

　　所以说，理想和现实的关系也并不都是前者必然丰满后者必然骨感的并置关系。

前面说，钱大昕的父亲在农村生活了一辈子，梦想能在城里买房，众人皆说城里好，繁华热闹东西多。钱大昕却跟父亲相反，他在北京住了几十年，感觉案牍劳形、丝竹乱耳、官场凡尘太吵太闹，越来越倦怠、心生厌恶之际，他便时时刻刻梦想能去农村隐居。为了圆自己的隐居梦，钱大昕提前办理了退休手续，无论皇帝如何阻拦，他就是坚定辞职，最终如愿以偿回到了江苏老家。他在乾隆皇帝的祖先们屠城血洗了三次还意犹未尽的嘉定县城的远郊，一个被田野、水塘和猪栏三面环绕的地方，买下一个农家小院，从此结庐在人境，而无车马喧。

也就是说，从钱桂发到钱大昕，父子两代分别代表了两种居住理想：一种理想是农村的人，想甩开荒凉走向繁华；一种理想是城里的人，想逃离喧闹寻找安静。就我们现代人而言，这两种居住理想有待商榷。住在农村尤其是小山村，层林叠叠，浸染纯宁，茅屋深藏人不见，数声鸡犬夕阳中，确实安静。可是交通不便，通讯不便，购物不便，没有网络，没有夜店、桑拿等娱乐项目，总而言之只有安静，没有便利，也没有娱乐时尚的基础。住在城市尤其是大都市，便利是便利了，但生活节奏又太快，经车过马常无数，扫地焚香日再三，闹得脑仁疼，便利和娱乐多了既成了索然寡味，又渐渐成了负担（因为别人会用这个来占用你的时间，那就累了）。

当北纪还沉迷在酒肉美色与官场中时，南钱已经完成了入世到出世的转变。要想鱼与熊掌可以兼得，也并非不可以。例如袁世凯，房子建在农村，可是斥巨资修了一条公路过去，汽车开进开出非常方便，农舍既是他垂钓的钟爱所，又是他密谋政治的理想所。或者学英国哲学家边沁，住在英国首都最喧闹的街区，住宅四周却是大片的花园，鲜花层层叠叠，把他跟闹市隔开。拿钱大昕父子跟袁、边相比，我更赞同和而为一，反对过于对立，毕竟对立过了就会陷入机械主义的窠臼里。但是求和又有个小问题：就是首先都需要权力和资源、金钱和珍宝，若无这些，再美好的想法也只是水中花、镜中月而已。

所以，纵如南钱如此截然坚决，还不是因为有了足够的条件让他远离喧嚣？所以，条件尚不具备时，就好好经营自己于凡尘俗世吧。

没有入世，何来出世？

2013 年 10 月 8 日

心向往的变幻

What's home?

作为被人呵护的儿女时，父母在的地方就是家。早上跑完步回家准备开始一天时，有人催你喝热气腾腾的豆浆。母亲为我煮着从小到大百吃不厌的牛肉面，父亲无论多么日理万机，还为我煮爱吃的鱼丸。天若下雨，他们必然一个电话问我带伞了没有。遥想孩提时爸爸还没那么忙，每逢周末上街，一家几口人可以挤在公交的尾巴里摇到乡下奶奶家。还记得有一回拿母亲的结婚戒指开玩笑说以后也要为自己的夫人做一枚时，便遭受到父亲的训斥，那时我才小学一年级。

回忆起三餐都在家吃饭的日子，放学回来时，距离门外几米就能听见锅铲轻快的声音，饭菜香一阵又一阵的。晚上，一顶大蚊帐，灯一黑，就是甜蜜的时间，在松软的被褥里用手电光随着关云长、张飞冲锋，随着长妈妈的《山海经》异想天开。朦胧的时候，窗外幽幽的玉兰花香，飘进半睡半醒的眼睫里，帐里帐外都是一个温暖而安心的世界，那就是家。

曾经是异乡高中一间陋室，有日日相伴的宠物，还有一个关心我的老师，他后来成了我叫一生的叔叔。这间陋室，也是我叔叔的家，窗外是陌生的风景，可是叔叔和婶婶让我于温暖中感觉从未背井离乡过。后来回归原来的城市，大学、工作、学习、现在，搬了一个重新来过的家，除了几件重要的家具，其他就在一点一点添加或丢弃。墙上，挂着些什么真正和记忆终生不渝的东西，贯穿了过去、现在和未来。

现在，关于家的电影和电视剧研究多了，有个感悟是，只要假设性的永久和不敢放心的永恒，家，也就是人刚好暂时落脚的地方。可是这个家，会怎样呢？人，一个一个走掉，通常走得很远、很久。在很长的岁月里，只有一年一度，屋里头的灯光特别亮，人声特别喧哗，进出杂沓数日，然后又归于沉寂。留在里面的人，体态渐屡弱，步履渐蹒跚，屋内愈来愈静，听得见墙上时钟滴答的声音。玉兰花还开着，又多了夜来香，只是在黄昏的阳光里看它们，还有那棵社区里最高的柿子树，怎么看都觉得凄凉。然后其中一个人也走了，剩下的那一个，从暗暗的窗帘里，往窗外看，仿佛看见，有一天，来了一辆车，是来接自己的。她可能自己锁了门，慢慢走出去，可能坐在轮椅中，被推出去，也可能是一张白布盖着，被抬出去。若和人做终身伴侣时，两个人在哪里，哪里就是家。

可是这个家，会怎样呢？我见过很多家族里的，同龄的，比我还小的，速速地就在一起了，可没多久就散了，因为人会变，生活会变，家也跟着变质。渴望安定时，很多人进入一个家；渴望自由时，很多人又逃离一个家。家在这里，就是围城。渴望安定的人也许遇见的是一个渴望自由的人，寻找自由的人也许爱上的是一个寻找安定的人。家，一不小心就变成一个没有温暖、只有压迫的地方，外面的世界固然荒凉，但是家却更寒冷。一个人固然寂寞，两个人孤灯下无言相对却更寂寞。很多人在散了之后就开始终身流浪，也有很多人，在一段时间之后就有了儿女，家就是儿女在的地方。天还没亮就起来做早点，把热腾腾的豆浆放上餐桌，一定要亲眼看着他喝下才安心。天若下雨，少年总不愿拿伞，因为拿伞有损形象，于是你苦口婆心几近哀求地请他带伞，他已经走出门，你又赶上去把滚烫的点心塞进他书包里。周末，你骑单车去市场，把女儿贴在身后，虽然挤，但是女儿的体温和迎风的笑声甜蜜可爱。从上午就开始盘算晚餐的食谱，从黄昏时，你一边炒菜一边听着门外的声音，期待孩子回到自己身边。晚上，你把滚烫的牛奶搁在书桌上，孩子从作业堆里抬头看你一眼，不说话，只是笑了一下。你觉得，好像突然闻到栀子花幽幽的香气。

我告诉过她，我们都在经历轮回，只是，对于"80后"的我们来说，一切都来得太快了，包括大人们曾经的身份。我们在拥有，轻而易举就成了叔叔阿姨，甚至伯伯，可是，我们总是还没有准备好。

两个人在一起，家还如漂航之舟，孩子在哪里，哪里就是家。因为，孩子就是那个夯实的锚。可是，这个家，会怎样呢？你若告诉我，什么是家，我就可以告诉你，什么是永恒。

2013 年 10 月 10 日

致法吉兄的信

吉:

见言路佳。

柴静女士说过，没有在深夜里哭泣过的人，就不是有深刻的生活经历者。今晨，我单曲回放着最喜欢的仓木麻衣的 *Always*，但曾经不断能带给我正能量和喜悦的曲子，我现在越听越悲伤……

昨晚，临近翌日之第一刻，你、我、园方君三人在我的家门口话别，如果不是考虑到你今早的第一班车，我们三个可以如柱矗立、你一言我一语，就像从研一伊始一直到现在那般，就这么说到天亮，永不停息。昨夜，我们都一步好几回头，你到拐角处，身影将不见前，我还对你笑。等到你再回头，我已是泪流满面。一夜，我无眠，因为无法眠。泪水像奔流江海，致了你，致了我们的青春，致了我们之间的真情义。模糊泪眼中，如放电影，我们的点点滴滴被一一回放，所有事，恍若昨日。

研一开学时的一堂课，你坐在第二排冲着第一排的园方和我傻笑，后来在园方的介绍下，我们认识。不知不觉，我们仨就这样在第一排不分寒暑地一起坐了两个学年。课堂上，我们努力地从各位大师、老师那里接受新知。课堂下，用前些日子暮棠君的一句话说，用前些日子永华学弟的一句话说，两句话我合而为一，就是，浮躁与死

199

气沉沉的研究生年代，他们从我们的身上感受到了……信心、责任，还有……激情。

吉啊，我给他们各自发去了一封长信息，聊表谢意、补充。补充的内容是，我们三个人能够将我们的生命紧紧粘连，因为我们都在当世之世找到了出世之心的奥秘。我们都在彼此的交往中，感受到有一股力量驱使我们纷纷剥去了覆盖着心很久很久的或薄或厚的外壳，用心的本原鲜红去触碰另一本原鲜红，我们的灵魂和心畅想最终交融在了一起。我小心翼翼了太久，最终发现，这个世界，总是会有人值得你不必设防、敞开心扉。

吉，在研究生入学之前，我是一个接近而立的人，也是一个被世俗、机械而枯燥、老朽的这样一个体制给浸淫并逐渐渗透太久太久以至于已不知不觉间被同化的人。我当时别无他想，就是想着充电、多拿份文凭就好了，以后多份功利性的敲门砖就是。也就是你和园方在我生命中的出现，让我犹如内外交困之弱秦遇商鞅，如初商遇伊尹，如明治之见月照、西乡。你们激活了我这片已然贫瘠的亦已然随遇而安的世界，你们的激情让我好奇，你们对研究生的理解让我自愧弗如，你们做人做事的态度让我开始追随并讨教你们。从此，我，我们一直在努力给自己注入属于研究生的尚武精神，属于人的"先真诚惮恻、而后至智至勤"，而且，不为境惑，不为利悯，时时唯静心正己。前天夜，你的导师加伟为你的请离心痛，我知道，他失去的不仅仅是一位助手，更是一位已然用两年时间通晓了专业、通晓了立世之道、正在逐渐通晓了处世的"知行合一"的好弟子啊！

吉，我们三人从研一伊始成了连辅导员都啧啧称奇的"新桃园三人"，有很多的同学都想加入、扩容我们这个圈子，我们三人也欢迎新人的加入。但是，时光的流逝中，我们并不能像我们期待的那样长享情谊，所以，有人离去有人留，我们都是不以物喜、不以己悲的人。我们总会首先反省自己做得不对的地方，珍惜世间赐予我们的所有情谊和交集，只是，我们的那个心愿做梦都希望有一天能实现，就是，孔子的灵魂终有一天能够从韩日回归自己的故土。我们对待朋友，杜绝的是毫无意义的娱乐至死和酒肉减生。我们是大方的，能给身边朋友的最好礼物就是，他们能够和我们一起变得更好。

善良和机智是可以辩证统一的，世俗不是成熟，我们所认定的真正的成熟是，外圆内方、永正己而不惑，永能保障自己心清净清静，让万法自然，天理即人欲，不要让情绪控制自己，而是自己能够控制情绪。成熟非心老，而是泪水在心中转脸上依然是深沉的微笑，笑声在心中荡漾脸上依然是沉稳的冷静。悲不凄楚，喜不放浪也！特别是男人，越长大越是要这样的成熟，而且，只要是真正的男人，没有你不可控的局！

吉啊，我必须跟你说声谢谢，我不会忘记图书馆里一起埋头的日日夜夜直到头碰头，我不会忘记两年多的食堂的矢志不移，从不奢侈于舌齿。我们一箪食，一壶浆，居陋巷，就是这么自得其乐。我不会忘记师大校园环校散步的每一个中午，哪怕吵架吵到行人侧目，但，我们都知道，这是追寻真理的必然，这就是，人活着的时候应有的激情。吉啊，我们仨在一起久了，才终于各自最终了解、理解了各自爸爸的苦心，一起做个好儿子，一起再做个好爸爸，这是我们三个的约定，别忘记了！

吉啊，你离去了，我的心空了，有种断了一臂的感觉，我会痛苦很长一段时间，但是兄弟，你放心，我会继续以恭谨勤俭、不卑不亢、至德至静至智之心去好好继续度自己后面的人生。虽然一曲肝肠断，不知天涯何处还能觅知音，但是，吉，我相信，心在了，距离永不是距离，哪怕不同空间！吉，一路多珍重，我不知何时还能在食堂里打菜时再为你亲手捧上我为你点的炒鸡蛋，唯愿兄弟无论多忙多累，身体务必长安！吉，昨晚你和园方为我的身体考虑，像我的珑珑一样不让我再喝。我只想说，兄弟啊！我只想劝君更尽一杯酒，西出阳关无故人了啊！

　　吉……多珍重！多珍重！多珍重！一路平安……

施灏洒泪掩笔

2013 年 10 月 11 日

美食在饮食男女就是最佳救命手段

我很不爱吃苏眉鱼，但近来却因一旧闻而多少改变了对这口感黏黏糊糊的家伙之印象。

事件的主角是著名的黄霑先生。黄霑先生遇到过一件事，有失恋女子夜电黄霑，说自己因感情之失而痛不欲生，总而言之就是要自杀。黄霑也不多问那些男女间的纠结内情，只请彼女出来叙叙，叙会地点是一家开得很晚的老饭馆，也是最适合下半场的那种夜宵胜地。女孩子欣然赴会，还问黄先生想吃点什么。

两个人在人声鼎沸中虽心中有千万言但嘴上羞于谈，女孩子毕竟还是矜持的。这也像鲁迅先生写的，骆宾王写《讨武后檄》对武则天是没用的，只有在大庭广众下让其出丑才有效果。黄先生亦非喜欢八卦与爱记是非之辈，所以他先慢悠悠地点起了菜，将这家的港式家常先一一点将，最后点了一尾清蒸苏眉（饮食男女，而且还必须是高端、大气、上档次的饮食男女自然会明白一斤多重的游水苏眉是何等身份）。寒暄几句后，终按捺不住的彼女正欲诉苦，苏眉突然上桌了。无论咋地，都先吃再说，这是黄霑生活一贯的策略。这和张学良将军一样，再天大的事情来之，先睡一觉再说。于是两人就这么慢慢地从肠粉吃到炖汤，待整条苏眉吃到剩下一排白骨，连鱼唇、鱼眼、鱼皮都不见（不知道鱼皮是不是做了鱼皮花生了），两人齐呼过瘾。

女孩子吃饱喝足后，满脸是笑容。黄先生有意提醒她，你方才……

女孩子脸上满是疑惑。黄先生微笑颔首。女孩子心满意足，就这么烦恼远去，快乐已来不及，遑论诉苦，更休说轻生了。此刻最经典的"金句"是：有那么好吃的东西，死了就很可惜（后来这句话在港影中经常出现）。

这个故事不是教人如何劝轻生者回头，除了展示了大师救人的别出心裁外，更重要的在于对于美食的境界，所以要是落点于如何救人，还是务必实事求是。黄先生的事情毕竟属于他自身的特例，实事求是讲，万一此地不产海鲜，抑或万一钱不够，吃不起海鲜餐，又或者对方不懂吃、不贪吃，这场美食救生剧还是演不成。我对此故事至今记忆犹新，亦从此不敢老是用形而上学的东西来鼓动一个人的生活动力，但是，对于悲伤的人，试着用其爱的美食去引导，多少是有点儿用处的，毕竟，中华乃饮食男女之圣地也。"民以食为天"，从古至今如此，特别是处于现代的人，吃在嘴里，心理也在加速运动，筷子与对象亲密跳舞，舌尖的味道就像三生石上的精魂渗透进味蕾，渗透进心灵，抚慰到你舒舒服服为止。

我随着年岁渐进而立，突然发觉一种规律，就是人在成长的过程中心灵里既有个老大人，也有个小孩子。遇到成长的坎坎坷坷、怒哀悲苦，首先心灵里的老大人出马了，老大人几经折腾后体力不支了，小孩子你方唱罢我登台。自从某国一位"80后"成为国家领导人后，其发型、体型都被世人调侃，至于其为什么以天为单位越来越胖。智慧的中国网友们的分析是，压力山大只好寄情于为天之食物也。这里面还真有些道理，有些人碰到某些问题，只要让自己暂时回到"口腔期"，如婴儿只要口中有个类似奶嘴的物体含着，就一切好办。无论是发泄，还是找回心情，美食都是最佳的宣泄口，口舌之快，不仅仅是话语之发，也是美食之于舌尖啊。刺激你的味蕾，没齿难忘，此为人类专享，更是中国人的突出特点。于是，旧情难忘，生死关头，全被一条鱼打垮了，有时候，深仇大恨或者绕不过去的问题，原来都不过是原始欲望的一场比拼较劲，人的苦与空，最终需要用其爱的方式去填补。

　　山东的煎饼卷大葱享誉国内外，那皮那酱那青翠油绿之层层叠叠的多汁大葱，不仅历史比篱笆、女人、狗久远，而且吸引力更是后者无法企及。据闻，山东有个女人跟婆婆吵架，一时想不开，跳井了。她的男人从田地里赶回来，知道了怎么回事儿，拿着在田间地头尚未吃完的大葱在井口晃了晃。结果，那女人比猿猴还灵敏，刷刷刷地就爬出了井口，扯过大葱就啃，立刻笑逐颜开。

　　这个故事颇有点儿惊悚，似乎不适合于此时说，但是，抚慰人心，无论对谁，美食最佳啊！毕竟，人总是要吃饭的嘛。只是这吃，有了喜感，也就又有了伤感。

2013 年 10 月 13 日

重阳书

今天是农历九月九日，为传统的重阳节。中国的《易经》中把"六"定为阴数，把"九"定为阳数，九月九日，日月并阳，两九相重，故而叫重阳，也叫重九。古人认为这是个值得庆贺的吉利日子，并且从很早就开始过此节日。庆祝重阳节一般会包括出游赏景、登高远眺、观赏菊花、遍插茱萸、吃重阳糕、饮菊花酒等活动。有歌谣道：菊花黄，黄种强；菊花香，黄种康；九月九，饮菊酒，人共菊花醉重阳。

今天的重阳节，被赋予了新的含义。在1989年，我国把每年的九月九日定为老人节，传统与现代巧妙地结合，成为尊老、敬老、爱老、助老的老年人的节日。中午，我去帮母亲买可以助睡眠的薰衣草精油，路上经过本市的名山——乌山，老河——白马河，以及母亲河——闽江上的三县洲大桥，几处依稀见着节日的气氛笼罩。尽管福州是座季节的热力迟褪的城市，但骄阳无法阻挡节日时宜，以及想过这节日的人们的登高热情。待到重阳日，还来就菊花啊。在作为目的地的大卖场，我却没有看到节日的烘托，这里每天都熙熙攘攘，是各知名节日、大商家做活动的聚集地。每逢这样的日子，这里就犹如滚烫如火的铁板烧，不同的主料就这样在铁板上被翻炒加之佐料的助力，很快就带动着观看者们跨入视觉、感官俱佳的狂欢时段。但，今天这块铁板上却没有了署名"重阳"的主要材料，冰冷如北极圈，不免让我有那么一丝丝的惊讶与失落。我曾想，这里，如果摆满了菊之菁黄，会不会让显而易见的商业浮躁难得地见了点儿风致了呢？

怀着这样的心情草草吃了快餐，便赶紧地去办了正事。营业员见到我立刻笑颜如花，问我道，今天买啥，送谁。薰衣草精油，送母亲。我言简意赅。她夸赞了我几句，同时麻利地取货装袋，还告诉我说，下次要想再购此物，请转战元洪店。我在本日的第二次惊讶之余忍不住问她，那这家店呢？她告诉我，做老板的总是思考哪里的租金更有利于长久，做员工的只能服从安排，还告诉我，她可能明年就回湖南老家了。好奇心驱使我又问了句为什么。她的答案是，因为父母。这无须再多言，凉风有熙，秋月无声，思亲思乡的情绪犹如度日如年。

又聊了两句，我便借故离开，她的话，很重很重，就如巨石，在我心湖重重投入。多年来，我对重阳节毫无感觉，但今天，突然有了。南宋著名理学家程颢先生说过，理在世间各物中，所以，当今日格一物，明日格一物，但求格物穷理，而后格物致知是也。

今天，我在手提给母亲的东西里发现了理，母亲越来越老了，神经衰弱越来越严重了，这亦体现出身体的机能自我调度越来越差了。年龄越来越老，操心的事情却还与日俱增，焦虑加剧了夜夜难眠。只争朝夕，只争朝夕，只争朝夕，只争朝夕！母亲从我孩提之时就念叨着这四个字，她这么说，也这么做。但为这个家庭尚未解决的事情，还很多，人生而有涯，但知无涯，事无涯，于是，无涯便一直侵吞有涯，直至归零。母亲就是这样的命，她如越来越老的蚕，却依然还想着吐出比过去更多的丝，哪怕春蚕到死，她仍想丝能无穷尽也。操劳不断地在剥夺她的容颜，增加她的年轮，耗着她之生命。她跟我知道的那些只知养尊处优的太太们相比，就是一根加速燃烧的蜡烛，哪怕蜡炬成灰，她依然会努力让那一抹火光在风雨飘摇中……永不消散。她这么做，只求家庭和安，但求泽被后世。

突然感觉手上的袋子好沉啊，突然亦在喉头有了一种感觉，昨日和父亲共饮的酒反涌了，好苦啊。父子难得在一起吃晚饭的时候，都要喝几杯酒。每回，都是父亲给我斟酒，近几日，我突然发现，父亲斟酒经常会满溢杯外。父亲不好意思地说，因为视力的问题。我的家，是不让眼镜店做生意的一个家，父亲视力的衰退，因为老花。老花老花，老则花矣。于是，一杯清冽酒中，倒影年华，父亲在变老，酒满溢杯外，是视力的力不从心，也是一个开始，目不能及，力亦将有不逮。心灵的窗户在模糊，是年华的遗憾，是岁月的侵蚀，积累着，积累着，便是生命的重量，因为痛苦而不能承受，因为不能承受而痛苦。《背影》的结尾是作者朱自清的父亲告诉他"近来举箸提笔，诸多不便，大概大去之期不远矣"。这句话从我 1997 年初学，就一直在心中折腾我。我不希望父母变老，我只希望父母一直健健康康、诸事皆无、诸苦皆无、诸烦恼皆无，可结果，为什么父亲母亲却还扛着这么多的重压，还回过头冲我笑，还担心我的脸上怎么又多了一颗痘，还说：哦！儿子也开始长皱纹咯……一个人走回去的路上，我仰头看骄阳，突然捕捉到了重阳之日的那个理，我突然发现，重阳节，其实好残酷。人生有起点有终点，重阳啊重阳，就是通往终点的那一层电梯……

我曾跟年少我几岁的同是"80 后"的同事说过，接近而立，你就会懂很多。我曾经跟我的"90 后"的学生说过，你们此生，老师不想用做官发财来要求你们，老师我就一个要求，你们从现在起，就应当对你们的父母真正心无愧疚。因为，若能年少就知重阳，多好啊？爸妈，时光若能倒流，多好啊！

2013 年 10 月 13 日

叶 落 思

叶
落
思

午饭罢，步行往图书馆，途经松叶林，秋风卷空，松涛阵阵，头脑中正在思考电视节目的受众接受心理中的第二层次思维，却不曾想，一片落叶落右肩，惊扰我之思索如一群扑棱棱飞起的烟云中的白鹭。恍若良久，我心方才渐渐宁谧。两年前，2011 年 9 月 3 日上午 9 时多，福建师范大学仓山老校区田家炳楼 610 室，本级所有，来自五湖四海的研究生们济济一堂，聆听我院几位泰斗的训示。一晃两年，院长大人的话迄今还在耳畔鸣响，一直振聋发聩。

"同学们，刚才欢迎你们的好话我先说了，现在，我要说的话可能就不中听了。同学们，我敢说，现在我校长安山麓的松叶落下，随便就可以砸到一位研究生。明年开始，研究生扩招，你们的学弟学妹们就会像蝗虫一样涌进校园。研究生，现在已然尴尬，未来在整个社会的供求关系的谱系中，只会更尴尬。树叶的方向由风决定，人生的方向由自己决定。诸位，我希望你们这三年可以给自己一个满意的交代……"说到读书，院长打了一个比方："低俗读本犹如麻辣烫，很爽但无营养。人生的古书、专业书、时下大书、外书，就如苏杭一带的一种坚果，极难啃进，但一旦品到，味道是仙羡，营养延年寿也。"

是啊，一本本薄薄的催熟产品般的书，怎能如巨轴画卷那般展开到绵长隽永呢？怎能经得住时光的索问和推敲呢？怎能真正启迪读者的心智、心志而真正地在灵魂的最深层次勃发呢？刺激只是暂时，营养才是久远啊。所以在开学的那天，诸位泰斗就各自把研究生攻略的钥匙小心翼翼地拭去尘埃，小心翼翼地交给了我们。只是，我们真正爱惜了吗？我们又好好地使用了几次了呢？研一下时，我犹记得自己和北影的一位学长在一次视频聊天到翌日后，达成了共识。我们认为研究生者，当穷尽文、史、哲、美、工，在金字塔尖的诸上位学问中能融会贯通，而后，才穷尽专业，穷诸玄辩，在穷中知尽前人所有成果，在辩中批判地吸收，在辩中寻觅专业中的空白，用适合你的逻辑思维的工具去填补这个空白。如是，研究生的基本任务，你已经完成了。而且，当下的研究生，无知资讯只能随波逐流，无唯物史观只能孤立可笑地去得到一个和喜剧无异的研究答案，无哲美灌注只看一边最后只在山中耳，无英文水平，最终只是时代与世界的弃儿。

最终，我们还有一个共识，就是，上述这一切的背后，应该是一颗心，这颗心是大、静、远、切、爱的互动合体。有大心，才能不为世俗惑，有静心，心如明镜台，何处惹尘埃，都是心中岁月静好，方能不浮躁泯于普罗俗人矣。有远心，深邃而广阔的世界观会让你有远虑、无近忧，不再唯利是图，如果在蝇头小利中蝇营狗苟，丢失的是我们终将逝去的青春，徒剩下属于剩人的扼腕叹息。韧之心，在求索途中，韧是运气，当你被困、累、乏、利给迷失了自己的时候，会帮助可能就行百里者半九十的你终成百里，会帮助你在瓶颈中从一堆人中脱颖而出。阳明公就是凭韧心参透心学之要意，放诸世间，又有谁能随便功成？最后是爱心，爱，有敬天之爱。我们把天之高、地之厚作为心中的准绳，就是底线，约束自己，不恣意妄为，也不固步自封。爱，有爱人之爱，爱是孝敬父母，不要已是一名研究生了还完全依赖父母的救济，空负所学。不要因为自身的发展而远离父母太久，最后子欲养而亲不在，永久遗憾矣。爱身边的人时，不卑不亢、不功不利，但求真诚而无愧于心，不要让义、爱总为利让道，更不要让友谊或者爱情都被灌输了功利，如此，你的爱人，你的朋友，终会为成为利益奴隶感到羞耻。大、静、远、韧，最终是爱心。我们都觉得，作为研究生，若心都没了，拥有再多名利又有何用？研究生有根本的两参，一参世与学，一参心中爱，合而为一，无愧做人了。如果心中没有真爱的真诚恻隐，负才学再多也不过就是个罪犯，甚至是口腔期还未过的幼儿。

不知不觉就研三了，现在更加感觉每一天都是撕心裂肺地逝去，如斯夫矣。走在校园里，想想这三年，心中有欣慰，但更多的还是遗憾，因为自己做的还太少太少了。上帝看到世界无人，便缔造了亚当、夏娃，这个世界为啥有研究生？我的见解是，民族的优雅恰恰来自科学和知识的积淀，这样的事必须有人去做。而且，治学者，当为天地立心，为生民立命，为圣继赴绝学，为万世开太平。所以，每一位考研人上辈子都是折翼的天使，而我，还差得老远呢！

2013 年 10 月 15 日

己 己 己

　　自大学时代就文人相亲的舍友猪头哲，现在在体制内安稳度日之余，始终笔耕不辍，现在已是"红袖添香"社区里的准一流写手了。

　　就这么一个生活无忧无虑、性格柔和如弥勒佛的人，昨天跟他的母亲闹翻了，而且还战斗得很激烈。世界大战，起点是一件小事。猪头的小姨在同一座城市里，是当地一所事业单位的文件收发员兼领导办公室接线员，一个普普通通的基层工作者数十年如一日地过着普普通通如白水的日子，工作之余，有个爱好，就是上网看小说。作为自家亲戚，她一直为有这么一个在网络社区里已经是个人物的大侄子感到骄傲。所以，这么七八年来，她早已养成了一个习惯，就是每逢上网看书都必须先看猪头的更新，然后努力评论和顶他的文字。昨天晚上，猪头带夫人回家吃饭，在厨房帮忙的时候，告诉他的母亲，他的笨小姨又笨笨地不知所云地在评论他的新章节了，评论的几句话，太搞笑啦！哈哈哈哈哈哈哈！！结果，他母亲的两句话就这么星星之火，燎原引发了大型战争。第一句，你不要看不起劳动人民。第二句，你的文章里面也有很多病句呢。好吧，这下要命了。猪头是个在大一时就文笔风华绝代的人，他的文章不断吸引了越来越庞大的读者群的追捧，差点就造成了当年"师大纸贵"了。毕业时，诸多女粉丝向他求文，一晃七年多过去了，还没有兑现呢。他的工资全部都存在银行里，就是靠一支笔让自己的生活过得有滋有味的，而且我知道，他还一直努力在向他的偶像——莫先生靠拢。我们一众亲友对他看好，业内对他很是肯定。所以，他怒火万丈，饭不吃了，立刻摔门而去。

我表示理解，并跟他一起心痛。不过，我还是习惯于当一位和平使者，在电话里，我告诉他，猪头啊，饭还是要吃的呀，人是铁，饭是钢，为了两句话你就不吃饭，你最后还不是跟你自己的身体赌气？都 31 岁的人了，还这么冲动，还这么不会驾驭自己的情绪呀？那你怎么教你的儿子呀？别忘了，你的婆娘还看着你呢。结婚三年多了，我但愿你这种事情只是一两次而已，千万别让你的老婆觉得你还像一个大孩子。你都这么对待自己的母亲，这不是有意增加以后婆媳战争的可能吗？还有猪头啊，别人说你这样，你这么干还勉强有点儿你的理由，可是这回，你面对的是你的母亲啊！我记得在大三的时候，你自己在一篇文章里写过，人务必善良，只有在善良的心脏、心灵、灵魂的土壤里，才能结出差不离的树苗、参天树、美丽果实。人务必孝，孝是人区别于动物的本质属性，只有孝，才能真正实现生命的递延和生命的传承，才会让一个家、一个家族纯洁而无污点……

猪头，当年你的这些文字直接影响了我的人生观和价值观，我铭记，你却忘记了。人非圣贤，孰能无过？你的母亲，她不可能没有犯错误的时候，那我们做孩子的，是不是一要包容，二要提醒呢？你已经是一位事业有成的人了，但如果连自己的母亲的一句话你都不能容忍，你的精神境界便和你的成绩不匹配了，与任性的孩子、小市民的粗俗人无异了，长此以往，你的文字最终会受到玷污，然后失去了长足发展的可能，最起码我，将渐渐不再信你的文字。越不能容忍父母的人，其实越虚伪。而且，伯母好歹是多年的语文老教师了，我记得你说过，你的文学启蒙还是她赋予的呢。可能伯母说的话有点儿夸张了，但，如果没有认真地关注你的文章，她也不会发现语病。她的说话态度是不对，但作为父母，再没有人会对你无私地付出感情，包括直言不讳。我，相信她，是想提醒你的，她是想你能变得更好的。这个世界，没有最好，只有更好，如果最好一直是最好，那么对于这个世界则是莫大的悲哀！猪头，况且你还不是最好。

猪头，作为多年的好兄弟，我话说到这里，突然发现了一个很可怕的问题，务必要第一时间提醒你。现在的你，背负着很多的期望，很多赞誉，于是，你马上就会有两个上帝交给你的选择：一个是飘飘然的沉醉与自大；一个是更加努力，更加地小心谦逊和发现自己的不足，更加感觉如坐针毡、如履薄冰，更加有危机意识。因为，逆水行舟，不进则退也。现在的写手太多了，比你年轻的，比你读书更多的，比你更有天赋也更有创意的大有人在，世界之大，你不知道而已。即便你是第一，随时可能会被人超越，你不是第一，你前面有很长的山路，后面已经虎视眈眈了，威胁的气息，你感觉不到吗？猪头，何况你还未跻身一流呢。切记！如果连你的母亲兼你的引路人都批评不了你了，这，是不是说明你的心已经膨胀了呢？这，是不是已经很可怕了呢？当你不能再谦逊谨慎时，你已经用水泥把自己的眼睛糊住了。那么对于现在的你，则是半途而废了，你是在拿自己从孩提到成人的人生财富开玩笑，最后失去它。

猪头，我现在写的每篇文章，都能知道问题和缺点在哪里，逐渐体会到雪芹先生"批阅三载，尚还需增删五次"这样的心情，曾经很有此心和干劲的你，还能吗？所以猪头啊，现在的你最需要的是冷静。我知道你会跟你的母亲说小姨绝非偶然，大学时代，我就听你说过，你的小姨夫没本事，你的母亲经常为他们家老是厚着脸皮给你们家添乱加烦并找你吐槽。这毕竟都是长辈的事，你能做的，不是再陪着伯母在那里纠结，甚至嚼舌，更不是拿长辈当笑料，你应该做的，是委婉地劝伯母不要再在埋怨中成为低级的怨妇。你渐渐可以想方设法帮助家长化解问题，而不是把自己也变成了一个怨妇。猪头，你这个问题持续多年了，我一直在提醒你，一个怨妇般的男人，还算是真男人吗？包括他做的事情，还是男人做的事情吗？男人如果心不大，就小了，作家如果心不大，作品就渐渐只剩下无病呻吟或者狭隘地自怨自艾了，作品还是作品，笑料也必然陡增了。昨天的冲突，是你和伯母在惯性地当怨妇中的悲剧啊。所以，我要提醒你，以后，请不要再陪着伯母"助纣为虐"了，一个男人这样，真的很恶心啊。一个男人，若总只会抱怨，而不会动身动脑解决问题，精神已然被阉割了。以怨答怨，只会制造更多的怨。

猪头，多年了，你还不知道吗？曾经，伯母一直在教育你引导你，现在，你要去引导她和教育她了，而你准备提升没有呢？所以猪头，我希望你的文字终有一天能因为你的境界进步了而把那个"准"字去掉，也只有这样，我们才能真正对得起我们的身份，才能达到最起码的做人标准。任何时候，不要看不起任何人，包括你的小姨，你的小姨再怎样，好歹是你的忠实粉丝啊。我们千千万万别做把自己架空的人啊，不然会成了深度迷失自己的人！人如果都不清楚了作为人的本原是什么，你还是什么呢？你又还剩什么呢？灵魂高贵了，才是真正的统率一切的高贵啊！

最后，我要分享，不，是提醒兄弟你一句话，一句我还记得，不知道你是否还记得，一句我们都很喜欢，不知你现在是否还喜欢的话："成功？我才刚上路呢！"

2013 年 10 月 16 日

死了更要爱

网络时代，资讯泛滥，其中也包括许多写手的文创作品，用我一老大哥的话说就是"唉，没有营养的东西太多了"，华彩者甚少而无营无养者甚众，久而久之互联网时代文化空心化综合症就在我身上并发了。但凡事皆有例外，今天我就难得地被一则微信公众号里推送的真人真事所感动到了。

"如果我能活到100岁，第一件事就是娶你。"说这话的不是别人，是来自山东寿光97岁的老刘大爷，他在济南老年公寓结识了正好小他二十岁的宗阿姨。夕阳红，老来伴，相处久了，两位单身多年的老人就这么成了相拥取暖的"男女朋友"。刘爷爷说，他们每天都是当作人生的最后一日来相爱的，老宗阿姨则用一句"来不及吵架了，睁开眼睛就朝对方笑"来插他话。

刘爷爷戎马一生，但跟一开始就是扛枪大兵的沈从文老先生不同，刘爷爷曾是名文弱书生。他回忆说，如果再早出生个二十年，他应该可以科考中第的。在他青年时代，国家内忧外患不断，面对国破山河的现实，他感觉中国已经容不下一张平静的书桌了。他19岁那年投笔从戎，成为黄埔军校的第14届学员，毕业后正好赶上抗日战争，从淞沪打到滇缅边境，他活下来了。在国军队伍中他越来越不满政府的独裁专制，因拒绝向抗议内战的大学生开枪愤而弃暗从明。国共四年内战、抗美援朝、对越自卫反击战，刘爷爷从连长打成了军长，有条腿还献给了高山下的花环。大大小小的战役连他都记不得参加了多少次，他认为自己是为战场而生的。

和平年代他谢绝了国家一切待遇，回到了号称蔬菜王国的故乡当起了农民。国家兴亡，我的责任；延续家血，我的责任。尽完了对国家的匹夫之责后，接着尽人夫人父之责。就在孩子们一一事业有成、儿孙满堂时，他给子女们一一留下了一封信，告诉他们，不要纠结，勿念，做好自己，育养好下一代，然后到济南看望了一起浴血过来的老战友们后就在那里联系进了一家环境清幽的养老院。

无心之人老天怜，这段黄昏恋就是在这里收获的。宗阿姨也是因为同样的理由而选择搬进了这家养老院，她选择搬进这里正是自己老同学推荐的。老同学陈先生是济南市义工联盟的骨干成员，从教师队伍中退休后他再就业从事的就是对这类特殊老人的关爱工作。

"诶，你们很有共同语言的嘛！"老陈在长久的闲聊中渐渐发现了两人的合拍和投机。宗阿姨很敬佩刘大爷的军人风骨和特立独行，特别对他在妻子较早不幸过世后独自拉扯二男一女长大钦佩不已。刘大爷似乎也在宗阿姨身上找到了初恋的感觉。两人渐渐地刻意地延长独处的时光，有时甚至单约而避开老陈。老陈面上佯装不知，心里却乐开了花，决定成其美。于是，他有和两人中的任何一个在一起时，就有意无意地把话题朝男女感情方向引导，久而久之，两位老人对对方的感觉继续升华。

"首先我没有想到老爸这把年纪了还会玩微信，我更没有想到爸爸现在还能够像年轻人一样去追求爱情。"刘大爷的女儿说到这事觉得不可思议。"哈哈，我是客，她是主呢。我年轻的时候穿上军装才对自己有了自信，那时候，每天不知道收到多少情书。真没想到，现在糟老头子一个了，还会有人追……"刘大爷每次这么"老不正经"的时候，宗阿姨就会嘟起小嘴，一脸的娇嗔和难为情地辩白道："你还真臭美！"宗阿姨曾经告诉过刘大爷的女儿，刘大爷的一生比山还高，比海还深，她从没有想到自己少女时代就梦想的英雄会这么出现在面前。刘大爷讲累了，她还津津有味，然后就安静地、温柔地给他盖上被子。打仗的故事还没听完，刘大爷又想来两句学生时代的唱腔。宗阿姨说："他就是一个无比丰富的世界，我们真是相见恨晚。"她陪着他看报、读书，原本对体育根本就提不起一点兴趣的她，现在记中国足球比赛的日期，比他还清楚。"我也不知道是啥感觉，就是觉得被他吸引。到这年纪了，还能遇到爱真是我一生好好做人的回报吧。我爱他，让我好好照顾他吧，他挺不容易的，身体里有十几片弹片，右腿每到济南的冬天或刮风下雨就疼痛不已，一生也没有享过什么福……我祈祷老天爷再多给他几十年岁月……"

过去就陈先生一个在努力，现在是刘大爷的子女们和宗阿姨的子女们都在撮合他俩，甚至宗阿姨的子女们已经叫刘大爷"爸"，刘大爷的孙辈们已经从宗阿姨那里收获了两年"亲奶奶的压岁钱"。宗阿姨向刘大爷求婚了六次，刘大爷对宗阿姨说："形式不重要，但等我到了一百岁，就正式娶你。"

就在这个故事转化成资讯的同一天，我在新浪网上看到一则消息，上海一对"80后"年轻人被上海市徐汇区人民法院起诉，罪名是"拐卖人口罪"。这段故事的主角一直处于无业游民状态，赖在男方家长的一个闲房里，无所顾忌地花着家长的信用卡。女孩生下孩子后，他们在上网时看上了一双名牌球鞋和一款包，几月前被家长停了卡正愁没钱的他们在绞尽脑汁后突然想起了网络上可以贩卖孩子赚钱。于是，他们就在贴吧里不断放出"刚出生的健康婴儿""价格可以面议"等消息。终于在以三万元人民币的价格出售了孩子后，如愿以偿地买到了鞋、包，以及梦寐以求的 Iphone 手机。在警局面对记者采访时，他们回答了记者的两个问题，答案：一是，孩子我们也养不起，卖给个好人家，一能给孩子一个有福分的未来；二是，我们能够甩掉一个包袱，又能趁现在买到自己一直买不起的东西。一举多得呢。答案二则是：你问我们为什么会在一起？呵呵，我哪知道？该在一起就在一起咯。

资讯爆棚的年代，我每一天能接触大量资讯，头脑对资讯的遗忘率增高也是常事。但昨天的这两则资讯，我都能够铭记，而且很难遗忘了。若问我缘由，我的回答是，光明往往是因为黑暗而光明，黑暗亦往往因为光明而黑暗。人生在世，若知道社会的黑暗和乖戾可以让自己更加成熟，更加懂得生存。那么，从历史的关岛邮递区古纸堆到当今，我相信波诡云谲也好，尔虞我诈也罢，崇名崇利，追名逐利的背后，总是紧跟着人性善良和伟大的光明力量。因为相反，所以存在；因为存在，所以辩证；因为辩证，所以相辅相成；因为相辅相成，所以互为依存。所以，当现在遍地都是戾气，社会的主流价值观已经基本被权与利的黑暗所笼罩，甚至还有尚未突破的底线不得而知的时候，当普罗大众在浮躁中狂躁、在削尖脑袋中迷失本性时，在同流中间接证明对社会的失望时，我应该还是抱有信心的那部分人中的坚定一员。因为，我理解唯物辩证法中的奥秘，所以，我相信光明的温暖绝不可能消亡。所以在司马昭面前，有曹髦；在万贵妃面前，有张敏；在奥斯威辛铁丝网的包围下，有一对犹太青年情侣在毒气、酷刑、惨无人道的实验中完成了灵与肉的结合。If you don't leave me. I will be the side until the life end. 你若不离不弃，我必生死相依。至于故事，那都是规律推动的现象。至于口号，我则希望终有天 不会再是"缺什么就喊什么"的尴尬。

现在呢，你若没房没车没好爸，我则必离你远去。昨天在博客里提到的那个不知不觉逐渐地欠我太多的老友，他总为感情问题困扰，我曾经问过他，你真的爱她吗？如果是，你到底爱她什么？我记得他跟我洋洋洒洒地说了一大堆，我洗耳恭听并分析了以后，感悟是："两个黄鹂鸣翠柳，一行白鹭上青天。"翻译成现代文就是：不知所云，离题万里。说了很多，皆无实质。我反问过他，你说爱她的时候，此时的心里有没有她呢？你跟她之间有如胶似漆的时候，是有时效的快感驱使下的机械动作呢？还是，你们都感觉着多久都太短暂了，哪怕地球毁灭呢？你们的共同语言是什么？你有没有好奇心去求证一下如果她知道了你突然一无所有，还会不会跟你继续呢？说到这里，我突然明白了宗阿姨的那句话："时间不多了，把每天都当成最后一天来相爱吧。"话说的都是容易的，心有所想而说实在不易，通晓了之所以，是因为，更是不易中的不易。

我还对他说过，当你每天开着你的玛莎拉蒂送她到家门口的时候，你是不是在转身离去时就迫不及待想发短信或给她电话呢？"施灏你这笨蛋，开车怎么能干这事？"朋友一脸不屑。我告诉他，如果你心里有那么一种感情内驱着，自然而然会这么干傻事的。这种东西，无色无味无形，但是要人命，也是所有感情必不可少的基础。不过，我不是一个绝对的人，我并没有说没有这个就一定成就不了感情。毕竟，我们都是社会人，社会总是会形塑人，而且常常在把人们逼到万般无奈的时候被形塑成了新人，他们被满意的新人。这，也没错，我从来都不认为随波逐流绝对有错，我从来更没有认定适应而生存有错。所以，这里又是一个辩证了，若你有了相爱的缘分，又有了可以冲破世俗的感情，在世界面前，你还是人，你是个不同的人，因为你已经是个独立的人，你是你正在做的你自己了。人可以选择高于这个世界，也可以选择低于甚至屈服于这个世界，甚至……一切都在一念之间。一念是选择，选择之后是一生的抉择，是自己给自己定了性。我犹记得孩提时就学过的一句圣贤语，"勇士不忘丧其元"，我们能不能一直守住我们各自的元呢？所以，存在的方式中，适之外是立，个人觉得，相对之下，立，因元而独，因独而立。你在开启经营一个你的世界的权限的时候，你也有了下一代的时候，你更懂得如何教导他们去做一个有存在感的人，而不是做一个一方面去求同（回避不该回避的去求同），所谓自尊和自以为是又在后面时时折磨以至于心里隐隐作痛的人。

　　人，不一定要特立独行于世，但饮食男女们，应该要独立于情，平等而欣赏。因为爱，所以爱。难怪，死了都要爱。《倩女幽魂》动画版的结尾，宁书生和在雨伞里的小倩在奔流的江河中，那份浓烈的爱，哪里是岸边的普通人可以懂的？刘大爷和宗阿姨的爱情为什么得到了他们子女的热烈响应？他们都把该给子女的全给子女了，却从不要求子女做什么，为了不拖累子女潇洒地选择离去。这，是子女对他们唯一的孝了，所以是子女们最希冀的。

　　愿他们继续、长久地被这个世界温柔相待。

2013 年 10 月 19 日

Attitude and Love

昨日在咱市的大山姆，糕饼烘焙区域的生日蛋糕工作室旁，我完成了一次偷拍。母亲问我，你拍人家做甚？我说，完成这次偷拍的同时，她已经将蛋糕的胚形完成了 23 次标准化直线层平抹。

我在北京的蛋糕大师杨师傅家做过客，我看过麦谷道大师的表演，我看过制糕控的朋友做蛋糕……我因为保持身材的诉求，蛋糕吃得少。但是，我看到过太多太多不同人做过蛋糕，无论是大名鼎鼎，还是平凡的西点工作者，还是疯狂的蛋糕控，最平凡也是最基础的胚形标准固化工序，这样的次数，我还是第一见到。但，我感觉到她能使这块生日蛋糕更珍贵的，还是她的全神贯注。曾赠送给我精彩的迈克尔·乔丹石雕的泉州崇武张大师，告诉过我一个秘诀：一个石头球，要想从非球变成标准球状，那么请每个角度都打磨 1000 次，各 1000 次后球成，功成。"过程中会很无聊的。"我跟张师傅打趣道。"年轻人，试着全神贯注吧，你会沉浸于其中，并且乐在其中，1000 次，你就不嫌多了。"他这么告诉我。

对张师傅的话我曾半信半疑，但在看完两件真人真事后，我信了。

阿诺·施瓦辛格，在奥地利出生的他小时候对钢琴根本就不感兴趣，但是，对大卫的雕塑他每天都痴痴地望着出神。后来，他的母亲把他送到了美国，让他自己去美国最高等的健美体院报名。他从刚进院开始，就没有人愿意和他一起训练，因为，他每次训练一开始就倍加投入，一练就是 10 个小时，谁跟他配组的都受不了。至于，他这么全情投入的结果，我就不赘述了。

还有个年轻人，台湾省人，于法国闯荡的时候在巴黎被小偷给扒去了所有钱财。在塞纳河畔的一家西点店门口因为饥寒交迫晕倒后，店主——一位颜值还挺高的老人把他救醒了。老人告诉他，先吃块他做的雪芝士再睡觉还来得及。他狼吞虎咽地一口一块，又跟老人要了一块，吃完又要了一块，毫不客气地风卷残云六块后，却一点都没有体现出边际递减定律来，又吃了四块半，直到撑得吃不下为止。他问老人，这样的神级蛋糕怎么做出来的。老人慈祥地笑而不语。后来，他成了老人的学徒。

五年后，他回到了台湾，又一年后，他拥有了自己的西点店。又过了三年，这家店逐渐成名，然后跨出了宝岛，现已完全占据了大陆。后来，连美国纽约的警察下班了，都会常常去唐人街的这家西点分店买面包吃。这家店，有个名字叫 85℃。他在接受港媒采访的时候说，85℃ 只做手工糕点，因为只有用手做才能体验到蛋糕的体温，只有用心去感受到体温，才能像父母爱孩子那样有感情地去做出世界上最好的蛋糕。

我曾经看过华仔在演唱会上，在台北 1 月的气温下，被从天而降的"忘情水"淋透了，还激情澎湃地演唱……我家社区里，每天都会看见一位老人跑步，不管是刮风下雨甚至刮台风，从不间断。社区一圈 800 米，他每天跑 20 圈。他告诉同为跑友的我，他爱奔跑，所以每天都要跑。这位老人，爱跑步爱了一辈子，还真是爱屋及乌，后来才知道他是一家合资企业的总裁……

这些事不止这些，我经历太多了。昨晚我请妈妈吃台塑牛排。这牛排店的创始人王永庆先生，早年在一家米店找到工作时。他送米都是捧着从家乡带去的缸子送的，每送一户人家就洗一次缸子，店老板就这么看上了他。执着可以改变人的处境，热爱可以改变人的命运啊！

　　"因为爱情，黑夜变白昼。"这是雪莱说的。"因为热爱，地狱变天堂。"这是我说的。你，工作时间，如此热爱自己的工作，我敢打赌，这张照片中的你，未来必然璀璨，因为，你已经可以改变自己的命运。

　　　　　　　　　　　　　　　　　　　2013 年 10 月 26 日

How could us cause persons in wisdom?

　　无论身处生活还是职场，我们做出的许多重要决定都与人有关，世事十之八九也是相关于人的。然而，人又是那么容易可以认清、读懂的吗？就拿我来说，一路走来感觉这辈子最难的事就是阅人。所以，我很羡慕女友的加亮哥哥那"一扫即知对方几何"的本事。一年前我曾经自信满满跟家长说过，自己已经学会看人了，结果得到的是家长于哈哈大笑中的极度伤自尊。

　　但我还是自认为有些感悟可以分享下的，根据我五年工作的经验，从职场的角度我们如何通过第一印象迅速地对一个人做出判断？感觉现在最多的、最简单的做法还是利用外在标记，例如在校成绩、资本净值、社会地位、职位头衔等。社交媒体给予我们一些全新的外在评分标准：这个人有多少社交网络好友？谁是我们在社交媒体上的共同联系人？这个人在微博上有多少真实粉丝？这个人在社交网络里的思想、记录促成的首属群体产生了怎样的共同想象？这样或那样的共同想象中总是可以提炼出价值取向的。这些，构成了第一从信息参考。

　　我准妹夫晗晗寄给我的他所供职外企的人力培训资料对我帮助很大。我发现企业评判人员外在与技能型的因素比较直观与客观，但相比之下，衡量人软性、多变、复杂的内在本质就困难重重，譬如人心、意愿或者态度。这时候和你企业是同一个世界同一个梦想，明天呢？后天呢？还是一样吗？不然每一企业以及任何组织在发展过程中都不可避免要面对"20－80－20"这样的宿命了。所以，在晗晗的单位，他们的人力资源总监强调注重人前提下的频繁又不定时的面对面接触、细心地聆听与仔细地观察，花样众多，每个员工都可能是不自知的人力"卧底"。平等状态下地听其言，观其行，越多越好，越久越好，越细越好。尤其是这个人基于情绪迸发时的意见输出最具参考价值，这也就是为什么面试工作更像是对态度的试镜，而非关于技能的问答式调查。

这两三年，美国最现实也最卖座的真人秀节目《卧底老板》就是从这些个规律中诞生的。员工不知道他们的老板是怎样的神秘人，但老板就隐藏在你们的身边，他随时会知晓你们的实时状态，最后总体把脉知道你是怎样的人。

总体上知道公司员工的各个情况，有利于老板把握公司的人力优化方向。而更广大意义上，如果整个社会也能做到这样，在不自觉的情况下把脉全部社会人的各个情况，那么……细思极恐！

综上，在过去的几年包括在曾经的单位负责毕业生就业工作中，我一直在收集和思考一些问题，这些问题帮助我提高判别他人的能力，尤其是与性格和态度有关的方面。

1. 这个人用来表述与倾听的时间比例是多少？如果一个人表述与倾听的比例高于六比四，你就应当考虑：是这个人过于自大，不愿意向他人学习，还是他只是怯场，导致说话杂乱无章、漫无边际？

2. 这个人是能量的给予者还是获取者？有一种人时刻携带并且散发着消极的能量，你身边肯定不乏这种人。还有一种人，身上总是散发着正能量和乐观的情绪。授人玫瑰，手有余香，能量的给予者慷慨、富于同情心，他们是你想要陪伴左右的人。

3. 面对一项任务，这个人倾向于"行动"还是"反抗"？有一些人在接受任务时立即进入防守性、批评性状态，另外一些人则立刻开始行动，进入解决问题的模式。显然，对于多数工作来说，第二类人更适合作为工作伙伴。

4. 这个人给你的感觉是真实可信多，还是阿谀奉承多？那些虚假的赞美，和使劲想要给你留下好印象的人一样，均无法最终让人感觉良好。真正优秀的人不需要巴结他人上位，不需要靠卑躬屈膝去换取订单。只有那些敢于做自己的人，才是工作环境中真正令人愉悦的伙伴，真正可以被上级倚重的力量。

5. 这个人的配偶是什么样的？面试重要职位的时候，我的一个商业伙伴给了我一个绝妙的点子：与面试人的配偶、伙伴，或者亲密好友一同外出活动。俗话说得好，物以类聚，人以群分，鱼找鱼，虾找虾，乌龟找王八，松虫吃松叶，是亘古不变的真理啊。

6. 这个人如何对待陌生人？仔细观察一个人是如何对待与自己素未谋面的人，我称之为"出租车司机或服务生测试"。这个人是否表现出了应有的大方与厚道，是否能够与司机或服务生进行平等的交谈？还是说他漠视这些人，甚至恶语相向？你可以无意去看看此人对待陌生人的态度，其如果面对陌生人都能亲切而大方，合理而聪慧，在任何时刻和任何场所，对待认识的人，还会差吗？

7. 这个人过去是否有遭遇挫败后重新振作的印迹？过往的经历对于一个人很重要。研究发现，那些在性格成型时期经历过财务或者其他方面困难的研究对象，有三分之二在后期形成勇气主导型人格，展现出开拓与坚持精神。比起过早的成功，早期的失败与困难对于后天的人格养成，起着同等甚至更为重要的作用。

8. 这个人读过哪些书？阅读发人深省，读书使人进步，可以帮助一个人了解历史、开阔思路、激发新思考，它还能帮助你紧跟时事动态。阅读是求知欲的最佳体现。如果一个人不爱读书，不能与时俱进地读书，位置再高，能力再强，又如何？拜托，现在已经是颠覆的互联网的时代了，已经是传统零售业逐渐萎缩的时代了，已经是靠传统思维赚钱越来越慢的时代了！

9. 你能否忍耐与这个人同坐长途车？这也是"飞机场试验"的一个变体：试问自己，当你和一个人同困飞机场时，你的真实感受会是如何？相似的问题还包括：你是否可以和这个人一道完成公路旅行？话不投机，半句都嫌多啊。气场相斥，半秒都嫌长啊。试问，如果一个人如此，怎么可能与任何客户、合作伙伴、同团队者共存？

10. 你觉得这个人是否有自知之明？优秀的人必须具备一个先决条件，那就是对自己有清晰的认知。这个人是否可以正视自身的优势与不足？他能不能根据对于自身的了解采取措施？他的所想、所说、所为是否一致？

要想认清一个人，尝试自带这 10 个问题去吧，或者这些问题其中的几个，你就能做到窥一斑而知全豹。以上是我的办法，仅供参考。

2013 年 10 月 28 日

吾要思索求索于当下

我的兄弟、学生阿龙曾不止一次地建议我，每天至少给自己一个小时静一静，完全地、纯粹地静一静。

我尝疑乎是，但从他2009年不断建议我到现在，我倒是不断地从这份建议中收获越来越多。

自我静思的时候，天地玄黄、宇宙洪荒都不再是高速运转的灼热砂轮，而是万籁俱寂中的如练月华和秋虫啾啾。因为静思多了，带来的快乐绝不亚于购物，甚至还更有意义。其实，人生所求，无论做官还是经商，无论是著书立说还是教书育人，三百六十行之努力不皆为了那份收获时的快乐感觉？相对于之后长时期的种种应负的责任与纠结，这份快乐还真是弥足珍贵了。所以，当我们不仰望星空，检点手中所有，让它们各安其位，会发现，这样既节约社会资源，又节约自己的生命资源，也会发现自己已经拥有很多，同时也明白自己真正缺少什么，然后很精确地自己启示了自己究竟想要什么。

但是自我静思不是胡思乱想，而是一个梳理思路、去芜存菁的过程。奔走的路上一次偶然的停顿是为了记忆住曾经的所有路，又像是在随波逐流的生涯里逐渐让自己随流逐波，由盲从而变成最终自己可以导了自己。

自己可以导自己，另外要注意的是与人交际。我们是社会人，于是务必要警惕某种"谈得来"，老生常谈的无须再谈，空谈而不切实

229

际的应引以为羞耻，交换愚蠢与浅薄也可以让人一拍即合，后果是徒然浪费了时间不算，还把骨子里正在自然死亡的愚蠢浅薄全都激活了。

自己可以导自己，还关乎信仰。中国不乏富丽堂皇的寺庙，庙宇连绵，金粉涂刷，佛像千篇一律，却一一庄严端坐，同质化的程度让人记不得这家与那家的区别。我心中的寺庙要在深山之中，曲径通幽处，禅房花木深。这里外观朴素，墙根和砖石都爬满了有年代的苔痕，佛像也不用太多，有岁月容纳的慈祥笑容，有几尊给人拜拜即可。最主要的是，庙里起码要有一位高僧，不功利不投机却心纳全宇、平易近人地为人解开那些走了很远的路仍然不能放下的心结。

自己导自己，还有的是始终不辍地学习，特别是当下，信息社会，知识爆炸，什么时代就该说什么时代的话。但急切中有的是不急，学习最终乃悟乃融会贯通乃学以致用哉。一本书，确定只读一遍，是否会读得珍重一些？一个人，确定只见一次，也许就会暗暗叮嘱自己记清容貌吧。日本茶道里说"一期一会"，是说人在茫茫宇宙间只需要相会一次，一点遗憾也不用有，定好了期限，才会摆脱"总会有时间"的拖延敷衍，而人生，也只有一次。

自己导自己，还有所谓信念。我现在对于太随和的人已经会有戒备心理，现实社会，愈来愈感觉和人们不合时宜地谈真情像是自取其辱。他的热情可能只是一种习惯，会这样对你，也会这样对一个让你觉得很不值的人。若是被这样的人轻易打动了，过后缓过劲来甚至失去太多后自己想想会觉得很难堪。所以，一直对有点骄傲的人更有好感，就算不买我的账也没关系。不过最怕的是那些装骄傲的人，他们的骄傲，是为了给在利益面前低头做铺垫的。做一个怎样的自己好呢？有自己务必恪守的信念，外儒内法、外圆内方吧。

有个小姑娘告诉我，她现在想起前男友还有恨，觉得浪费了自己的大好时光。我说，有恨还算不错了，最可怕的是没有恨，也没有爱，只觉得滑稽、茫然，有微微的略带错愕的空洞感，好像一段时间被谁咔嚓一下剪断拿走了似的。

先就说这么多吧。

2013 年 11 月 1 日

吾要思索求索于当下

231

由老谢的牵手想多了的

我很喜欢《生活大爆炸》中那个经常大脑短路、缺心眼儿的谢耳朵，他是那么善良，那么不可理喻，那么自我。

他的女友叫艾米，从男女关系的角度看他俩的关系的确很微妙。老谢很珍惜也很享受艾米的存在，但是若就这样说艾米是谢先生世界里的真爱，她绝对排不到前二，至少火车或者剑鱼的排名都在她之上。如果是别的女子恐怕就计较了，男人在所处领域再优秀，如果在女人的领域里不及格就"神马都是浮云"了。但艾米也是个怪咖，她对老谢的需求就是在电影院里牵她的手。按理说作为男人，应该是要好好感恩了，可这又是老谢所不愿意的，不可思议吧？但是最后他还是妥协了，不可思议吧？在爱情的交流上，老谢与艾米两个人，当他们你情我不愿地、姿势要怎么别扭就怎么别扭地牵着手看电影，虽然在漆黑一片的电影院别人看不到，但是就他们俩内心深处有多少快乐可以交织呢？

我们所有外化的行为和结果不都源于内在的想象？特别像老谢这样的，他潜意识里丰富的想象不仅仅在《生活大爆炸》里，而且也不可避免地会出现在他的生活里，只是矛盾的面不同而已。《生活大爆炸》风靡大江南北的时候，诸位看官们沉浸在老谢向憨豆致敬又努力超越憨豆的幽默演绎之中。我建议不妨做个有趣的观看游戏，就是仔细盘点盘点老谢重复的话语有哪些。因为无论是电视秀预设好的台词，还是老谢个人在进入状态后不经意的个人发挥，一个人有意识或无意识地说了三遍以上的话，往往折射出其心里的秘密，是很值得好好窥探的。

同时，我也常常在想，如果我是老谢，对于艾米，我至少要想清楚她这个对象。她作为我选择的另一半，我们做任何选择，都是为了追求权衡后之好处，但是，这个好处是否深究了、搞清楚了，很多人并不是太清楚。我不好轻易以此评判老谢，但是，如果老谢对待感情的态度是在未搞清楚情况下的贸然，中国传统语境下的观众会如何想呢？这样会不会影响《生》的收视率呢？

我有个朋友，应该是体质的关系吧，特别容易出汗。但在我们眼里，他和他女朋友曾经是极合适的两个人。可认识了一年多，他们就是无法在一起生活。是什么造成了剧情的大逆转呢？用女孩的话说："开始的时候什么都好，气氛、环境、感觉都对，可是睡到半夜，突然有一只胳膊搂住我，汗津津的，久而久之，我想想就恶心，最后就烦死他了。"所以，渐渐地每次这男孩去牵女孩手的时候，女孩总有些犹豫。可是，这汗津津的感觉和她喜欢的这个男人相比又算得了什么呢？所以，他们还是在一起了。你身边躺一个干爽的、气息好闻的男人固然是好事，可是，不是每一个干爽的好气息都能够涵盖所有的好，也不是每一个汗津津就代表了全部都不好，好与不好，自己要给自己装一个慧眼去看得明明白白真真切切。

爱情是不可思议的，所以，如议程设置般的蓝图勾画的只是如机器人般的人，血肉之躯的人能够和钢铁之躯的既定电子脑相提并论？

对于主持人李静和黄小茂的结合，大家都觉得是互补。从规律上看一个马大哈女人和一个极其细致的男人肯定是优势互补的，可是，这种互补难免有一个痛苦的磨合过程。

李静每晚睡觉前都会坐在电视机前吃水果，黄小茂会陪她看一会儿。李静吃的时候，会很自然地掰一根香蕉递给小茂，说："亲爱的，给你吃。"小茂则赶紧拒绝："我对香蕉过敏。"李静若有所思地"哦"一声后继续吃自己的香蕉。

一个人视香蕉如洪水猛兽，另一位则始终忘记这样的事实。第二天，她又是同样的动作并台词，小茂依然不动声色地回答："我对香蕉过敏。"循环往复，周而复始，这样的情况连续发生了半个月。终于，小茂发飙了。他说："你脑子里到底在想些什么？我跟你说多少次了，我吃香蕉过敏！"李静有点儿不好意思地回答："哦，好的，我记住了。"但是，结果还是……

久而久之，已经超越抓狂的小茂就如一个老爷爷看着自己幼小孙女顽皮捣蛋一样，再也没有发飙过。这应该是爱情的过程吧，两个人因为开心而在一起那叫喜欢，这只是浅层。两个人就算有别扭还要在一起，那就是深层的爱了。

2012 年国庆节他们去泰国旅游，在夜市上点吃的时候，李静点的是香蕉印度飞饼，奇香无比。李静切了一块放在小茂碟子里，说："你尝尝，特别好吃，香蕉口味的。"小茂已然不知道是第几万次告诉她："我对香蕉过敏。"如果你是个小心眼的、介意的人，你可以上升到任何高度。诸如：你究竟有没有重视我呢？你这样也太自私了吧？等等。小茂说什么都是可以的。可是，因为小茂对李静磨合着理解后的爱，已经抵达了淡然如水、慈悲若谷、知她如知己的境界，对方的任何缺陷此时此刻你都会觉得非常可爱，不会觉得是对你的不重视或冒犯了。

牵手，是最简单的肢体接触，抓住很容易；不放开，才是真感情。所以，我才回想起来，以前常常有异性指责我的举止没有高大上的气质，也常常有异性指责我是无产阶级的杰出屌丝。我也确实有时候挺不淡定的，到后来自己想起来时也挺讨厌自己的。经济嘛，我还是第三世界国家的水平，但我的她就说了，男人嘛，首先爱做什么就去做呗，我做啥她都支持。有一回，我在手忙脚乱中打破了她珍爱的限量版的再也买不到的一只杯子，我到现在还愧疚于心……谁知道，她收拾完残局，就说了我句"你啊"，几秒钟后还来逗我开心……

今夜看专业书的我突然被启发了这方面的窍，赶紧把这些文字给打出来！再次隆重告诫自己，以及正在追求真爱、经历爱情、经历婚姻的人们——且行且真心珍惜！然后，就这么1314吧。

2013 年 11 月 5 日

由老谢的牵手想多了的

Yourself

昨晚和母亲想请一位本校法学系的小学妹（请别误会我这个有妇之夫哈，其是母亲的友人的后代）到家里吃饭，母亲想为其改善改善生活，我想和她聊聊中国即将到来的四大转型中司法改革的前景和可能遇到的问题。我对此聚会是颇为期待，都说后学前的时代即将结束，前学后的时代即将到来，我这个"老人家"也算顺应时代潮流了。

期待着，期待着，期待的结果是，她要参加院里的一个活动，不出席会扣学分，所以抱歉到 umbrella（"雨伞"，音译过来就是：俺不来了）。我在郁闷之余，吃完晚餐后，给其发送了一封电子邮件，内容冗长，经过整理、归纳后，要点如下：

一、我认为，如果一个学院、一个学校会以强迫的形式要求学生们去参加活动，那么这样的学院、这样的学校可以不要办了。反正，这种方式正是反教育规律的代言。什么才是正确的教育？我认为，首先教会学生做好自己，继而培养学生热爱独立思考，说的课堂语系是既符合这个时代又不脱离历史的纵贯性，最后培养学生能够学会不再浪费宝贵时间的教育，才是真正的中国好教育。大学四年，时光转瞬即逝，若要想扪心自问是否浪费时光并未在自己的人生履历中留下污点，那就请把时间用于对自己重要的事情上，请把时间用于自己的成长储值上，一生中请务求不荒废每一年，每一年中不浪费每一月，每一月中不耽搁每一周，每一周中请不忽略每一天，每一天中请不延误每一秒。就这样，反之亦然。一个人如果不珍惜自己的时光，就是慢性自杀。而且，本应是育人灵魂的圣殿，如果强迫学生浪费时光搞形式主义的糟粕，那么是不是该自我反省？

二、我认为，你如若是大一的新兵蛋子，被这样唬唬，还说得过去。但你已大二，还不假思索地就接受和盲从不正确的安排，你已经在对你的人生判死刑。人生的真正成功不是公务员考上了没、家里安排得好不好、奖学金拿了多少，而是，你是否更早地了解了做人的意义、学习的意义、成长的使命。如果你的心中没有这样的概念，获得只是浅薄，而且终会贬值，你只不过又是一个浪费父母学费的泯然众人矣。顺便分享一个故事，艺术大师罗丹学习雕塑的时候，有一回他和同学爱德华比赛雕玫瑰花。爱德华认为今天课堂上用的雕刻刀笨重，罗丹认为老师这么教的就这么用吧。结果，老师责怪了他们。因为那天，老师找不到真正适合雕花的小刀，为了不耽搁上课才选择了大刀片。所以，我希望你不要在当学生的时代就畏惧威权，在人生的路上沦落事故，在学习和处事的时候不懂变通。一个法学院的学生，你现在如果没有了解所有的法律条文，不能基本上看到中国的司法漏洞，就算是失败。

三、昨天晚上想和你探讨的问题，希望能够成为一份送给你的大礼物，应该值得你至少花一个学年去做相关研究。美国的一个小学生都可以写出关于南非的种族歧视的论文，这个课题对于你，不算难吧？我从工作以来常想"大学生向何处去"的问题，今天有个小小的感悟想跟你分享，就是：当你思考时请赶紧行动，当你行动时请赶紧同步思考。自己想成为什么，把这个念头在自己的终极记忆中譬如北辰吧，然后，切记，成功永远不是你未来的突然一大步，而是你现在已经实现的每一小步。还有，业精于勤荒于嬉，女孩子经常在鞋、袜、包、服、化妆品、透明吊带中终身无法自拔，但真正有魅力的女

237

子往往在外表上是没太多外缀和颜色的。这是已然证实过的真理，我这里是引用一下。

最后，我有一个美好的祝福想送给你：Enjoy yourself really every day and everyday. Best wishes.

2013 年 11 月 7 日

好广告有时候源于好故事

一则润发广告源于这样的一个原型故事。一男一女，都已五十多岁，四十年前在同村是某种意义上的"同学"。是时代让他们在一起，也是时代让他们远离，从此相隔大洋彼岸，不知不觉就是一生。

终于在 21 世纪初因村委会邀请这位已经是享誉世界的女名人和其母亲返乡，他们终于又重逢。当他们礼节性地握手时相望皱纹和白发，才骤然发觉身在一处早已相隔千万里的心已难重逢。白云苍狗，他们的人生太过迥异，但是牵着手把青春年华时分往日重现，这愿望总不算奢侈。

于是，他们回到了乡村，先来到她出国前住过的祖屋。因这里一直由一位远亲代管，虽然已无初建时的青葱翠绿，但也没有出现危房的倾圮。接到通知的远亲早已在门前迎候，大家都想目睹远洋亲戚的样范。倒是还像当年那般朴素的她骤然轻车熟路地穿过厢房，走进厅堂，最后来到了曾经种着一围桃树个中深埋一口滋养若干游金大水缸的天井。物是人非，时过境迁，仅剩芳草萋萋、燕鸣啾啾。尽管远亲提前费了两天，召集一干家人把厚尘和蜘蛛网清理了，屋外的空场里还晾晒着书籍、家具，那陈年流水的霉气依旧扑鼻而来。天井边沿的青苔是无法短时间内铲除干净的，它们早就不知于何年月悄然占据了尽可能大的地盘，连厅堂后头的神龛都不放过。

她却好像未闻这股并不欢迎她的味儿，遥远的记忆如导航般引导着她不停不倦地四处看。他不作声地陪伴在一旁，还帮她拎着包。"你看，这儿就是每天早晨祖父必然督促我做早课的地方……你看，西北角的桃树上你还掏过鸟窝呢……"随着她情不自禁地追忆，一切都现场感强地苏生了，就这么走了三四个小时。岁月不饶人，疲累的他们看到天井边上那曾不知坐过多少回的老椅子，立刻苏生了强烈的感觉。老椅忍不住吱吱呀呀他们却凝望长空久久无言。他们被回忆包围，回忆却乱窜于脑海堵住了他们的嘴巴。

久别重逢，于往事有追忆有欢笑或许依稀有哀怨，但都统统化作丝丝缕缕的曲曲往事。岁月如歌，经年有余，就这样品味砸吧往事远胜过絮絮叨叨地畅聊。这样的相处下一次不知是何时，可能……忽而远山传来了悠扬的牧笛，晾晒书与家具的谷场也传来了鸡们的咯咯声。这声音也使得离开乡村三十多年以后的她马上想起那是刚刚下了蛋、飞山草窝母鸡的报喜音。他们都笑了，天井里渐渐多了蜜蜂的嗡嗡和喜鹊的报讯。她突然看到某个风雨交加、凄风苦雨的寒夜，她高烧着，突然浑身湿透的他闯门而入，气喘吁吁一急不可耐地从贴身衣服里取出好几个热腾腾的鸡蛋……他突然看到当年那每天都吃不饱饭的日子里，他给她烤知了、煮泥鳝、烤红薯……突然，两人目光像约好了似的，突然运动起来最后停留在天井东北角一排原不起眼的小板凳上。先看到一张，再从罐瓮间发现另外一张，他们突然满怀活力地跃起，每人拿起一张细细端详。这样的板凳是随处可见的，乡下人吃饭、烧火、剥豆子等搁屁股蛋儿用的，但在这儿，做凳子家家都会却各有各的讲究。在她家，即使年代太久远了这凳子也能看出些许不凡。那凳子四脚是包着已然绣透的铁片的，尽管身上朱红色油漆剥落净尽却仍然微微可见匠心独具的描画，原木的白色却在百年时光的浸染下，变成鲜亮的乌黑。

观赏了好一会儿，男人搁下小板凳，转身，在杂物堆里翻，从一捆捆柴禾、簸箕、木桶、脸盆、便桶、泔水桶、麻绳、牛轭等杂乱物事下面，愣是扯出了一张早被压弯一条腿的太师椅。女人赶忙上前帮忙，掏出两三湿纸巾手忙脚乱地把太师椅的尘土擦去。男人用力搬起太师椅，女人左右手提起小凳子们，两人一前一后地走着最后一起把分量不轻的椅子搬到厅堂中央，小板凳错落有致地摆放在太师椅前两尺的青灰色砖地上。两小一大，一个三角，就像数学老师在课堂上娴熟画出的等边三角形。女人掏出一直随身的数码相机从各个角度给它们照相。男人则像欣赏一部电影般站在一旁望着女人忘我地拍照、摄影，有时在女人的要求下像一位熟稔的老戏骨配合入画。女人则满意地不住点头、欢笑。临近着午时，天井里斜射进来的带着凉意的深秋阳光，宁静中有幽香，静谧中有风致，沐浴着人，笼罩着凳子和椅子，人与物快乐地演绎着乡土风情的舞台剧。

　　女人把相机的两片记忆棒全用尽了，舞台剧戛然而止。他们则改对着太师椅坐着，凳子太矮，稍矮小的女人较为适应，身材颀长的男人则不得不盘着腿努力坐好，因为伸腿是不礼貌的行为。曾经过往的那些年月，他们都是这么坐的。只是那时太师椅上也有人，端坐的是女子的妈妈，一个从省城被流放回原籍接受改造的"黑五类"，她的丈夫解放前是名风华正茂、义正词严、气场充足的法官。那段往事并不如烟的岁月害死了丈夫，放逐了女人。她背着尚在襁褓中的女儿翻山越岭回到家乡，回到这所时不时被人吵闹的宅子里继续人的生活。她很有教养，乡音无改但却已让位给了纯正圆润的省城话。她受过高等教育与良好法官家庭熏陶的印记很浓，说话总是轻柔、舒缓的，身上的衣服总是素净的。她吃橘子的样子现在男人还记忆犹新。那时还是男孩子的他来串门，她一个人在天井里吃着最爱吃的橘子，先轻轻把橘子剥开了瓣儿，再慢慢地一瓣瓣地吮吸汁水。这绝活他没学会，她女儿也没学会，现在吃橘子还会让橙色染了指尖。

　　那时还是男孩的他和她的女儿一起，规规矩矩地坐在小板凳上。她坐在太师椅上，一双白得刺目的手搁在扶手上，静静地开讲，她口若悬河、滔滔不绝，整个人就好像装着永不尽书籍的深井，从唐诗宋词讲到元曲小说，从二十四史讲到五四新文学，从诸子百家讲到衮衮诸公……那时"文革"远未结束，学校在这里就是聋子头上的耳朵——摆设，愚昧的村人们要么保持躬耕的生活，要么沉浸在运动的流毒中，又有谁知学习之乐，又有谁家孩子有这样的权利？

就是这位文雅的母亲，在给两个孩子不间断地上着课，尽管时不时有人来欺辱她、冲击她，尽管她们三人的行为是村人眼里的笑料，但她从不间断给两位孩子上。这不仅仅是上课，还是给孩子开启一个有趣的世界，是人性的课、常识的课，讲完了中国的还有世界的，如《源氏物语》《被侮辱与被损害的》《海上劳工》《蟹工船》《塔拉斯·布利巴》《呼啸山庄》《白奴》《土生子》《涅瓦大街》《黄狗》……

这些号称"资本主义尾巴""毒草"的域外名著一旦"被"走出这天井，那就是冒那时天下之大不韪、罪大恶极的"封资修"阶级敌人所为。如果坐实了罪行，这个已经是"反动旧官吏"的家属又会被再加一顶"散布资产阶级流毒"的帽子，对这位美丽的柔弱女子又是多么残酷？有一次就因为她对他们激动地吟诵冉阿让逝世时园丁痛苦不迭的呼号，便立刻被抓去剃了脑袋。一来二去，连两孩子都劝她先别讲了，但她会因此而退缩？答案当然是否定的。她的祖上做过曾文正公的幕僚，随文正公经受过战火的洗礼，九死一生，立下赫赫战功，后渐进中年时在曾公保举下入官总理衙门，成为中国最早的一批驻外大使之一。他在异国他乡受到极大震撼，也是最早提出改良制度与立人则国强的地主阶级知识分子。祖上的精神修养作为家族传统，代代相承，到她也自然责无旁贷要承继传统把精神营养输送给下一代。她最善于讲故事和写故事，作为很小就从拒绝缠足的开明家庭走向省城女校的学生，当年她如饥似渴地读了几千册中外书籍，那些书当年怎样感动她，她就怎么从心里掏出来分享给孩子们。

当每一天井里落下繁星的幽光的夜晚，当每一屋顶呼啸着尖厉的北风的黄昏，当每一天阶夜色凉如水的中秋，当每一落雪的时光，两个少年都抱着腿，津津有味地听她讲课，全然不知饥肠辘辘。古灵精怪的女儿不时插嘴，问一些幼稚且让人忍俊不禁的问题，比如：陶渊明有考英语吗？雨果有参加过科举吗？于连要是活在现在的中国，会不会被遣送到乡下？安娜·卡列尼娜被火车碾过时，比起前几年在批斗会上牛鬼蛇神挨的"喷气式飞机"或"鸭儿浮水"来，哪个更痛苦？羊脂球如果活在当下，还会不会被众人驱使着卖身？女儿每当发问，母亲则无奈而慈爱地耸耸肩，有时答，有时确实没法答她，女儿则吐了吐舌头，坐正。老实憨厚的男孩子总是默默地听，嘿嘿地傻笑就是听到入神的表征，夜深了还意犹未尽。

现在，他们还像当年面对着太师椅出神地坐了好久好久，只是物是人非，老师她已不在太师椅上娓娓道来。他们没有说一句话，似乎苦难岁月结束时女老师牵着女孩子的手怎么跨越远山到这里又怎么跨越峰峦返城的样子又复活了。女老师拄着本要做柴的一粗桃木棍步履蹒跚。他背着她一直送她们到离山又五六十公里远的镇子才惜别。那年那天，马上就要到春节，镇子到处是即将过年的味道，这年味在疯狂岁月结束后是那么的弥足珍贵。面对着周遭的一大片人面桃花，他们仨却哭得撕心裂肺。

他们应该是不约而同回忆起来了，眼眶共同地湿润了。直到乡亲进来，催促他们去拜祭村口的土谷神，并七嘴八舌地提醒他们各种注意事项。那时在村子里，这拜祭是村人和他们这小天井唯一的情感维系了。每当这时，什么阶级、什么敌人，统统见鬼去了，大家在拜祭的热闹喧嚣中立刻汇成了一体，他和她还加入舞神的队伍中闹腾得正欢呢。

四十年前坐在太师椅上讲故事的妇人，如今正生活在美国加利福尼亚州，90多岁了还身板硬朗，口齿安好，记忆力奇佳，每天必须要伏案写作至少五个小时，已有几十本个人作品，大多在全美一直畅销。她的作品以深厚交织的中外功底和对人性最温柔的关怀感动着世人。女儿回国前，妇人再三嘱咐：请一定向坐在小板凳上的男孩问好，并一定问问清楚他什么时间有空来洛杉矶继续听她讲名著，他一来就开课，从《假如给我三天光明》《基督山伯爵》《苹果车》《老人与海》和《巨人传》讲起……

她和女儿分开住，在洛城市郊有一片地儿，那里面有天井，天井里有嵌入地里更深的鱼缸、有更多棵繁茂的桃树（是托加拿大友人、也是白求恩后辈带来的湖桃树），还有她自己用湖桃木打出来的许多小凳子。每年的湖桃丰收时，她都自己采摘一些或腌起来或按照祖上的古法酿成水果酒，就为等这个板凳上的小男孩来品尝……

2013 年 11 月 27 日

好书中的那些通幽曲径

一个大学同学曾说过，她心情烦闷的时候就看托尔斯泰的作品特别是《战争与和平》。在她眼里，像托尔斯泰那样的人，最可贵的在于对本阶级的背叛、对现实的不满、对自身时时刻刻地忏悔，思想经历了从宗教到人本的跨越，终身都在用人道主义去抵抗污浊的周遭。于是，读托尔斯泰也是品托尔斯泰，品的过程便是治愈当时心灵苦闷甚至苦厄的过程，像新生的哭个不停的婴儿可以迅速得到父母温暖的怀抱，又像古欧洲人类想象中雄猛稳定的大鲸鱼背负着整个人类大陆驶向遥远的未知。

新埃舅公家有一套中华民国三十年（1941）印的繁体竖排版《红楼梦》，读大二那年我向舅公索要，他毫不犹豫地送给了我。舅公生不逢时，在朝气蓬勃的青年时代被地主子女成分耽误了一生，而他的才华本足以保障他考取清华北大，却不曾想到就这么一生蜗居乡野。那天，那时还清醒的姥爷说："这是读书人代际之间的薪火传承啊！这套书在'破四旧'的时候幸存，灏子你和它有缘呵。"

获得这套书的日子里，我沉浸于其中不能自拔，整个灵魂在曹雪芹建筑的符码世界的通道中曲曲折折前行。我的一位老师曾慨叹道，"这个时代的年轻人几乎都是碎片化地生存，已经很少有人可以认认真真地读完一整本纸质书了"。我也不例外于这个时代，但是当我屏住呼吸静下心来学着我那位同学读托尔斯泰读曹雪芹时，我觉着自己正慢慢被文本中的超时空所吸纳，继而获得一种前所未有的体验。我在奇妙的空间失重徜徉，既感受到心灵原本的干涸但又感受着这样的干涸在一点一滴似一滴投于巨壑那般被填充，这样的过程中我时而哭时而笑。曹雪芹有云《红楼梦》个中"忽喇喇如大厦倾，昏惨惨似灯将尽"。他从兴写到衰，在金色宫殿的华彩中就注入了衰败子嗣的精子。他在书写这个过程的时候想必是并不情愿的，但他又必须这么做，为他所处的时代语境也为整个中华文化在反思处谱写下一曲《天鹅湖》。

我记得大一大二之际，我身为班长却未能因学业而垂范班级，也远未将心思和精力投入到学业之上。大二那年我敬爱的、善解人意的新坡舅公不仅赠予我书，还悄悄塞给我一叠厚厚的"压岁钱"去还债。读罢《红楼梦》后我自发地改变了很多，也养成了一种感觉，即每当夜深人静的时候，曹雪芹、陀思妥耶夫斯基、爱罗先珂、鲁迅、曹禺等等诸公就出现在我的床头，慈爱地望着我这个晚辈，娓娓地向我诉说他们创作时的心路历程。这样的感觉亦使我在越成长越孤单、苦闷的时候，就想在这样的人身边待一会儿，哪怕愚笨之我无法知晓他们之高境，哪怕须臾斗沙片刻的相处，就像鲁迅在生命的最后时刻把果戈理《死魂灵》当作续命的药，就像筹拍《色·戒》时期的李安，于创作艰难期飞行 20 个小时去瑞典小岛见他的偶像伯格曼。他紧紧拥抱偶像，继而伏在对方肩头哭泣。那张图片一直在网上广泛流传，多年后的今天也能轻而易举地搜到，凝视照片我扑面而来就能感受到这个拥抱里的体温、心跳、灵魂传输时的剧烈交融。我的又一位老师曾教我如何在做研究中去寻找有根有据的上位理论。百事一理也，吾等平凡诸子如有灵魂的巨人相伴，生命便有更高的生存方式，而不是总在碎片中的浮躁处如无头蝇子四处乱窜全无出路。

最近一周在图书馆用每个中午半小时看完了黑泽和子写的《爸爸黑泽明》，文笔朴素流畅，通俗易懂，平易近人就如日本居酒屋里的深夜食堂。黑泽明是我们这专业乃至全世界电影人、电影爱好者心目中的灵魂巨人，忙于拍电影，一生都在拍电影，贵为日本的电影教皇，但在生活中却鲜为人知。而此书则专注地写他生活的一面，全无一丝一毫电影伟岸之介入。所以，女儿笔下的他大部分时候是走来走去的、憨憨地看体育节目、逗外孙、总把花草侍弄到枯萎还自以为是、像小孩子一样饿着肚子眼巴巴地等下班的女儿回来做饭……的老小孩子。生活中，他"愚蠢"而可爱，他的生活话语远不像电影语言那般逻辑连贯，但他生活中偶尔智慧之光一闪让我忍俊不禁。黑泽明数次去奥斯卡领奖时，获奖早已于他索然寡味，他的兴趣点在于随便扫一眼就知道周围出现的谁是管照明的、谁是管布景的甚至谁是做编剧的……对于这份神奇，他对女儿的解释是"如果是自己喜欢而选择负责的工作，这个人的个性就会清楚地表现出来，世界上的电影人都是共通的啊"。

这就是灵魂巨人黑泽明，看他，你正看有一番伟岸景致，侧看则不难发现滑稽可爱，中央电视台一电影专栏《第 10 放映室》在 2008 年 4 月的黑泽明系列结尾，专门给予了老人从坐了一辈子导演椅子起身永远告别、步履蹒跚离去的长镜头，光影由明至暗的隐喻充满了伤感。大师逝去多年后我又看了他的系列纪录片，为电影殿堂永远失去了这位东方电影柏拉图而恸哭不已。他那一眼扫门儿清里，他那对摄影机最后的一瞥里，是从电影到人生的无尽的生命跃动、对人生不断创造的喜悦、对人与生活的喜悦。黑泽明电影伟大的细部，恰恰在于他对生命、生活最细微处的认知、理解。这也不难理解他的电影人生为什么像是学会了穿墙术，可以突破种种局限每次都能准确直达生存本质了。

我们常常可以看到这样见诸笔端的文字，如"代表了什么文化"，我便常发问，那么何谓文化呢？却感觉说法太多却鲜有可以说清，但黑泽明的电影让我明白了文化的意涵在哪里。文化，首先是人类地域性的生存模式，继而是一个社会所有意义的总集合，文化会相遇、会碰撞、会差异、会交融，会形成一个个想象的共同体，也会演变为面对特定的自然或社会的环境处于其中的人们逐步建立起来的适应性实践规范和观念约束。文化通过世世代代默认的规训式、规定性传承下来的形态便是不同种群、族群、社群的文化传统。黑泽明的电影为什么是日本的又是世界的？我在反复观看他的所有作品后的个人感觉是，他是在文化的逡巡中诠释了文化又交融了不同的文化，这又恰恰基于他对人生活的体悟。我曾经以为，人和生活只有三种关系：搏斗、讲和、屈服，但黑泽明老先生让我明白了人和生活还应该有三种关系：理解、敬畏、热爱。

在当下，我常常听到我们给人的最高赞誉常常是"某某某终于成长了"或"某某某又进步了"诸如此类的评价。毫不讳言，我曾经也在过往十数年的成长中为了追求这样的评价而迫使自己改变，然更多的收获却是自我渐渐地变得世故、市侩、明哲保身了。这样的成长与进步不是想着更高层次的进而更像是和光同尘的演变，所以现在越咀嚼越感觉这样的目标总含有一股"众人皆醉我也当同时酒糟"的意味。因此我愈追求愈发现自己已然摒弃的另一种生命体验，就像一个孩子在夏天炙热的空气里赤着身子自性地、开怀地跳入冰凉河水中戏耍，又如孩提时我在福州长乐的大海之滨享受着无比欢畅的快感。我国著名的传播学研究者戴锦华老师常叹息，中国电影某种既定标准培养出的是同质化的浮躁产品而鲜有经典，而为什么日本时不时有大量必将成为经典的作品井喷？这从黑大师的身上可见一斑。大师对生命如此欣然投入，犯傻却是本然地、投入而享受地钻研透了生命，活到老钻研着学到老，生命与生活的动态变化从古至今又有几人能研透？没有全身心地投入却为赋新词强说愁，就可以诠释人世、人事？这不是痴心妄想？而人世，又要怎么度过呢？如猪八戒吞人参果般地就一定比细嚼慢咽美妙？照着葫芦画瓢地人云亦云就比自己个中有滋味？

标准化邯郸学步就比自我于庭前花开花落中闲庭信步美观？

　　唉……所以，黑泽明、曹雪芹和托尔斯泰的巨人灵魂是永恒的。当祥林嫂问"我"人死后有灵魂吗，"我"为什么就不能给予其一股暖流？巨人之灵，燕然未勒归无计也，无论时间与空间怎么变幻，每一个时代的有缘人都能隔着书本、隔着遥远的天阶夜色、隔着死亡，慢慢地、实实在在地触摸它，像牛郎织女永恒地闪烁在北方的天空关爱世人，像矗立里约的耶稣圣雕时时晓谕世人生命万岁。巨人的灵魂终而让俗世生活有灵，哪怕灵魂曾赖以寄托的身体已经不在。难怪我导师常说，人如果不读经典而是天天看肥皂剧，离退化已不远。

2013 年 12 月 15 日

写在 2014 年 1 月 1 日

清晨和家人一同去了郊野古刹进香，以庆元旦。和主持大师品茗，茶香不离唇齿间，话语中尽是竭世枢机，似一滴投于巨壑。我亦想告诉大师，今日之来，一是为礼佛，二则是为清清心中的焦躁、浮躁、戾气，以及尚还明显残留的贪、嗔、痴。

又是新的一年，又是必然的辞旧迎新，辞旧迎新则不离盘点与展望。年年岁岁如流星般划过生命的时空，若留下的印记很多，不只是年华的倒影，那么，盘点是可以有很多东西去铭记的，于是，便也多了不少的起点和终点。终点是告一个段落，起点是各终点后的继续。

所以，若没有了终点，更遑论起点？2013 过去了，送别的这一二日，朋友圈、微博里面有太多太多的发表内容来纪念新年，缅怀逝去岁月。我无法全部看尽，但是也不妨碍反思，年年岁岁，辞旧迎新者甚众，但旧瓶子装新醋者大多，为赋新年强说得者甚多，于平平庸庸中随波逐流者不少，在平平淡淡中心中不免羡慕嫉妒恨者不少，在辞旧迎新的狂欢之际，卡路里和力比多极度耗尽之时，总不免冷却与静寂下来。此时，是烟花冷了，还是这正是华彩在酝酿的前奏？年年岁岁花相似，正常；岁岁年年人（想不）相似，太难。

所以，若没有可盘点，何来可展望？新的一年了，想想，自己也曾是平平诸种群中均有沾边的人。现在，尽可能不了，尽量不了，因为，平平庸庸的人生和平平淡淡的生活，对于我，过太久了，是会恐慌的。这份恐慌，现在看来，已经不是一般的恐慌，而是岁月流逝多了，离人生的另一端点越来越近的令我毛骨悚然的恐慌。不愿甘居人下的人生命题已立之久远，久久不去实现，高大全的意淫和高大上的口号下画的饼，终不可能果腹。碌碌无为、虚度年华，终究是一个人的慢性自杀。想得不多，做得太少，或者，不敢想，不敢做，你生存的环境会在不断调高你心中的某种心态的焦虑下，慢慢杀死你。你会在众多的这个奴、那个奴的身份焦虑下，在消费社会的压迫、刺激下，天天煎熬度日。所谓国家政策，所谓世界经济环境，不要再天真地拿这个当所谓的理由。说句最通俗的话：凭什么人家可以活得很好，你不行呢？

251

　　所以新年了，愿望一是，有梦想有展望，不能再虚度年华。无论目前如何，赶紧往前赶路吧！时间的利用率还得再提高，生活还需更加紧凑，无论是奋斗还是生活，都让自己在高强度中迎来真正的蜕变升华，不要再学猴子——水中捞月。突然想起一个故事，一个伟人小时候为了了解了解自己在全家人心目中有多重要，就在吃饭的时候，把自己关在了橱子里。后来，全家十几口人吃饭，没人注意到他有没在，吃饱喝足了，该干啥还干啥。倒是他，在橱子里，饥饿至极，心里难过至极。愿望二是，不能随流逐波。刚才那个故事，是想提醒自己以及看这些文字的人，无论如何，都别把自己太当回事儿了，没了你，地球照样转动。虽说人都有所长、总有所值得骄傲的地方，但是，当社会更新换代的速率现在已然如此之快，比如说，当你有一天一觉醒来，突然发现人类群体之间的竞争游戏已经不是你所熟悉的玩法了，你已然被出局了。工业社会大生产？拜托，现在已经是互联网时代了，人类组合、归类的社群化的趋势不断明显。在这个时代，连曾经腰缠万贯的实体商人都不断在沦为网商时代的乞丐，淘宝、天猫……朋友，"局域网商"的概念已经越来越迫不及待地要蹦出水面了，既是商业化社会的内部聚变和自救转型，又是社群化人类在互联时代的脱胎而出。白天？黑夜？现在连黑夜都已经不能仅仅代表睡眠了，你在做什么？不要做时代不要、人类渐渐不要的人。

说到这里，每天仅仅忙活于那份占用你工作时间的你，或者做白日梦的你，或者感觉啥都没有的你，你就好好潜心下来做关于自己生涯的各种积累吧。头脑充足的时候，请考虑运作；头脑不足的时候，请赶紧学习，特别是，脑子的灵光，非不断地读书不可，大书、经典书、意见领袖豆瓣推荐的时尚好书，有时间就赶紧读吧！还有，时尚不是包、衣、鞋、车，真正时尚的人是提前预知了社会潮流趋势的人，能干的人弄潮，平庸的人随潮，愚蠢的人……

潮流过去了都还不知道，呜呼哀哉也！所以，生活中，多去打开窗户，多听听非八卦的声音吧，这才是最好的课堂。

说到声音，新的一年，愿望三是：该好好地处理好人际关系、好好理理财了。对待人脉，要善于经营。旧的关系要学会去芜存菁，好的，珍惜；不好的，寻常的，不必再花额外时间，但要区别对待。比如，有的关系是潜力股，就好好培养。新的，属于另外意义的潜力股，努力去结交，用心去了解。个体，在时代走向未来的主旋律加快了的趋势下，想做得好的话，既要成为自身的所属社群的话语人物，又要成为人类社会场域中的一个重要神经节点。做人，我个人觉得，接下来是应该这么做了，亦已正在努力。另外，自身的实力储值，在任何时代，都至关重要。一个人的品位、价值，看其身边的朋友。呵呵呵，别忘了，一个人自身的实力决定了其群落归属。好啦，今年的"3+1"之愿望，先说到这里啦，我准备跑步去了。人的每一天是规划好的诸事项的紧凑实现，以及，不断再实现规划外的"打新股"，才能实现所有愿望。愿望如果不能实现，始终只能是梦。梦则终会醒，因为人往往是被饿醒的。

最后，在新年的第一天，再次回顾往年：一不小心减掉了 30 斤肉，两部作品接近成体，有那么两件人生大事一件已做到，而另一件接近完成。过去的一年，到现在，还正在寻觅合乎于此时代的投资，已有些头绪。还行，给自己打个 70 分吧。2014，加油！早安，各位。

2014 年 1 月 1 日

妈，生日快乐

榕城这几天霜冷，冰冻得人们都畏惧"起床"，今天手机上的温度软件显示着 4－7 摄氏度。我打电话提醒妻子别误了动车，然后就起身投入黑漆漆的空气中晨练。回到家的时候是北京时间 7：00 整，整个人冻成了一根冰棍。厨房里有声响，循声看，是老妈在厨房熬鸡汤。熬鸡汤吃太平面是咱家人庆生的仪式，爸爸生日的时候是这样，我生日的时候是这样，妻子生日的时候是这样。以后，这个家的屋檐下我的孩子来到人世了，依然是这样。而这一碗碗的太平面，这一碗碗的营养丰富又不油腻的鸡汤，这剥得如初生婴孩的肌肤一般的水煮蛋，年年岁岁，都是妈妈一个人在熬在做在剥。我的鼻梁有点儿酸，装着不知道地忍住问妈："妈，做啥呢？这么香，炒米粥吗？"妈嗔怪地回答我："臭小子！你这狗鼻子咋啦？米粥和鸡汤能一样吗？"我声音有些颤抖："妈，我来吧，你休息。"妈妈不肯，赶我去洗澡。这也"拯救"了我，我不希望眼睛里的潮湿见了光。

妈妈，这个家每个人的生日，你头脑中的记录比计算机都清晰，熟悉咱家的人，每当恰好闻到这特别的鸡汤味，就知道家里的哪个成员生日要到了。妈妈为所有人记着生日，为所有人张罗礼物，把所有人今年最想的都化为了她的祝福，为所有人静静地用瓦罐熬着老火鸡汤。只是，每一年，轮到妈妈的生日时，她就在这么天蒙蒙亮的时候自己为自己熬着鸡汤，下着面招呼我们吃。每一年，妈妈同时做的一件事情，还有，生日的前一天就跟相关人等千叮咛、万嘱咐，心意，我懂。钱，留着给自己去好好管着。什么，都不要去买哈。谁买礼物，我跟谁急！此时，就这么再往前推 15 天，那天我回到家，看到妈妈的脚有点儿异样，忙着追问，妈妈才支支吾吾告诉我，她去给爷爷、奶奶买过年的衣服了，回到社区，一个送外卖的骑车在转角，不小心就把妈妈碰了。我很生气这个愣头青，妈妈还不好意思地冲我笑着，告诉我，灏子莫急，爷爷奶奶的衣服，很漂亮呢。没事就好，没事就好。姥爷摔倒后，一个家的局势瞬间风云变幻，妈妈是老大姐，是长女，关键是，妈妈是个女人，她对姥爷——药贵？需要就买！要器材，需要就买；去照看姥爷，路途遥远，300 多公里，妈妈就把这300 多公里当家门前的街道那么跑，八千里路云和月？不在乎！在这一切的背后，妈妈对自己，连 10 元钱都是那么的斤斤计较啊！妈妈在夜深时还戴着厚厚的镜片在灯下研究对姥爷、对家人好的营养配餐，我们可知，她神经衰弱彻夜都不能眠？妈妈在我去妻子那里时嘱托我带一大堆好吃的给慢慢长大的小舅子们时，我们可曾知道，她已经早早就告别了甜食？早早就不能再多吃一口甜品？妈妈在为这个家忙活到筋疲力尽时，我们可知，腰椎和脖颈的疼痛加耳鸣无时无刻不在折磨她？妈妈总是笑着，告诉我，臭小子，我很舒服呀，有那么孝顺我的儿子和另一个女儿，有老公这么疼我，我已经很知足了。

只是妈妈，您知足归知足，却让我们周遭的人无法知足于您这位至亲之人，因为您奉献给我们太多，我们亏欠您太多。何止人呢？妈妈可能忘记了，我一辈子都不可能忘。大二的时候我抑制不住对邻居阿姨家养狗了的羡慕，背着家里人买了两只小博美。爸爸有点儿不高兴，妈妈却很欣喜，还给它们分别取了名字，公的叫多多，母的叫点点。

不知不觉一晃十年，本来说好了的相守，特别是它们和妈妈的那份相守，却不知不觉化为了它们先后步入天国离我们而去。最著名的狗狗电影《忠犬八公》里，主人不幸离世，八公只要活着就天天到熟悉的车站等待主人下班。这么多年过去了，它们离世许久，妈妈每到它们的日子，都要给它们的小冢除去杂草、捧上它们最爱的美食。它们在患病的日子里，生命在一点一点流失，但妈妈每天对它们点点滴滴、无微不至地照顾，很多时候就在气味浓重的宠物医院里陪伴它们度过日日夜夜。多多和点点各自的最后时光，尽管病痛的苦难折磨着它们，但它们看妈妈的眼睛里却全是欢乐⋯⋯

生命哪怕譬如朝露，有知己又有母亲如此，它们知足了。我想，当它们在天国回忆起妈妈在它们生命最后一息的时候依然不抛弃不放弃，当它们在天国回忆起妈妈在它们最后一刻的撕心裂肺，当它们在天国看着妈妈时不时在浓得化不开的思念中为它们流泪，当它们在天国看着妈妈在属于它们的一切日子里早早地就为它们做好吃的、拖着我一起给它们捎去所有的思念，它们一定是很幸福的，幸福到饱含热泪，幸福到为妈妈心疼⋯⋯

在妈妈心中，世间万物既渺小又伟大。八公是主人的八公，妈妈却是多多和点点的八公，陪伴它们度过短暂却凝聚、凝固最浓郁幸福的岁月。活着的时光太长，不幸福则不幸运，生命则没意义，活着的时光很幸福，再短暂也是最大的幸运。

而妈妈呢？她活着就是给身边的一切制造源源不断的幸运。而妈妈善待的世界在一直接受着她无怨无悔、任劳任怨后的幸运馈赠，什么时候对她衷心地道了一声谢谢呢？妈妈常说，岁月静好，可是无人努力，岁月又如何静好？

妈妈，您真的别再忙碌了。姥姥曾告诉我说您的手年少时曾如白玉，现在，我一想起，我就无法控制我不争气的眼泪。那骨节变形、老人斑布满的手，却又是那双坚定的手，永远在我的眼里，在我的心里让我心神难安。妈妈用她的双手去拥抱世界，这个沉甸甸的世界却渐渐地折弯着她那本不应沾阳春水的手。

256

妈妈已经换好外出的行装，我也该停止这不争气的眼泪。妈妈生于大年十一这样的好日子。此时此刻，外面突然强烈起来的烟火是老天、点点、多多还有那些生前被妈妈深爱的人为妈妈庆生的祝福，我也要去给妈妈庆生了。无能如我，仅仅只能在此时让妈妈快乐一点……

妈妈，生日快乐！

2014 年 2 月 10 日

浓情巧克力元宵

捧着99朵玫瑰往家里跑，一路气喘吁吁，花很沉，但想想未婚妻子喜悦的笑脸，我就感到动力十足。今天既是正月的元宵节，又是一年一度的情人节，多好的日子啊。

世界最大的科学是哲学，哲学中最基本的科学是辩证，于是，今天有人在探讨是陪家人好还是陪另一半好，也有人，在网络社区里发表了超级腹黑观点：今天过情人节的人们都会分手，因为元宵（缘消）。世间的任何东西都有正反两面，我对此习以为常，但单单就自己而言，我应该铭记今天的幸运与幸福。今天妻子的学生问了她一个问题：今天怎么过？妻子告诉她，今天她和她学生的姐夫准备吃自制的巧克力元宵。我当时就在旁边，忍俊不禁。

应该说，妻子的心思和周到让我于忍俊不禁中开启了内心的喜悦与幸福。一早晨，我还在模糊的惺忪中，妻子就代我给远方的岳父母打电话了。早晨，妈妈在忙碌着家务事，妻子比妈妈还忙，还差点闪了腰。妈妈心疼，"赶"着妻子去过情人节："珑珑，你快跟施灏逛街去。"我的妻子一如既往，跟妈妈调皮笑笑，继续努力干活。妈妈和我都只能嗔怪着恨不得把她关起来。

中午，我洗碗，她擦碗，我又"责怪"了她，她"反唇相讥"，告诉我：有真感情的人，天天都是情人节。而父母，我们可以孝顺帮忙的时光太短了，何不趁现在？一席话说得老是标榜以孝道为价值观的我，一下子喉间如堵石，只能涨得脸红脖子粗。所以，妻子的那份巧克力元宵让我明白了她的潜台词，孝敬爸妈，"新情人"孝敬了"老情人"，哪怕没有这样的双节合一，都必须这么想这么做。还有，真正懂得孝顺爸妈，再回过头来过所谓年轻人的生活和节日，才会过得香甜。

　　所以，今晚我和妻子小酌的时候，我赶紧告诉了她，我亲爱的老婆，跟你在一起后，我的思想变勤劳了，人变懒了。思想变勤劳了，是过去种种对生活、人的不满和牢骚，在妻子不厌其烦的开导下，渐渐不见了。我不会再用头脑来装吐槽，而将脑容量更多地用于记忆真正对自己的人生规划有意义的事情了。也正如此，在发现了自己还有太多事情没有完成时，我更加脱离低级趣味和无谓纷争了。人怎么变懒了呢？因为妻子总是跟我抢活干，她的意思很明确，人不可能什么事都做，男人过多沉湎于家务，就会影响了奋斗。懂得成为男人坚定支持的女人，才是真正有资格做另一半的人。

　　妻子还告诉过我，在我每一次发脾气的时候，她可以比我更大声的，一个小时候就一个人坐火车去外地的女孩子，有什么会害怕的？但是，每一次，都是她一直在安慰我，都是她一直在努力说服我的任性和倔强。我不好意思，她笑笑，告诉我两个人在一起，是情，不是理。爱一个人，既是包容到爱对方的所有，又是可以帮助对方长得更大，直到可以为一份贯穿一生的感情负起责任。妻子碰了一下我的杯，告诉我，她下午还跟一位闺蜜说，当你爱他，是因为他有房有车，那么你去房地产公司找楼盘结婚好了，不要找人。一个人，当你决定爱了，不要爱世俗，那样，你的爱是肤浅的。如若你爱了，你们的灵魂在交融，你可以透过世界、人皮去看到对方灵魂中的瑰丽，你们的爱终于是有感情基础的。

　　所以啊，爱是真的可以在一起，而不是今天买什么，明天买什么，世上诱惑太多，唯有平静之心的爱，是稀世珍宝。我无言，她则继续对我说，我懂得你对我的爱，每时每刻我都沉浸其中，但以后别再乱花钱，要过一辈子呢。人不仅仅活在理想中，还要务实地过日子，懂得经营财富，这才是另一种对爱的责任……眼瞅着快明天了，此时暂搁笔。我的妻子，有你真好！情人节快乐。巧克力元宵，确实好吃！

2014 年 2 月 14 日

谈 母 爱

今天是个特别的日子，我和妻子正式成为法律赋予下的夫妻了。但对我们而言，这是又加了一个定义，又履行了一个程序。

但属于夫妻的真谛我们早已心知，我们都很传统，于是也就在人生每一个以年岁为符号、标记的时刻就一定要履行该履行的，就必然要完成所谓的使命。

今天的重要时刻，我们理应庆祝。在回家的路上，大手牵着小手时，妻突然跟我谈起我们的造人计划。正所谓夫妻连心，她也在想着同样的问题呢，这不，她立刻就温柔而又娇羞地回应我了。这时候，我们都不约而同地想起了母亲，是我们的母亲，更是这个词背后属于全人类的伟大意旨。说到这个词，心里有暖有湿润。

昨天，我在试论剧作中的母爱题材时，想多了，感伤得一度没法研究。因为，有一种记忆可以很久，有一种思念可以很长，有一种爱叫作"母爱"。我们也许突然感悟，太多年过去了，母爱像被褥，一样覆盖我们久了。母亲其实是一种岁月，从绿地流向一片森林的岁月，从小溪流向一池深湖的岁月，从明月流向一座冰山的岁月。少年的时候，对母亲只是一种依赖；青年的时候，对母亲也许只是一种盲目的爱。只有当生命的太阳走向正午，人生有了春也开始了夏，对母亲才有了深刻的理解，深刻的爱。随着生命的脚步，当我们也以一角尾纹，一缕白发在感受母亲额头的皱纹，母亲满头白发的时候，我们有时竟难以分辨，老了的，究竟是我们的母亲，还是我们的岁月？我们希望留下的究竟是那铭心刻骨的母爱，还是那点点滴滴、风尘仆仆、有血有泪的岁月？岁月的流逝是无言的，当我们对岁月有所感觉时，一定是在非常沉重地回忆中。而对母亲的牺牲真正有所体会时，我们也一定进入了付出和牺牲的季节。有时候我在想，作为母亲，仅仅是养育了我们吗？倘若没有母亲的付出，母亲的牺牲，母亲巨大无私的爱，这个世界还会有温暖，有阳光，还会有沉甸甸的泪水吗？我们终于长大了，从一个男孩变成一个男人；从一个女儿变成一个母亲。当我们以肩头挑起责任也挑起命运的时候，当我们似乎可以傲视人生的时候，也许有一天，我们会突然发现，白发苍苍的母亲正以一种充满无限怜爱、无限关怀、无限牵挂的目光在背后注视着我们。我们会在刹那间感到，在母亲的眼里，我们其实永远没有摆脱婴儿的感觉，我们永远是母亲怀里那个不懂事的孩子。往往是在回首的片刻，在远行之前，在离别之中，蓦然发现我们从未离开过母亲的视线，从未离开过母亲的牵挂。"谁言寸草心，报得三春晖。"我总在想，我们又能回报母亲什么呢？

母亲是一种岁月。无论是我个人平庸也许单纯的人生体验，还是整个社会前进给我的教诲和印证，在绝无平坦而言的人生旅途上，担负最多痛苦，背着最多压力，咽下最多泪水，仍以爱、以温情、以慈悲、以善良、以微笑对着人生，对着我们的，只有母亲！永远的母亲！没有母亲，生命将是一团漆黑；没有母亲，社会将失去温暖。那是在我认为生命最艰难的时刻，面对打击，面对失落，我以为完全失去了，就在那一刻，是母亲的一句话，让我重新启程。看着我掩饰不住的沮丧，母亲说，儿子，该知足了！日子还长着呢！于是我便理解了，为什么这么多哲人志士，将伤痕累累的民族视为母亲，将涛声不断的江河视为母亲，将广阔无垠的大地视为母亲，因为能承受的，母亲都承受了；该付出的，母亲都付出了。而作为一种岁月，母亲既是民族的象征，也是爱的象征。也许因为我无以回报流淌的岁月所赐予我的，所以，我无时无刻不在爱着我的母亲。在我眼里母亲是一种永远值得洒泪的感怀的岁月，是一篇总也读不完的美好故事。母亲是一棵树，为我们遮挡风雪和严寒；母亲是一盏灯，给我们光明和温暖。人生中，母亲就是一切。在悲伤时，她是慰藉；在沮丧时，她是希望；在软弱时，她是力量；她是一棵大树，春天倚着她幻想，夏天倚着她繁茂，秋天倚着她成熟，冬天倚着她沉思。她是一潭清泉，时刻滋养我们心中的圣洁；她是那柔音，飘荡心中，福祉隽永……此文，同献即将做母亲的我的妻子。

2014 年 3 月 3 日

清晨杂感

失联飞机的时间还在继续累积，不知何时是个休止符。这么一个航班，不知怎的，就这么勾起我的很多思考。继汶川之后，那股熟悉的悲伤又一次充盈我的心。赶紧查阅了世界空难史后，我相信这不是一场空难，一定是类似泛美航空 914 号班机事件，只是凭借两张假护照还不能证明就类似洛克比空难。

飞机上的人群中，有我们国家的 24 名艺术家，有年逾古稀第一次出国旅游的老太太，有在外工作多年想回来看看父母的儿子，有不等父亲手术结束就匆匆赶去马来西亚游玩的"尚未长大"的成年人，有为了节约 500 坡币选择从马来转机的已经在新加坡工作了五年的泥水工丈夫……各种身份、肤色、年龄、国籍，当登机的时候，落座之时，我们是如此之近，只是现在不知是否还能接近想念的家人、关注我们的全世界的视野。

我一直在等待一则播报，昨天伊始，就开始了期望在未来的某一天，北京首都机场的塔台突然接到"Call tower, this is MH370. Request landing"这行字眼。我强烈建议首都机场航班信息公告牌上永远显示"MH370 吉隆坡北京延误"，这是永远给同胞留下回家的跑道，给亲人留下团聚的希望。有个念想，总比没有好，对吧？人在世间，acompany 是第一个关键词，lose 是紧随其后的第二关键词。我时常在想，acompany 和 lose 的间距如果能够无限拉大，不知道是多么美妙的事情啊。

　　飞机上的大家，无论涵盖的是什么样的人，曾以人品、人生态度为分野的，也涵盖了可能导致飞机失事的所谓"为真理献身的殉道者"，无论你们各曾经怎样，之于现在，统统都是浮云了。我只知道自己迫切盼望你们归来，我也坚信包括我在内的全世界关注你们的人，更迫切盼望你们归来。满怀喜悦，踏上闪烁温暖的灯芒的归家的路。那盏灯，是北京机场塔台永远为你们点亮的信号灯，是家家户户中映照家人焦急翘首的柔和灯光，是大慈大悲的上苍心中慈祥的济世之光芒。

　　每一生命都应当、也务必在凝视中珍惜，在平视中尊重，在平心中珍爱。寻找引注，发现法国学者史怀泽说过："当一个人把植物和动物的生命看得与他的生命同样重要的时候，他才是一个真正有道德的人。"哲学家海德格尔认为："人不是自然和大地的主宰者，只是它们的维护者，人应该和动物、植物平等相处。"而现在，我发现植物、动物是这样，万物主宰之人不也是这样的观照态度吗？只有当我们每一个人都用平等的、慈爱的眼光去看待所有生命，对它们给予尊重和爱护，世界才会在我们面前呈现出它的无限生机。对于飞机的、海上的、陆上的这样那样的问题、灾难才会越来越少。当我们对所有生命常怀敬畏之心，我们才会感受到生命的高贵与美丽。亲爱的你们，我们时刻期盼见到你们亲切的、喜悦的脸庞，期盼在每一分、每一秒。

2014 年 3 月 10 日

比四年前更不怎么样的阿根廷

在比赛开始前，有人欢乐地发起了"阿根廷人打进第一个进球的球员身高"的预测。我的老友村长和小强、老刘都把票投给了梅西。只是最终这一预测爆出大冷，因为为阿根廷打入第一个进球的，是一个身高 1.83 米的德国人。

当然，如果不是科拉西纳茨创造了世界杯史上最快的乌龙，那么此时此刻，东西两半球的阿根廷球迷们，应该又一次在那首被阿根廷国家队搞到恶俗之极点的《贝隆夫人》的主题曲中，点起了蜡烛，想着去哪里搞点儿阿根廷烧烤配冰啤冲淡哀伤。

对于连进四强都已经是最低任务的阿根廷（萨维利亚语）来说，这一切仿佛一个笑话。这一切源于北京奥运会冠军，塞尔吉奥·巴蒂斯塔的接替者，顶着阿根廷难得的世界冠军光环的萨维利亚在与波黑比赛开始前的 48 小时临敌变阵 532——据说这是为了解决前锋过多的问题，以及先前荷兰人用三中卫的阵型屠戮西班牙之后所得到的启示，可惜阿根廷人用整整 45 分钟证明了这又是一个笑话。

某种阵型一定可以克制另一种阵型的纸上谈兵本是中国教练的专利。20 世纪 90 年代，便有"专业人士"考证出中国足球总是逢韩不胜的原因是由于韩国人师从德国人的三中卫阵型更牛一些。如今，连中国足球都明白了阵型是死的，而人是活的。

三中卫战术的成功样板，有 2002 年的巴西与 2000 年欧洲杯的意大利，但前提是巴西人有史上最凶悍的卡福与卡洛斯组合，而意大利当时的中后卫是卡纳瓦罗、内斯塔和费拉拉这样殿堂级的组合，外挂一个一条边平趟到底的赞布罗塔。荷兰人的成功以及当年阿根廷人独创的3313，亦各有施内德＋布林德，以及里克尔梅加贝隆这等传球高手的存在。

如今的阿根廷，后防线上连阿亚拉都没有，中场更是连一个能传会控的球员都欠奉，简单粗暴的刻意模仿，终究是一场东施效颦。本届世界杯开赛以来最乏味的半场，无聊到连央视名嘴都开始说绕口令取乐了。

阿根廷的无奈源于从前锋到后卫，除了单打还是独斗。不奢望重复八年前对阵塞黑，历经26脚传递后由马克西射入世界波的华丽，但包括梅西在内的世界顶级前锋都只会闷头带球直至一头撞向身高一米九的高大后卫，开场25分钟，梅西丢球6次，却依旧不死不休地执拗，实在令人汗颜。

加戈与伊瓜因在下半场一开始便集体入替，正是对阿根廷人奇思妙想的彻底否定。当阵型回归4231之后，阿根廷人终于又会踢球了，于是，有了让央视名嘴瞬间歌颂的"梅西的世界杯首个入球"，但即便如此，这位被认为最有希望并肩马拉多纳的球星，依旧以无力的表现有力地驳斥了关于他为世界杯留力的揣测。马拉多纳赛前毫不犹豫地为梅西辩护："我想告诉梅西，他可以放轻松点，不要去听那些傻瓜的声音。这世界上总是有那么多傻瓜，这非常不幸。"

如今，不幸的是阿根廷，阿根廷教育部部长西尼奥尼刚刚宣布在阿根廷小组出线后，不会反对学校停课让学生观看世界杯，因为，这也是一种足球爱国主义教育。但今天早晨的阿根廷，甚至连四年前马拉多纳麾下的那支球队都不如，纵然小组出线不难，但在淘汰赛中遭遇真正强敌，难道阿根廷人又将如四年前一样，集体见证丧权辱国的时刻？

　　作为一个拥有 28 年看球历史的阿根廷球迷，我表示有些茫然。好吧，鉴于阿根廷球迷有着乐观主义的传统，我也必须承认以下两点：一是梅西成为继马拉多纳之后，第二位能在时隔八年之后再次为阿根廷进球的人，如果这也是评判标准的话，他离球王就又近了一步。二是近年来的世界杯，太多的冠军队在飞翔之前，首场总是要踢得像一坨"翔"。

2014 年 6 月 16 日

德国人实质上是不呆板的黑天鹅

德国人给世界的印象，一句话，一个演进到呆板的不可思议民族，他们的呆板让世界印象深刻。我的一位女性朋友前几年远嫁莱茵河，没几个月就发电子邮件向我吐槽，说她的爱人规定吃饭时只能吃一片面包，没得商量、不可更改，结果作为资深吃货的她远嫁德国后愣是没有吃过一顿饱饭。她也分享了一个真实的笑话给我，就是如果在德国电梯里听到有人放了个屁，放屁者会自嘲地道歉，然后一定要让电梯立刻停下来，巴不得马上有条铁棍撬开电梯门，把臭气放出去。

今天，就是如此呆板的德国人认认真真地把作为世界驰名的华丽技术流与最佳颜值队——葡萄牙打了一个 4 比 0 的比分，在巴西这个极度渴望夺冠的国家，无声却豪迈地宣示："看看，我才是冠军的实力！"

不远处的那个自认为和马拉多纳是一回事的阿根廷小个子梅西，还沉浸在世界杯第二粒进球的喜悦中吗？穆勒的三粒进球……这是要成为本届世界杯最佳射手的野心。即使肮脏如世界驰名的恶汉佩佩也无法阻挡。哦，忘记说一件事，我朋友还告诉过我，在德国、欧洲、全世界，挑衅德国人只有一个结果，德国人不会还击你但是必定会上诉最近的法院，所以，法治国家的球员最好别干这事。

而 C 罗一定会哭出声来，即使不在球场上，也会在更衣室内，或者在他女友伊莲娜香喷喷的怀抱里。他今天就像一个在学校里骄傲自恋惯了的小男孩，被外校校队的德国同学认真地教训，然后很礼貌却又饱含深意地告诉他："你的球技在我们面前就是一坨屎。"即使今晚模特女友再怎么努力慰藉他，C 罗也会在做爱的中途哭泣起来。过去一个赛季，为了欧洲冠军，C 罗已经用尽了自己的力气。看看同时参赛的世界杯球员，上个赛季偷偷躲起来不工作的范佩西，现在可以飞起来；上赛季散步的梅西可以打入标志性进球；让穆里尼奥一个冠军都没拿到，白疼了的小子奥斯卡在第 92 分钟还可以冲刺进球……

被弗格森宝贝惯了的 C 罗，就像一个贪心的孩子，想把桌上的糖果全部吃掉，却被大龄的德国同学狠狠地扇了一嘴巴，世界杯冠军的梦想？有德国人在就别想。

德国人今天的首发阵容没有真正的前锋，摆在最前面的穆勒从来就不是正式前锋，却能干出比前锋更能进球的活。德国人过去一段时间一直在学习西班牙人的战术，今天他们已经拿出了一套比瓜迪奥拉战术更先进的打法，这就是德国人，他们总是在踢世界的屁股。他们总是毫无幽默感地把足球变得更好，更完美。

大不列颠是对德国人最有"痛感"的国家，德国佬总是用一种看廉价妓女的眼神看着我们的足球队，或者是看着我们整个国家。就算在英语课堂上，德国学生还敢于纠正英国老师的语法，这不由得让我们抓狂！德国人认为他们在所有的事情上都领先，而且还没有顾忌地大声说出来。

甚至，我的一位朋友还曾认真地告诉我，如果我想光顾色情业，一定要去德国，因为那里的服务标准高，而且在政府的监督下非常干净卫生……德国人认为自己所有的一切都是最好的，事实也是如此，不像 C 罗认为自己是最完美的，但事实并非如此。

德国人再一次把足球变成了"22 人参赛，最后由德国人赢的游戏"，他们严肃的表情让其他参赛队紧张，再也没有"重在参与"的精神。德国人从来不讲这种垃圾话，因为他们从来就只知道最后的那个冠军。

2014 年 6 月 17 日

墨西哥对巴西求爱的拒绝太无情

虽然世界上许多地方的人都自称喜欢吃辛辣的食品，最辣的辣椒出产在大不列颠，最时兴的零嘴——辣条生在中华人民共和国，但所有走遍天下的过来人共同的印象里，墨西哥人的辣味才是真正的辣。今天，墨西哥队在守门员奥乔亚的带领下，0比0逼平了巴西，让整个巴西像内马尔一样被墨西哥辣椒呛出了眼泪。

墨西哥人，和我福州某新疆饭店的维吾尔族美女、兄弟很像。有一回我请一老友在这家餐馆打牙祭，喝到酣畅处，突然大厅里歌舞大起，一群维吾尔族美女、兄弟鱼贯而出，激情热舞，还闯进了食客群里拉人共舞。我那喝得有三分醉意的老友就这么"沦陷"为舞群里的一员，这件事情必定让他成为我长期的笑料，也必定让其人生记忆里再多一抹奇葩亮色。而墨西哥人呢，据我发小，曾在墨西哥待过三五年的林崴介绍，当你在随便一家墨西哥餐馆里吃饭时会突然冒出来的一堆小个子，戴着草帽弹着吉他，唱着激情洋溢的歌曲，围着你至少半小时的表演后满脸堆笑地等候着你的小费。今天，墨西哥人把他们的歌唱给了全世界听，欢乐着让巴西人悲催，让同样热情似火而难耐的他们感受到了被拒绝的滋味，也让全世界看到了巴西足球的现状，就像泰坦尼克号上的露丝的母亲——空留贵族之名，实则外强中干。

守门员奥乔亚对球门的保护还真像对待富二代的露丝，拒绝一切挑逗和攻击，把球门遮掩得严严实实。但反过来说，女人的心扉和裙子，征服不了，不是女人太强大而是男人太乏术。巴西人的攻击力就像我外祖父和他的朋友在踢球，简单到只有一种办法，就是把球远远地传吊到禁区，然后希望瘦弱的内马尔捡漏？巴西人可是创造了艺术足球的大师，到今天已经让西班牙、德国这些国家踊跃学习并流传全世界，但巴西人呢？他们从桑巴舞者不知何时早已沦为苏格兰橄榄球手。

内马尔不是第一次让人失望了，但巴西人还是坚持认为他将是贝利的接班人，当我发现他连大罗、小罗都未能超越，反而是相对于贝利、大罗、小罗总是在自己发型、发色上注入无穷的精力。巴西队的世界杯目标只有一个，就是冠军。但从这场比赛来看，巴西存在着太多的短处。他们的进攻没有章法，奥斯卡无法控制节奏，中场的防守人才太多，首发的三名中场古斯塔沃，保利尼奥和拉米雷斯最擅长的是铲球，替换上场的伯纳德无法获得全队的信任，威廉上场时间太短，替补前锋是若，我不知道这家伙怎么可以成为巴西国家队队员，还不如斯科拉里亲自上场踢前锋。

当然，巴西人可以自我安慰。墨西哥人从来就不怕巴西，他们在巴西人面前就像阿富汗的"平头哥"蜜獾遇见荷枪实弹的美军——不是一级别，但我也能不怕死地冲上前至少咬你一口。所以，今天的平局，相当数量巴西球迷们居然还能在论坛上表示满意，认为是巴西在为后面的比赛蓄力而已。

但总共一个月的赛制，如果第二场比赛还是这样的状态，巴西将怎样面对欧洲强队？德国人、荷兰人甚至法国人，都不会让巴西人轻易过关。

这一次世界杯非常奇怪，在足球上从来都非常自信的巴西球迷，这一次对冠军的归属非常的理智。我的许多巴西朋友都认为，巨大的压力将会让巴西崩溃，从而失去冠军。与墨西哥的平局，已经把这种压力增加了许多倍，也许裁判会在淘汰赛里给予巴西帮助，但冠军终究是用实力换来的！

2014 年 6 月 18 日

重蹈无敌舰队覆辙的斗牛士

今天的西班牙肯定让全球拥趸们火大了，因为太失望了。恐怕在全部拥趸们最恐惧的噩梦里，也没像今天的西荷之战、西智之战般不可思议。

两场比赛，过程何其相似，甚至简直就是西班牙历史上著名的德·托罗撒战役之穿越后的倒写。

1212 年，德·托罗撒战役爆发。对阵的双方是西班牙和阿尔莫哈德王朝，西班牙得以从后者的统治中解脱。纳西尔的柏柏人和安达卢西亚军队发生了严重冲突，后者突然全体叛逃，因此这场西班牙人最伟大的民族战争，得来好像有点容易。有历史学家宣称，西班牙方面仅仅伤亡了 25—30 人，纳西尔大帐入口处的巨型挂毯作为战利品，被送到了布尔格斯的拉斯·胡埃勒加斯修道院，悬挂至今。

不幸的是，不是所有的对阵都会如此轻松。武士的头衔从刀剑中得来，也要在刀剑中保存。球队的光荣从一场场战斗后积累，在皮球斑驳的表皮得以保存。不过一切的关键是，头衔和光荣均来自稳定。6 年来先被质疑到终于被人仰望的 TiTa-TiKa 现在又像坐过山车一样下坠到一钱不值，控球很丰富，但斗牛士们并未解决上一届世界杯就存在的问题，曾经的胜利固然可以掩盖，但今日便是看似牢固的疮疤被揭的时刻。

西班牙两场丢 7 球，唯一的进球还是迭戈科斯塔争议到的点球，这真是比 2002 法国队、2010 意大利队这两支冠军队的表现更为糟糕，继续深化、延续了欧洲世界杯卫冕队的诅咒。我想，当美梦警醒的时候，亦如当年美职篮梦之队 2002 年被多年脚踏的对手掀翻之时，人们终于开始意识到控球不过是数据中的一种，而且和比分没有直接关系。

在足球中，极致是罪，但我于悲痛中提醒一句，这也是新一轮技术革命乃至王朝更迭的起点。

贝肯鲍尔在批评拜仁本赛季欧冠半决赛的表现时说，控球只是目的。拜仁一度突然意识到他们需要流利地短传，和更多控球，于是他们请来了瓜迪奥拉。20 世纪 70 年代，拜仁和德国队在世界前列时，他们的足球无往不利。德国足球以"意志力"一直吃到了 90 年代中期，虽然其中有 1994 年世界杯八分之一决赛输给保加利亚的"意外"，但还是坚持显威到了 1996 年。那是一个什么年头阿，1996 欧锦赛对意大利几乎不能攻到对方禁区，靠佐拉罚掉点球 0 比 0 出线；半决赛对英格兰仅有一次机会，昆茨进球，1 比 1 进入点球大战晋级……然而到了 2000 欧锦赛，技术革命最终还是来到了德国足球。这不但是勒沃库森等队率先开始的试验，也是德国足球不得不走的道路。固然，在意志上德国足球仍然有其优点，但仅靠精神就能赢球无异于天方夜谭。同样，曼联王朝的兴衰也有类似的脉络，当 92 班和弗格森都不在时，实际上是没有"曼联遗产"可以继承的。

西班牙发挥最正常的一个半场莫过于对荷兰的上半时。当对手的打击接踵而至，西班牙开始自我怀疑，其战术威力大打折扣。雪上加霜的是，在看到荷兰的表现之后，智利以"和尚摸得我为何摸不得"的气概悍然对攻，终将西班牙撕得七零八落。同一种语言，让两者的足球本来就有其相似性。在其他球队都还对西班牙足球惊为天人之时，如智利这样的球队是深刻了解的。西班牙走下坡路时与之相遇，完全是屋漏逢夜雨。

6月18日，西班牙国王胡安·卡洛斯一世在马德里正式宣告退位，随后西班牙首相拉霍伊也在文件上签字。法令将于19日零时正式生效，同一时刻王储费利佩将正式继承王位，成为新一代西班牙国王费利佩六世。同一时期，西班牙足球不是也经历着同样的事情？

2014 年 6 月 19 日

今天必然抢头条的英格兰

稍微晚一些时候，阿兔给我发来一条信息，内容言简意赅：今天的英格兰又要拉稀摆带了。

比起往届大赛动辄在控球率、射门数和盘带过人等方面常常被对手压制如家常便饭，本届世界杯上的英格兰在数据方面确实大有改观。对意大利时他们打出了己队世界杯参赛史上最高的 91% 的传球成功率，对乌拉圭他们再接再厉，全场控球 63% 比 37%，传球成功率 82% 对 63%，过人次数甚至出现了悬殊的 17 比 4。

如果光看纸面统计，乌拉圭反常地被全场压制，但事实上，英格兰的进攻雷声大雨点小，全场 12 脚射门，虽然 4 中门框范围，但真正的威胁球也就寥寥 2 次，换来一个进球。反观乌拉圭这边，8 脚射门仅有 2 次却全部打中门框范围，而且全部转化为进球。所以，英格兰的进攻，是从一种单调变成另一种单调，是从一个极端走向另一个极端。

英格兰队和本场解说员段暄犯的是同样的毛病：很快速，但毫无节奏感，乍看（听）仿佛激动人心，细看（听）则完全经不住推敲。一方面，球队在前场过于依赖斯特林和斯图里奇这两个牙买加人的短跑速度（如果博尔特来了不知该有多好）；另一方面，除了两短跑队员像参加奥运会那样不断冲刺外，英队像极了我大学时的院队，队员传球能力为零，无球跑动意识接近于零，加之杰队的廉颇老矣，使得以前尚可以作为最后一缕中场遮羞布的"手术刀式的最后一传"成为奢望。

随着生姜头退休多年，现在仅剩的杰队颇有种"我一个人，独自在继续"的孤独感，现在的他和亨德森都偏重于防守，对进攻组织的贡献欠奉，两人本场长传球总计多达 19 次，向前的短传几乎可以忽略不计，即便乌拉圭队早早地撤去了前场兵力更多地收缩后场伺机反击，这对老爷子苦心孤诣复制移植到国家队的利物浦双腰也无法将中场大片空间加以有效利用。我看着上半场的比赛就忍不住碍眼哀叹，那个敢拿球也拿得住球，敢于导演球队进攻奇迹的杰队哪去了？岁月真是把杀猪刀啊！

英格兰在进攻端的表现，其实在世界杯开赛前就不难窥豹。在热身赛弃用威尔希尔，选择更偏重于防守的亨德森，霍奇森看重的绝不只是他和杰拉德在俱乐部里的默契。使用两名欠缺进攻组织能力的中场——现在的杰拉德更擅长的也是后排插上而非组织——霍奇森从一开就已经打定主意，进球只依靠前场斯图里奇、斯特林和维尔贝克的身体素质，和鲁尼的灵感。

弃"节拍器"而就"推土机"，虽然霍奇森的用人选择决定了英格兰的走向，但也没必要太过苛责，毕竟，即便使用威尔希尔，没有阿森纳那样的人员配置，围绕威尔希尔来进攻，战术成本过高。以英格兰目前的整体水平，现在的首发阵容，或许已经是最优选择。

那么，英格兰输球究竟该怪谁呢？鲁尼？两战一传一射已是他历届大赛的最佳表现，他也是阵中少数几个能传出好球的队员；杰拉德？本场他确实出现了致命的防守失误，但即便战平乌拉圭甚或出线，以这支英格兰单一的进攻方式，在淘汰赛也难有什么作为。

英超的强大，固然让英格兰球员近水楼台，获得了更多和世界一流球员同场竞技的机会（感谢英国劳工证的限制和保护），但也同样让球队在人才培养上出现偏废。英伦球员在英超比例虽大，但多是工兵定位。几大豪门的中场进攻组织核心，都是外籍球员：曼城的大卫·席尔瓦是西班牙人，利物浦的库蒂尼奥是巴西人，切尔西的阿扎尔是比利时人，随着德国人厄齐尔加盟，连威尔谢尔本赛季在阿森纳也开始被迅速边缘化。面上好看的东西，推敲了实质性你就会感到倍加残酷，冰凉透顶。

所以，当看客们问英格兰为何缺乏有序的地面进攻？我说，英吉利非不为，乃实不能也。看看英格兰中场人才的储备情况就知，在可见的未来，这种情况仍然不可能得到改观。好在，从 1966 年就开始等待的英格兰球迷，一个又一个世纪已经在论证他们最不缺的就是耐心。而且，英伦人的固执，地球人不都早知道了吗？

2014 年 6 月 20 日

来自葡萄牙的死缓通知书

随着韩国人在阿莱格里港被非洲朋友打哭，中国队就成了世界杯开赛以来唯一能够取胜的亚洲队。这个笑话有点冷，像极了日本队踢平希腊的夜，央视名嘴站在北京的景山上感慨日本足球与世界的距离，就像富士山和喜马拉雅。但在预测界，中国人的确正在完成与足球王国的接轨，巴西有贝利，我们便有乌贼刘。刘姑娘每换一身衣服，刘健宏们就要念一首诗，除了最后一分钟完成绝杀的梅西，其他听众想要自罚三杯都不行，包括读秒阶段完成绝平助攻的 C 罗。从霍华德手中漏出去的一分，对于葡萄牙来说，只是一张死缓的判决书，在已经排出 4141 阵型的 G 组，理论上还残留出线希望的葡萄牙，净胜球是无解的硬伤。网络上少数群众关于 C 罗要在最后一轮绝地翻身的幻想，其实现概率甚至要小过美国绝杀德国队，携手四年前的冤家加纳人，双双晋级 16 强。

话说也是与西班牙签定《托尔德西里亚斯条约》共同瓜分新大陆的第一代大航海盟主，混到经济和足球都要靠德国人来援手，总该有些不好意思。况且本场比赛中为纳尼送出助攻的约翰逊出生于拜仁慕尼黑，德国人也就能帮你到这里了。

承认现实吧，现在是克林斯曼和勒夫拉小手秀恩爱的时间。是美国梦在足球界伟大复兴的时间。

在足球的当代史上，美国人与冠军无缘，但并不妨碍这些为美式橄榄球、棒球、冰球和篮球等运动挑剩下来的球员们成为足球世界里美国精神的最好阐释者，而另一个出生于德国的美国人杰梅因·琼斯为世界杯射入第 2300 球，更是足球世界中美国梦的样板。

但对于葡萄牙来说，美国梦，从来都是噩梦一场。那是遥远的 2002 年的夏天，黄金一代挟千禧年欧洲杯的余勇，想要在东亚搞搞新花样，结果一头撞上年轻的美国队，不到 40 分钟就被打成 3 比 0，结果输球的葡萄牙人被逼与韩国人血拼。那一届世界杯上最没有体育道德的韩国人，偏偏在与葡萄牙的比赛中坚持了公平竞赛的精神，面对费戈求和的暗示，李荣杓选择了说不。

那是一个转折，葡萄牙黄金一代就此慢慢淡出，纵然在两年后的欧洲杯和四年后的德国世界杯上有过短暂还魂，但所谓足球的性感，只能永远珍藏，为所有葡萄牙的追随者们就着时光下酒。

在此之后，时间又过了八年，一次欧洲杯，两次世界杯，纵然身怀字母罗此等利器，葡萄牙始终世界二流。

而曾被吾国足球界人士认为不入流的美国人，却经常能够奉献曾属于葡萄牙足球的性感与激情。64 年前的 6 月 29 日，也是在巴西，英格兰带着传统的傲慢首次登上世界杯的舞台，0 比 1 输给了美国队，接到电报的舰队街，以为前方记者为了省钱，英格兰的比分少写了一个 1，于是自作主张地将发布了英格兰 10 比 1 大胜的消息，从而在世界新闻史上留下了永不磨灭的笑话。

好吧，等到 64 年之后的 6 月 29 日重来，英格兰人已经和西班牙人一起，在欧洲的天空下等待葡萄牙人回来斗地主。

而从 1990 年的意大利之夏开始，美国人从来不曾缺席，他们呈现的名局，也从来不曾缺席。1994 年，世界杯来到美国本土，他们在十六进八的比赛中输给了后来的冠军，拥有罗马里奥、贝贝托和邓加的巴西人，但 0 比 1 的比分让他们成为那一年无解的巴西队赢得最少的对手。2002 年，葡萄牙人耻辱求和而不可得的那一年，多诺万初涉江湖，随美国队一路杀进八强，与后来的亚军，卡恩领导的德国人激战整场，也只一球小负。2010 年的南非，屡屡遭受裁判暗算，却在那一个功利主义盛行的夏天，捍卫了勇气的价值。

时间又过了四年，C 罗在三星的广告里依旧过人如麻，面对拯救地球的大任务，每天晚上都要好几次在电视里宣布要搏上一切套的剧情，好莱坞已经拍了几千部片。

随着西班牙人首先拉低了羞耻心的底线，那些大航海时代的冒险家们为美洲大陆造成的伤害，如今正由他们的子孙偿还。随着哥斯达黎加、哥伦比亚、美国这样的新兴美洲势力踢出漂亮的足球，而欧洲人则带着 6 负 1 平 2 胜的惨淡而去。此时此刻，玛瑙斯的上空，应该回荡着刘禹锡的诗篇：旧时王谢堂前燕，飞入寻常百姓家。而先知刘禹锡，今夜又将穿上什么颜色的球衣呢？见证奇迹的时刻，敬请期待！

2014 年 6 月 23 日

英格兰这回还是输给运气？

最近学习英语学疯了，不由得想再学学我的研究生恩师做学问那样继续挖挖英格兰。首先我觉得回国以后，如果霍奇森有空看看本届比赛其他球队的录像，只怕会生出一种自己丢掉中头奖的彩票被别人捡走的感觉。

突然发现，时机是一种很玄的东西。英格兰人肯定觉得自己生不逢时。哥斯达黎加打意大利，鲁伊兹的头球击中横梁下檐弹进球门线，鹰眼提示进球无误。四年前兰帕德类似的反弹球被当值主裁拉里昂达判成无效，英格兰人哭天抢地，虽未能得到改判，总算换来引入鹰眼和制度改革。哥意之战赛前，兰帕德还在得意地说，能够推动改革，自己与有荣焉，孰料这一次，英格兰盼着意大利赢哥斯达黎加为自己续命，鹰眼却又反过来，绝了他们的念想。

倒霉吗？有点。但这尚且还能算是天灾，更多的倒霉是自找的。比如迭戈·科斯塔，巴西人费了九牛二虎之力归化到西班牙，本以为抱上了连续三届大赛冠军的大腿，随时会被带着飞。谁知不但西班牙不复当年之勇，连对手们也在被虐多年之后总结出一套系统的经验教训，开始将出现漏洞的 Tiki－Taka 破解，足球战术当红炸子鸡的演变史，已经翻向了下一页。

更何况，科斯塔自己在西班牙也找不准位置，在中锋的位置上，他和中场核心哈维从未在正式比赛中配合过，风格也是大相径庭，以

283

至于在惨败于荷兰的比赛中他多次向哈维抱怨传球不到位，结果第二场哈维没上，科斯塔的情况也好不了多少，仅仅一个科克，远不足以复制他在马竞时的战术环境。

看不清风向，就要吃大亏。科斯塔入籍西班牙，有如在1949年的春天投奔国军。不但科斯塔自己出师不成身先死，还间接让西班牙放弃熟悉的无锋阵型，死在适应新阵型的路上。此人之毒彼人之药，在另一边，正为没有优秀中锋发愁的巴西只有为科斯塔明珠暗投扼腕的份——这傻孩子……

同样的故事也发生在英格兰身上。如果说鹰眼的事还算纯属巧合的话，那么他们的这次世界杯悲剧，则完全就是自找的。在前场堆砌突击手，看上去打得风风火火，其实对手暗爽到内伤。尤其是乌拉圭，善打反击的他们首战遭遇哥斯达黎加的严防死守，郁闷得完全施展不开手脚，遇到整体前压后防大开的英格兰，乌拉圭正好将比赛导入自己最喜欢的比赛模式，苏亚雷斯和卡瓦尼最擅长的，就是凭借技术优势"以少打少"。

回国以后，如果霍奇森有空看看本届比赛其他球队的录像，只怕会生出一种发现别人把自己中头奖的彩票捡走的感觉。从荷兰、墨西哥到哥伦比亚，甚至已经变身死亡小组哥斯拉的哥斯达黎加，无不把532打得风生水起，而这阵型的要义不外乎就是快速的防守反击，边卫准确的中长传，以及在两翼扯开空当之后中路球员的后排插上射门——这本是英格兰的拿手功夫，兰帕德和阿·科尔表示看到这里都快哭了。

当然，即便英格兰这次不变阵，充其量也只能保证他们不会那么早出局而已。真正的强者不只是看风向的高手，他们本身就是制造风向的高手，甚至就是风本身。自拉姆塞爵士以降，这几十年何曾见过英格兰引领过潮流？范加尔随便搞个532，何以就领了风气之先？

一支球队的自我否定与革新，究竟是自废武功，还是脱胎换骨，技术基础是分水岭。2002 年巴西务实的三中卫和双后腰配置，2006 年意大利变混凝土为狼牙棒，2010 年荷兰把飞翔的翅膀换成中场伐木的轮机，看似都是对自身风格的背叛，对于技术条件优秀的他们而言，其实只不过是战术的丰富而已。而以英格兰球员动辄停球停到数米开外的技术能力，要适应一种战术已经气喘如牛，变来换去，只能是作死。

同样的话，有些人说必是玩笑，而有些人说，却很可能所言非虚。这就像很多小车后面贴着的印着恶搞标语的小贴牌——"我另一辆车是法拉利"，每次看到都令人会心一笑，直到有一天，我看到这句标语贴在一辆宾利的后面。

风格是不折不扣的上层建筑，决定它的技术。有技术，风格可以根据场景，随时无缝切换，而没有技术，风格就只能用来发扬。

虽然把科斯塔放在中锋的位置上，但博斯克还是更情愿陪 Tiki-Taka 一道死，拒绝作出实质的变化。所以，同样是顶风尿湿一腿，迭戈·科斯塔的运气不好是原因，但西班牙难道不是不作死就不会死吗？

2014 年 6 月 23 日

相信未来，请继续控球

当西班牙成为继法国之后又一不可思议的卫冕冠军队，比法国更具悲情，也比法国更让人唏嘘不已。当哨音响起，西班牙球员们与袋鼠球员拥抱，向支持他们的球迷们致谢时，我的泪水忍不住就流了下来。

他们不应该在朝阳时期就这么光速坠落，他们的失败毫无道理可言。他们的技战术还处于世界领先水平，他们远远比当年的法国队还要强大、厚实、好运得多。

当天夜里，我情绪低落地登进微博，在发的牢骚下方的评论栏，一位名曰"名叫芒果班戟的飞天笨猪侠"的游客给我留下了一段话，权当西班牙球迷之间的聊表慰藉吧：

> 当蜘蛛网无情地查封了斗牛士的炉台，当灰烬的余烟叹息着贫困的悲哀，我依然固执地铺平失望的灰烬，用美丽的雪花写下：相信未来。

这段话源自著名的西班牙名著《巨人传》，西班牙是个巨人，年轻力壮的巨人，也是不幸的巨人。

当世界杯淘汰赛阶段的PK即将大幕开启时，身为上届冠军的西班牙可能早已在候机厅等待回国的班机了。但即便如此，在这场无关紧要的小组赛末战当中，斗牛士们仿佛返回了1998年的法国世界杯，依旧酣畅淋漓，用一个3比0，以及一场远比比分更加漂亮的比赛，用我们熟悉的 Tiki－Taka 宣告：请相信西班牙美丽足球的未来，我们肯定不会就此凋零。

袋鼠军团绝非菜瓜，但在比利亚灵感迸射间的脚后跟妙射面前，在托雷斯风般飘逸的推射远角面前，在马塔气定神闲的传档巧射面前……袋鼠本就弱于公牛，更遑论公牛克星斗牛士？本场比赛中，西班牙收获的 3 粒进球个个精彩，将这支球队人员特点的多样化与多层次展现得淋漓尽致。

更耐人细细品味的，则是 3 粒进球前斗牛士军团的进攻组织与酝酿：比利亚的绝世脚后跟一磕，要感谢胡安弗兰恰到好处的右路传中，而马竞卫将的传中机会，则来自伊涅斯塔节奏变换之间突然提速，一脚直塞打穿澳大利亚整条防线。托雷斯与马塔各自干脆利落地摧城拔寨，同样得益于伊涅斯塔和法布雷加斯掌控乾坤般的一脚传递，犹如手术刀一样锋利地将对手布防倏地切割得支离破碎。这是久违的西班牙式控球打法。

这是我们期盼了已久的 Tiki－Taka，也是西班牙队这三场比赛都一直在使用的 Tiki－Taka。诚然，这是无碍小组大局的安慰之战；诚然，澳大利亚自身实力也逊于荷兰、智利，但无论如何，西班牙都用一场让对手心服口服、也让观众心悦诚服的胜利，再好不过地证明了一个真理：控球打法不会过时，Tiki－Taka 也不落伍，它的效果取决于执行它的球员集体状态。

西班牙过早出局之后，在中国有不少声音对此大赞特赞，仿佛知识爆炸的时代控球已经过时，仿佛荷兰队就是取代控球的天选新子，仿佛控球有罪，似乎连续传递毫无天理……而在西班牙则有不少意见在忙不迭地声讨球员的老迈，以及还有足球赛场规律里当你连续取得至高荣誉后或许存在的饥饿感的缺失……

纷纷扰扰与熙熙攘攘之间，太多人都忽略了一个最基本的事实：绿茵场上没有最好的打法，只有最适合的打法，这届世界杯的荷兰队正是如此，最适合的打法能否发挥出最佳的效果，取决于球员的整体状态。纵观西班牙足球当前的人才特点，控球至上是最适合他们的打法，当你看到无论是豪门还是平民的西班牙俱乐部，不管是西班牙青少年梯队还是成年国家队，在极小空间内都要求队员们必须完成快速连续地一脚出球、不得失误的"遛猴"训练，几乎没有一家西班牙俱乐部愿意好好地练习防守反击，当传控被固定成为"全民统一训练教材"时，任何人便都会明白，控球就是西班牙足球的 DNA，就是西班牙足球的魂魄，同时也便是西班牙足球的宿命。只不过，控球打法让斗牛士军团在国际足坛登峰造极许久之后，这次在巴西面对荷兰与智利时，它失去了发威的根本基础：被对手研究透彻之后，西班牙的整体状态逊于准备得更充分的对手，从而导致控球打法的威力彻底遁形，其实，早在之前的 2012 年伦敦奥运会，当自信满满的西班牙国奥队第一场比赛就被低姿态的日本队击败时，就应该为 2014 警醒了。

这个世界永无后悔药，足球更不例外。

负于智利之后的汰局已定的痛苦夜晚，有人曾问前西班牙足协技术总监也是西足名宿的西耶罗"我们的足球是否走到了一个十字路口"。对此，这位见证了阿拉贡内斯开启辉煌、并且用力荐博斯克的方式为西班牙足球巩固辉煌的前西班牙队长、前皇家马德里队长只是淡淡地答曰："我们用了几代人的努力才找到并建立起了属于自己的踢球模式，所以它也绝不会仅仅因为两场比赛的失败，就被彻底颠覆得四下飘零。"

一届世界杯而已，只要人类不灭亡，地球不爆炸，以后还有无数世界杯等着无穷尽的子子孙孙们去见证。

而这，也是艰难时刻最为宝贵的信仰。这个世界已经太过多变和多疑，西班牙足球也曾在变与疑中彷徨蹉跎。所以，尽管与澳大利亚的这场比赛从世界杯小组赛晋级角度看已无意义，但这样一场用控球打法实现的美丽的胜利，却对西班牙坚定地继续在采用适合自己打法的道路上走下去，有着不言而喻的重要意义。哈维可以宣告离去，比利亚能够在掩面哭泣中完成对国家队的告别，哪怕就在不远的将来，伊涅斯塔也会步入老将的行列，甚至博斯克也可能就此道别……但看看莫拉塔的脚下功夫，赏赏蒂亚哥的传递灵气，瞧瞧伊斯科的控球魅力……所有人就都会明白，西班牙的控球打法与 Tiki－Taka 一定还会东山再起。突然想起近代的中国，政治体制一会儿学英伦，一会儿学德国，再一会儿又学日本，结果呢？到了现代，中国足球一会儿学巴西，一会儿学德国，结果呢？国足没有学进世界杯，反而学成了……当我的紫葡萄化为深秋的露水，当我的鲜花依偎在别人的情怀，我依然固执地用凝霜的枯藤，在凄凉的大地上写下：相信未来。所以，让我们一起相信未来！！

2014 年 6 月 24 日

相信未来，请继续控球

写在世界杯结束时

每次的世界杯都是四年等一回，每一次都是最不舍的告别。

我记得在本届世界杯初写阿根廷的一篇文章时，遭遇了我的阿根廷骨灰级粉丝朋友老刘和波波的联袂鄙视，他们坚信阿根廷会夺冠，说我是吃不着葡萄就说葡萄酸。百口莫辩，我只能告慰他们，感情替代不了客观现实和铁律，还有运气（运气其实也往往源于实力），我当时就预测德国本届最有戏。结果……

这是世界杯历史上德国第 8 次打入世界杯决赛，也是德国第 4 次获得世界杯冠军，单从成绩来看，德国队毫无疑问已经是这个星球最优秀的球队之一，而且我有信心他们将会从之一成为第一。我还是那句话，德国，他们打造的德意志成功模式值得全球任何球队乃至足协、国家借鉴和学习。

一口不能吃撑，更不可能吃成一个胖子。德国的成功没有偶然，是日积月累的结果，也是遵循客观规律不懈努力、不惜任何代价努力的结果。我曾经很疑惑，德国靠举国体制搞足球，成功了。中国也靠举国体制，而且比德国更深谙此道，为什么就一晃十二年了连世界杯参赛资格都获得不了呢？经过这次世界杯之旅，再结合多年对德国非球迷而是接近专业立场的跟踪、了解，我对曾经的巨大疑惑有了几点理解，特此下表：

德国此次决赛的情形与四年前的几乎如出一辙。加时赛，绝杀，

1：0，这次是格策，四年前是比利亚。四年前笑得无比灿烂的是西班牙；四年后，胜利的欢庆属于德国人。在经历了过往三届世界杯一次亚军两次季军的遗憾后，德国人终于站在了世界之巅。24 年后，大力神杯上终于再度刻上德国的名字，这也算是对于已经到了开花结果阶段的德国新黄金一代的最好奖励。从 1954 年到 1974 年，从 1990 年到 2014 年，德国人四次夺冠分别穿越了超过 20 年，但实际上，自从参加世界杯以来，德国人的稳定从来让人觉得可怕！德国人手持天球、追逐天球的力量大得让人震颤。

　　1990 年，马特乌斯率领德国击败阿根廷获得世界杯冠军。24 年轮回，德国再次站在世界之巅。太多人都希望 24 年后的轮回是另一种情形，我也希望世界的发展不要一成不变，但是我从不能怀疑，一支仅仅靠一个球星的球队能够在讲究科学化分工协作不知道多少年，早已渗透到社会所有领域不知道多少年的今天可以撼动另一支合乎于这个世界脉搏的球队。

　　2000 年，德国队在欧锦赛小组赛阶段就早早被淘汰，尤其最后一场 0：3 负于葡萄牙 B 队惨遭羞辱。那一届的惨淡失利，让德国足球痛定思痛，决定大幅推动改革，一场革命悄然上演，而革命的效果也是格外显著的。从 2002 年起，德国人的世界杯征战成绩让所有豪门侧目。

　　2002 年，德国与巴西在世界杯决赛激战 90 分钟，日耳曼人最终败给了封神的罗纳尔多。2006 年，德国人在家门口一路高歌猛进，却遗憾倒在了半决赛，不过在三四名决赛中，他们拿下葡萄牙取得季军。四年前的南非世界杯，德国人用疯狂的进球一路将英格兰、阿根廷斩杀，但依然是没能迈过半决赛这道关，又是一次季军，德国人将何时夺冠的悬念继续保留。终于，又是四年的等待后，该来的终于来了。12 年时间，一个冠军，一个亚军，两次季军，谁敢说这不是德国足球的黄金年代？看着 36 岁的克洛泽，他就是这个德国足球这个时代的石化图腾柱！

德国上一次参加世界杯的成绩在 8 强之外是什么时候？答案竟然是 1938 年！也就是他们第二次参加世界杯的经历。纵观历史，德国队 18 次参加世界杯赛，13 次打进四强，共夺得 4 个冠军、4 个亚军、4 个季军，如此惊人的战绩，就连号称足球王国的巴西也远远不及。而自从世界杯决赛阶段改制后，德国队但凡参赛，最低成绩都是进入 8 强，这一点足以让法国、意大利、英格兰、阿根廷等豪强竖起大拇指。就连五冠王巴西，从世界杯创立以来从未缺席，但他们也只是 10 次杀入四强；四冠王意大利则是 8 次，而双冠王阿根廷则仅仅只有 4 次杀进四强。

最让人觉得可怕的是，无论主帅是谁（从沃勒尔到克林斯曼到勒夫），无论核心球员是谁（从卡恩到巴拉克到小猪再到厄齐尔和克罗斯），无论是怎样的技战术风格（传统的硬派冲吊到快速高效反击再到控制流），德国人从来都是如此稳定，似乎他们的战绩并不会随技战术打法的变化而变化，不像坠落的巴西、西班牙和意大利。

德国队在世界杯上的总战绩积分排名第二，夺冠次数排名第三，这还是在比巴西少参加两次世界杯的情况下取得的。这几年来，德国每年的年终世界排名都稳定在前三，仅次于称霸的西班牙。这届世界杯过后，德国已经超越巴西成了历史上参赛场次最多的球队。他们在世界杯赛场上参加了 99 场比赛，而巴西则是 97 场。下一届世界杯，德国队的首场比赛也将是他们史上的第 100 场世界杯比赛。

德国人的强势，不仅是世界杯中的稳定表现，在最近几年的欧冠赛事中也有清晰展现。凭借这些年在欧冠赛场的集团优势，德国人已经反超意大利成为欧洲第三，并且将对手远远甩在身后，接下来他们的目标就是超越西甲和英超。从 2009/2010 赛季开始，已经连续 5 年有德甲球队闯入欧冠四强，其中拿到一次冠军三次亚军，以 2012/2013 赛季最为突出，拜仁和多特蒙德会师决赛，成就了德甲荣耀。

相比英超联赛的金元攻势，繁荣的表象下却也埋藏着危机的种子，德甲联赛的发展则是另一番景象——和谐、健康的长效机制，也许相对逊色于英超的浮华和瞩目，却着实是在稳扎稳打地壮大自己，而培养青年才俊就是这长效机制中最为重要的组成部分。这正应了梁公所言："少年雄于地球，则国雄于地球。红日初升，其道大光；河出伏流，一泻汪洋。潜龙腾渊，鳞爪飞扬；乳虎啸谷，百兽震惶；鹰隼试翼，风尘吸张。奇花初胎，矞矞皇皇；干将发硎，有作其芒。天戴其苍，地履其黄，纵有千古，横有八荒，前途似海，来日方长。"但，德国青年的背后是一个国家、体育、人共同构成的场的支持。

首先，没有政府始终全力支持，无大力无奇迹。而且，积极的足球政策先由市场决定，最后由政府助力足协监管俱乐部坚决执行。4年前，攻入世界杯绝杀球的伊涅斯塔 26 岁，而今夜上演绝杀的马里奥——格策，只有 22 岁。这或许是他职业生涯中最重要的进球，尽管他还有十多年的职业生涯要走。格策金子般的绝杀，正是如今德国足球最好的写照。十年磨一剑的青训建设，完美的反哺了国家队战绩！

这还是得从 2000 年欧洲杯的惨败小组出局说起，年近 40 岁的马特乌斯仍是球队主力，全队 25 岁以下的球员只有巴拉克和代斯勒两人。从那归来，德国人下定决心，大幅推动青训建设！这就是德国足球的大革命，这场革命给德国足球带来的是近四届世界杯一座冠军、一座亚军、三座季军奖杯的荣耀。

近些年，德国足协以及各俱乐部都下大力气狠抓青训工作，让德甲赛场涌现出一大批有着纯正日耳曼血统的战士，这批球员在国内外赛场上的优异表现，是德国青训厚积薄发的结果，也彰显了德国足球不争短期利益，而图长远霸业的一条发展思路。面对德国足坛新秀如雨后春笋一样地不断涌现，德甲赛场充分给予了这些年轻人更多的表现机会。在德国，不少俱乐部的经济实力不是很强，没有能力在转会市场上挥金如土，于是它们就把心思放到了培养年轻球员身上，这样，众多潜伏在德国俱乐部中有潜力的年轻人就得到了机会，而德国国家队同样得益于这样的举措。看看德国青训的繁荣景象和成果。2013年，在德国足协注册的青少年杯赛达到334项。德国足协平均每年投入青训的费用是6000万欧元，在全国设立366个培训基地，这里集中了约14000名11岁至14岁前景看好的小球员，1000多名青训教练在基地中负责对他们进行悉心指导。除了足协之外，俱乐部也在青训计划中扮演着重要的角色。自2002－2003赛季开始，德甲和德乙的36支球队必须设立自身的青训中心，否则就将被取消参加联赛的资格。青训中心需配备全职教练、寄宿制学校和充足的训练场地等基础设施，这就强制了俱乐部必须对青训加大投资，并会对本队的青训部门进行重新评估。每家俱乐部的青训营都会有三块球队供使用。当前约5500名12至23岁的球员在青训中心中接受训练，而足协和各俱乐部至今已为此投入五亿巨资，仅去年就花费了8300万欧元。德国联赛中23岁以下球员比例，从2002年的6％，到2013年的15％。德国足球人口高达20％，是整个西欧地区最高的。属于德国国家标签的"严谨到呆板"和"科学、精细化、变通"不可思议地发生了融合，这样的国家土壤上培养的球队怎么不可能成功？

如今的德国国家队是一支朝气蓬勃的青年军，穆勒、克罗斯、胡梅尔斯、诺伊尔、格策、博阿滕、许尔勒等人，都是25岁左右的年纪，他们的青春朝气、初生牛犊不怕虎的闯劲、与前辈相比更加细腻娴熟的脚法让所有"德迷"眼前一亮。"许多人认为我们没有经验，但年轻球员的努力弥补了我们的欠缺。"队中老大哥施魏因斯泰格这样说道。年轻球员在最近10年的成长，是德国队可以继续前进的最大动力。

德国足协大力推广青训也离不开政府的帮助，在2000年欧洲杯之后，德国政府放宽了对外来人才入籍的政策限制，通过特殊人才引进和增发绿卡等方式，吸引了越来越多的外籍人口来到德国并最终入籍，在如今的德国队，厄齐尔、赫迪拉、博阿滕等人均不是真正的德国人。德国体育部长德梅齐埃说："现在德国队中有 10 多人来自移民家庭，这是个巨大的进步。"他表示，球队中大量的外国血统球员，是德国民族融合加强的表现。德国现有 8200 万人口，其中外籍人口有 700 多万。

一边是本土青训，一边是异国强军，这看似矛盾的二者，被伟大的日耳曼足球兼容并蓄，相得益彰。十多年前，法国足球证明了这一点，十多年后，德国再次佐证了这一定律。从某种程度上说，在今后相当长的一段时间里，欧洲足球将是德国人的天下，在其他球队现在还挣扎于青黄不接、前路不见后来人的尴尬境地。经过不断完善，德国足协已然形成了一套完备的青少年足球人才培养系统，十年磨一剑，后备人才济济的德国足球终于重返世界之巅。

其次，科技是第一生产力，始终立足科技前沿使得战术无死角：超强进化能力助德国永葆世界领先，德国足球素来就有着丰富而又一脉相承的历史，厚实而又与时俱进的基础。虽然青训改革早在 2000 年就已经启动，但技战术改革则到了 2005 年克林斯曼上任后才真正得到彻底的进行。前任沃勒尔在 2002 年世界杯时仍旧是坚持传统的 352 战术体系，2004 年欧洲杯虽然逐渐做出改变，但总体而言沃勒尔的战术改革是不彻底的。饱受英超联赛浸润的克林斯曼才开始了真正意义的改革，改革核心便是废弃德国传统的压迫式的缓慢的层层推进，取而代之的是队员不断地穿插跑动，快速的一脚出球和细腻的小范围配合。甚至可以说，克林斯曼的战术体系简直是二战中德军的"闪击战"在足球场上的翻版。

除去二战之恶，不得不说德军之所以连战连捷，正是因为大胆推进军事战术革新，利用坦克飞机等机械化部队以迅雷不及掩耳的速度冲击对方的防线，利用集中地打击力度在转瞬之间将敌军的防线冲得七零八落。而从克林斯曼开始，到接任他的勒夫，这支德国队也正是多次利用前场快速的传接配合和闪电般的推进速度在一瞬间集中火力摧毁对方防线，从而在极短的时间内奠定胜局。一项简单的数据证明是，从 2006 年世界杯到 2010 年世界杯，三届大赛，德国队供打进了40 个进球，其中 0 至 15 分钟内完成的有 7 球，16 到 30 分钟内完成的有 7 球，31 到 45 分钟内完成 2 球，这些上半场取得进球的全部 10 场比赛，德国取得全胜！也就是说，德国一旦在开场就取得闪电进球，基本就等于锁定比赛胜局，进攻时不拖泥带水而在瞬间就摧毁对方防线解决战斗，最经典的便是上届世界杯，4：1 英格兰，4：0 阿根廷，让全世界惊呆了。

在克林斯曼开启的战术改革之下，德国人终于走出黑暗时期而迎来黎明的曙光。但从 2006 年到 2010 年，这 5 年时间里，德国队三次大赛（两次世界杯一次欧洲杯）都没能最终问鼎，换句话说，离当年那支称霸世界的德国战车还有相当的距离。那么差距在哪里？勒夫从西班牙身上摸索出答案：控制力。

德国人可以狂屠英格兰和阿根廷，但是和西班牙两次大战的情形都如出一辙，那就是中场不管是在进攻端还是在防守端全面失控，任由西班牙在中前场随意地控球倒脚，慢慢打开寻找对方防线的缺口。牢牢控制住皮球，利用接连不断的娴熟传接配合撕开对手防线。勒夫决意，按照西班牙的模板打造出一支全新的德国队，在 2014 年世界杯圆梦。

于是，我们看到了这样一支踢着控制流，摆着无锋阵的德国队，虽然没有了疾风骤雨般的进攻，但是稳定性却更高，更加牢牢掌握住场上局势的主动，同时也不乏屠杀表现，首战便是 4：0 将葡萄牙斩落马下，几乎提前宣布了 C 罗的死刑。尽管两场淘汰赛 2：1 尼日利亚，1：0 法国的最经济的胜利，以及 1：0 力克美国，也遭到一定程度诟病。但是事实证明，勒夫的球队并没有全部发力，来到半决赛与巴西之战，7：1 的血案，让巴西人度过了痛苦的一天，到此刻所有人都发现，勒夫就是冲着冠军而来的，别无他求，所以在何时该发力何时该留力的选择上，也做得更加柔和。相比走向极端的西班牙传控，德国人的传控更加灵活，不同于西班牙只注重中路传球的传统不同，德国在边路能创造更多的机会，而且由守转攻时的速度也比西班牙更快。在这样的战术下，边路悍将许尔勒，以及跑位飘忽的穆勒都有着抢眼发挥。决赛中，格策金子般的进球，正是来自许尔勒边路的致命一传。

另外，教练的传帮带也在德国足球的全面复兴中起到了重要作用。本届世界杯德美之战颇为吸引眼球，因为场边的两位主帅克林斯曼和勒夫，曾是最完美的拍档。克林斯曼离开时，钦点勒夫作为自己的接班人。两人多年来的默契，可以做到德国帅位上的无缝对接。如今勒夫也与他的助手弗里克共事多年，还有领队比埃尔霍夫，未来或许在他们之间又有一次主帅的交接，这种良性运转，对于德国足球的长久繁荣都有着重要的战略意义。

最后，德意志启示于我最深的是：学踢球先学做人，日本学到德国足球精髓抛出这样一个提问：黑红黄三色中，哪种颜色才是德国人的主调？从队伍的表现来看，应该是黑和黄——严谨与荣耀；若从德国总理默克尔的衣着和表现来看，则是红——热情与奔放。

或许德国人自己更偏爱的是黑色吧，虽然看起来有些呆板，但最最能体现这个国家足球的韵味。在队伍的坚毅方面，仍然没有人能比得上日耳曼民族的钢铁意志与坚韧顽强。还有莱因克尔那句名言"足球就是 22 个人在场上比赛，而最后德国人获胜的运动"更是时刻提醒我们，德国队不会永远处于低潮。事实也是如此，德意志对世界影响最大的不是先进的科学技术，而是在哲学和战争理论上的深刻造诣。

若论足球上的单兵作战能力，德国人或许无法和自由的荷兰人、奔放的西班牙人、桀骜不驯的阿根廷人相抗衡，这支球队没有 C 罗、梅西、内马尔、苏亚雷斯这些巨星，但是一旦形成团队，德国人的战斗力之强大，往往会出乎人们的意料！这场决赛就是最生动最具代表性的实例。在讲究团队协同作战上，德国人拥有无比丰富的理论基础和实践经验，这一点地球上没有第二个国家能超过他们。

虽然他们在世界杯上的历史比不上充满天赋的巴西人，可他们有先进的战术理论、科学的训练手段、优秀的身体条件。同时，受到严谨哲学思维教育的德国人，做任何事情都十分有条理，目标即定，就完全按照事先制订好的计划执行，极少改变放弃而且绝不打折扣，单就这一点，已足以让世人学一辈子。有意思的是，今年的四川文科高考状元，一名柔弱的小女生，她说自己最钟爱的球队就是德国，因为迷恋他们身上的严谨精神，并且用到学习之中，为此她还想在大学选修德语专业。可见，德国足球和德国人严谨的一面，影响到世界各个领域。在显著的成效面前，德国足球也并没有被冲昏头脑，足协体育总监萨默尔也多次强调绝不可掉以轻心："在大获成功时，人们是最容易犯下错误的。"正是在这种如履薄冰的严谨精神，才铸造了德国足球十余年的辉煌。

如果框在足球风格上，被德国足球所影响的，日本足球就是其中之一。虽然日本足球最早是效仿巴西的桑巴风格，但在行事风格上，却是在模仿德国。可以说，他们踢的是一种严谨的拉丁足球。在青少年培养环节，日本是亚洲范围内最接近德国的球队，日本拥有超过100 万注册青少年球员，在联赛运作和管理上，日本则在学习德国人的严谨。日本 J 联赛和中超联赛只相隔一年起步，而在恒大砸钱模式开启前，J 联赛的整体水平已经把中超甩在身后，他们海外豪门输送了本田圭佑、长友佑都、香川真司等球星，而我们的联赛却在毁人无数，留洋越来越不靠谱，只是依靠疯狂地砸钱买人，制造了一个虚假繁荣。德国足球文化的确有许多优秀的品质，理性、逻辑思维强、坚持、对细节精益求精，有太多值得我们学习和借鉴。但中国足球若不能克服急功近利、浮躁、投机取巧的问题，我们恐怕 100 年也学不会。有中超球队的主帅去德国留学三个月，回来的最大感受竟然是三个字：看不懂。这并不难理解，足球文化才是最难学的。

世界杯后，世界足坛势必又将刮起一阵学习德意志足球的风暴，然而画龙画虎难画骨，德国队的打法并不难学，难得是德意志民族始终如一的严谨和一以贯之的潜心踏实才最难学。作为一名中国人，我本着对足球的赤子之心奉劝中国足球一句，不能根治浮躁，不能用几十年时间去还债并且培养足球文化，不能在这种前提下再谈好好学习，房地产业不能多还几块地给绿茵场，盲目跟风只会画虎不成反类犬也。

2014 年 7 月 14 日

涂鸦于母亲的生日

好久没有写朋友圈了，突然想写了却早已忘却了怎么开启。自去年的某个时刻后，人在不冷不热的春天某时段感受着雨后春笋般的心蹦，也慢慢地不想再在这网络社区里无谓地浪费时光了。这里面亦因为不知不觉发觉自己不知愁滋味却还为赋新词强说愁的时候太多了，亦因为不知道天高地厚却自以为是的时候太多了，亦因为不知不觉发觉自己梦想太大却还不知何时真能驾驭自己的梦想。不想再因为上述三者而总在网络里滥发没有营养的糟粕，遂觉得归隐比什么都好。但今天不想，因为，今天是母亲的生日。

去年母亲生日时候我也匆匆地在这里发表了一篇也属于为赋新词强说愁的文章，事后读过多遍，均有同感，那就是对自己的鄙视。鄙视自己匆匆写文的态度那是对文学的亵渎，鄙视自己看待母亲的视角折射出对母亲很大的不敬，一个人活至而立，还不大明晓母亲二字的内涵，是种白活。我应该挖出我那颗早已被酱油腌制到无知觉的心，向母亲致歉。我感谢我的媳妇，她嫁过来后，作为人妻，一直在教导我、改变我去抛弃狭隘、选择大爱。作为未来母亲，她带动我努力的过程让我透过母亲这两个字的外延真正进入其中去品读内在的浩瀚和瑰丽。我现在才懂得，一个家没有一个好母亲，家就是荒原。晚上在给母亲庆生时，父亲还回忆道，刚到福州时，母亲为了我能好好长个子，手头再紧她每天也要去市场买几两肉给我吃，每餐母亲把肉丝儿慢慢夹进我的碗里，父亲看着喉结在滚动……

去年我结婚的那天，母亲和我相拥而泣，她的眼睛一刻都未曾离开的孩子终于要成为别人的丈夫了。这里面有不舍，谁叫男孩子都是母亲上辈子的男友呢？这里面有担心，这个还不够成熟的大男孩以后怎么去扛起一个家呢？在这个大男孩不成熟的历史长河里，这个母亲经历的太多太多。她为了接送他上下课，胃肠绞痛还要强作欢颜去等待她的"留学生"。她为了他能顺利升学，风雨夜骑着车去接送他的路上，在一个十字路口摔得鼻青脸肿，膝盖的韧带差一点儿就撕裂了，见到孩子的第一句话就是："对不起，妈来晚了。孩子，今天学得怎样？"她的孩子还真是让她担心没完，这个男孩子是一个善良的人，也是一个有着严重性格缺陷的人，他的性格里有软弱有空虚，面对困难马上就是可以投降的。那年读初三，一个人高马大的班霸把那时个儿还小的孩子欺负得学都不太敢去上了。这个孩子在去校运动会的路上远远看到那个班霸就逃之夭夭，连自行车都搞丢了！知道原委后的母亲在叹息之余就去了学校找那个刺头了。那回，男孩子在学校看到了连班主任都不放在眼里的刺头，在比他矮一个多头的母亲面前就像老鼠见到了猫，噤若寒蝉，不敢吱声。母亲用实际行动告诉他，孩子，你有选择怯懦的权利，但你很多时候会因为不去勇敢地负责任而越活越糟。困难就像一层塑料薄膜，你躲了它越裹你，你面对了，没准就轻而易举戳破它了。后面的路上，成长缓慢的男孩子还是犯傻、犯错不断，但二愣子的世界中总有那么一缕自信。他自信于自己是一个命中有着咬韧硬而不放松的人，他自信于自己是一个终会把一件几件事做到极致的人。他笨，但是他年复一年、日复一日地看着她的母亲为他流血、流泪地垂范，默默地做一件件事情中隐忍生命所不能承受之重，他终于在年龄渐长中潜移默化。

这个男孩曾经心血来潮地沉溺于卷席世界的宠物热中，于是他的生活中也来来去去了几条狗狗。狗狗的故事在以后的日子他会浓墨重彩地书写，今天在这里他想对母亲发自内心地说声谢谢，再说声对不起。他曾经不假思索地就从宠物市场里买来一只狗，因为有黑白相间的花纹，遂就取名为"点点"。宠物的拥有者们都有这么一种感觉，购买是快乐的，长长久久饲养却是大多数人没法保证的。一只宠物，拿狗狗来说，它脏了你要及时去洗，它饿了你要及时喂它，它生病了你要及时带它去诊疗，你还要时时刻刻地监控，一旦发现任何蛛丝马迹、风吹草动就要立刻行动，带它去救治。平时，还要不厌其烦地为它的掉毛、拉屎拉尿收拾残局。太多人在这些事物所灌注的时间侵蚀下败了，累了烦了就有很多拿得出的理由不想再负责任了，所以这个世界多了很多流浪狗。不想扯远，还是那句话，该浓墨重彩的，以后说，现在想说的，首先是回忆。

男孩子忘不了点点出事的那天，他买的点点一直都是母亲在照顾，他乐得四处奔波，直到有一天他接到了母亲的电话："你快来，点点不行了。"他的脑袋嗡了一下，赶紧就跑去了宠物医院，只见一群人围着，母亲抱着点点。点点脊背上的皮已经被恶犬给撕去了如七八岁小男孩巴掌大的一块。母亲前几天才好不容易下决心买了的春季新衣早已被点点的血染红了。母亲已经哭了很久，但始终努力保持身体不晃。医生的手术持续了三个多小时。手术后，母亲给点点亲手做了一个窝，每天下了课就带点点去换药，每个晚上都要花一到两个小时给点点清洗伤口，不计话费地咨询养狗的朋友和兽医们，每两天就要去给点点买鲈鱼炖汤，因为鲈鱼汤促进皮肤生长。每个晚上，点点一动浑身就痛如针扎，男孩在呼呼大睡，母亲却要想方设法给点点减轻痛苦。点点在母亲的照料下康复得很快很好，安安静静、快快乐乐、令人羡慕地活了两个多月。

两个多月后的一天点点在毫无征兆的情况下突然咽气了。那天男孩在参加大学期末考试，母亲虽然很哀恸但没敢惊动他，他后来听宠物医院的兽医责骂他无情时一声都不敢吭。兽医告诉他，自己行医了这么多年，第一次发觉动物的眼神会说话。那天，点点在弥留之际，用那双眼睛努力地盯了母亲好一会儿才缓缓地闭上，她的嘴角带着笑……兽医告诉男孩子，点点的眼神传递出的信息是："谢谢您，照顾我。谢谢您，我不能再给您添麻烦了……"男孩子泣不成声，这段事从此一直镌刻在他的心里。

那年的六年后，有本书《万物既伟大又渺小》诞生于世，短暂的无人问津后是大热。《纽约时报》分析其因，认为："这本用第一人称写就的书，从一位年轻兽医的角度叙述，让人感到温暖愉悦、妙趣横生……通篇闪耀着对生命的爱。"是的，年轻的兽医和母亲一样，对人世间已定义为渺小的生命是平等观示的，是真心尊重的，是在这样的心理下用行动去不懈对之的，这时候，他们真正诠释了人的本质是什么。母亲就是这样，她一天也不偷懒，她没有许多人所拥有的那种今年新马泰明年澳欧美的幸福，她没有闲敲棋子落灯花的惬意，她没有满桌麻将哗啦啦东家长里西家短的享受，她只有对家人对世间爱的付出，从年少一直到现在，就这么一直付出着。她付出的能量远远不是跟她的体型可以成正比的。

时光流逝匆匆，还有好多话想说……还是留待以后吧。那个大男孩子想对他的母亲说：妈妈，谢谢您！妈妈，儿子唯愿您开开心心每分每秒。生日快乐！

2015 年 3 月 1 日

我们的一周年

前几天，在隔壁市组织部工作的兄弟来咱榕城出差，联系我时才知道一恍有大半年没见了，电话里的寥寥数语中仍听得出对我总不主动联络他的嗔怪。所以，加上必须为情义亡羊补牢这条，他的任务甫一结束，我就赶紧抢着把他掳走了。跟他是大前年在一次朋友的聚会上认识的，那次也算倒霉，去省图书馆听学术报告出来遇到三五位朋友，都是公务员队伍的，见着非要拉着一起聚聚。孩提时曾听到过一个笑话，小明问他妈妈，什么是应酬？妈妈回答他说，应酬就是不得不去做自己并不想做的事情。小明听完后拿起书包，极不情愿地对妈妈说，妈妈，我去应酬啦！那天，对我来说，就是一场应酬。

那天，三五人中的朋友甲接听了一个电话就把他给召唤来了，说是正好来本地公干，这小子运气好，正好撞上这当口子了，又说要介绍我认识认识下。我脸上赔着笑，心里是频频叫苦不迭。如果不是他，我到现在只要回想起这事儿，绝对会继续后悔那天走路怎么就不多点儿心眼看看周围的情况呢。从还在原单位的时候起，我开始讨厌各种聚会，那些无聊地扯淡清谈的话语使我腻烦。离开了单位脱产成为一名伪学术分子后，书本没读几页，读书人的酸腐清高却几何级地在心中增长，那些聚会中必然要触及的比如"你在哪里高就呀""谁谁谁又调到哪个局了""听某书记说哪里又有啥职缺了""哎呀，王书记啊，前几天我还和他吃饭呢，他还问起你呢"，抑或是"最近股市不景气啊""我这里有个项目"……诸如此类。

对于经济，我天生愚钝，更难言那么多的计算算计。因此，我和这两个世界相形就是第三个孤立的存在，我难言融入，也难以融入，特别在进入了又当学生的队伍后，这种融入就更是一种不可能的事情了。入席，坐下，人家一问你在哪高就，你一回答，学生一个，微笑着颔首，唇齿稍挪，蹦出句"很好、很好"后，就几乎再无人跟你搭话了。剩下的，就是你听别人说，偶尔遇上碰杯，违心地赔笑，一仰脖，腮帮由圆鼓到瘪标志着酒水已入肚。整个一套标准化流程！这下，公元 2015 年 9 月 7 日夜，本地一略显简陋的路边小炒，我正又一仰脖，又一口金黄色的泛着泡沫的液体抓挠着食道的膜，仓皇落胃。

他坐在对面，亦一杯酒下肚，然后就是扒拉扒拉着大口吃饭，狼吞虎咽。片刻后，他顾不得抹嘴，又敬了我一杯，喝得稍急，呛了一小会儿，缓过劲儿来。他笑着带着解嘲："不好意思，用你的话说，好久没有过人过的日子了，有点儿不习惯，所以呛了……"我回他："那你要常来，便于我常能敞开心扉。""你跟你家珑珑天天敞开心扉还不够呀？""这不一样，这不一样。爱人归爱人，兄弟归兄弟。噢对了，你家的皮蛋仔现在还好不？""他啊，前天刚过完三岁生日，下午孩子他妈还打电话来我这儿兴师问罪呢。""你要告诉嫂子，人在江湖那是身不由己呀。以你这样，还巴不得天天待着陪她们娘俩呢！""灏同志，我发现你其实并非你自己诊断自己的'社交障碍症'耶，你也是蛮会安慰人蛮会说话的嘛。""那要看对象，官场、经济、单位八卦我不懂也不兴趣，我们第一次见面的那天，我也没有想到过我们还能有交心的可能。"

"唉……"他突然叹了一口气，可以感觉得到，他这口气是从心里叹出来的。他接着说："我常常问自己一个问题，自己对家人，怎么老不刚好？"

他吞了一杯后继续说道："那晚我跟你说了很多，你还记得不？

那天是我和她结婚一周年的纪念日。我生生地不能回去，想跟领导申请，结果我就是怕领导说我，几次想报告，生生地就咽回去了……虽然后面回家补了，可是无论怎么补，这份遗憾就是一生都在了。对，很多人都认为我小题大做，自寻烦恼啊！多跟着领导有前途比什么都重要，可是，抛去婚姻不说，每一个人无论是谁，存在着就有价值有做人的尊严，不需要尊重吗？更遑论跟你结了连理的人，虽然说当下时世，社会已经很开放了，但是，中国女人的很多东西由于文化的惯性并没有变，女孩选择了嫁人，伴随着的变化看似简单，其实很不简单。这种不简单里，有牺牲，也有担当。

"灏同志，你知道我在单位熬夜做材料自以为很辛苦时，她怎么过的吗？她有心绞痛，晚上还要为一个人守着个空室而担惊受怕。我在北京出差的时候，她一个人挺着大肚子打着伞挤公交车去医院做第十八周的唐氏筛查。一个人要忍着心口痛精神恍惚地起身，一个人要去准备水瓶子和葡萄糖随时按要求查前兑着喝，一个人要拿着这些东西，还有厚厚的一叠这个单那个单，去排长队抽血，去排长队 B 超，心口痛，习惯性腰痛，连坐着的地儿都没有。她的左左右右，要么有爱人陪要么有长辈陪，我不是她，我每次说到这里，我都无法忍住！她曾经是个微信控和电话控，和她那些闺蜜、她妈妈有发不完的语音和打不完的电话。跟我恋爱后，她的闺蜜就时常埋怨她信息滞后电话少了，她和我岳母的电话也基本上在两分钟内就解决了所有问题……我还时常谴责她，怎么这么没礼貌呢？她们可是你最爱的姐妹啊！妈妈的电话咋能这样呢？说这话时，我觉得我顶天立地，我觉得我充满着正义！只有她，面对着我说，我也是到现在才知道，女人这一辈子看似要得很多，其实都是假的，神马都是浮云啊。女人的世界很大也很小，因为，那里面只有一个男人啊！为了这个世界，她可以千夫所指，她可以背负骂名，但一切的一切，都无法阻碍她前行，因为，她只为了她的他。"

他又喝了半瓶啤酒，豁然告诉我，她的病她的痛她的苦楚，他从不知道，直到他偶然发现了她的日记，他才知道。当他还在为工作而纠结、劳累的时候，她，其实远远比他承受的多得多，其实远远比他对两边的双亲付出的多得多。当他可以埋怨社会复杂、官场黑暗、工作辛苦时，她是一直在微笑着……她一直微笑着，是为了慰藉他：老公，你无需多虑，你想多了，你要相信你的老婆。

他吃了一口花生米，对我说："其实我受骗了。她预产期到了时候进了医院先住下了，我的岳母忙前忙后，她的闺蜜们提前半个多月就请假来照看了。她的医生见着我，那眼神以我阅人不敢说无数，至少说在这省委组织部有十之六七，我可以说，那是鄙视的目光。当我可以自我安慰说我在为这个家做个顶天立地的男子时，她正忍着心绞痛，她正忍着一切妊娠反应，她正忍着一切孤独，在为我们好好地养活着这个怀着的孩子。当我充满着某种感情说着，孩子是生命的延续时，作为男人，我堂而皇之地在做着所谓我自认为光荣的努力，而她，正实实在在地在做着来自生活的点点滴滴，而对于我而言，这一切都是我所不能也不想所谓米兰·昆德拉所说的生命中所不能承受的那种苦痛。"他顿了顿，对我说："所以，当我那天好不容易跟领导请假好去医院等待孩子降临人世时，等待我的不是欣喜的告诉和目光，而是岳母和主治医生们恨不得彻底粘在一起地扯着衣服问询的交流之状，是她的闺蜜们提前半个多月就来照顾她的忙前忙后的身影。"当大家都无暇搭理他时，他站了有一个多小时，最后实在忍不住了问自己说：我来究竟是为了啥呢……

他缓缓地向病房门口，向医院的大门口走去，只喃喃自语地问自己一句：我还配做她的爱人，孩子的父亲吗？自己口口声声地说，爱她一生一世，结果呢？孩子从胚胎到成长为人，什么阶段应该注意什么，他不知道。自己的爱人，口口声声说的爱人，什么时候应该吃什么，应该注意什么，他不知道。他很努力了，努力搜索自己的脑海，突然发现里面除了他真心视若珍宝的政府文件，他什么都不知道。而此时，他的孩子已经快降临人世了。"啊！我已经恨我的父亲好多年，我的孩子也会吗？"这个问题，注定会困扰他很久……

我呆若木鸡，缓缓地看着我曾经无比熟悉的现在也应该会熟悉的他许久……他又自顾自地喝了五瓶啤酒，然后又自顾自地哭泣。我没法插入地说什么，哪怕一句哪怕是六个感叹号的安慰……我的眼前也像打开了一个屏幕，我突然发现我的她……在我面对论文盲审而张皇失措的时候，她第一时间安慰我：老公，你行的。在我第一次考博折戟沉沙的时候，是她第一个打电话来慌慌张张、诚惶诚恐地告诉我：老公，我查了，我问了，这次，会悬啊！在我研究生毕业求职时，我投了 58 个单位收到了 37 个单位面试回馈的时候，她告诉我，老公，太可恨了，那 21 个单位会后悔的。在我忍受不了入职单位的沉闷终于准备继续考博，最后再给自己一个彻彻底底的交代时，她告诉我：老公，你做什么我都支持你，我，你放心就好。在我因为考博而无法专心于婚礼，更没法兑现那个蜜月时，是她，告诉我：老公，加油！！

在我考博的那两天，是她，为了我整整两天到寺庙里烧香拜佛。因为，她知，我为了我的梦想，别人认为那么好的工作我可以辞，那样的生活我可以背，甚至可以像卧底一样地活着，她知道自己的老公这么做是为了什么。她……唯愿她的老公我，施灏，这么一个老不成器、老不成熟的我，开心就好，目标实现就好！因为老公，你的目标肯定是有道理的，我理解你！所以，她为了我，一起做着卧底，连亲生爸妈都忽悠了，直到我考上了为止。说到此，我的爱人，你的老公，请允许我认认真真地向你鞠躬！

他的一席话刺激了我。爱，如此，已不能再阐述太多……

2015 年 9 月 9 日

今天是您的生日，爸爸

2000 年 1 月 1 日，下午 3：47。加拿大努纳武特，一个离洛基山脉有 200 多英里的树林里，他缩搂着身体在一片浓得化不开的白雪皑皑中跌跌撞撞。雪下得越来越大，也越来越深，他越来越感觉从双膝到腰，就像一个个数不清的强有力的汉子躺在地上正狠狠地搂住箍住他的大腿不放。他懊恼地看了看地面，白雪粒子正反射着微微的光芒，那光，在他看来，仿佛就是那群汉子不怀好意地看着他的瞳仁里面那恶作剧的狡黠。他继续踉跄着朝前走，突然伸出手腕看着手表，手表的指针走得太慢了，他忍不住骂了一句，无奈地继续走。看表的动作很频繁，也就是在突然的不知是第几次看表的时候，他突然如释重负，从耳朵上取下耳套挂在近旁一棵大树伸出的黑乎乎光秃秃的枝桠上，耳套上两边还用红线各绣着"Nick"和"Lily"的字样。他注视着这个耳套许久，护目镜后面的眼睛亮了许多。他伸出裸露的右臂爱抚地摸了摸那耳套，想同时伸出左臂，结果发现左臂已经失去知觉了。他无奈地苦笑了一下，又望了望那正随风飘动的耳套，继续踉跄着朝前去了……

"后来，在 5：38 分，在距离那个耳套有 10 多公里远的一棵树下，他腕表上闪动的灯光吸引了两个林场工人的注意。"2015 年 9 月 1 日，下午 3：20 分，三坊七巷旁的星巴克，她坐在我对面，说久了，突然想停顿一下。她抿了口咖啡，想继续讲，突然两个肩膀开始颤抖，由微微到显而易见。她有点忙乱地打开包，慌忙掏出烟盒和 zapo，然后惶恐地问我："Excuse me, could I..."我赶紧回答她："Never mind."她总算静静地点燃了烟，深深地吸了一口，吁吐后，恢复了些许平静。她扭过头去看窗外那棵青葱长须的有一定岁月的榕树，眼圈已经红了，泛着的泪光已显而易见。我轻轻地将一张雪白的纸巾推到她的面前，我的心里充满了问题，如一只只鲶鱼在喉间跳跃，呼之欲出。我等待了片刻决定问个问题，正要启齿，她继续望着窗外，若有所思地继续开口说话了。"他就那么静静地趴在雪地上，在生命的最后时刻，他趴着，右臂上举，指着挂着耳套的树的方向。""他的指尖上挂着一块撕扯下来的不知哪件衣物的布片，上面一看就知道是用血书写的文字：If I have been found, please immediately go along this road as the direction of my finger，please according to the things which I had hung up，such as hats、earmuffs、scarf、clothesI... my lover and two kids are trapped in the bloody snow，so dangerous and terrible they are，in need for help! Thank you very much."

我边听边赶紧拿起桌上的笔在纸巾上写道：如果已发现我，请立刻沿着我手指的方向走，请按照有挂着帽子、耳套、围巾、衣物等的树的方向走，我的爱人和两个孩子正困在雪中，急需支援！谢谢你们！

"Mr Charles，看来你的英语班没有白上，都像你这样，中国托福、雅思的通过率肯定已经 100% 了。"她再看着我窘迫的面孔，竟然忍俊不禁。但随即，她又自顾自地喃喃自语："在这种时刻，还能这么文绉绉，还能这么优雅，呵呵，他就是这样的一个人……"

我们相识两年了，她是华裔，五年前选择来中国教书。我们在一次朋友聚会上认识，那时我正为考博英语的事儿忧心忡忡，没有想到我们聊着聊着，我发现解决问题的方法有时很难找有时也很容易，正所谓造化弄人吧。她很爽快地答应做了我的英语老师，我也诚挚表示勉为其难地做她的中国文学科普教师，互相帮助也是节省人民币的很好办法。她上课很有趣，既让我迅速得到扫盲，又让我感到原来英语这么有意思。她很乐观幽默，每次英语模拟测试，我考得好反而被批，状态不好的时候反而被鼓励。她总认为我还可以做得更好，有些题目做错了就是不应该，在中国这种应试教育的地方，为了这种错误习惯性失分，就是不可饶恕的愚蠢，因为这样的失误而与考试目标失之交臂，就是无法忍受的巨大遗憾。但遇到考不好的时候，她反而会表扬我说这么难的阅读理解题都做对了，孺子真心可教也。爱因斯坦曾经说过，教育的本质是当你把所学的全忘记后你记得住剩下的东西。对于英语，哪怕瞬间失忆，啥单词、词组、语法都记不得了，但我还能感觉我喜欢，依然会继续自发地去学习。这也是她的成果，用乐观幽默感染人，又这么积极地去面对去理解攻坚对象，最后快乐地去学习。我曾告诉她，你的字典里面肯定没有悲伤。

那时她淡淡地回之一笑，我愚钝，读不出那笑容背后的深意，但也绝没有想到会在这一天被完全颠覆。她哭了好一会儿，手足无措的人则换成了我，我不知如何安慰，男女授受不亲的中华文化的制约让我只能干瞪眼，更何况我已是有妇之夫……于是乎，我只好豁出去问了一句："今天是怎么了？他是谁？"她的脊背突然剧烈起伏了好一阵子后，突然抬起头，挣着红肿的眼睛告诉我他是她的父亲，这一天是她父亲的生日。15年过去了，她的思念依然无尽，再加之回到父亲曾经长大、工作的城市，她的思念愈发浓烈，时常在心底里翻腾。今天，她已经无法遏制，迫切地需要一个宣泄情感的渠道。对于我，她诉说的一切，这在她心里尘封许久的家庭变故，则让我在回来后心情开始了颇不宁静的旅程。在梦里，那个男人，她的父亲的身影时常出现，冰冷的白雪猛然涌进入他趴向地面时的口鼻，他的全身已经没有知觉。他正在经历着身体像木头一样麻木到又一点一点凝固成冰雕那样的过程，觉得自己越来越安静，此刻，还有一种意识正刺激着他吧。他还想睁开眼睛，透过厚而凛冽的北风，想再看一眼自己的孩子和爱人……当这一幕总在出现，当我的梦境总被充斥着的白雪和他的表情所惊扰，我想着摆脱，但我越是努力摆脱越无法摆脱，越是想方设法转移注意力，但就是无法走出。我忍不住埋怨她害到我了，但我又无法继续埋怨下去，因为，能把这样的秘密在对于她有特殊意义的那天拿出来分享，这是多大的勇气和交情才得以驱使的啊！

所以，我只得继续纠结，亦不能和家人明说。直到有一天，我已经习惯了又一次一如既往地进入这个梦境，但这回，我看到的不是他。我发现自己正走在这片无边无际又凛冽刺骨的冰天雪地中，我慌了，有生以来第一次巨大的恐惧感将我笼罩。我听见心脏痉挛的声音，感受着体温和血压在下降，感觉呼吸越来越衰竭，感到……我又一次平衡协调地被惊醒，而成功地又一次没有惊扰到已怀孕数月的爱人，她正好又翻了个身继续沉睡。我静静地躺着，睁着眼睛看着天花板。我内心既惶恐又焦躁，所有的不满和愤恨突然又苏生起来了，就要到临界点了，就要喷薄而出了，我已经无法控制了。好吧，我就只好听之任之地从我的胸腔、鼻腔、耳朵、嘴巴如沉默了万年的火山那样大爆发，那股巨大的热流冲击着面对着的天花板，砰的一声巨响，天花板竟然被砸出了个洞。

恐惧感又一次控制了我的躯壳和心脏、大脑，我的大脑皮层一阵猛烈地麻。我很无助，很想哭一声，心中悲凉的想法不断涌着的时候，我听到了一个声音："当深渊凝视着你的时候，也请你凝视着它，然后不要停止你的思考。"我猛然睁开眼睛四顾时，却看见他。此时他已穿戴整齐，摘下了他的护目镜咧开嘴露出雪白的牙齿对我笑笑，然后扭过身体坚定不移地朝着天花板的黑洞走去，直到消失不见。我不可思议地看着，看那洞，那洞里的无限延伸的黑暗，他那行走的路……那洞，那路；那洞，那路；那洞，那路；那洞，那路。那洞，那路……还有，他……这一连串的字眼突而铺就了洞里的星星点点，像有意无意的光标指示，我咬了咬牙紧跟进去……

翌日清晨，当第一缕阳光降临世间，当爱人苏醒时，她发现我不在她身边。她寻觅到我时，看到我坐在书房的落地窗前，一个人若有所思，泪流满面。"哎呀，我的老公啊，你又多愁善感了呀，别那么容易就掉眼泪了好不好啦？影响到了咱孩子以后像你感情这么丰富可不好呢。"我扭过头看着她，对她说："我懂了，我明白。"其实，在昨晚，我听到了他的声音，在听到他的声音前相当长的岁月里，另一个声音又经常在我心底回响，只是我听着听着已经习以为常了。

比如，我为发表论文而烦恼时，那个声音告诉我，我最亲爱的孩子，宁坐板凳十年冷，不写文章一句空。平时不够努力吧？这下纠结了吧？我想要通过走捷径赶论文进度时，那个声音又来了，对我说，孩子呀，你已经快当爸了，你希望自己以这样的心态和掺水的灵魂去迎接你孩子的出生吗？第一次考博折戟沉沙，那个声音告诉我说，这不是你偶然的失败，是你缺乏统筹能力，也无谓地浪费了太多时间，唉，你啊，整个灵魂世界还是一片虚无！还记得硕士毕业论文答辩的时候，父母两边的爷爷奶奶的电话就不时打进我的手机，不是问我论文情况怎样了，而是迫切催促我：灏灏诶！你该去工作了！灏灏诶！你做什么工作？？不胜烦扰的日子就这么来了，随即的大婚将至，爱人家的亲人们也对这个问题同样关注，我很理解。生存永远是人类首要的永恒命题，什么比存款、牛奶、面包更重要呢？读书？能换来做事方便的权力吗？能换来说刷即刷的银行卡吗？答案当然是不能。所以，我必须工作去。也有人告诉我，你这英语水平，想考博，比蜀道还难，耗得起吗？耗不起就别耗了！别痴人说梦了，赶紧工作去！

还有一个代表了公知的普适之声告诉我说，你在校园里待太久了，该出来了。在校园里待太久了，远离社会，远离实践，你想当现代社会的山顶洞人吗？我就这么陷入了进退两难的境地，人生最难的题目之一就是取舍，而且是抉择着的取舍，哪个选择都很好，哪个选择都很对，但鱼和熊掌从来就不可兼得。我做起了简历，开始了求职之旅。他拿起电话打给了爷爷奶奶们，对他们说，作为你们的孩子，我们这代人是因为社会环境在许多方面很无奈，我们只能在旧体制里面去拼搏，我不希望我的孩子你们的孙子只能走和我一样的路，我既不愿意他为了一口饭而忍气吞声，更不愿意看到他为了名利地位仰人鼻息，我只希望他凭他的本事、爱好和特长做他自己愿意做的工作。

求职的那段时间颇为充实，考得也顺利，我常常对爱人自嘲，学场失意，职场得意。他在一个宁静的夜晚拉我出去喝酒，我们在一个小炒摊上一下子就干了一瓶白酒。我酒嗝连连的时候，他对我说："可惜你不抽烟，不然吸几根心里会舒服点的。记住我一句话，上帝的总归上帝，恺撒的总归恺撒，可知的现在不足挂齿，亦不足为奇。可预见的未来才要珍惜，且要倍加努力。我们这个国家这个民族任何时候都需要有知识的人，别看现在的社会这么喧嚣，总会沉静的，等到那时所有人又重新开始认识到读书的重要性了，你现在若继续走你想走的路，那时候你就是这个！"他说着，给我竖起了大拇指，黝黑而日渐苍老、疲惫的面庞上，是自信的、慈爱的笑容。

当卧底的那段时光，他对我说：灏子诶！《无间道》你看了那么多遍了咋就学不会呢？有时间多了解下你刚辞职那单位的动态消息，别老是以刚入职的单位情况应付着，小心穿帮！十月开始备战考博，很快就是年底，寒冬天气来的时候，多年糖尿病的侵蚀，他有着我梦寐以求的苗条，但寒冷也让他坐立不安。我在饭厅的圆桌上读文献，他蹑手蹑脚地给我换热热的茶水。妻子不忍心，他对妻子说，女孩子要多睡美容觉，我陪他就行，他啊，就爱喝我泡的茶。我们一起为他加油吧！一月的中旬，自我检测了一份中科院去年的真题，很紧张，因为输得多了就缺少自信了，硬着头皮做完了。老师一改，100 分的考卷做了 67 分，我恍若梦里。他高兴得像个孩子，赶紧抓着我吃烤羊排去了。

再往前，再往前，再往前，如果我的人生是一部可以倒带的电影，那么配着这部电影的同期声，就是他的。这声音，时而高亢，时而激昂，时而俏皮，时而生气，时而低沉，时而疲劳……但无论是如何发声，这声音，都是那么稳健，都是那么安如泰山，都是那么给予我安全感。

我突然明白，为什么梦境里会一而再再而三地出现那场暴风雪，因为纵观我这跌跌撞撞的 31 年，基本上就是像惊涛骇浪一样过来的。比起加拿大北部山林里的暴风雪还真是有过之而无不及，我在这风浪和风雪中，一直是个愚笨又胆小而导致向来就手足无措的角色。还记得小时候有个老和尚给我算过一个签，此高僧那是远近闻名的灵验。高僧算完告诉他，这孩子啊，就是惊涛骇浪中的一扁舟，他能成才，铁树开花。他很生气，转身就撕毁了签，大声咆哮说，胡说八道，这孩子以后就是个人才，你等着！平常他最讨厌也最不愿意求人，他经常跟我说求人就像抬头看一张张阴天脸。但为了我这一路，他背着我走，从小学、初中到高中，他不知求了多少人赔了多少的笑脸。他鼓励我、帮助我、鞭策我，愣是把我拽到了大学校园。他对我说，我就说吧，你能行的。

在我开始和社会大众一样安于原单位的现状时，他火了，骂我说，你这算咋回事儿，这么年轻就像 52 岁，以后别让你的孩子都看不起你。在我坚持跑步日渐消瘦的时候，由于跑得太狠了，家里反对的声音多了起来，他说，他倒是希望我就这么跑下去，不光为了瘦身，也为了坚持。他认为我现在长大了，有权利去确认我这辈子可不可以给自己一个健全的性格，我这辈子究竟能够承载多少东西。对了，他还有个声音总是在我耳朵边上叮叮着：你有了孩子了，你的责任重了。我从灏子你出生的那一刻，冥冥中总是有个声音告诉我父爱如山，所以我呀，就想着能陪伴你的时候好好地陪着你，父子有此生无来世，我会好好珍惜。随着他的孙儿降临人世的时间越来越近，他突然又不叨叨上面那些话了，他的版本换了：灏子，你要时时刻刻让你的孩子为你感到骄傲，我认为你是完全可以的。

我突然鼻子酸酸的，他那话说了几十年突然不说了，我真的好不习惯。而一切的一切，被那个下午的她启动了以后，就是这么回事，一切苏生了，我才知道……那天晚上，我给她打了一个电话，我说：Dear teacher, thank you for helping me to recovery the important memories but I had forgotten by accoustomed, I suddenly found that I am lucky, because I can accompany and look after him well in the coming years.（亲爱的老师，尊敬的老师，谢谢你帮助我复苏了我因为习惯而忘记的重要记忆，我突然发现我很幸运，因为我在接下来的岁月可以好好地陪伴他。）

今天，公元 2015 年 9 月 11 日，致他，我最深爱的父亲。爸爸，生日快乐！永远快乐！对了爸，昨晚我做了个梦，梦见现在世上有种新发明的科学技术，可以用我的成长换您的年轻……

2015 年 9 月 11 日

四世同堂的两个冬至

开心宝，今年的这个冬至是你来临人间的第一个冬至，虽然你妈认为现在跟你说冬至的含义你是不懂的，但我考虑到这个冬至的意义，认为还是必须告诉你二三。

首先，冬至是二十四节气中最早被制订的一个，然而多数人并不知道，冬至的起源居然是来自于一次国家层面的都城规划。早在3000多年前，周公始用土圭法测影，在洛邑测得天下之中的位置，定此为土中（中国的中心）。这在当时有着政治意义的举动，却成了影响后世几千年的节日之一。

周公到洛阳，用土圭法测得洛阳所处的地方即为"天下之中"，然后开始占卜国家社稷的吉地。《尚书·洛诰》记载：周公"朝至于洛师"，对洛阳周边的几个地方做了考察，最后确定涧水东、瀍水西、瀍水东皆"惟洛食"（都是兴建宗庙社稷的好地方）。周公通过"土圭测景"选定洛邑基址的史实，被载入了古代典籍，也被后人奉为封邦建国的成法。

周公"土圭测景"的目的是找出"土中"。这种方法的要义是"树八尺之表，夏至日，景长尺有五寸；冬至日，景长一丈三尺五寸"（即竖起高为 8 尺的标杆，在夏至日观测，中午的日影是 1.5 尺，冬至日中午的日影是 13.5 尺），"测土深，正日影，求地中，验四时"。用这种方法测到的就是"土中"洛阳、"洛邑"的理论位置。依周公测影所定的天下之中，周人详细规划了灭商后的第一座国家都城。《逸周书·作雒》载："乃作大邑成周于土中，……南系于洛水，北因于邙山，以为天下之大凑。""定天保，依天室"，国家社稷（都城、宗庙）完成之后，周公在成周明堂制礼作乐，详细制订了国家礼仪制度。据记载，周代以冬十一月为正月，以冬至为岁首过新年，也就是说，周公选取的是经土圭法测得的一年中"日影"最长的一天，为新的一年开始的日子。

由周到秦，以冬至日当作岁首一直不变，至汉代依然如此，《汉书》有云："冬至阳气起，君道长，故贺……"也就是说，人们最初过冬至节是为了庆祝新的一年的到来。

古人认为自冬至起，天地阳气开始兴作渐强，代表下一个循环开始，是大吉之日。因此，后来一般春节期间的祭祖、家庭聚餐等习俗，也往往出现在冬至。冬至又被称为"小年"，一是说明年关将近，余日不多；二是表示冬至的重要性。把冬至作为节日来过源于周代，盛于唐宋，并相沿至今。周历的正月为夏历的十一月，因此，周代的正月等于如今的十一月，所以拜岁和贺冬并没有分别。直到汉武帝采用夏历后，才把正月和冬至分开。因此，也可以说专门过"冬至节"是自汉代以后才有，盛于唐宋，相沿至今。

所以，每逢冬至，但凡是海内外的中华儿女都要举杯吃饺子汤圆同庆的，一个月亮，让海内存知己，天涯若比邻。一个冬至，让海内皆中华，天涯共同乡。所以，冬至之于我们华夏民族、炎黄子孙的意义可想而知。爸爸的一个老师曾经随团到美利坚哥伦比亚大学交流，团队抵美的第二个周一正好就是冬至，那是他第一次没法和家人共度冬至，也是他第一次没法及时吃上退休前曾是大厨的父亲对得起业界良心的汤圆了。那天他的内心不无感慨，甚至巨浪滔天。也正是他惆怅地徘徊在街头如生于淮南之橘时，口袋中的电话响了，电话那头居然是同团的另一位老师欣喜若狂的声音。

他寻迹而往，走进了一户当地人家的庭院，和外面形成极鲜明对比的是屋内的一派遒劲的团花气，雪白的墙壁上贴着大大的红艳艳的"福"字，天花板上吊灯的八角各悬一红灯笼，灯笼上的英文体现着中西结合之美学意涵。大厅的正中是一张老大的八仙桌，一伙人有老有少、有男有女、有洋有华，就缺他了。他被这家男主人遒劲有力的臂弯扯到了桌边。他不敢相信自己的眼睛了，满满一桌都是汤圆，各式的，颜色五彩缤纷，形状也远远不止圆形的原生范式。他忍不住拿起手边的青花瓷汤匙就最近地舀了一个囫囵而吞，泪水哗地一下就迸开了。不是被烫得难受的泪，而是那味，那味道，和他的老父亲做的实在太像了！

后来，他在给我们上课的时候，一讲到这则往事，一个七尺男儿泪水又忍不住流淌，还把我们这一群夏日下午两点上课的学子们的精神也调起来了，你爸爸我也忍不住感性了。老师说，他为自己是炎黄子孙而骄傲，全世界也只有炎黄子孙，才能把中华文化播撒得那么远，根植得那么深。

开心宝，作为你降临人世的第一个冬至，爸爸之所以这么迫切地想把这些告诉你，是因为你也是一名炎黄子孙。这份作为民族基因的文化应该、必须一下子就融入你的每一寸肌肤、每一滴血液、每一毫骨髓中伴随你成长。所以尽管你现在啥都不懂，爸爸还是要在这里告诉你，尽管你现在啥都不能吃，爸爸还是要笨拙地给你做出一碗汤圆，或许到你渐渐长大到能吃的时候，爸爸也能像那位老师的父亲那样做出你一直都难忘的汤圆味道呢？

开心宝，爸爸还要告诉你，这是爸爸陪伴着啥都还不能吃的你度过的第一个冬至，也是爸爸在你早睡后即将去医院里陪伴你那已经啥也不能吃的漳州曾祖度过的第一个冬至了。

爸爸也给你曾祖做了一碗汤圆盛在点心餐桶里，路边经过一个水果店，尽管你的奶奶已经批评了爸爸多次，但爸爸还是忍不住左挑右选地买了一大袋苹果、橘子、香蕉等等。你的曾祖此时正瘫坐在病床旁的沙发皮椅上，身上、手上到处插着管子，唯一能动的只有镜片后的眼睛和那只能说胡话的嘴，还有的就是那已混沌如盘古开天辟地前之世界的头脑。你的曾祖近一两年退化得更加厉害了，2014 年的大年初二，那时你爸和你妈还没结婚，你爸在漳州的朋友家喝高了，加之那天又遇到了些撩拨情绪的事情，我在漳州家里痛哭。那时候你的曾祖正巧在保姆阿姨的陪护下散步回来，已经是医生交代的必须时时务必有人在旁看护的他，一进门听见我的哭声，鞋都没脱，阿姨拉都拉不住，就循着哭声到房间来找我。

那时刻，当他出现在门口的时候，你爸都吓得忘记了个人的悲痛，但又旋即陷入了新的悲伤，因为你的曾祖带来的感动。

在你爸少时因为学习成绩备受责难时，是你的曾祖一直偷偷地在夜深人静时给爸爸打气，甚至有几次忍不住站出来替爸爸说了几句话，而和恨铁不成钢的你曾祖母大吵，而平常，他可是那么温文尔雅又十分尊重你曾祖母的人。在你爸成长过程中逆反、焦虑、失败的时候，他远在漳州每周都要书信三四封劝慰我。在你爸坎坎坷坷地通过作为中国青年必须面对的关关卡卡时，是他第一时间送来了表扬和肯定。

开心宝，在 2012 年 11 月 20 日，你曾祖人生最后一次远行（谁也没有想到竟是最后一次）至爸爸新垵舅公老宅时，见到爸爸还当面夸爸爸那件事情做得好。纵然人生大事随着你爸年龄渐增日益紧迫，但是宁缺毋滥，这样品行不端的另一半不要也罢。

2013 年 1 月 18 日，这是一个家族中从你爷爷奶奶伊始代代人都不可能忘却的日子。你的曾祖在漳州新华都超市的海鲜池边上滑倒，脑袋直接撞地，颅内积液直接导致阿兹海默综合症大爆发，他一个人孤零零地被忙碌无暇的医生弃置在医院走道。你爸得知消息驱车赶到漳州医院时，他已摔得青紫的眼皮缓缓睁开，在昏暗的灯光下甫一看到床边上我的身影，昏黄无神的瞳仁里立刻迸发出精芒。他翕动着干裂而残留着血迹的双唇，声音若那天边的散霞，断断续续地对我说："乖灏灏啊，你……拿了班级、年段……成……成绩第一名了，祝……祝祝贺……"

开心宝，你可知，这是你曾祖作为一名正常人的最后一句话……

你爸经常挺不争气的，总爱回忆，亦易因回忆而多愁善感。你曾祖在福州总院，从大门口到病房，正好两公里的路程，一个好陡的坡常让人叫苦不迭。此时我却丝毫感觉不到它的陡，只感受热泪又一次忍不住顺着眼眶、鼻翼、面颊流淌，在冰冷的空气中瞬间化为冰滴。

自你的奶奶远嫁福州，她就没有再在漳州过一回冬至，每逢冬至了就只剩漳州那边打来的电话或者书信。你的曾祖是每逢冬至必然要来电话的，每逢冬至必然要托你的奶奶转递书信给我的。曾祖的书信就是一幅幅画卷，打开了，满满的都是冬至的祝福、劝业的勉励、灵魂的鼓舞。

我也没有在漳州和你曾祖、曾祖母过过一次冬至，但每回的冬至，就感觉他们一直在跟我一起过着。

而你爸爸却从未在冬至主动给他们去过一个电话、发过一封书信，作为这一代独生子女，我是那么习惯地在等、靠、要，坐享其成，却又是那么习惯于娇生惯养下的漠不关心、疏于孝问呵。

等到你爸终于可以和你漳州曾祖近距离地过一回冬至的时候，他已经认不得他牵挂了一辈子的不孝无才的愚孙了，他早已于两三年前就仅能靠进流质食物维生了。当我打开汤圆锅子时，已渐趋糊了一块儿的圆子在他的面前全然成了拧巴的陌生的存在，他皱了皱眉头，这样的存在无疑增添了身体上重重的管子业已带给爷爷的不耐烦。一旁的王哥默契地向我摆了摆手，说，爷爷要上床休息了。那袋水果也早已被护工阿姨习以为常地提放到了墙角，融入了一片不同颜色的塑料袋、篮子之中。

本有很多祝福的话、问候的话、吉利的话要在你的曾祖面前絮絮叨叨，但此时已全然没有了动机和话语市场了。我只得缄默，帮着王哥、阿姨一起把他抱上了床。当那竹竿般双腿握在我的手心时，我的泪水夺眶而出，但在王哥和阿姨的面前我却没有了哭的勇气，特别当曾祖一上床粪便就冷不丁地不知已是今日第几次涌出时，我们只剩下手忙脚乱地收拾……

2015 年 12 月 22 日

始于零，伤于离

橘先生，若你多年后问爸爸，比起吃饱饭就乱跑而肚子疼，比起摔倒在地蹭破皮，比起被家长责罚甚至打骂，还有更痛苦的事情是什么？

你爸一定会肯定地说，永远的离别。

橘先生，因为就爸爸长到这么大的所感所思所悟来看，人最害怕的除了死亡之外莫过于的就是失去，特别是失去你最珍贵的东西，什么东西对你最珍贵，什么东西也就往往是你心底最软的存在。而什么构成了这种存在呢？爸爸说，只要你是人，只要你具备作为人的一切基本的、本质的属性，人性的、人类的、伦理的就是这种存在的第一重。

这种第一重现在说起来似乎抽象，但是抽象之物置之于生活之流中，就会如泡腾片抛掷于温水，不一而化。

就如亲情，再江洋大盗也好，再杀人魔王也罢，当你慢慢长大你必然会指着他们骂"坏人"的时候，橘先生，爸爸更希望你别忽略了他们也有人性美好的一面，而这一面基本又存在于他们面对亲情的态度中。

大盗、魔王如此，普通人、高尚者不是就更明显？

亲情这东西，是伟大的。但，也是恼人的。

亲情是维系作为人，特别是中国人关系与感情的基础纽带，但其存在感有时强烈，有时又往往太不起眼以至于时常被忽略，后者在当下的社会生活中尤其明显。

　　而能跟你产生亲情纽带的人莫过于血缘，这条纽带上有的节点小点儿，有些节点大点儿，但现在的社会生活经常会让人无论大还是小都能有千万般理由不予理睬，就把这份遗忘顺其自然地像弃之于不起眼的角落般丢进时间长河里，任其自生自灭。

　　只是，生之时，我们习以为常，生活该怎么过还怎么过，安得如此也就安之若素。但是，不生之时，某个纽带节因为生命之途走完而被抽离时，小的是可以在我们的心灵激起一束水波的，那么大的呢？用你爸爸一路走来的经历看，那就是滔天巨浪，惊涛拍岸，卷起千堆雪。滔天巨浪，淘的是悔恨。

　　这种悔恨在被抽离的一瞬间开始就会像一个幽灵那样如影随形地死死揪住你的心，让你从此之后每天每时每刻都必然活在痛苦的悔恨中不能自拔。

　　因为亲情这东西的无法复制，因为每一个独特的生命失去了就是永恒，所以作为亲情这东西的关键纽结的人，一旦没了，没到彻底消失于今世今时，你突然发觉跟其讲一句话已经是奢望时，失落感油然顿生，之后立刻就是对自己的悔不当初。

　　所以有句话说得好啊，现在后悔了，当时干吗去了？

　　所以橘先生你的江西爷爷常说，对此，他平常都敬到了也尽到了，所以，他不后悔。

　　橘先生，你的一生，与你产生关系的人的一生，无不是始于零，伤于离的。如果我们的一生有太多悔恨，那说明我们这一路走来走的太多尽是错，前面错后面用更多的时间来悔恨，那么我们就更对不住自己的人生了。

　　综上斯所言，写于橘先生你漳州曾祖今日（2016.1.27）遗体告别、火化时分，权亦为爸爸在忙活完了近年来的学术任务后要为你的漳州曾祖所做的另一长文之序。

2016 年 1 月 27 日

324

纸 世 界

橘先生，爸爸昨天是在你福州奶奶一干人的力主下回到福州的，甫一回家就遇到了很多大大小小事情等着处理。

学业与课题的任务须臾不可松懈，家里也有很多事情不可袖手旁观。其实爸爸也是希望事儿越多越好的，因为这好歹可以寄希望于"化悲痛为力量"来分散注意力，或许忙碌或是过度的忙碌可以稀释这份痛楚。可设想往往又事与愿违，周遭的世界的侵蚀无时无刻、无处不在，比如，昨晚爸爸出门倒垃圾就看见一个阿爷怀里抱着熟睡的孙儿归家，我一看着眼眶就热了。没办法的，爸爸看着那位做孙儿的可以安逸、肆意地享受着来自爷爷的温暖，而爸爸呢？爸爸自从去年十月到现在，两个爷爷相继离世，爸爸已经是这个世界上没有爷爷的人了。爷爷的欢声笑语再也感受不到了，爸爸想着在课业上有所斩获赶紧给爷爷们报喜，现在爷爷们是等不到了……什么事情，只要你深入地去想，往往细思极恐，所以爸爸总是不自觉地就把自己装进了一个纸人纸马、没有光亮的，仅仅靠女吊或黑白无常指引的世界里了。当面对你的"呀呀""呃""阿古噜唔瓦"的召唤时，爸爸是沐浴于明媚、面带笑意的，在内心里，爸爸的世界是阴冷灰暗的，放眼望去只有漫天飘飞的纸钱。

你漳州曾祖过世后，我每天要到凌晨之后才能勉强入眠，但凌晨之后的睡眠又乱梦太多。这状态一下子变得跟你一样，一会儿睡一会儿醒，睡时往往会在细微的哭泣中醒来，醒来就不得不望着漆黑一片的天花板许久不能眠，但又不敢乱动，因为你妈睡着。橘先生，爸爸此时又是那么地羡慕你，因为当你醒时可以无意识地自由表达各种意见之哭，想睡一会儿就可以睡，想醒也是立刻就可以醒。爸爸醒时则恰恰因为有意识而不能哭，爸爸哭时又无法恣意地表达悲痛。橘先生哭泣时是分享孩提的可爱，我恸哭不是不可以，但我不能滥用把悲痛随意倾泻给你、你妈、你江西奶奶的特权。

这既是爸爸的苦厄，也是爸爸在突然而又具体面对悲恸时应该学会克制、驾驭自己的一次考验。一个人必然会时时和悲伤打交道，悲伤不断、挥洒不休的人既是凡人，又是烦人。始终不能够驾驭自我情绪的人，既是渺小的，又是自私的。固然你有决定自我活法的权利，但是你没有决定别人都要依从你的活法的特权。

所以橘先生的成长，至少和爸妈一起的时候，必须是光亮明媚、温暖如春、春风和煦的，当爸妈可以扛住抗住所有的苦厄苦痛困难的时候，我们希望留给你的只剩下幸福。

这也是爸爸自小在漳州成长的时候你曾祖潜移默化影响爸爸的结果。

橘先生，有时候，光明的背后往往是黑暗，黄金的背里往往是败絮。

在俄罗斯文学史上著名作家安德烈耶夫的笔下，他曾经书写过一个神父眼中的一匹马，曾经是那么的伟岸雄壮烈烈如风，后来在老时，参加完最后一次战役后，它也走向了一生的终点。它的鞑靼主人牵着它走向屠宰场的时候，它的右蹄已经断了，只剩下唯一粘连的皮了，还一耷一耷地努力地跟着主人走着。它只知道跟着，并不知道最终的目的地是何方。

橘先生，你的曾祖一生，生在乱世，成长在乱世和新世之交，挣扎在疯狂的时代，上苍终究是赠予了他后半生短短数十年的安稳太平日子。但无论是哪个时代，对于你的曾祖，他奏响的生命交响曲都是一样的。没有浓烈使命感赋予的轰轰烈烈、壮怀激昂，也没有振臂一呼的声声口号，有的仅仅是作为人、作为知识分子的本分、良心、责任感驱使下那平平淡淡中凝结的永恒的拼搏冲劲。用曾祖自己常挂在嘴边的家乡话说就是，我伟做好加也逮几（闽南话）。所以，无论是战火纷飞、时局动荡使人的生命如草芥的时代，还是可以享享清福的太平时代，你的曾祖都像上文所说的那匹马那样累。

民族多灾多难的年代，他随着逃难的人口迁徙，随着迁徙的大学校园走，头顶上是日本人的飞机，随时都有生命危险，而后面对惨淡的人生、淋漓的鲜血，看着同情革命的同学被敌人诛杀，宁可选择充满生命风险的革命，也不愿苟活性命、同流合污。动荡疯狂的年代，连亲如父子母子皆可以互相出卖的年代，他从未揭发过一个人，依然仗义执言，生生任自己被时局的泥石流生吞活埋。纵然踯躅于莽莽野林的流放蹉跎了他立志建设一个美好中国的壮年岁月，在旁人的眼里再无飞黄腾达之机会，但他努力地做学，努力地培养子弟。国家一声"中国人必须要有自己的大辞典"的号召，他毫无二话立刻北上，立刻就准备了一屋子的资料，笔墨纸砚，剪刀浆糊，冬研三九，夏究三伏，夜以继日地铢分毫析。爸爸记忆中永不磨灭的一件事情是在公元1995年的暑假，有天你的福州奶奶一少时邻居来访，你的曾祖礼节性地出来打了一个招呼就立刻转头回到小屋里继续做学问了。那时期也是你爸爸极其淘气的时代，读书就像地主雇佣长工在读那般心不甘情不愿。你奶奶的玩伴当时已经是一个管着百千人的老板，他由衷地感慨说，世人只知道陈景润，殊不知郭伯伯就是咱们漳州的陈景润；还劝慰你爸道，灏子啊，你要像你外公一样啊，不然怎么好意思说是他的孙子呢？我回去也要告诫我的儿子要努力，不然你成不了龙凤就做牛马去。

橘先生，现在，你爸只要是一听到"望子成龙"或者"空谈误国、实干兴邦"，抑或是再看到现在满街都洋溢着的诸如"苦干大战300天"这样的字眼，忍俊不禁之余脑海里立刻浮现的就是你漳州曾祖那远远超越了头悬梁、锥刺股精神意义范畴的忘我伏案疾书的身影。爸爸感谢他，因为现在爸爸每当遇到困境，每当身感苦累条件反射地向往休养安逸时，每当要么嫌天热要么嫌天冷时，只要想想你曾祖，爸爸就立刻羞愧难当，立刻就会寻找到鞭策自己的力量。你的一个本家婶婆经常在爸爸的微信朋友圈里评价爸爸太勤奋了以至于让人心疼的时候，爸爸总是这么说的，谢谢婶婶关心，我再怎么勤奋劳苦，都断不及我漳州爷爷之十之一二耳。如果说社会的进程是一代新人换旧人，那么我难道还不应当快马加鞭、闻鸡起舞？

修身齐家治国平天下，对国家对民族，你曾祖做到了。对家，你曾祖也不落。爸爸很喜欢西城男孩的一首歌 *YOU RAISE ME UP*，每逢听就会忍不住潸然泪下，每逢听就会有好几天都会告别生性的懒散、怯懦，这一切也是源于你曾祖。当年，就在你的福州奶奶那代人到了"文革"后是上大学还是找工作的抉择关口，在周遭都是流行做固定工、下街道、当兵提干，而或下海的时候，就你曾祖父反对子女这么做。在他的心里，父母之爱子，则为之计深远，孩子要想真正有出息就要多求知识多读书，孩子真正的出息终极的衡量标准是对国家对社会做的贡献有多深多大，而要多读书就要考大学，要做真真正正的知识人。整个 20 世纪中国之被动挨打、受欺凌如此之深就是因为在科学、知识、社会制度、生产方式的全面落后，这种落后差点就招致了亡国灭种，又让多少家庭妻离子散，你的曾祖不愿意在自己的子女身上重复愚昧。"新中国人之立，若还未有，请自我家始！"当年你曾祖清癯的身板里迸发出的话语，无论往后多少年，都是振聋发聩、铿锵有力的！

在恢复高考的日子里，他极力支持子女们参加高考，亲手编写教材和复习资料，辅导孩子们学习，把一个个孩子送出了漳州。"树叶的方向由风决定，人生的方向由自己决定，正确的方向由有知识的人自己决定"，这是又一句永不褪色、掷地有声的话语啊，你的曾祖先给了孩子们生命，继而给予他们在即将变革的时代门口第二次生命，强劲的生命、多姿多彩的生命，以强人的姿态、用自己的方式去度自己的一生。去搏击暗夜！去为更后、更后后的代代人负责！

橘先生，做你漳州曾祖这样的人是伟大的，但也是劳累的、甚至是孤独寂寞的。因为，知其者能谓其心忧虑，不知其者往往谓其何求，当曾祖矢志不移做食甘露、灵芝而翱翔于九天寰宇的凤凰时，普罗的生活给予他的则不仅仅是曲高和寡的煎熬了。

爸爸记得在你即将出生的前三月的一天，正逢日本现任的安倍政府解禁自卫权成功，这就相当于把日本军队这只随时可以导致战争的猛兽放出牢笼，即将对亚太的和平稳定造成潜在的危机。爸爸在吃晚饭的时候发表了自己的忧虑，而你妈和你福州奶奶两个人却津津有味地在规划着家庭未来和谈论影星、歌星。但在另一座城市漳州，你的曾祖又何尝不是如此？你曾祖满腹经纶，心怀家国天下，你的曾祖母一生想的是如何让全家人吃饱穿暖，她是一个把一家人生活的柴米油盐酱醋茶当成全部世界的人。生活又往往是很现实的事情，你的曾祖占据了精神的制高点，但在诸如奖金、福利、分房等个人权益上，他永远是心甘情愿的输家。他可以为学术付出一切，但对于投资理财等事宜他全无兴趣、反应迟钝。长此以往，你的曾祖母看着邻里、同事的收获越来越多，难免对曾祖有意见、有矛盾。曾祖母经常批评、责备曾祖父，只会做学问。而曾祖呢？安之若素、甘之若醴。你有你的责骂，我有我的隐忍。一隐忍就是一生，在这一生里，他从未顶嘴、反抗过。他理解你曾祖的精神世界，但他有他的精神高地和责任义务。

因为，家是讲情的地方，不是讲理的地方。爱人，年轻时是妻，老了是伴；年轻时是老婆，年老时是老友。既然是老友，怎么可能有对你从无意见的、从不直言的老友呢？这就是你曾祖的家庭观。

爸爸有回漳州都是跟你曾祖同睡一张小床，在睡前他就常跟看不下去的我叨叨这些，我一开始极反对，但听久了居然也能不可思议地慢慢接受了，而从我和你母亲现在的生活情况、和谐程度、生活质量看，爸爸应该、必须感谢你的曾祖潜移默化的谆谆教诲。

橘先生，你的曾祖是爸爸心中最美好的风景！

昨天你的表叔安慰爸爸说这是 90 多岁高龄人的喜丧，不仅舒缓不了你爸的情绪，个中的诸多扼腕反而又开始复苏。爸爸是多么希冀你的曾祖活着的日子更长，可以拥有和他相处的时光更长。而现在爸爸除了心里一片空白，什么都没有。今天下午爸爸在出门为你买氧化锌软膏的时候，发现整条街都是白茫茫的一片纸人纸马，一片浑然一色白的纸世界。到处都是飘飞的纸钱，到处都是舞动的招魂幡，到处都是扎成了纸形的你曾祖和纸做牛马，连电线杆也成了一道道白色。爸爸无论朝哪个方向看去，都是清一色的白，没有边际，整个一个白茫茫的纸世界。

爸爸很清楚，爸爸将在这个世界里生活一段时间了……

2016 年 1 月 27 日

英雄爷爷

这几天在文字中忆爷爷，催着赶着写了太多太多，但总还是感觉着什么还没有写。我一直在寻找，可就是没有找到，直到早晨去参加了文学院硕士的座谈会，才发现了尚未寻找到的是什么。

早晨一位硕士的发言引起了我的注意。他认为在当下的时代，"谈人生"早已成为虚无主义的产物，业已淡出了社交舆论场，这三个字仅仅剩下了空荡荡的理想主义色彩，在这个谈论微信红包或你的百度糯米有无券的时代，在这个四处打听楼市的时代，在这个"拆二代"已经悄无声息异军突起一举甩开了"富二代""官二代"的时代，早已没有人有闲跟你谈人生、听你谈人生。

我当即做了回答，也顺势与所有在座的同学们交流了近来的所学所获，说着说着又不自觉地引出了爷爷，并非过度的思念，而是爷爷的影响真的是无处不在。空洞地"谈人生"固然无意义，但对自己时刻自我审视地、清醒地谈人生，确是必须的，大有裨益的。因为只有这样，才能保障我们无论当下与未来做什么都能无往而不胜。

论此，我的爷爷就是已经找到了人生意义的英雄。

以下是我的发言。

这位同学您好，您注意到了当下场域动态的问题，但是人的问题你认为没有，并不意味着就没有。不谈人生，并不意味着人生的难题、问题就没有，反之，人生的难题、问题正在大家的忽略中动态化地进化。我还提醒在座的硕士同学们，你们中有人会提出这个问题，搞不好你们不说这话的人心中也会有这种疑问。这终归是好事，但是我还是要提醒大家，在手机如此便利的条件下，作为学术人在手机方面就要让别人看起来像学术人的样子。所以我建议大家少下一些所谓时兴的 APP，多下一些跟学术相关的 APP，少玩一点手机，多用一点手机，少关注一些娱乐信息，多关注一些学术新闻。我随便提出几个学术类的公众号，你们说不定并不知道。我随便提两则刚刚看到的学术新闻，大家也不一定知道。

两则新闻是：1. 北大心理系副教授徐凯文在一次公共演讲中提到"时代空心病"概念，并谈及"40%的北大新生认为人生毫无意义"；2. 社会学家郑也夫刚刚出版了新书，他索性把书名直白地题为《文明是副产品》，对人类文明的"目的论"进行了质疑。

作为中国学府的塔尖，塔尖里有 1%的老生认为人生毫无意义已经很够呛了，更何况是一张白纸的 40%之多的新生？还是新生的时候就认为"人生毫无意义"，作为起点已经蒙上了阴影了。认为人生无意义便少了一个希望的、奋进的驱动程序，以后他们做什么、想做什么的意义核心里便就有了如同白蚁蛀过的空洞，结果并不一定是乐观的。我是研究鲁迅的，鲁迅首先是进化论者和启蒙主义者，他认为国家、民族的兴亡、希望"其首在立人"，"人立后而凡事举"。在内忧外患最严重的时代，鲁迅提出了"立人"的构想，而在今天，转眼间 109 年过去了，"立人"的老问题没有全部解决，新的时代性问题又累加上去了。对于郑也夫的新书，有很多学者认为其在质疑"进步的文明"的正确与否，这种理论立场一开始就站不住脚，对其进行了暴风骤雨的群攻。

同学们，对这三个概念，"时代空心病""人生无意义""文明是副产品"，咱们先不谈学术，你们直观地认为它们指向了什么呢？我认为是指向了作为症候群的当下人类的精神层面，消极反向的、潜意识里的无意识、晦涩、颓废的成分，当这样的成分在增长，就会增加厌世的主观情绪。虽然较之于以往的时代，我们接触、阅读的信息呈几何级数增长，教导人怎么为人处事的信息也相当多，但往深处探究这样的信息终归是速成的可以让人暂时精神狂欢、燥热的信息，其实毫无深度可言，于是也就遑论境界的增长了。所以在这里我很感谢我的爷爷，是他在我孩提时就一再强调人要多读经典并督促我读了大量经典，也是他一直强调，人生最大的意义莫过于把有限的时间和精力都用于读一流的书，并且始终心怀着对人生意义的不断突破性地求索。把这些都做到了，你再带着问题去多与外界交流，方能不惑。

曾被大家热议的"罗一笑事件"，就是对爷爷理念随即的现实例证。该事件缘起于一位可怜的父亲靠充满泪水的文字为其患白血病的女儿筹医药费，这些文字在朋友圈激荡人心，之后所得创造了微信的打赏纪录和轻松筹纪录。但整件事情的真相是什么呢？这位父亲在深圳有三套房、医药费可以报销80%。求助文章不乏商业介入的因素，换句话说，网友们在其以亲情善意为原料制作幌子的诱拐下，被骗了作为善举的钱财。如果真相不露，这样的滑稽的打赏纪录是不是会继续持续下去，直到有一天登上"感动中国"的舞台呢？

而这位父亲对三套房子的解答则掀起了其诠释道德的新高度，他是这么回答记者的："第一套房子之所以不打主意是因为是要留给儿子的，第二套房子是妻子名下的没法动，第三套房子不能再打主意了，不然以后没法应对生活中的诸多偶然性……"那么，在这位父亲的逻辑里：一、房子是各有用途的，这些用途以及意义都优于救女儿；二、因为手头看似可以救治女儿的资产都已经各有说法了，所以唯一的办法就是在网上骗取同情。

于是，一场骗局就这么展开，作为现代文明基础硬件的互联网则成了骗局的精美包装。

我认为，在这场骗局中，双方另一个身份是病患者。设局的父亲在说服自己后可以泯灭良知大肆行骗，成千上万的受骗者从头到尾就毫无设防地信以为真地安心受骗。设局的父亲患的是道德的空心病，成千上万受骗上当的人们患的则是道德审查的空心病，而这两种空心病患者在互相伤害的过程中，这位父亲如果在其意识中如果真还有"我的人生是有意义的，意义在于有无最基本的道德取向标准"的约束，他至少会将他心中源于自私的心安理得重新审视，再决定要不要做这种行骗。我之所以说互相伤害，是指这成千上万的受骗者的受骗其实是在帮助这位父亲有可能、有新的欲望去创造更多的恶，把他变成更大的恶人，这难道不是害他？

所以，说到这里，同学们，你们认为郑也夫的书名是否有哪怕些许的道理呢？书名即问题，其实在郑先生提出这个问题前的许多年，我的漳州爷爷就提出了相似的问题了。我也可以告诉大家，如果我的爷爷是罗一笑的父亲，他是会不假思索地赶紧倾其所有救人的。在这种行为的背后，是其饱满无瑕的精神世界的驱动。

在这里，我要再一次感谢我的爷爷。世界在变化，他始终以问题意识为人处事，审视世界，审视自己。

1995年我11岁的时候，那年暑假爷爷就开始介绍我读黑格尔、达尔文、巴尔扎克、高尔基、契诃夫、雨果、屠格涅夫、托尔斯泰、果戈理、克尔凯郭尔、本雅明等大家的诸多书。他耐心地给指导我读，从那年起，他就用劲地在我的精神世界中支起了一座可以逐渐景行行止的高山。爷爷作为苦难年代的过来人，他用慈眉看待这个世界，觉得这个世界始终存在着希望，但也不断在积累问题，所以对待这个世界他的问题意识是，换言之，他一直有个追问。他只要跟我在一起就在强调这个追问，我相信他在去另外一个世界的时候这个追问依然存在。爷爷的这个追问是："为什么没有更多的人可以真正虔诚地服从平日里挂在嘴边的道德和信念呢？世界在发展，文明在进步，但是不是这样的事业就比对人的治理的事业更应要事优先呢？"

爷爷的追问我一直在努力回答，我也曾经为我答题的方式和一位海归好友发生过激烈的争吵，而从她的身上我读到了互联网时代世人中自由主义的泛滥已成不可收拾之势。爷爷提出了追问的时代尚还是中国理想主义占主流的黄金时代，从我开始渐渐明白爷爷问题的理想主义时代的遗殇，到现在的互联网文明时代，爷爷是不知道互联网的，所以他也看不到作为个体的人在这种更加变速的文明进程中，在变得越来越自由的时候也必然变得越来越孤立。互联网是爷爷的天方夜谭，但却让年轻人的生活越来越乏味，精神的寄托越来越空虚，等到爷爷为代表的这一代人乃至最后一代残留农耕时代记忆的人集体告别这个世界的时候，我将为此感到恐慌。因为，当怀有有别于尚未形成经验的互联网世界的宝贵经验财富的他们不在了，以及那些懂得人生全部意义的人失去了启迪别人的能力和动力，这份空白怎么填补？又有谁来教育和影响未来的孩子，教导他们通过建立坚定的信仰，通过坚韧正确的三观，来支撑自己乐观地享受生命和生活呢？硕士同学们，我在每次回漳州的时候，也是我读书量最大的时候，为什么？因为爷爷的追问在我一看到爷爷的时候就在我的心中突然发出警报响，那些被日常生活、日常惯习所淹没的想法、行为就被驱动了，哪怕在后来他生病了，不能再追问我了。但我在照顾他的时候只要他在旁边就是一种鞭策，这也是为什么我在照顾他期间事情那么多而我对难书的阅读量始终不减的原因。我也在不断回答爷爷的追问的年年，渐渐有了我自己的一个感想，就是，时代与人的关系下，人不能活在某种惯习下的心安理得中，而是要寻找自己活在人生的全部意义。爷爷在世时告诉过我："我已然参透了全部人生的意义，我早已该坚强的时候坚强，该爱的时候爱，该恨的时候懂得化解，该宽容的时候更懂得宽容，在面对该做的时候懂得克一切苦厄，在对人的时候懂得度一切苦厄，在对待自己的祖国、民族时我心中时刻充满敞亮的阳光。我时刻怀揣着希望和快乐在平静地过活，我还需要再另外去寺庙里干同样的事情吗?"

硕士同学们,爷爷的答案如果我不能甚解,那么我只是在这里给你们做一个仅供传话的背诵者。我继续刚才我谈到的寻找自己活在人生的全部意义,我想,活着就是生命的最大意义——如果我、你、他、她的每一个个生命都是偶然,但这种偶然也是生命群落的每一个孕育、递增的奇迹,没什么比活着更实在,也没有什么比知道自己怎么活着更有意义了。像爷爷这样,从黑暗时代走来,在光明时代有意义地终老,他就是人云亦云大众中的英雄。同样的,能在浮躁、多元、复杂的世界里寻找到自己作为人的生活意义,并且每时每刻都能在乐趣中进行,而不是在低、俗、恶的乐趣中进行的,就是对得起自己的生命了。

所以,最好的人生态度往往是发自内心的,如果你在学习的时候忘性大了,说明你的脑细胞不活跃了,如果你在每天的生活中心已经不发声了,那么你已经停止了对自己的责任了。每个人都有与生俱来的灵性,每个人的生命都需要不断地开发才能延伸,每个人的生命都有无限的潜力,每个人的生命都是一个宝藏,如果你停止了,这不是太可惜了吗?

认为人生没有意义,这种空心病的病根亦在于缺乏对苦难和欢乐的客观认识。学会如何享受欢乐、延续欢乐,学会如何面对苦难、化解苦难甚至转化苦难,是每个人其实都应该主动去自学的课题。我认为,没有苦难危机意识的人的空心在于缺乏历练、缺乏苦难滋养、缺乏磨砺。

而人类迄今为止所有的精神文明,包括我们这个民族生存至今的经验,无一不来自苦难的滋养。人类在创造,纵然这些所有的精神文明成果可以统统被装进你们的手机里,但如果不能和你们的心灵想通,在你们每一个个体身上出现再创造的可能,你们装载了文明,你们也在掐死文明,文明也就可悲地成为副产品。这,真的比人类社会上的所有苦难都可怕！但是，我像爷爷一样，我始终是看到希望的，这也是我的一个挑战，继承了爷爷的一个挑战，我时刻在面对苦难，甚至寻找苦难来面对，但我也时刻认为递延快乐比面对苦难更难更重要。

因为，若无快乐之热爱，又怎么持恒地搏击暗夜呢？

各位，我希望我跟大家的这二十来分钟的交流没有浪费大家这二十来分钟的生命。

因为，这二十来分钟过去了，你们的一生中将从此再无这二十来分钟。

2016 年 3 月 13 日

337

熬着的成长

《熬出来的成长》面世与处女作《落英》的出版相距正好是十年。

十年可以改变太多事。记得，十年前在张罗《落英》时，跟编辑们交流、沟通时花费了不知多少话费，编写了数不胜数短信息，一个电话打一两个小时是常有的事儿。十年后的今天，一切简化了许多，一条微信语音就能既言简意赅又省时省力地解决许多问题。几天前跟大学同学们聚会的时候，其中有位同学还说，自从进入了"互联网＋"时代，给另一半创造惊喜的机会越来越多，比如当你和她共处明窗净几的客厅时，趁其不注意的分分秒秒点击几下手机，一会儿999朵玫瑰便浪漫地来敲门了……

这则从马王堆出土的、调侃互联网时代的段子依旧让大家忍俊不禁。我们用欢笑暂时把各自从社会、职场、家庭扮演的角色和琐屑烦恼的生活中抽离出来。我们心照不宣的是，十年前的我们初出大学校门还稚嫩、青涩，又带着一些轻狂，而十年后的我们早已面目全非。

就在这天聚会的前一天晚上的9：00，当我敲完修改校订稿的最后一个字，郑重地用电子邮件发给出版社的蓝编辑时，一个人在寂静的客厅里坐了很久。心里不是大任务完成后的释然，而是经历了一番旅程后的若有所思；全无重大任务告一段落以后的轻松感，而是在现行生活中突然插播了一段对完整的过往岁月回味后的惆怅；亦非重大任务完成后收获了某种成就感，而是于这样难得契机中重新审视过往生活后心头如潮泛起的复杂又矛盾的感觉。

一切恍若昨日。十年前《落英》成书前，我挚爱、尊敬的老师在序中动情地指出我的文字总是透着纯粹的光明与纯洁，但是这个孕育文作的世界却并不都是光明与纯洁，甚至反面更多。过于光明了则显天真，仅剩光明了会陷入视野、智识的偏颇。所以，他希望我一要更努力工作认识社会，二要更勤奋学习，有朝一日可以让自己的文字能够更加现实、深刻、冷峻，可以向安特莱夫、迦尔洵的象征主义书写看齐，也可以在文脉上接续鲁迅先生的余韵。

《落英》出版之后，我也在恩师寄望下朝着这个方向努力，但都有种"少年不知愁滋味，为赋新词强说愁"的感觉，稚嫩的文字无法瞬间长大。一时兴起想再出几部长篇小说的计划也胎死腹中，更多地在父母对我新职业和婚姻要求的烦恼中纠结。

那天把稿件发给蓝编辑后，我难得地照了照镜子。镜中的我胡子拉碴，胡子后的脸皮苍白而蜡黄，黑眼圈更重了，近来没怎么关注的眼角鱼尾纹更深了……我赶紧下意识地挺了挺已经明显弯了的背脊，不然又要被爱人数落了。

时光就是这么易逝，就这么把我从一个大胖子缩水成了小身板；就这么把我从一个当年须发浓密的时髦青年变成了现在脑门正在接近于谢顶、两鬓泛起白发，衣着越来越守旧的大叔；就这么把一个当年"年少轻狂、口无遮拦、不知岁月愁"（漳州大舅舅语）的小愤青变成了现在沉默寡言、惜语如金、感恩生活，口语表达能力远远不如书写表达能力的中年人。

度过的是岁月，失去的是人生，已经不知可以拿什么去祭奠过往。岁月连句糖衣炮弹式的甜言蜜语都没有就豪夺了我十年的青春，豪夺之后，往往也没有什么因愧疚而回馈的东西予我。

不是吗？十年来，我于理想极度丰满、意气风发之际踏上了工作岗位时，那种建功立业、马踏阴山的豪情满满，但于工作之后却发现理想的丰满永远反衬着现实的极度骨感。当生存的具体问题滚滚涌来、当人比人的烦恼如影随形、当越来越厌倦于单位凝滞老气时，我不止一次欲递交辞职报告，希望和大学同学中的志同道合者去创业，去建造属于自己的天地，而不是总在那么低的屋檐下受气。我更不止一次地在家人面前大发雷霆，把工作做那么好又怎样？忠诚和实干在这样一个辛辛苦苦存工资连一平方米房子都买不起的时代能当饭吃吗？说这话的时候，我已经被自己的第一份工作骗走了近五年的青春，把大学毕业后最有活力的岁月这么浪费了。我是满心愤懑的，但更不幸的是，家人们总是千方百计阻挠我的辞职。

这十年，我和父母的关系也总是在巨大的矛盾旋涡中打转，我想走的路他们不让我走，我不想走的路，他们还往往摁着我的脑袋往前撞。不仅仅工作，在个人感情方面，和父母也是矛盾重重，我也在个人感情的曲曲折折里不断品味着世界与人心的复杂、世态的现实和炎凉、锥心煎熬的绞痛。

现在很流行所谓运程，特别在职业生涯不顺畅的时候人们往往热衷于把一切的答案寄托于神佛的指示暗示。十年前也一样，我记得那时就不断有关心同情我者建议我去求神拜佛求明路，去晦气明运程。我只觉得不可思议，如果人类都把自己的命运归结神佛之一念，那么人类干吗要经历亿万年的岁月呢？一个人为什么还要接受教育要努力勤奋学习工作，要修身养性呢？但也就在我继续迷茫于已经置身如炼狱的工作和家人关系中时，我一生敬爱、挚爱的漳州姥爷给我写了一封很长很长的信，他在信里静静地和我谈人生、谈工作、谈未来。他的这封信我如今任何时候都能背得滚瓜烂熟、如数家珍，但有一段话是所有家珍里最璀璨的那颗玉石：

无论是沙还是石头，落水都一样沉，所以不要把自己妄自菲薄于他人之石。不要埋怨你的工作，至少它一直在保障你的生存，更不要埋怨阻挠你成功的父母，这个世界上也没有什么父母设置的牢笼，往往是你自己习惯于把自己装进了视野的笼子或狗链子里。灏灏，你现在不妨回忆一下你人生的初心是什么，再算算自己现在南辕北辙了多少？而人为什么会迷失呢？人的一生本应有最重要的追求，就是自由、公平、民主，本应有最重要的乐趣，就是简单、知足、奉献，但人这种动物却往往把自己陷入到贫穷、疾病、欲望交织的痛苦中还自得其乐，往往把自己钉在了权力、金钱、知识等朽腐木头组构的绞刑架上却茫然无知、自以为是。这是我走了快一生了对人类、对人世最大的认识，这样的认识让我很痛苦，我希望灏灏你不要陷入这种痛苦。

这是我那睿智伟岸的姥爷在世时给我最后也是最郑重的开导，这段话像眉间尺手上的剑给我极度黑暗的世界捅开了一个窟窿。我探出头来，重新看到这个世界的时候，在那么灿烂的阳光下，我顿悟了一个道理，当衮衮诸公、诸位丽人、各个弄潮儿翩翩而至、舞动于俗世庸众们热切观看的舞台时，庸众们为舞台上的各种舞蹈竭力叫好，为舞台上不幸跌落者幸灾乐祸，自己也希望成为舞台上的一员，还教导后代们一定要成为舞台上的一员。但是这个世界，终还是有希望的，因为还有一个规律推动它前行，这个规律是：美丽的皮囊总是千篇一律，有趣的灵魂却是万里挑一。可敬的有趣的灵魂们呵，正是你们在推动着人类社会一直正确前行。

341

虽远不如阳明龙场悟道，但我感觉那个自怨自艾的心鬼正在远离我的灵魂，我感觉到一个我的死亡，也感到另一个我的重生。那以后，我也渐渐远离与家人、友人的聒噪，默默地辞去了工作。为了和有趣的灵魂结缘我选择了升学，在世俗一片的大跌眼镜中，还完了升学要求的所有欠债后，静静地读书，从中华到域外，从现世的前卫前瞻到历史的经典，无所不读。硕士毕业后，我继续在世俗世界的更大一片大跌眼镜中，继续升学，现在正忙碌于撰写博士毕业论文。

一直帮助我的蓝编辑曾不解地问我：现在博士课业压力那么大，为什么还想着出书的事情？我回答他的是，正是因为这求学的六年于喧嚣中始终坚守住自己的一隅，当世人把命运交托神佛时，我在这求学的六年里把自己的心境锤炼成了"神佛"。我已经不以物喜不以己悲，我已经不再被世俗的喧嚣所影响，我只认为有趣的灵魂比什么都值钱。虽然我现在距离这有趣的灵魂还有一段距离，但在此时的驻足中，我忍不住回顾过往时，发现，逝去的青春就是不断地告别。告别着，告别着，我经历的一切且不论因为告别，而宣告着无论怎样都是通向这有趣灵魂的成长。于今，我也在经年越来越多的病痛和衰弱中发现我的经历越来越厚，可以把现有的时光拿去做精彩的投资，更想把自己这份来之不易的成长记录下来，并传播出去。虽然书中不少文章由于我的认知有限，有的甚至由于我的资料信息不能准确，存在错误和谬误，敬请大家谅解和批评指正。

我的成长，一路走来，是曲曲折折的煎熬逼着我成长、催着我成长。遂故想为之说，以图得遇有缘人。

我突然记起来，我曾告诉过我的爱人：我于夜深人静独处之时，品味慎独之道时，常常得见自己的背影，好多好多的背影，那白衣飘飘岁月的背影，那提着公文包赶去上班的背影，那背着二三十斤重书包爬图书馆楼梯的背影，那由直变弯的背影，那由大而小的背影……每一个背影都会转过身来笑着向我告别，我好想上去好好地再抚摸一下每一张面庞，但他们都好快，快到我怎么就是赶不上……我常常就这么累得喘气于地，眼泪扑簌扑簌地就落下来……

在今年33岁生日之际，在回复爸爸对我的生日祝福时我动情地说：

> 谢谢爸爸的祝福，我一直很喜欢3这个数字，恍然如梦间，人生的火车就这么坑哧坑哧地抵达了33号站台，真可谓不长不

短，不短不长。就在拿着行李箱走下火车时，相较于过去总是急匆匆地立刻远离站台，这次我驻足回首，想多看看背后曾经的时光，再行不迟。

33帧不算长也不算短的光影里，我蹉跎过，虚无过，哭过，笑过，被爱过，被伤过，快乐过，恐惧过，悲伤过，痛苦过，单纯过，欣喜过，幼稚过，软弱过，自恋过，狂妄过，难受过，卑微过，痛恨过，骄傲过，羞涩过，愚蠢过，幻想过，迷茫过，固执过，偏激过，努力过，激情过，自信过，放弃过，羞耻过，求索过，思考过，放下过，原谅过，接受过，也堕落过、犯傻过……经常被酒精与情绪俘虏过，经常被不灵光的脑筋拖累过，现在天天被书山压迫着感受着当年孙猴子的感受。但无论如何，总是在爸爸、妈妈，家人朋友们的支持下、理解下和包容担待下一步一个脚印地走着人生的道路，不后悔、不自矜，不卑不亢行于天地间。

33，对于我来讲是个特殊的数字，从易经看，三加三等于六，而阴数最大为六，三乘三等于九，阳数最大为九。把这至大的阴阳二数并置，标志着人生已经行至又一个大站口上。人到了33岁，也是一直将乾坤两卦放在灵魂里滋养到了一个阶段，养得好，则泰；没养好，则否。所以，在今天，我窥测着灵魂中的法于阴阳，遁入乾坤易之门，看看生命怎么在乾坤阴阳中浮游。我想将感受和感应到的智慧和能量捧在手心，见于世阳，输入接下来的生命、生活中。接下来的路，我还会努力慢慢地走，虽还有很长的路，但我不着急，会与同行者一起慢游旅行，走出一路风景，虽然处处都是险境，但处处也都有风光。

33岁了，目睹着祖辈的逝去，至今常常在暗夜里悄悄哭醒。目睹着父母辈们还在为吾辈操持与遮风挡雨，万般自责。有家，有贤妻幼子。33岁的我真的很珍惜这难得的点点滴滴，现在也终于有点儿自信有点儿准备可以去爱护着小家中的每一个人，放在心上，把我永远钟爱的书包背在身上，把我永远热爱的这个大家扛在肩膀，面对着生活中的艰难险阻，不再让每一个不曾起舞的日子成为对人生的再一次辜负，不再忘记每天花时间出席自己的生活，不再让每一天于诱惑与凝滞中滑向空洞与虚寂，更不再让每一天的自我成为下一刻误导下一代人的可能。

33岁了，做学问做事业才刚开始起步，纵然越来越艰深，纵然越来越困惑，纵然越来越陷入无治的个人主义，但也同样就这么认真地、坚实坚定而慢慢地走着呗。在家人亲友的陪伴下内寻着自性的智慧，呵护着灵魂的温暖，温柔地跟随着自己不算太明亮但却总是还能时不时内曜的心迎接着每一次自性的觉醒。"天行健，君子以自强不息；地势坤，君子以厚德载物。"让厚心载德，再让厚德载物，最后让厚物对得起岁月的光滑洗磨。男人嘛，有力有其田，有更大后发之力，才能让其田更大，其出更厚，其田长永，不是吗？

33岁，是一个符号，代表一段痕迹，宁存了一段时光，树立了一个标记，走着走着，在时间和空间中前行，在天地中站立，在红尘中体味，在灵魂中温柔。走吧，不停留；走吧，不拥有；走吧，继续，慢慢地走吧。

谢谢爸爸，33岁了，儿子的心里已内在有个老人，横亘千百万年岁月；但内心里也有个小孩，灿烂摩尼一岁前。

而每一天，这位老人都笑呵呵地告诉孩子，你将经历熬着的成长和熬出来的成长。但无论怎么熬，都要永怀你的赤子之心。

（本文原为《熬出来的成长》后记，收录时略有删改）

图书在版编目(CIP)数据

高低悟调/施灏著. — 福州:海峡文艺出版社,
2023.8
 (潮汐散文丛书)
 ISBN 978-7-5550-3373-8

 Ⅰ.①高… Ⅱ.①施… Ⅲ.①散文集－中国
－当代 Ⅳ.①I267

中国国家版本馆 CIP 数据核字(2023)第 139035 号

高低悟调

施 灏 著
出 版 人 林 滨
责任编辑 蓝铃松
出版发行 海峡文艺出版社
经 销 福建新华发行(集团)有限责任公司
社 址 福州市东水路 76 号 14 层
发 行 部 0591－87536797
印 刷 福建新华联合印务集团有限公司
厂 址 福州市晋安区福兴大道 42 号
开 本 720 毫米×1010 毫米 1/16
字 数 280 千字
印 张 22.25
版 次 2023 年 8 月第 1 版
印 次 2023 年 8 月第 1 次印刷
书 号 ISBN 978-7-5550-3373-8
定 价 79.00 元

如发现印装质量问题,请寄承印厂调换